KB271028

친일문학의 재인식
1937~1945년 간의 한국소설과 식민주의

A New Understanding of Pro-Japanese Literature
The Korean Novel and Colonialism from 1937 to 1945

저자 **한수영**(韓壽永, Han Soo-yeong)은 1962년 경북 문경에서 태어나 부산에서 성장했다. 연세대학교 중문과를 마치고 같은 학교 대학원 국문과에서 한국 근대소설과 비평을 공부했으며, 「1950년대 한국문예비평론 연구」로 박사학위를 받았다. 현재 동아대학교 한국어문학부 교수로 재직중이다. 지은 책으로 『문학과 현실의 변증법』(1997), 『한국 현대 비평의 이념과 성격』(2000), 『소설과 일상성』(2000) 등이 있다.

친일문학의 재인식
1937~1945년 간의 한국소설과 식민주의

1판 1쇄 발행 2005년 11월 10일
1판 2쇄 발행 2006년 10월 20일

지은이 / 한수영
펴낸이 / 박성모
펴낸곳 / 소명출판
출판고문 / 김호영
등록 / 제13-522호
주소 / 137-878 서울시 서초구 서초동 1621-18 (란빌딩 1층)
대표전화 / (02) 585-7840
팩시밀리 / (02) 585-7848
somyong@korea.com / www.somyong.com

값 20,000원

ISBN 89-5626-184-9 93810

친일문학의 재인식
1937~1945년 간의 한국소설과 식민주의

A New Understanding of Pro-Japanese Literature
The Korean Novel and Colonialism from 1937 to 1945

한수영

소명출판

A New Understanding of Pro-Japanese Literature
The Korean Novel and Colonialism from 1937 to 1945

　최근 쓴 글을 모아 체계를 잡고 기워 한 권의 책으로 펴낸다. 대부분의 글이 이른바 '친일문학'과 직간접으로 관련되니, 지난 서너 해 동안 우리 근대문학에 관한 나의 관심이 주로 이 문제에 집중되어 있었음을 알 수 있다.

　이 책은 모두 세 부로 구성되어 있다. 제1부에 실린 논문 세 편은 이른바 '고노에(近衛)신체제'의 등장을 전후한 시기에 우리 소설의 대응 양상을 검토한 것들이다. 제2부는 재만조선인 문학에서의 '친일' 문제를 검토한 논문으로, 나로서는 이 문제에 가장 중요한 시금석이라고 생각되는 '안수길'을 집중적으로 다루었다. 제3부는 일제 말의 소설과 비평을 다양한 관점에서 분석한 글들이다. 이 중에서 김동인의 『백마강』과 김동리의 '순수문학론'을 다룬 논문은 1부, 2부의 주제와 직접 연결되는 글들이다. '친일' 문제와 직접 연결되지 않는 글은 채만식을 다룬 「하바꾼에서 황금광까지」와 「한설야 장편소설 『청춘기』의 개작과정에 대하여」 두 편이라고 할 수 있는데, 그러나 이 두 편의 논문도 '식민지 근대'를 통과하는 '식민지 주체'의 이러저러한 양상을 분석하고 있다는 점에서 책의 큰 주제와 연결된다고 판단해 한데 엮었다.

교정을 보는 동안, 책의 전체 체계가 느슨하여, 나로서는 뭔가 이 글들의 가장 밑바닥을 관류하는 내 나름의 문제의식을 따로 정리해서 제시해야 할 것 같은 부채의식에 내내 시달렸다. 이런 부채의식에 시달린 근본적인 이유는 스스로 보기에도 일관된 방법론과 확고한 이론의 부재가 가장 눈에 크게 띄었기 때문이다. 이런 결함은 그것대로 인정하면서, 다른 한편으로는 이 논문들을 쓰게 된 내 나름의 문제의식은 밝혀 둘 필요가 있다고 생각되어 따로 '서론'을 써서 덧붙이는 문제를 고려해 보기도 했다. 그러나 각 논문들에 이리저리 삼투되어 있는 논리들을 넘어설 만한 새로운 이야기를 만들 능력도 부족하거니와, 무엇보다도 여러 편의 글에서 스스로 밝힌 바와 같이, 한국 근대문학과 식민주의의 관계를 학문적으로 모색하는 일은 이제야 겨우 새로운 단계로 접어든 까닭에, 서둘러 어떤 결론을 제시하려고 애쓰기보다는 제대로 모색(摸索)하고 성찰(省察)하는 일에 한동안은 진력해야 옳으리라는 다짐을 다시 한번 확인하는 것으로, 체계의 느슨함에 대한 변명을 삼고자 한다.

다만, 글을 쓰면서 늘 염두를 떠나지 않았던 문제의식, 혹은 이 책을 읽을 미지의 독자들이 각별히 의식해 주기를 바라는 점을 한두 가지 덧붙이는 것으로 '서론'에 대신하고자 한다. '민족주의'가 독점해 왔던 '친일(문학)' 논의의 협애함을 인식하고 그 대안을 모색할 무렵부터 머릿속을 떠나지 않은 물음 하나는 "사상(思想)으로서의 친일은 가능한가?"라는 화두였다. 듣기에 따라서는 매우 도발적이고 위험한 물음일 수도 있다. 당장 떠오르는 반론은, '친일'이란 '악(惡)'이자 '나쁜 것'인데, 거기에 어떻게 '사상(思想)'이라는 고매하고 진지한 계관(桂冠)을 씌울 수가 있느냐는 것. 그러나 "사상으로서의 친일은 가능한가?"라는 물음은, 짐작보다 훨씬 단순한 원인에서 비롯된 것이다. 그것은 나의 전공이기도 한 한국 근대문학에 대한 뜨거운 사랑과 그것을 배고 낳고 키웠던 무수한 작가들에 대한 육친적 애정 때문에 생겨난 물음이었다.

한국 근대문학을 사랑하는 많은 사람들은, '친일'은 곧 '역사적 맹목(盲目)'이므로, 이 부분은 괄호를 쳐서 없는 듯 위장하거나 무시하는 것으로 일관해 왔다. 한국 근대문학을 사랑하는 또 다른 사람들은, 그와는 반대로 '친일문학'에 둘러쳐진 괄호를 완전히 벗겨내서 그 '역사적 맹목'에 해당하는 행위(곧 텍스트)를 철저히 공개하고 단죄하자는 주장을 소리 높여 왔다. 그러나 언뜻 보기에 상반되는 이 두 가지 태도의 바탕에는 '친일'은 곧 '역사적 맹목'이며, 따라서 부끄럽고 떳떳하지 못하다는 인식이 깔려 있다. 만약 '친일문학'이 '역사적 맹목'이라면 왜 그러한 '맹목'을 저지르게 되었는지, 혹은 그들(친일문학을 한 작가들)은 우리가 생각하는 것처럼 '친일'이 '역사적 맹목'이 아니라고 생각했던 것은 아닌지, 만약 아니라면 거기에 어떤 '역사적 합목적'이 작용하고 있는 것인지, 이런 문제를 진지하고 신중하게 고찰할 여지는, 안타깝게도 이 두 개의 태도에서는 찾기가 어렵다. '친일(문학)'은 언제나 '역사'의 '법정'에서 움직일 수 없는 '피고(被告)'였으며, '피고'를 변호하려는 쪽이나, 그를 단호히 단죄하려는 쪽이나 똑같이, '피고'의 '행위'의 결과만을 중시할 뿐, 그 '과정'에 주의를 기울일 생각은 하지 못하고 있는 것이다. 한국 근대문학과 작가들을 사랑한다면 그들의 행위의 '결과' 못지 않게 거기에 이르는 '과정'을 살피는 일이 중요하지 않을까.

제1부에 실린 세 편의 논문은 세 명의 작가 — 곧 이태준·채만식·박태원 — 들을 통해, 그들의 '친일문학'을 관류하는 '역사적 합목적성'을 재구성해 보기 위해 쓴 글들이다. 설령 식민주의 지배담론과 매개된 그들의 역사적 지향이 철저히 '주관적인 합목적성'에 지나지 않는 것이었다고 하더라도, 그들이 어떤 이유로 무엇을 위해 자신들의 역사적 지향을 식민 지배담론에 투사하거나 혹은 거꾸로 그것을 '주관적으로 전유'했었던가를 밝혀보고 싶었다. 그리고 그것은 매우 중요한 일이기도 하

다. 왜냐하면, 그들이 식민 지배담론에 투사시켜 실현코자 했던 역사적 지향은, '일본 제국주의'가 패망한다고 해서 없어지거나 원인 무효가 되는 그러한 성질의 것이 아니었기 때문이다. 그들은 '근대'와 '자본주의' 그리고 '서구중심주의'를 극복할 대안을 지향했던 것이며, 그러한 역사적 지향은 거대 식민지배담론(예컨대 신체제론)이 등장하기 훨씬 이전부터 창작의 추동력이자 철학적 바탕을 이루고 있었던 것이다. 그와 더불어 이러한 역사적 지향은 '일본 제국주의'의 패망 여부와 상관없이, 고스란히 이후의 역사에 미해결의 과제이자 미완의 기획으로 이월·계승된다. 역설적으로 말하자면, '친일문학'을 연구해야 하는 이유는 그것이 '역사적 맹목'이었기 때문이 아니라, 오히려 '역사적 합목적'이었기 때문이다. 내가 "사상으로서의 친일은 가능한가?"라고 질문했던 것은, 바로 이 "역사적 합목적성"의 재구성을 의미하는 것이었다.

성급한 분들은 '친일문학'과 '역사적 합목적성'을 운운하는 대목에서 곧바로 "그렇다면 친일문학이 정당하다는 말이냐?"라고 물으실 게다. '친일문학'이 곧바로 '역사적 맹목'을 의미하지 않는다는 말이 '친일문학의 정당화'로 연결되는 것은 아니다. 미리 밝히자면, 이 책의 주된 관심사는 '친일문학'의 '역사적 정당성 여부'를 확인하는 것에 초점이 맞추어져 있는 것은 아니다. 진정으로 그 문제를 고민하자면 우리는 바로 그 '정당성(historical legitimacy)' 자체부터 의심하지 않으면 안 된다. 이 세상에 저절로 주어지는 '정당성'이란 없다. 동시에 만고불변의 '정당성'이란 것도 성립하기 어렵다. 2부의 '재만문학'을 논하면서 나는 시종일관 '민족주의'에 기반한 '의심할 수 없는 정당성'에 대해 시비를 걸었다. 이주자인 '재만조선인(오늘날의 중국조선족)'의 '역사 속의 행위'를 판단하고 평가하면서, '본토인'인 우리가 얼마나 폭력적인 '주관적 동일화'의 '정당성'을 강요하고 있는가를 비판적으로 분석했다. '민족주의'의 이름으로 자행하는 그 '주관적 동일화'의 허구를 지적하기 위해 나는 '이주자—내부의 시선'이라는 개념을 고안했다. 만약 이 개념틀에 일말의 유효성이라도 존재한다면, 이러한 '내재적 시선'은 '식민지 경험'이라는 '역사적 시간과 공간' 내부로도 투사시키는 것이 가능할 것이다. 이를테면 '식민지 주체–내부의 시선'으로 본 '친일문학'은, 그와는 다른 시선으로 파악한 '친일문학'과 상당 부분에서 다른 형태를 띨 것이라고 생각한다.

선학(先學) 임종국 선생의 『친일문학론』(1966)을 비롯한 일련의 작업 이후 실로 수십 년 만에, '친일문학' 논의는 최근 2~3년 들어 새로운 전기(轉機)를 맞고 있다. 새로운 논의들은 매우 다양하고 복잡한 형태로 진행되고 있어 그것을 몇 개의 흐름으로 갈피잡는다는 것은 필경 위험한 노릇이다. 그러나 그런 단순화의 위험을 무릅쓰고 내 나름으로 최근 '친일문학' 논의의 의미 있는 흐름을 정리하자면, 그것은 대체로 두 갈래로 뻗어나가고 있는 것으로 보인다. 그 하나는 임종국의 작업을 발전적으로 계승하면서도 한결 정치(精緻)하고 제한된 '친일문학' 기준을 제시하면서 한국 근대문학사 또는 근대사상사에서 새롭게 '탈식민주체'를 확인하려는 흐름이다. 다른 하나는, '친일문학' 논의를 '모더니티(modernity) 일반'으로 수렴시켜 이해하려는 흐름이다. 후자의 경우는 '제국주의'와 '식민지'의 문제를 모두 '모더니티'의 자장(磁場) 안에서 이해함으로써, 그 두 개를 서로 상반된 범주로 보지 않는다. 따라서, 식민지 또는 식민주의의 문제를 역사적으로 극복하는 진정한 대안은 '탈근대'의 논의와 접속해야만 의미 있는 것이 되리라고 주장한다. 두 흐름의 공통점은 수십 년간 '민족주의'가 독점해 왔던 '친일문학' 논의 혹은 '한국 근대문학과 식민주의' 문제를 '민족주의'로부터 전취하기 위해 노력한다는 점이고, 뚜렷한 학문적 성과도 나타나고 있다. 그러나, 전자의 경우는 임종국과는 분명히 다른 방법과 기준을 적용시키고 있지만, '친일문학'에 대한 선별과 규정에 과도한 무게중심을 부여하고 있다는 점, 그리고 그러한 기준과 규정의 자의성(恣意性)이 계속 논란을 야기하고 있다는 점에서 논쟁의 중심에 서 있다. 후자의 경우는, 이와는 정반대로 '친일문학'을 서둘러 '식민주의 일반'으로 확산시켜 버림으로써, 실제로 '제국주의와 식민지'

의 특수한 역사적 관계로 드러나는 개별적 양상과 그 의미를 돌보지 않
는 '보편주의의 미망'에 빠질 가능성을 안고 있다.

　그러나 이런 성과와 부분적인 제한성은 '친일문학' 논의가 새로운 단
계로 접어들면서 나타난 일종의 과도기적 현상이라고 생각된다. 새로운
지평을 확보해 나가는 과정에서 정작 필요한 것은, 서둘러 어떤 결론이
나 패러다임을 만들어내는 일 못지 않게, '현상들'을 역사의 '겹눈'으로
'이해'하고 '인식'하는 일이다.

　'친일문학'에 관해 생각을 거듭할수록 한 가지 분명해지는 사실은, '친
일문학'에 관한 논의가 결코 소재적이거나 많은 연구영역의 한 분야에
국한되는 것이 아니라, 그것 자체가 곧 한국 근대문학사에 대한 근본적
인 질문이며, 동시에 한국 근대사상사에 대한 근원적인 물음이라는 점이
다. 나아가 그것은 20세기 전반기의 식민지 경험과 그것의 외화(外化)인
문학과 예술, 그리고 문화와 사상 전반에 걸친 '트라우마'이자 동시에
'콤플렉스'이기도 하다는 사실이다. '친일문학'을 헤집는 것은 결국 한국
근대문학사 혹은 한국 근대사상사의 '무의식'을 탐험하는 것과 같다.

　이 말을 새삼스럽게 되뇌이는 것은, 식민지 경험과 그 반영물들이 얼
마나 제대로 '이해'되고 '인식'되어 왔는가를 되묻기 위함이다. 해방 이
후부터 지금까지 식민지 시기의 역사적 경험과 문화적 반영에 관한 '이
해와 인식'에서 거의 독점적 지위를 누려왔던 '민족주의'의 해석적 권위
가 흔들리기 시작한 것도 극히 최근의 일이지만, 식민지 경험의 해석사
에서 '민족주의'의 독점적 지위를 박탈한다고 해서, 즉 '민족주의'에 의
해 형성된 '오도된 자명성'의 영향으로부터 벗어난다고 해서 곧 문제가
해결되는 것은 아니다. '민족주의'의 독점적 지위를 박탈하는 과정 자체
가 하나의 지난한 사상사의 과정이기도 하지만, '민족주의' 이후는 과연
무엇이며 어떻게 할 것인가의 문제는 더욱 어려운 과제를 제기하게 되
는 까닭이다. 그리고, 그것은 선험적으로 주어지는 어떤 해결책이나 지
혜로 풀 수 있는 문제가 아니다. 역사적 시간과 공간을 살아나가는 '지

금·여기'의 우리가 하나씩 찾고 만들어나가는 도리밖에 없다. 그래서 나는 당분간 근대문학사의 시간축을 앞뒤로 조절해 가며, '역사적 현상'으로서의 텍스트들을 '내부의 시선'으로 조망하는 작업을 계속하고자 한다.

여기에 실린 논문들을 쓰는 동안, 그리고 그것들이 한 권의 책으로 나오기까지 정말로 많은 분들의 도움을 받았다. 일일이 다 밝혀 적을 수는 없지만 몇몇 분들에게는 이 지면을 빌려 꼭 감사의 말씀을 전하고 싶다.

먼저, 내가 참여하고 있는 '문학과사상연구회'의 회원 여러분들이다. 십여 년 계속되어 오고 있는 이 공부 모임에서 내가 받은 지적 자극과 학문적인 빚은 실로 헤아리기 어려울 정도로 크고 무겁다. 특히, '친일문학' 논의와 관련해서 최근 가장 도전적으로 학문적 의제를 설정해 나가고 있는 김재용 선생은 이 주제로부터 벗어나지 못하도록 끊임없이 나를 괴롭혔다(?)는 점에서 특별히 고마움을 전하고 싶다. 생각이 얼마나 일치하는가의 여부와 관계없이 김재용 선생을 비롯한 '문학과사상연구회'의 회원들과 토론하는 일 자체가 커다란 학문적 즐거움이었음을 이 자리를 빌려 밝혀둔다.

또 하나, 이 책과 관련하여 고마움을 전하고 싶은 것은 '일본문학연구회'의 회원 여러분들이다. 이 모임의 연륜에 비하면 내가 참석한 기간은 그리 길다고 할 수 없지만, 이 모임에 나가는 동안, 그리고 직장 때문에 부산으로 옮기고 난 이후에도, 이 공부 모임을 통해 환기받은 부분, 특히 근대문학에서의 한국과 일본의 상관 관계에 대한 이론적 탐색의 필요성, 그리고 동아시아를 포함한 국제적 지평에서의 '한국학'의 모색이라는 문제의식은 참으로 소중한 것이었다.

이 책이 총서의 한 권에 들 수 있도록 배려해 준 연세대학교 근대한국학연구소에도 감사의 말씀을 전한다. 특히 연구소 총서를 총괄기획하고 있는 김영민 선생은 책의 체제가 지금의 모습이 될 수 있도록 기획 단계에서 귀중한 조언을 해주었다. 애초에는 쓴 글들이 두서 없이 모여 있기만 했었는데, 이 정도나마 책의 구성이 갖추어질 수 있었던 것은, 시기와 주제에서 책이 나름의 일관성을 유지하도록 비판적 제안을 해준 김영민 선생의 덕택이다.

대학의 전임이 된 이후 처음 펴내는 책이다. 여기에 실린 열 편의 글 중 하나를 제외하고는 모두 동아대학교 국문과에서 일하게 된 이후에 쓴 글들이다. 처음 국문과에 발을 디뎠을 때는 지금은 퇴임하신 두 분을 포함해 모두 열세 분의 선배 교수들이 계셨다. 지난 사 년 간 신임 교수인 내가 이분들로부터 입은 은혜와 배려는 일일이 예거하기 어려울 정도로 막중하다. 새로 시작하는 학교 생활에 잘 적응할 수 있도록 성심껏 도와준 같은 학과의 선배와 동료 교수들께 진심으로 감사의 말씀을 전한다.

이 책을 마무리하던 무렵, 잠시 틈을 얻어 일본의 와세다대학에 머물 기회가 있었다. 짧은 기간이었지만 체재하는 동안 숙식 문제부터 도서관 이용과 자료 수집에 이르기까지, 와세다대학의 객원교수로 있는 김응교, 심원섭 두 분 선생의 신세를 너무 많이 졌다. 이 책의 성긴 부분과 미진했던 자료를 보완하는 데 그 시간이 매우 중요한 역할을 했음을 밝히면서, 가장 바쁠 시기인 학기말에 들이닥쳤음에도 나를 위해 기꺼이 모든 편의를 제공해 주신 두 분께 진심으로 감사드린다.

마지막으로 소명출판의 박성모 사장께 감사드린다. 어려운 상황에서도 '한국학 진흥'이라는 소명(召命)을 위해 고군분투하는 출판사에 뭔가 '빛'이 되지 못하고 또 하나 '빚'을 얹는 것 같아 마음이 무겁다.

지난 해 여름, 여든다섯을 일기로 세상을 떠나신 아버님의 영전에 이 책을 바친다.

해방 60주년을 맞는
2005년 10월에
한수영 씀

친일문학의 재인식
1937~1945년 간의 한국소설과 식민주의

차례

책머리에 __ 3

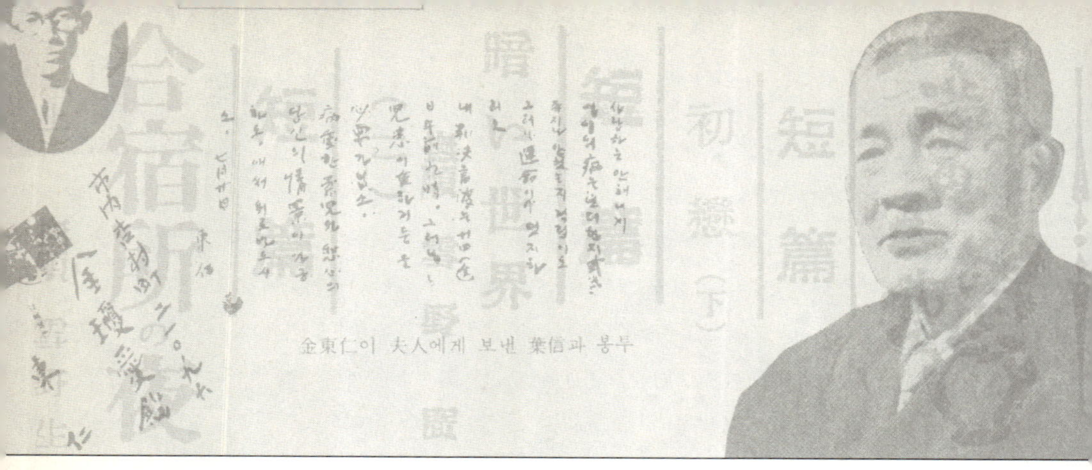

金東仁이 夫人에게 보낸 葉信과 봉투

1부

근대소설과 신체제

이태준과 신체제
: 식민지배담론의 수용과 저항

주체의 분열과 욕망
: 「냉동어」와 친일의 정신 구조

박태원 소설에서의 근대와 전통
: 합리성에 대한 인식과 신체제론 수용의 문제를 중심으로

이태준과 신체제

식민지배담론의 수용과 저항

1. 신체제 등장 전후의 이태준을 둘러싼 두 가지 해석과 그 편향

한국 근대문학과 식민주의를 둘러싼 최근의 연구 동향은 여러 면에서 괄목할 만한 변화를 보여주고 있다. 특히 1930년대 말부터 해방 직전에 이르는 시기를 '근대문학의 암흑기'라고 부르면서 연구와 해석의 '사각지대'이자 '금기 영역'으로 내버려두었던 기왕의 '무책임주의'에서 벗어나, 식민주의에 대한 협력(혹은 공모)이든 비협력(혹은 저항)이든 거기에는 엄밀한 내적 논리가 작동하고 있음을 밝히고, 그러한 내적 논리의 구조와 체계를 규명함으로써 근대문학 연구에 새로운 긴장과 활력을 불어넣고 있다.

그러나 식민주의와 협력 / 비협력의 문제를 규명하려는 최근의 새로운 연구들은 그 의의와 성과에도 불구하고 연구자들 사이에 시각과 방법론이 서로 달라 몇 가지 논쟁적인 지점을 형성한다. 또한 자신이 설정한 입론의 자기 완결성에 지나치게 얽매이거나, 동원하고 있는 서구이론과 개념들을 맹목적으로 일반화함으로써, 사실과 어긋나는 주장을 하거나 텍스트와 콘텍스트의 상관성을 치밀하게 읽어내지 못하는 엉뚱한 해석을 낳기도 한다. 경우에 따라서는 한 작가와 그의 텍스트를 둘러싸고 서로 상반된 해석에 이르는 일도 생긴다. 이 글에서 조명하고자 하는 이태준이 바로 그 좋은 예라고 할 수 있다.

이태준과 식민주의의 연관성을 살피는 최근의 연구에서 제기된 이견은 다음의 두 가지로 요약된다. 그 하나는 이태준의 텍스트야말로 식민지배담론에 포섭되어 '의사제국주의'의 욕망으로 집약되는 '식민지적 무의식'이 드러나는 전형적인 사례라는 것이며, 이태준의 텍스트에서 그러한 '식민지적 무의식'을 읽지 못하거나 애써 읽으려 하지 않는 '의도된 오독'이야말로, 민족주의적 시각이 지닌 치명적 해악이라는 주장이다. 이태준의 「농군」에 관한 해석으로 이러한 주장의 선편을 쥐었던 김철은, 「농군」에 얹혀졌던 기존의 문학사적 평가, 예컨대 '만주이민'이라는 민족수난에 대한 진지하고도 사실적인 소설화를 통해 작가 자신의 새로운 변화를 이끌어내었을 뿐 아니라 민족문학에 새로운 자산을 추가한 역작이라는 평가를 전면적으로 뒤집고, 「농군」은 식민지 주체의 '의사제국주의'적 욕망을 '만주'라는 공간에 투사시킨 '가학적' 소설이며, 당시에 유행하던 식민지배의 관습적 담론에 편승한 '타작(墮作)'이라고 혹평한다.1) 「농군」에 관한 김철의 이러한 해석을, 중일전쟁 이후부터 해방 직전에 이르는 시기의 이태준 텍스트 전체로까지 밀고 나아간 것은 정종현이다. 그는 이 시기 이태준의 텍스트가 '국가주의'와 '전체주의' 그리고 '동양주의'에 전면적으로 침윤되어 있다고 본다. 따라서 "이태준이 '문학'이라는 육체에 아로새긴 정신주의와 미적 세계의 본질은 민족적 소유권을 주장하기 곤란해 보일 정도로 트랜스—내셔널한 것"이며 "이태준 문학

---

1) 김철, 「몰락하는 신생(新生)—'만주'의 꿈과 「농군」의 오독(誤讀)」, 『상허학보』 9집, 2002, 157~158면.

과 자기 구성이 지니고 있는 중층적인 정체성은 해방 이후의 내셔널리즘의 구축 속에서 민족적 전통이라는 단일한 폐쇄회로로 조정 변형된 것"2)이라고 주장한다.

이러한 새로운 해석은 기존의 민족주의적 해석이 지닌 단순성을 극복하고, 식민지 주체의 중층적인 의식과 무의식, 그리고 지배 주체에 대한 '모방욕망' 등을 분석해 냄으로써, 근대문학과 식민주의의 상관 관계를 입체적으로 살필 수 있도록 해준다는 점에서 그 의의(意義)의 일단을 인정할 필요가 있다. 그러나 이러한 해석 방식은 '민족주의가 호명한 식민지 주체'의 자기 동일성의 허구를 드러내는 데에는 주효할는지는 모르나, 식민지 주체는 오로지 '민족주의가 호명한 그것'만이 있는 것은 아니라는 점에서 문제를 안고 있다. 또한, 이러한 해석 방식의 유용성과 그 한계를 엄정하게 경계하지 않으면, 민족주의에 의해 호명된 식민지 주체와는 다른 주체의 실천과 저항을 간과하게 되고, 그 모든 식긴지 주체를 '민족주의가 호명한 그것'으로 일반화할 우려가 있다. 무엇보다도, 이러한 해석의 문제성은, 식민지 주체의 자기 동일성을 해체하는 데는 골몰하면서도, 식민지배 주체 혹은 식민지배담론의 해체에는 등한하다는 점이다. 실제로 식민지 주체의 중층성과 '혼종성'은 식민지배 주체의 그것과 교호함으로써 형성되는 것이며, 이태준은 이러한 상호대비를 통해 해석해야 '오독'의 가능성을 줄일 수 있는 경우에 해당한다.

이태준과 식민주의의 관련성에 관한 또 하나의 논쟁적 해석은 김재용에 의해 제기되었다. 그는 이태준을 포함한 일련의 작가들이 개인적 서정과 주관적 비애의 세계에서 크게 벗어나지 못하고 있다가, 중일전쟁 이후에 서구적 개인주의에 대해 비판적인 태도로 바뀌어 '집단적 주체'에 대해 그들의 관심을 돌리게 되었다고 했고, 그 증거의 하나로 「농군」을 꼽았다.3) 중일전쟁 이후, 그리고 유럽에서 파시즘의 발호가 더욱 거

---

2) 정종현, 「제국 / 민족 담론의 경계와 식민지적 주체─1940년대 이태준 '문학'에 나타난 혼종성」, 『상허학보』 13집, 2004, 126면.

세지는 것을 목도한 조선의 작가들 중 상당수가(특히, 이런 사태 이전부터 집단적 주체에 대해 관심이 지대했던 과거 프로작가들과 달리 그 대척점에 서있던 작가들이) 서구의 개인주의로부터 벗어나 집단적 주체에 대한 모색으로 옮겨갔다는 것이 그의 주된 논지다.

그는 '시대적인 것과 친일적인 것'을 구분하면서, 이러한 개인적 서정의 세계로부터 집단적 주체로의 관심 이동이 이태준 개인뿐만 아니라, 당시 이태준과 비슷한 위치에 있던 작가들에게 동시다발적으로 생겨난 일종의 '시대의식'으로 해석한다. 따라서 이태준을 포함한 여타 작가들의 일제 말(중일전쟁 이후)의 작품에서 '집단 주체'를 강조하는 전체주의 경향의 내용이 나타난다고 하더라도, 이것은 1930년대 후반의 '시대의식'의 소산일 뿐, 본격적인 친일문학이라고 볼 수는 없다는 것이다. 단순히 개인주의에 대한 비판이 드러나는 것에 그치는 것이 아니라, 그것이 대동아공영권의 전쟁 동원에 복무하는 데까지 나아갔을 때 비로소 본격적인 친일문학이라고 보는 까닭이다. 그래서, 그는 '친일적 창작 행위'의 범위와 정도를 가능한 한 좁히고 옭아서, 시기적으로는 중일전쟁 이후, 내용적으로는 '대동아공영권에의 복무'와 '내선일체의 주장'으로 한정짓는다. 그 외의 것은, 내용적으로 공통되는 점이 있어도 굳이 '친일문학'으로 문제삼지 않겠다는 논리다.

사실상, 김재용은 최근 이 주제에 관해 가장 포괄적이고 종합적인 논의를 펼치면서 논쟁적 의제들을 제출하고 있다. 그가 최근에 펴낸 『협력과 저항』은 임종국의 『친일문학론』(1966) 이후 근대문학과 친일에 관해 새로운 논리틀을 제시하는 획기적인 작업이라고 할 수 있다.

그러나 '친일문학'의 범위를 대단히 좁혀서 분명한 경계지우기에 성공하고, 그러한 친일문학의 자발적인 내적 논리의 일관성을 재구성하는 데는 성공한 측면이 있지만, 바로 그 목적을 달성하기 위해, 여러 곳에

---

3) 김재용, 『협력과 저항』, 소명출판, 2004, 66~68면.

서 논리적으로 납득하기 어려운 점들을 드러내고 있기도 하다. 이를테면, 「농군」에서의 '집단적 주체'에 대한 관심은 '개인적 모색'에 의한 것이고, 그 개인적 모색은 변화하는 정세를 지켜보면서 스스로 내린 결단이며, '집단적 주체'에 대한 모색과 관심이 우연히도(?) 일본 식민지배담론, 즉 신체제론의 개인주의 비판과 같은 지점을 형성하게 되었을 뿐, 식민주의 지배담론과는 직접적인 연관이 없다는 주장이 그러하다. 김재용의 논리를 극단으로 밀고 나가면, 설사 식민지배담론의 헤게모니에 포섭되었다고 하더라도, 그것이 '대동아공영주의'나 '내선일체'를 직접적으로 표방하지 않는 한 문제될 것이 없거나, 식민지배담론의 영향에 침윤된 것이라 보기 어렵다는 주장으로 귀결된다. 짐작컨대, 이는 친일 행위의 자발성과 그 내적 논리의 일관성을 지나치게 강조하게 되면서, 따라서 '협력과 저항'의 경계를 분명하게 짓고자 하는 그의 강박에서 나타난 일종의 논리적 일탈이라고 생각된다. "친일문학에 대한 연구는 저항과 더불어 이루어져야만 그 의미가 제대로 드러날 수 있다"4)는 그의 말에서 분명하게 드러나듯이, 그가 '협력', 즉 친일문학을 문제삼는 것은 '저항'을 추출해 내기 위함이다. 그러나 '저항' 또한 식민지 주체의 중층성과 마찬가지로 단선적이거나 전일적인 것만은 아니다. 식민주의와 관련된 이태준의 협력과 저항 역시 그러하다. 그가 재구(再構)해 내고자 하는 '탈식민 주체'의 문제는 한국 근대문학사에서 무엇보다 중요한 의제인 것은 분명하지만, '탈식민 주체'의 순정(純正)한 자기 동일성을 전제로 하는 한, 민족주의가 노정한 '자기 동일성의 허구'와는 또 다른 차원에서의 '자기 동일성의 허구'에 빠질 우려가 있다고 본다.

나는 이태준을 식민지배담론의 헤게모니에 투항하여 제국의 논리 안에서 지배자의 동일성을 전유함으로써 의사제국주의적 욕망을 드러내는 식민지적 무의식의 소유자로 읽는 것에 동의하지 않으며, 동시에 이태준

---

4) 김재용, 위의 책, 45면.

을 그러한 포섭과 공모의 경계 바깥으로 건져내어 순연한 '저항'과 '비협력'의 영역에 위치지우는 해석 방식에도 동의하지 않는다. 이 글의 전제는, 신체제가 등장하는 1940년 전후의 이태준은 그가 이해하고 인식하는 범위 안에서 식민지배담론인 신체제론을 주관적으로 '전유'하며(따라서 식민지배담론의 헤게모니에 동의하며), 그 '전유'의 과정에서 식민지배담론이 지닌 논리적 체계의 공백과 비일관성의 틈새를 통해 '저항'한다는 것이다. 이를 위해서는 1940년에 등장하는 '신체제'가 과연 무엇이며, 어떤 논리적 체계로 구성되어 있는가를 좀더 조밀하게 이해하는 것이 필요하다. 그와 더불어 이 식민지배담론이 외형적인 자기 완결성에도 불구하고 어떤 내적 모순을 안고 있었는가를 확인하는 일이 필요하다. 또한, 이 지배담론을 당시 조선의 지식인들이 어떻게 이해하거나 받아들이고 있었는가를 재구성하는 작업이 있어야 한다. 이러한 콘텍스트가 전체적으로 조망되어야 그 안에서 이루어진 신체제에 관한 이태준의 주관적 '전유'와 그 '저항'이 읽힐 수 있다.

일본 식민지배가 오로지 물리적 억압과 강제 동원에 의한 수탈과 착취의 전일적 지배는 아니었으며, 부분적으로나마 그 내부에 식민지였던 조선인들로부터 최소한의 '동의'를 확보해 내는 담론적·제도적 기제를 지니고 있었다는 점에 대해 인정하는 분위기가 점차 확산되는 것은 바람직한 일이다. 물론 이 지배의 헤게모니를 어떤 맥락에서 얼마나 인정할 것인가의 문제는, 그러한 지배 헤게모니의 존재를 인정하는 문제보다 훨씬 더 중요한 문제이긴 하다. 이 '지배의 헤게모니'를 전혀 인정하지 않으면, 종래의 민족주의처럼 소박하고 단순한 '친일 / 반일'의 구도에서 한 발짝도 나아가지 못함으로써 '자기 동일성의 허구' 안에 매몰되지만, 거꾸로 이 '지배의 헤게모니'에 함몰되면 식민주의를 극복하기 위한 모든 '저항'은 제국의 지배논리에 대한 '공모' 이상으로 해석되기 되기 어렵기 때문이다. 당시에 실재하는 모든 것들은, 사실상 그 양단(兩端)의 간극(間隙)에 위치하고 있었다. 중요한 것은 그 간극에서 일어나는 내적 긴장과 길항들을 놓치지 않고 읽어내는 일이다. 이태준이 식민지배 담론에 포섭되었는가 저항했는가 하는 '결론'보다도 그 간극에서 있었던 긴장과 길항작용의 '과정'에 좀더 주목하고자 하는 것은 그런 이유에서이다.

2. 신체제론의 논리 구조와 동의(同意)의 메커니즘

신체제란, 1937년 중일전쟁 직전에 들어선 1차 고노에[近衛] 내각5)에 이어 1940년 7월에 들어선 제2차 고노에 내각이 주도한 전면적이고 강력한 파시즘 지배체제를 일컫는다. 중일전쟁을 계기로 본격적인 아시아 침략에 나섰던 일본의 지배 세력들은 독일과 이탈리아가 유럽전선에서 승승장구하며 파시즘의 지배 세력을 확대시켜 나가는 데 자극 받아, 독일 파시즘을 능가하는 강력한 독재체제를 구축하고, 제국주의의 침략과 지배 범위를 동북아시아뿐 아니라 동남아시아를 포함한 아시아 전체로 확대시키고자 했다. 이미 중일전쟁을 계기로 군부 파시스트 주도하의 전시통제체제를 나날이 강화해 오던 터였지만, 침략 전쟁의 본격적인 채비와 그에 따르는 인적 물적 동원, 일사불란한 정치적 의사결정과정, 일반 국민들의 정신무장을 위해 새롭고도 강력한 전일적(全一的) 독재체제의 필요에 봉착했던 것이다.

신체제와 같은 극단적인 독재체제의 등장이 불가피한 이면의 이유는, 단기간에 속전속결로 끝나리라 예상했던 중일전쟁이 중국 민중들의 끈

---

5) 제1차 고노에 내각은 중일전쟁이 일어나기 한 달 전인 1937년 6월 4일 성립되어 1939년 1월 히라누마[平沼] 내각의 성립과 더불어 해산된다. 제2차 고노에 내각이 들어서던 1940년 7월까지의 약 1년 반 사이에, 히라누마, 아베[阿部], 요나이[米內] 등을 수반으로 하는 내각이 구성되었다. 고노에를 수반으로 하는 내각은 도합 3차까지 구성되었다. 강동진, 『일본근대사』, 한길사, 1985, 391~420면 참조

질긴 저항 때문에 예상 밖으로 장기전으로 바뀌어 새로운 대책이 필요하게 되었고, 침략의 범위를 동남아시아까지 확대하는 이른바 '남진(南進)'을 위해서는 구미(歐美)와의 일전이 불가피하며 그를 위해서는 일본만이 아니라 조선을 비롯한 식민지의 적극적인 참여와 협조 없이는 불가능하다고 판단했기 때문이다. 또한, 장기화되는 전쟁으로 국내에서는 일부 자유주의 사상을 지닌 지식인들을 필두로 하여 일반 국민들 사이에도 염전(厭戰) 사상이 확산되고 있었으므로 이를 억제하고 전쟁의 정당성과 필연성을 안팎으로 천명하여 전면적인 분위기 쇄신을 유도하고, 강압적인 사상 통제를 시도할 필요가 생겨났다.

신체제의 등장과 더불어, 모든 일본의 정당은 해산하고, 군부 파시스트의 정치적 의사과정을 신속하게 수행할 '대정익찬회'가 구성되는 한편, '고도국방국가의 건설'이라는 명분하에 시장과 가격을 통제하는 국가 주도의 통제경제정책을 이전과는 비교할 수 없이 높은 강도로 전개해 나갔다. 사상통제면에서도, 이전의 '국체명징(國體明徵 : 일본은 천황이 주권을 가진 나라라는 것을 명확히 한다는 것)'의 슬로건보다도 한층 강화된 '만민익찬 승조필근(萬民翼贊 承詔必勤 : 모든 국민이 천황을 받들고 도우며, 천황의 말씀을 받고서는 반드시 경건한 태도를 취해야 한다는 것)'을 앞세운 '일본주의'가 전면에 등장한다. 일본의 외부, 즉 아시아를 대상으로 한 신체제의 슬로건인 이른바 '대동아공영주의'가 전면에 등장하는 것도 이 신체제를 계기로 한 것인데, 이것은 중일전쟁 이후에 등장했던 '동아신질서'론을 확대 개편한 것인 동시에, 서구와의 전쟁을 의식하고 동아시아를 '인종주의'에 의거해 '배타적 자기 동일성'으로 엮어내기 위한 전술적 슬로건이기도 하였다.[6]

---

6) '近衛新體制'에 관한 가장 포괄적인 연구로는 아카기 스루키[赤木須留喜]의 『近衛新體制と大政翼贊會』(岩波書店, 1984)를 들 수 있다. 그 외에 일본정치학회 편, 『大政翼贊會の研究』(岩波書店, 1972)와 이토오 타카시[伊藤 隆]의 『近衛新體制』(中央公論社, 1983) 등이 있다.

엄밀한 의미에서 보자면, 이 '신체제'는 이름과는 달리 그다지 새로운 것이라고는 할 수 없다. 권력 형태로는, 이른바 2·26사건 이후 점차 강화되어 오던 군부 파시스트들의 권력 장악 기도가 최종적으로 완성된 것이며, 만주사변 이후 시작된 준전시체제, 그리고 그에 따른 갖가지 통제와 동원은 '국가총동원령'이나 '사상통제법'과 같은 수많은 법령과 제도에 의해 꾸준히 지속되어 오던 것이었기 때문이다.

그러나 이 신체제의 등장이 식민지였던 조선에 미친 영향은 그렇게 간단한 것이 아니었다. 물론 일본 식민지였던 조선이 일본 국내체제의 혁명적 변화를 목적으로 등장한 신체제와 완전히 무관할 수는 없었다. 총독부의 주관 아래 '국민정신총동원 조선연맹'을 해체하고 일본의 '대정익찬회'를 본떠 새롭게 '국민총력연맹'을 결성하는 한편, 조직 결성에 발맞추어 '국민총력운동'을 대대적으로 전개해 나갔던 것이 그 한 예다.7) 하지만, 작가나 문인을 비롯한 지식인들에게 이 '신체제'가 각별했던 것은 그러한 제도나 정책의 개변(改變)의 배후에서 작동하는 '신체제론'의 논리적 구조였다.

'신체제'를 이론적으로 떠받치고 있는 하부의 논리 구조는 '전체주의'와 '일본주의'로 압축된다.8) '전체주의'란 일본이 종종 '세계의 신질서'

---

7) 신체제의 등장에 따른 조선에서의 신체제운동 전반에 관해서는 전상숙, 「일제 군부 파시즘체제와 '식민지 파시즘'」(방기중 편, 『일제 파시즘 지배정책과 민중생활』, 혜안, 2004), 38~51면을 참조할 것.

8) 고노에의 신체제운동성명과 기본국책요강, 그리고 '대정익찬회'의 결성에 따른 '신체제'의 전면적인 등장을 이론적으로 뒷받침하기 위해 당시 많은 관변이데올로그들의 '신체제론'이 등장했다. 가장 대표적인 것이 소설가이자 저널리스트였던 무로부세 코신[室伏高信]의 『新體制講話』(靑年書房, 1940)이다. 이 책은 발매되자마자 일약 베스트셀러가 되어 '신체제의 계몽'에 혁혁한 공로를 세운 책이 되었다. 쿄토제국대학 경제학부 교수인 타니구치 요시히코[谷口吉彦]의 『新體制の理論』(千倉書房, 1940) 역시 그러한 반열에 드는 책이다. 무로부세는 이듬해 다시 『新體制と思想問題』(靑年書房, 1941)를 써 신체제와 사회주의 및 자유주의의 문제를 집중적으로 검토한다. 이들 책을 읽으면, 신체제를 다각도로 조명하고 있지만 대체로 '전체주의'와 '일본주의'를 근간으로 논리를 전개하고 있음을 알 수 있다. 이 글에서 이러한 대중적이고 속화된 텍스트를 통해 '신체제론'에 주목하는 이유는 다음의 두 가지 이유 때문이다. 첫째로,

라고 부르는 것으로, 유럽에서는 독일의 나치즘과 이탈리아의 파시즘, 그리고 동양에서는 일본의 파시즘이 중심이 되어 반자본주의와 반자유주의, 반개인주의를 근간으로 구축하는 새로운 세계질서를 가리킨다. '일본주의'란 세계적 신질서인 '전체주의'의 일반성과는 구분되는 '일본적 전체주의'를 설명하기 위한 이론적 장치이며, 이것은 일반적인 서구의 국민국가와는 다른 천황제를 주축으로 한 독특한 일본의 국체와 그 역사·문화적, 사상적 기초를 설명하기 위해 고안된 것이다. 이 '일본주의'에 의해 일본의 전체주의는 독일이나 이탈리아의 그것과 비슷하면서도 결코 같은 게 될 수 없다는 것이다. 또한 이 '일본주의'는 일본이 표방한 '대동아공영권'을 이론적으로 뒷받침하는 기제로 동원되기도 한다. '일본주의'는 곧 '동양주의'이기도 하므로, 아시아의 여러 나라들은 이 '동양주의＝일본주의'의 기치 아래 단결할 때, 서구 자본주의의 침략을 물리치고 공동의 번영과 평화를 구가할 수 있기 때문이라는 것이다.

　　일본주의와 나란히 전체주의의 성격이 분명해진다면, 신체제의 성격이 저절로 분명해지는 것이다. 신체제라는 것은 일본주의와 전체주의의 통일이라는 바탕에서 생겨나서 점차 발전해 가는 것으로서의, 새로운 국민체제이기 때문이다.
　　이것은 하나의 전체주의이며 또한 일본주의이다.
　　이런 해석은 언뜻 보면 이중성격을 지닌 것처럼 보이고, 따라서 모순된 것처럼 보인다. 그러나 전체주의를 밀고 나가면 거기에 일본적 성격을 발견할 수 있다. 또한 일본주의를 오늘의 발전적 단계에 있어서 파악한다면 하나의 전체주의에 도달하게 되는 것이다.[9]

이들 책은 '유사과학'의 형태를 띠면서 정책으로서의 '뼈대'만이 존재하는 '신체제'에 풍요로운 피와 살을 제공하고 있으며, 궁극적으로는 19세기 이후부터 이어지는 식민학의 '오리엔탈리즘'이나 니시다류의 '근대초극론', '일본낭만파'의 논리적 계기들을 이러저러하게 차용하고 그것을 속화된 형태로 복제하는 것이지만, 은폐하고 기만하기보다는 오히려 노골적으로 식민지배의 욕망을 고스란히 드러내고 있기 때문에 그 논리 구조의 부정합이 보다 분명하게 나타난다는 점 때문이다. 둘째는, 당시 조선의 매체들의 '신체제' 이해 수준은 이러한 대중적인 '신체제론'의 속류화를 넘어서지 못하고 그것의 반복재생산에 그치고 있기 때문이다.

고노에의 신체제운동에 관한 성명(6·24), 제2차 고노에[近衛] 내각 성립에 따른 기본국책요강 발표(8·2), 그리고 대정익찬회의 결성(10월)이 이어지면서, 조선에서도 '신체제'에 관한 본격적인 관심이 대두하게 되었다. 그러나 흥미로운 것은 신체제의 이해와 수용이 평소의 정치적 태도나 성향에 따라 매우 다른 양상으로 나타난다는 사실이다. 그 점에서, 신체제 수용의 상이한 양상을 가장 전형적으로 보여주는 것이 이광수와 채만식의 경우이다.

『삼천리』는 신체제 출범 이후 매달 '신체제'와 관련된 특집을 꾸며 이를 적극적으로 홍보하는 기민성을 보여주었는데, 1941년 1월이 마련한 '신체제 특집'은 '신체제하의 나의 문학활동 방침'이라는 설문에 대한 작가와 평론가 12명의 대답을 싣는 한편, '신체제와 조선문학'이라는 주제로 이광수와 채만식의 글을 싣고 있다.

이광수는, 글의 허두에서는 신체제하의 조선문학과 예술이 자유주의 사상과 개인주의 사상에 근거한 예술지상주의를 버리고 전체주의 사상으로 무장하여 새로운 체제에 이바지해야 할 것을 역설하지만, 정작 그가 글의 중·후반부터 힘주어 강조하는 것은 '내선일체'에 관한 그의 신념이다.

> 여기에 부언하는 것은 내선일체 문제에 있어서 조선인은 대화족과 조선인의 피가 다르다고 해서, 즉 혈통이 다른 민족이라고 해서 내심으로 환영하지 않는 분자가 있는 듯 싶다. 그러나 내선(內鮮) 양민족은 피를 함께 한 민족이다. 이천년전에는 한 민족이었으며, 그 후에도 1천2백년 전 경에 백제로부터 일본에 건너간 백제의 자손들이 내지 기옥(埼玉)의 고려촌에서 일본인과 결혼하여 그 후손은 혼혈한 완전한 일본인이 되었으며, 8천백만이나 산(算)하게 된다. 그리고 더욱 황송한 말씀이나 황실에도 2차나 조선의 피가 섞이셨던 것이다. 이 말은 총독부에서 해도 좋다해서 나는 기쁜 마음으로 근기(謹記)하는 바인데 (…중략…) 이렇게 황송하옵게도 황실을 비롯하여 신민에 이르기까지 내지인과 조

---

9) 무로부세 코신[室伏高信], 『新體制講話』, 靑年書房, 1940, 124면.

선인의 피는 하나로 되어 있으며, 이로써 우리는 천황폐하의 신민으로써 충의
를 다 하는 자가 되어야 할 것이며 및 우리의 예술도 그러해야 할 것이다.[10]

　신체제와 조선문학을 얘기하는 자리에서 이토록 자세히 '내선일체'의
역사적 근거를 대는 것은 언뜻 엉뚱한 노릇처럼 보인다. '부언한다'고
이광수 스스로도 표현하고 있듯이, 인용한 단락은 그가 전개하던 논리와
맥락이 닿질 않는 돌출적인 얘기였던 것이다. 또한 '내선일체'는 미나미
총독 부임 이후 일상화된 구호이자 이광수 스스로도 입버릇처럼 내뱉던
말이어서 달리 새로워 보일 며리도 없다. 그러나 사실은 '내선일체'를
강조하는 이 대목이야말로 이광수가 받아들인 '신체제'의 핵심이 놓여
있다.

　중일전쟁 이후 조선을 대륙침략전쟁의 '병참기지'로 설정한 일본은
장기화되고 있는 중일전쟁과 장차 다가올 서구와의 전쟁에 조선 민중과
자원을 동원하기 위해서는 행정 조직과 억압기구를 통한 동원만이 아니
라 좀더 광범위하고 자발적인 지원과 참여가 절실한 문제로 다가왔다.
신체제의 등장 이후 일본은 '내선일체'보다도 한 걸음 더 나아가 '조선
인과 일본인은 다 같은 일본 국민'이라는 논리를 들고 나왔다. '동일한
국민'으로 취급한다는 것이, 그 이전에 존재하던 '내선융화'나 '내선일
체'와 차원이 다른 논리인 까닭은, '국민'이라면 '의무'와 동시에 '권리'
도 지니게 되기 때문이다. 이광수처럼, 3·1운동 이후 '민족국가로의 독
립' 가능성을 진작에 포기하고 있던 부류들에게는 이 '권리'(곧 참정권)는
더할 나위 없는 '복음'으로 받아들여질 수밖에 없었다.[11] 다시 말하면,

---

10) 이광수, 「신체제하의 예술의 방향―문학과 영화의 신출발」, 『삼천리』, 1941.1, 253면.
　　원문의 한자를 한글로 바꾸고, 현대어법에 맞게 인용자가 고쳤다.
11) 실제로 1940년 조선인으로서는 유일한 일본의 중의원이었던 박춘금은 조선에 징병
　　제를 실시하게 되면 이에 대한 보상으로 선거권과 같은 참정권을 달라는 청원서를 일
　　본 중의원에 제출하면서, 일종의 등가교환을 시도했다. 당시 포괄적 용어로 '조선인에
　　대한 처우개선'으로 불렸다. 조선인 참정권 문제에 관한 논의는 호사카 유우지[保坂
　　祐二], 『일본제국주의의 민족동화정책 분석―조선과 만주, 대만을 중심으로』(제이앤

'일시동인(一視同仁)' 대신 '팔굉일우(八紘一宇)'를 새로운 슬로건으로 내건 '신체제'야말로 차별 없는 동등한 '국민'이 되기를 열망하고 있던 이광수에게는 대망의 기회이자 일본이 베푼 시혜로 다가왔던 것이다.[12]

그러나 같은 지면에서 작가 채만식은 이광수와는 전혀 다른 맥락으로 '신체제'를 이해하고 있다. 그는 1940년 10월 20일자 『대판조일신문(大阪朝日新聞)』에 보도된 '일본 방적의 신기술 공개' 기사를 길게 인용하고, 대기업이 오랜 시간 공들여 개발한 새로운 제조기술을 비공개로 독점하여 이윤 추구의 도구로 삼지 않고 전면 공개했다는 기사의 내용에 "황군이 불인(佛印)에 평화진주를 했을 적의 뉴스 못지 않게 쇼크를 주었다"[13]고 고백한다. 채만식에게 일본 방적의 기술 공개 사례는, 이윤 추구를 위한 자본주의의 무정부적 '자유'를 부정하는 '신체제'의 살아 있는 예증으로 다가왔던 것이다. 그에게 '신체제'란 자본주의를 유지하는 자유주의와 개인주의의 청산 및 극복이라는 의미, 그 이상도 이하도 아니었다.

개인주의의 이 자유주의적인 생산태도에 있어서는 국력 내지 국가적인 손실이라는 것을 전혀 고려치 않는다. (…중략…) 그리고서도 이름하여 그것을 자유니 '나'니 하고 부르던 것인데 그러한 자유며 '나'란 것이 인류와 공서(共棲)하여 영세불망할 이치가 없는 것이다. 과연 인류는 바야흐로 새로운 역사를 창조하려 위대한 아침을 맞이했다. 그리고 방금 몰락하고 있는 구라파적인 자본주

씨, 2002), 220~246면 참조. '동등한 국민'이라는 논리가 일제 당국자들에게 조선인에 대한 '의무'의 요구와 '권리'의 보장이라는 딜레마에 빠지게 만든 사정에 대해서는 전상숙, 앞의 글, 58~64면 참조.
12) 이광수가 『나의 고백』에서, 학병 권유차 동경에 갔을 때 대학생들과 나누었다고 소개한 다음의 대화는 그런 맥락에서 진심이었을 것이다. 그는 '징병'과 '참정권 획득'을 일종의 등가교환으로 철석같이 믿고 있었다. "우리가 나가서 피를 흘리면 그대는 우리의 핏값을 받아 주겠는가?" 하고 물었다. 이것은 참말로 큰 물음이었다. 나는 "그대들이 피를 흘린 뒤에도 일본이 우리 민족에게 좋은 것을 아니 주거든, 내가 내 피를 흘려서 싸우마."(강조는 인용자)『나의 고백』, 삼중당, 1971, 279면.
13) 채만식, 「문학과 전체주의─우선 신체제 공부를」, 『삼천리』, 1941.1, 255면.

의와 더불어 탄생하여 더불어 성장하고 더불어 번영을 누려 오던 자유주의나 개인주의도 그와 더불어 몰락 또한 같이할 운명을 짊어진 자이어서 지금에 그 종언을 고하게 된 것이다. (…중략…) 소화유신은 명치유신의 발전적 해소로 신체제에 있어서는 그러므로 재래의 모든 개인주의나 자유주의적인 행동과 이데올로기가 부정이 된다.[14]

신체제가 작가 채만식으로부터 '내적 동의'를 확보하는 이론적 계기는 바로 '신체제론'을 구성하고 있는 '전체주의'였다. 채만식은 글의 말미에 잊지 않고, 신체제의 전체주의를 '공산주의'와 혼동하는 일이 없어야 한다는 것을 부연하고, 또한 이러한 전체주의가 황도주의로 귀결되어야 한다는 것을 강조하지만, 정작 그의 관심이 이런 데로 향한 것이 아니었음은, 이광수의 '신체제'가 반자유주의나 반개인주의, 나아가 반자본주의에 별반 관심이 없는 것과 같은 이치다. 한때는 프로문학 진영을 기웃거렸고, 프로문학과 결별한 뒤에도 근대 자본주의사회의 추악한 이면과 그 부정성을 그려내는 데 누구보다도 탁월한 능력을 보였던 채만식으로서는, 다른 어떤 면보다도 자본주의의 무정부성과 욕망의 악무한적 순환을 부정하는 '전체주의'로서의 '신체제'가 가장 매력적으로 보였을 것임은 충분히 짐작할 수 있는 일이다.

이광수와 채만식은 신체제론을 주관적으로 '전유'하는 하나의 전형적인 사례를 보여준다. 당시의 지식인과 작가들은 각자 자신의 관심방향과 정치적 소신에 따라 신체제를 제나름으로 이해하고 있었다.[15] 물론 이러한 주관적 전유를 가능하게 했던 해석의 상대적 자율성(?)은 그리 오래

---

14) 채만식, 위의 글, 258면.

15) 심지어 김동리는 『삼천리』지의 설문에서 "신체제 이론은 뭐라고 말할 수 없이 애매모호하다"고 비판한 뒤, "내가 가장 절실히 절실히 원하는 바는 저 近衛公이나 南總督 같은 이를 조용히 만나 뵙고 신체제, 아니 그보다 동아신질서 문제의 근본원리에 대한 나의 의견을 피력하고 싶은 것이다"(『삼천리』, 1941.1, 248면)라고 말한다. 짐작컨대 김동리에게는 신체제가 서구에 대한 '동양주의'로서 가장 크게 다가왔을 것이다. 신체제 등장 이전인 등단 무렵부터 '반서구'와 '반근대'의 문제와 고투했던 그로서는 '한 수 지도'하고 싶은 욕구를 가지는 것이 어쩌면 자연스러운 것인지도 모른다.

가지 않았다. 이광수는 말할 것도 없지만, 채만식도 '반자본주의'적 계기로서의 '신체제' 수용에 머물지 않고 끝내 '일본주의'로 기울어, '신체제'와의 내적 긴장을 유지하는 데 실패하기 때문이다.[16]

그러나 신체제 등장 이후부터 한동안, '신체제'의 이론적 수용에 이러한 주관적 전유가 가능했던 이유 중의 하나는, 신체제론 자체의 모순율 때문이다. 식민지배담론의 개발과정에 나타나는 논리적 모순이나 비일관성은 비단 '신체제론'에 한정되는 문제만은 아니었다. 예컨대, 식민지인 조선을 향해서는 '내선일체'를 내세우지만, 또 다른 식민지인 '만주국'에 대해서는 '오족협화'라는 새로운 구호가 등장해야만 했다. 중일전쟁 이후 대륙침략이 본격화되면서부터는 '내선일체'나 '오족협화'로는 감당할 수 없는 새로운 상황에 직면하게 된다. 이런 문제는 1940년 당시에 식민지이거나 반식민지였던 대만·조선·만주·중국에 개별적으로 해당되는 문제였을 뿐 아니라, 남진정책이 본격적으로 가동될 경우 식민지로 편입될지도 모를 동남아시아를 상정할 때 한결 그 구도가 복잡해질 도리밖에 없다. 신체제가 내세우는 '대동아공영주의'와 그를 뒷받침하는 '팔굉일우'의 이데올로기는 그 모든 것을 포괄하는 지배담론의 종합편으로 등장한 것이었다.[17]

---

16) 채만식의 '황도주의'로의 경사과정 전반에 대해서는 김재용, 『협력과 저항』 중 「채만식-'멸사봉공'을 통한 근대초극」을 참조할 것.

17) '대동아공영권'의 이념적 기반으로 등장한 '팔굉일우'는 엄밀한 의미에서 신체제의 '황도주의'와 배치된다. 천황을 정점으로 한 '황도주의'는 어디까지나 '군민동조론(君民同祖論)'에 뿌리를 두고 있는 것이다. 즉, 천황과 그 신민이 모두 같은 핏줄이므로 천황을 정점으로 한 하나의 거대한 '家'를 이룰 수 있다는 것이, '황도주의'의 논리적 핵심인데, '조선'에서는 고대사의 주관적 해석을 통해 이를 어느 정도 해결할 수 있었지만, 만주국에서는 이 '동조동근론'이 합당하지 않으므로 '오족협화'로 대치되었으며, 대만에서는 '황도주의'의 상징인 '아마테라스 오오미카미[天照大神]'를 전면에 배치하여 동일한 혈통을 강조하는 것이 어려웠기 때문에 그 대신에 이른바 '대만식민지전쟁'에 참여했다가 전사한 황족 요시히사 신노오[能久親王]를 신격화하여 동화이데올로기를 창출할 수밖에 없었다. '대동아공영주의'가 전면에 등장하면서, '황도주의'의 상징인 '아마테라스 오오미카미'를 근간으로 한 '군민동조론' 대신 그 직계인 진무(神武)천황이 말했다고 하는 '팔굉일우(전 세계를 하나의 나라로 만든다)'의 이념이 강조

동아의 여러 나라는 저마다 독립국으로서 각자 그 영토를 보전하고, 주권을 확보하지만, 그러나 완전 고립적인 자유주의의 독립국은 아니며, 전체로서 또한 종합적인 일체를 이루지 않으면 안 된다. 그것을 가령 동아연맹이라고 부른다면, 그것은 국제연맹과 같은 자유주의국가의 일시적, 부분적인 연계는 아니며, 완전히 새로운 원리 위에 성립하는 동아신질서로의 항구적, 전면적인 결합이지 않으면 안 된다. 정치적으로는 동아연맹이며, 경제적으로는 동아광역경제이지만, 그 근본은 물질주의에 대한 정신주의이고, 권력주의에 대한 도의주의이며, 패도주의에 대한 왕도주의이며, 이런 것들은 전부 신체제의 근본원리로서 통하는 것이다.[18]

대동아공영주의에 대한 관변이데올로그 타니구치의 설명은 김동리의 표현대로 "뭐라고 말할 수 없이 애매모호하다." 각자의 나라는 독립국으로서의 주권과 고유성을 유지하면서도, 기존의 국제연맹과 같은 형태가 아니라 '항구적 전면적 결합'의 형식을 취해야 한다면, 대체 이러한 형태의 국가연합은 구체적으로 어떤 형태로 나타날 것인가. 처음부터 '대동아공영주의'나 '동아신질서론'이 아시아에 대한 침략주의를 포장하는 기만적 슬로건에 불과한 것이라고 무시해버리면 모르되, 그 나름의 이론적 진정성을 전제하고 기꺼이 설득 당하기를 준비하고 읽을 경우, '대동아공영주의'는 무척 헐겁고 공소한 논리 위에 불안스럽게 서있다. 무엇보다도, 신체제론을 구성하는 '일본적 전체주의'와 그것의 외화 형태로 나타난 '대동아공영주의'가 안고 있는 근본적인 모순은, 서구라는 '보편'을 지우고 개별자로서의 '동양'을 발견하지만, 그 '동양'을 '일본적 전체주의'라는 거멀못에 계속 걸어두기 위해서는 '동양주의=일본주의'라는 또 다른 '보편'을 설정해 두지 않으면 안 된다는 것이다.[19] '서구'라는

되었던 것이다. 이처럼 '신체제론'의 하부 논리 구조는 여러 곳에서 논리적 모순을 낳고 있다. 아시아 삼국에 대한 동화이데올로기 창출과정은 호사카 유우지의 앞의 책을 참조

18) 타니구치 요시히코[谷口吉彦], 『新體制の理論』, 千倉書房, 1940, 272면.

19) 일본이 발견한 '동양'의 이러한 내적 모순의 역사는 일본이 '동양'을 발견하는 그 순

‘보편’을 부정하기 위해 ‘동양’이라는 ‘보편’에 의지할 수밖에 없는 것이 신체제론의 논리적 운명이라면, ‘동양’이라는 ‘보편’을 걷어내기 위해 ‘동양’ 안의 무수한 개별자들은 어떻게 해야 할 것인가.

‘신체제론’은 ‘서구’라는 ‘보편’을 부정하는 데에는 유효하고, 그 점에서 조선의 작가와 지식인들에게 헤게모니를 획득하지만, 그 스스로 ‘일본=동양’이라는 또 다른 보편을 창출하는 까닭에 정작 보편으로서의 ‘동양’과 개별자로서의 ‘조선’의 관계를 생각할 때는 부정되어야 할 또 하나의 ‘보편’이 될 수밖에 없다. ‘신체제론’의 이러한 모순을 발견했든 하지 않았든, 당시의 작가와 지식인들은 이 딜레마에 다다르지 않을 수 없었다. 그리고 이 지점에서 ‘신체제론’의 모순과 길항을 빚는가, 그 모순에도 불구하고 논리에 함몰되는가가 달라지는 것이다.

식민지배담론으로서의 신체제론의 헤게모니에 ‘동의’한 작가들이 모두 그 논리에 전면 포섭되었던 것은 아니다. 게다가 ‘신체제’에 대한 협력 여부는 오로지 ‘논리’의 차원에만 한정되는 문제도 아니었다. 이태준은 ‘신체제’에 민감한 반응을 나타낸다. 그리고 신체제의 논리 구조에 기꺼이 설복당하는 모습을 보이는 것도 사실이다. 그럼에도 끝내 이 논리에 함몰되지 않고 버텨내기 위해 고투하는 모습을 보인다. 신체제와의 내적 긴장과 길항은 여기에서 생겨난다.

간부터 시작된 것으로 매우 유구한 지적 흐름의 전통을 지니고 있다. 일본을 제외한 아시아를 향한 슬로건이 ‘일시동인’이든 ‘팔굉일우’든 일본과 여타의 ‘종속적인 다른 민족’ 사이에 상호존중을 바탕으로 하고 개별 민족의 독자성을 전제로 한 융화는 애초부터 없었다. 그런 점에서 ‘신체제’가 표방하는 ‘동양’은 ‘동양’ 스스로가 타자인 ‘서구’에 대해 자신을 표현할 수 없음을 ‘일본’이 대신하는 것으로서의 ‘동양’이며, 따라서 이때의 ‘동양’은 곧 ‘일본’인 것이다. ‘신체제’가 지닌 ‘동양론’과 ‘대동아공영주의’의 모순율은 바로 이러한 ‘나르시시즘’적인 보편성의 신화에서 비롯된다. 이에 대해서는 강상중, 『오리엔탈리즘을 넘어서』(이경덕 · 임성모 역, 이산, 1997)의 「‘동양’의 발견과 오리엔탈리즘」을 참조할 것.

3. 이태준과 신체제론―수용과 저항의 내적 긴장과 길항

'신체제'의 등장을 전후한 1930년대 말부터 1940년대 초반에 이태준은 시국의 변화에 대해 매우 민감하게 반응한다. 그가 쓴 것이 분명한 『문장』 창간호의 권두언은 제목부터가 「시국과 문필인」이다. "좁게 서재에만 스스로 갇혀 신변잡사류에나 과민한 것이 문필인이라면 이는 문필, 그 자체를 위해보다 먼저 그 인간으로서, 국민으로서, 시대인으로서 망각했음이 크다 않을 수 없을 것이다"라고 문필인의 시국에 대한 인식을 촉구한 뒤 다음과 같은 말로 창간호의 권두언을 맺는다.

> 이제 동아의 천지는 미증유의 대전환기에 들어 있다. 태양과 같은, 일시동인(一視同仁)의 황국정신은 동아대륙에서 긴―밤을 몰아내는 찬란한 아침에 있다. 문필로 직분을 삼는 자, 우물 안 같은 서재의 천정만 쳐다보고서야 어찌 민중의 이목(耳目)된 위치를 유지할 것인가 모름지기 필봉을 무기삼아 시국에 동원하는 열의가 없언 안될 것이다.[20]

---

20) 「시국과 문필인」, 『문장』, 1939.12, 1면. 물론 이 글의 필자는 실명이 아니라 '주간'으로만 표시되어 있어 이태준의 글이라고 단정하기는 어렵다. 그러나 당시 『문장』의 편집진 구성을 보면 이태준 이외에 이런 글을 쓸 만한 사람은 없다고 판단된다. 창간 당시 『문장』에는 편집 및 발행인이었던 사주 김연만(金鍊萬)과 장정 및 삽화, 표지화 등을 맡았던 화가 김용준(金瑢俊)과 길진섭(吉鎭燮), 그리고 편집 일체를 담당했던 이태준이 있었다. 소설가 정인택이 편집부에 합류한 것이 1939년 5월 무렵이었는데, 5월호 편집 후기인 「餘墨」란의 "이번 편집부에 정인택 씨를 맞이하였다. 상허가 숨을 좀 돌릴 것이요 단행본 간행도 활발해질 것이다"라고 한 사주 김연만의 말을 보거나 "정인택 형이 입사한 것은 나는 몸 하나를 더 얻은 것 같다"고 한 이태준의 소감을 보더라도 잡지발행과 관련된 대부분의, 특히 내용과 관련된 일은 이태준이 관장하고 있었다고 짐작된다. 이하 인용하는 「대동아공영권확립의 신춘을 맞이하여」라는 '시론(時論)' 역시 정황상 이태준이 쓴 것으로 추정하고 논지를 전개한다. 이 두 개의 시론에 드러나는 시국관이나 상황 인식은 그 무렵의 이태준 소설에서 드러나는 바와 서로 겹치지만, 이 글들을 그의 목록에서 제외하더라도 '신체제'에 대한 그의 인식을 재구성하는 데에 큰 지장은 없다.

그로부터 1년 뒤, 신체제가 들어선 직후의 『문장』 권두언 역시 주간
인 그가 쓴 글이다.

지난 일년을 회고하면 제국으로서는 광휘있는 이천 육백년의 기념년이기도
하였지만, 안으로 신체제의 조직, 밖으로 일·독·이의 동맹체결, 일지(日支)기
본조약의 조인 등 실로 이천 육백년래 제국사상에 특기할 만한 일년이었었다.
이제야말로 세계의 정세, 인류의 모든 개념에 유사이래 최대의 전환이 전개
되는 것이다. 제국은 이 세계역사의 전환을 지도할 사명을 가졌고, 더욱 동반구
에 있어서는 맹주로서의 동아신질서의 건설 급(及) 대동아공영권 확립에 당하
는, 이 새해야말로 그 실천의 거보를 비로소 내어디뎌, 조국(肇國) 이래 팔굉일
우(八紘一宇)의 대정신의 찬연한 광망을 전 세계에 뻗치는 것이다. (…중략…)
이미 제오년을 맞이하는 지나사변의 종국의 목표는 위의 동아공영권 확립에
있는 것은 이제 새삼스러이 언명할 필요가 없거니와 그 동아공영권이란 어떠한
사태를 가리킴이냐 하면, 동아로부터 동아인의 것이 아닌 외래의 세력을 구제하
고 동아는 동아인의 자유스러운 생활지역, 동아인의 이상적인 문화지역의 건설임
엔 또한 누구나 이견이 없을 것이다. 그러면 이미 동아에 심어진 외래의 세력이
란 무엇인가? 이것은 눈으로 볼 수 있는 물적 방면뿐 아니라 눈에 보이지는 않으
나 동아인류의 마음 속에 뿌리를 박아 동아인으로서의 자주적인 생존을 갖지 못
하게 하는 정신적 침략까지도 포함된 것은 물론이다. 그러므로 동아신질서 건설
은 총검과 함께, 물자와 함께, 정신, 사상의 확립통일이 없어서는 완전한 건설,
완전한 승리를 기약치 못할 것이다. 여기에 우리 지식층의 중차대한 책무가 있
는 것이다. 그러나 방황할 것은 없다. 이미 신체제가 확립되고, 국론통일된 위
에서의 제국국민으로서의 가질 바 사상은 너무나 간단명료하게 제시된 것이
다.21) (강조는 인용자)

'권두언'과 같은 성격의 글에 으레 따르기 마련인 관례적이고 공식적
인 레토릭들을 걸어내고 읽는다면, 이태준이 이해한 '신체제'의 요체는
강조된 부분에 집중된다고 보아 큰 무리가 없다. 자본주의나 자유주의,

---

21) 「대동아공영권확립의 신춘을 맞이하며」, 『문장』, 1941.1, 2~3면.

혹은 개인주의와 같은 용어는 등장하지 않지만, "눈에 보이지는 않으나 동아인류의 마음 속에 뿌리를 박아 동아인으로서의 자주적인 생존을 갖지 못하게 하는 정신적 침략"이란, 이태준이 평소에 혐오해마지 않던 '자본주의적 속물성과 속악함'을 가리킨다. 잘 알려져 있다시피, 이태준은 프로문학에 비판적이었고, 채만식과 같은 리얼리스트들과도 일정한 거리를 두었지만, 그 나름으로 누구 못지 않게 오랜 시간 동안 '근대의 속악함'과 환멸에 찬 싸움을 벌여 왔었다. 다만, 그의 인식 내부에서는 '서구'와 '자본주의', '근대'라는 서로 겹치면서도 뚜렷이 구별되는 몇 개의 범주들이 뒤섞인 채 착종되어 있었고, 따라서 그 극복의 대안 역시 종종 추상적이거나, 논리나 실제보다는 감정과 정신에 호소하는 경향이 강했던 것도 사실이다. 그러므로 그에게 있어 '동양'이란, '서구'와 '자본주의', '근대'가 한데 얼려 연출하는 모든 '속악함'의 피안(彼岸)이자, 그것을 넘어설 수 있는 대안으로서의 추상화된 총체였다고 할 수 있다. 이 '추상적 총체'로서의 '동양'은 신체제론의 등장을 전후로 하여 한결 구체적이고 현실적인 대안으로 그에게 재인식되었다. 그 역시도, 신체제 등장 직후의 채만식처럼, 신체제를 '자본주의의 속악함'과 '물질주의로서의 근대'를 넘어설 수 있는 현실적 방안으로 이해했던 것이다.

이를 가장 잘 보여주는 것이 1942년에 발표한 장편 『별은 창마다』이다. 이 소설은 그가 즐겨 구사하는 전형적인 삼각 구도로 짜여진 일종의 연애소설인데, 그 삼각 관계의 한 축을 담당하는 '가난한 고학생 출신의 건실한 고등공업학교 출신의 남자'(어하영)가 표상하는 세계가 곧 '나치스의 세계'이다.

이 소설에는 신체제의 '전체주의'를 수용한 이태준의 변모를 보여주는 몇 가지 중요한 징후가 있다. 하나는, 여주인공 한정은의 아버지 한 사장이 경영하는 '한성피혁회사'가 일제의 통제경제정책으로 인하여 강제 합병당하는 과정을 대단히 긍정적으로 그리고 있는 장면이며, 다른 하나는 한 사장의 고명딸로 동경 음악학원에서 유학을 하고 있는 철부지 정은이, 갑자기 애인 '어하영'의 영향을 받아, 음악을 포기하고 건축학도로 바뀌고, 멋과 사치의 세계로부터 '유니폼의 세계'로 옮겨가는 모습이다.

① 이럴 무렵이다. 회사에는 중대한 문제가 일어났다.

지난 여름에 북지에서 일본군과 지나군이 충돌된 이후, 충돌은 점점 전쟁상태로 퍼져 나갔다. 피혁은 워낙 군수품의 중요한 것의 하나로 평화시에도 적지 않은 수량을 육군창고에 바치던 것이라, 그 수량이 갑재기 몇 배로 늘었다. 이미 동경, 명고옥, 대판 등지에 선약이 있은 것조차 군창고의 수용량을 채이기 위해서는 부득이 해약이라도 해야 될 정세에 이른 것이다. (…중략…)

익형은 지나사변이 경제계에 미치는 영향을 대강 이야기하였다. 그 중에도 피혁업과는 더욱 관계가 긴밀해지는 것과, 오늘 동경에 와 이곳 업자들을 만나보니 여기서는 별써 개인회사들은 다 해산이 될 것을 각오하고 있다는 것을 이야기하였다.

"그럼 피혁회사는 아주 없어지나요?"

"없어지는 게 아니지. 그전 자유경제시대처럼 여러 회사가 경쟁적으로 장살해서 공연히 가격을 부당하게 올리기도 하고 떨구기도 하는 그런 폐단을 없이하고, 생산과 가공과 군에의 납품을 단순화, 강화시키는 반관유회사가 생길 테지."

"조선두 그렇게 될가요?"

"시간 문제겠지."

"그럼 우리집 회산 없어진단 말이야요?"

"그럼." (…중략…)

"회사들이 없어진다구 나쁜 의미루 해석헐 게 아니라 발전적 해체니가 조선에두 여러 회살 합한 큰 새회사가 하나 생길 께니까."22)

② '사람들이 가장 미의 도시라고 예찬하는 파리가 나에게는 가장 추의 도시라' (…중략…)

---

22) 이태준, 『별은 창마다』, 서음사, 1988, 111~128면. 1. 원 발표 지면은 『신시대』(1942.1~1943.6)이다.

정은은 병원에서 벼르던 대로 백화점 마쓰야 식당으로 올라와 보았다. 하영이가 형용하던 그대로, "머리에 하얀 레-스, 조고만 에프론, 걷어 올린 팔로 삐타민 에, 삐, 씨, 띄를 시민헌테 민활하게 공급하는……."

이 식당 소녀들은, 한 자본가에게 고용되는 불우한 소녀들이라기보다는, 한 아름다운 의무를 띤 현대문명의 귀여운 사도들 같았다. (…중략…)

정은은 유쾌한 새 신을 신고 다시 은좌를 걸었다. 신에 취미가 달러지자 의복에도 입던 것에 싫증이 생긴다. 가만히 진열창 유리에 자기 양복을 비춰여 볼 때, 단초들이나 포켙들이나 모다가 너머나 장식적이었다. 정은은 길 우에서 문뜩, 히틀러의 사진을 생각해 보았다. 그 위엄, 그 활동적인 것, 얼굴의 기상뿐으로만 아니었다. 굵직굵직한 단초가 띄염띄염 자리를 컹켜달린 것은 가슴의 건강과 면적을 얼마나 확대시키는 것이며, 선을 강조시켜 볼록 울려솟는 큼직한 포켙들은 또 얼마나 기능과 함축을 강화시켜 보이는 것인가?[23]

인용문 ①은 앞에서 말한 대로, 개인 회사의 해산과 관 주도의 기업 강제합병과정을 긍정적으로 서술하고 있는 부분이다. 이 과정에서 한성피혁의 한 사장은 약 팔십만 원의 이익을 남기고 경영 일선에서 물러나는 것으로 처리되어 있다. 인용문 ②는 부호의 고명딸이자 피아노를 전공하는 음악전문학교의 학생이며, 멋부리는 데 정신 없던 영양(令孃) 한정은이 고학생 애인의 영향으로 갑자기 '히틀러 찬미자'가 되고, 드레스매니아에서 제복예찬자로 바뀌는 대목이다. 일찍이 나치즘과 히틀러를 다음과 같이 비판했던 이태준으로서는 이러한 나치즘 예찬이 엄청난 변화라고 하지 않을 수 없다.

안국정(安國町)이지만 아직 안국동(安國洞)이래야 말이 되는 것 같다. 이 동(洞)이나 이(里를) 깽그리 정화(町化시)킨데 대해서는 적지 않은 불평을 품는다. 그렇게 삐지네스의 능률만 본의로 문화를 통제하는 것은 그릇된 나치스의 수입이다. 더구나 우리 성북동(城北洞)을 성북정(城北町)이라 불러보면 '이주사'라고 불러야 할 어른을 '리상'이라고 남실거리는 격이다. 이러다가는 몇 해 후에

---

23) 이태준, 『별은 창마다』, 121~128면.

는 이가니 김가니 박가니 정가니 무슨 가니가 모두 어수선스럽다고 사람의 성
명까지도 무슨 방법으로든지 통제할는지도 모른다.
　　모든 것에 있어 개성(個性)을 살벌하는 문화는 고급한 문화는 아닐 게다.24)
(강조는 인용자)

　　잘 알려진 이태준의 단편 「장마」(1936)의 한 구절이다. 이 무렵의 이태
준은 유럽의 파시즘을 획일주의나 능률을 최고의 가치로 삼는 극단적
실용주의라는 이유에서 비판하고 있다. 예술의 자율성과 개성의 가치를
존중하는 그에게 이런 파시즘은 도저히 용납될 수 없는 것이었다. 그러
나 이로부터 6년 뒤, 장편 『별은 창마다』에서는 나치즘의 획일주의와 실
용주의를 모두 수용하는 쪽으로 급선회했던 것이다.
　　한정은이 소설 속에서 보이는 변화의 양상은 「장마」와 「패강령」의 세
계로부터 문득 『별은 창마다』의 세계로 옮겨 앉은 이태준의 변화와 닮
은꼴을 이루고 있다. 평양 여인네들의 머리를 아름답게 장식하고 있던
보얀 머릿수건이 사라지고, 고불고불 지진 파마머리 일색으로 변한 것을
탄식하던 '현'의 사상은 곧 이태준의 사상이기도 했기 때문이다. 전체주
의를 비판하던 이태준이 신체제 이후 그것을 전격 수용하고, 거기에 발
맞춰 『별은 창마다』와 같은 소설을 쓰게 되는 이 변화를 어떻게 설명할
수 있을까. 이 변화의 진폭 안에 그의 고뇌와 시대와의 불화, 그리고 내
적 긴장이 숨어 있는 것은 아닐까.
　　이태준은 신체제의 '대동아공영주의'에 크게 고무되었다. 특히, '서구
적 근대'라는 보편의 횡포에 의해 존망의 기로에 서게 된 '동양'을 구출
하고, '동양'의 고유한 추상적 가치와 질서를 회복하며, '자본주의적 속
악함'에 의해 훼손된 유무형의 것들을 복원하자는 논리에 공명했다. 그
에게 그러한 논리는 딱히 '신체제'에 의해 촉발되었다기보다는, 오랜 동
안 그가 문학을 통해 염원해 오던 소망이기도 했던 까닭이다. 신체제란,

---

24) 이태준, 「장마」, 『가마귀』, 한성도서, 1937, 149면.

이태준의 평소 신념이나 지론과 합치하는 그러한 논리적 기제로만 구성되었던 것은 결코 아니었지만, 마치 이광수와 채만식이 각자의 정치적 소신과 이념에 따라 주관적으로 신체제를 전유하듯이, 이태준 역시 '신체제'의 특정한 논리적 기제에 동의하는 것은 어렵지 않았다.

장편 『청춘무성』(1940)은 신체제 등장 직전에 발표된 작품으로, 이태준의 '동양론'을 가장 잘 반영하고 있는 소설이다. 이 소설 역시 전형적인 삼각 구도로 구성되어 있는데, 여주인공 고은심을 사이에 두고, '개인주의'와 '자유주의'에 비판적인 생각을 지니고 있는 젊은 신학도 원치원과 부호이자 재미교포인 '조지 함'의 대립과 갈등이 서사 구조의 중요한 축을 이루고 있다. 이 소설에서 원치원은 곧 '동양'을 표상하며, '조지 함'은 '서구'를 표상한다. 두 주인공 원치원과 고은심이 은심의 미국행을 앞두고 나누는 다음의 대화를 보면, 반서구와 반근대를 표방하는 신체제에 이태준이 동의할 수밖에 없는 논리적 상동성을 확인할 수 있다.

> "선생님은 서양 가시구 싶은 생각이 없으세요?"
> "서양?"
> "서양 싫어허세요?"
> "한번 구경은 하고 싶어두 서양 그 자첸 그리 존경허지 않지요"
> "왜요? 선생님 신봉허시는 예수교도 서양 사람들이 가져오지 않았어요?"
> (…중략…)
> "그럼 서양은 '현대'의 서울이라 볼 수 있잖어요"
> "그렇죠 그대신 동양은 서양의 시굴로 떨어져버린건, 즉 동양은 동양으로서의 서울 노릇을 못하고 서양의 한 지방이, 나쁘게 말하면 서양문화의 식민지가 돼버린 건 통탄할 일이죠" (…중략…)
> "그렇지만 선생님? 서양의 힘이 아니듬, 오늘 동양에 이 '현대'란게 …… 말험, 이런 자동차 저런 삘딩도 없었을 거 안야요?"
> "오늘 이런식의 현대, 즉 서양판 현대(西洋版 現代)는 없겠죠 그렇다구 동양은 최근 사오십년 동안을 아무런 발전두 없이 정지 상태루 있었스리라 생각해선 안됩니다. 서양문화로 모든 시대의 동양두 동양문화대로 발전해 온 역사가

있으니까요."25) (강조는 인용자)

은심에게 '미국'이란 나라는 화려한 표지와 현란한 상품광고로 가득
찬 여성잡지 '레디-스 홈 쩌날'이 제공하는 상상력으로 구성되어 있다.
그녀에게 '레디-스 홈 쩌날'은 서양을 상상케하는 하나의 '기호'였다.
그런 은심이 치원의 '동양론'에 계몽되어 부호인 재미교포 '쪼오지 함'
과 결혼하기 위해 미국에 가려던 것을 포기하는 것은, "난 그럼 쪼오지
함의 동양에의 향수를 위로하러 가는 한낱 동양의 '미아게(선물-인용자)'
노릇이 아닌가?"라는 자각에 이르기 때문이다.

치원의 입을 빌려 설파하는 이태준의 '동양론'은 '서구'라는 보편의
미망(迷妄)으로부터 벗어나야 한다는 것이 핵심이다. 그러나 앞서 살핀
바 있듯이, '신체제론'의 '대동아공영주의'가 표방하는 '동양주의'는 '서
구'라는 보편을 벗겨내고, 그 자리에 '일본의 동양', 즉 일본이 또 다른
'보편자'로서 기능하는 모순율로 구성되어 있다. '동양론'을 매개로 한
이태준의 '신체제론' 수용에 미묘한 균열이 생기는 것은 바로 이 지점에
서이다. 그가 신체제론의 '동양론'을 부분적으로 수용한 것은 '서구'에
의해 타자화된 '동양'을 인식했던 때문이었다. 그러나 그 '동양'이 '일본
주의'라는 '전체성'에 의해 또 다른 '보편신화'로 탈바꿈하는 것에는 결

---

25) 이태준, 『청춘무성』, 서음출판사, 1988, 206~207면. 원 발표 지면은 『조선일보』(1940.3
~1940.8)였다. 인용문의 줄친 부분은 다음과 같은 신체제의 '일본주의'와 고스란히 겹
친다. "일본은 세계의 변두리 시골이 아니며, 세계로부터 고립된 일개 작은 섬나라도
아니다. 일본은 세계의 일본으로서 높은 지위를 지니고, 동시에 세계 안의 일븐이다. 이
세계의 일본, 세계 내의 일본의 사건은 항상 세계사의 단계에 있어서 또한 세계의 무대
위에서 생각하지 않으면 안된다. 신체제는 어디까지나 전체주의의 기초 위에 성립되어
있다. 이것은 하나의 전체주의로서의 규정되어야 한다. 전체주의를 거부하는 것은 신체
제를 거부하는 것이며, 일본을 또한 일본주의를 세계의 외진 시골로 추방하려는 것이
다." 무로부세 코신, 앞의 책, 114~115면. 이태준의 신체제 수용은 이 구절의 '일본'의
자리에 '동양'을 대입시킴으로써 가능했다. 그러나 그는 '자리바꾸기'라는 전유의 과정
을 거치면서도 결코 '일본=동양'이라고는 생각하지 않았으며 '일본≠동양=조선'이라
고도 생각하지 않았다. 이 미묘한 차이를 놓치면 이태준이 '신체제'로 대표되는 식민지
배담론의 '동양론'에 완전 동화된 것으로 오해하게 된다.

코 동의할 수 없었다.

이태준은 '서구'를 주인공으로 한 '보편 신화'의 미망을 벗겨내는 것이 '동양'의 발견이었듯이, '동양' 안에 존재하는 여러 민족의 개별자로서의 독자성과 고유성이 '대동아공영주의'에 의해 확보될 수 있으리라고 믿었다. '믿었던 것'이 아니라면, 최소한 그것이 지배담론으로서 헤게모니를 획득하기 위해 유지해야 할 담론의 자기 규율의 '빈틈'을 '이용할 수'는 있으리라고 생각했을 것이다. 즉, '동아시아 제 민족의 공존과 번영'이라는 '신체제'의 슬로건의 이면(裏面)이 설사 기만이라고 하더라도, 그것이 겉으로 내세우고 있는 자기 과시적 허용 공간 안에서 최대한도로 '버티기'를 시도하자는 전술을 말한다.

이태준이 견지하고자 했던 이러한 태도는 결국 '대동아공영주의'를 기반으로 해서 일본이 내세운 '국민문학'과 그 안에서의 '조선문학(조선어)의 특수성'이라는 문제와 직접 결부된다. 당시에 제출된 '국민문학'에 관한 많은 논의들의 상당 부분은 이 문제에 집중적인 관심을 기울였다. '국민문학'의 '일본주의'를 하나의 '전체성'으로 하고, 문학 및 언어를 포함한 각 민족의 문화가 하나의 '지방문화'로 배치되는 이러한 구도에 많은 작가와 지식인들은 동의했다. 그러나 정작 중요한 문제는 이러한 구도와 배치의 표면적 논리에 대한 '동의' 여부보다도, '대동아공영주의'의 모순율을 이용하여 민족문화와 언어 및 문학을 유지·보존하려는 '의지'나 '방법'이다. '조선문학(및 언어)의 특수성'을 둘러싼 일본측 관변 지식인들과 당시의 우리 작가나 지식인들의 이해와 인식이 상당히 달랐기 때문이다. 다시 말하면, '국민문학'의 이념과 그 구도에 동의한다고 해서 '조선문학의 특수성과 그 지위'가 자동적으로 보장되는 것이 아니었던 것이다.

1941년에 들어서자 『조광』이 연이어 마련한 임화와 야나베 에사부로[矢鍋永三郎]26)의 대담이나, 일본 동경에서 김사량과 키시다 쿠니오[岸田國士 : 당시 대정익찬회 문화부장. 극작가]의 대담은 인식의 차이와 그에 따른 긴장과 대립을 선명하게 보여준다. 임화와 야나베의 대담은 조선문화의 독자성과 특수성, 조선어의 지위를 인정받기 위해 끊임없이 질문을 퍼붓는 임화의 공세적 태도와, 날카로운 임화의 질문의 예봉을 계속 회피하면서 얼버무리는 야나베의 수세적 태도가 극명하게 대조되는 대담이었다. 1941년 1월 15일 총력연맹 사무실에서 있었던 이 대담에서 임화는 초반부터 정치·경제와 구별되는 '문화의 특수성'을 언급하면서 신체제가 요구하는 이른바 '직능봉공'에서 문화의 의미가 다른 영역과 다른 것임을 강조하는 한편, '조선문화와 조선어의 특수성'을 거론함으로써, 즉답을 회피하며 계속 그것의 의미를 축소 내지는 부정하려는 야나베와 보이지 않는 대립각을 형성한다.

> 林 : 문화백년의 대계라고 할까요. 이러한 견지에서 보더라도, 사실, 국민문화라는 것은 제각기 다른 역사와 전통을 가진 문화를 토대로 하고 이들의 교류와 융합을 통해서 크게 말하면 세울 수 있으리라 생각합니다.
>
> 矢鍋 : 장래로 말하면 동아공영권의 지도의 중심이 되어가면서, 문화를 만들어 가지 않으면 안되겠지.
>
> 林 : 支那문화도 印度支那문화도 佛印문화도 印度문화도 南洋에 있는 土人의 문화도 생각해야 하니까요.
>
> 矢鍋 : 건설적인 장래의 일을 생각하면 끝이 없겠지.
>
> 　(…중략…)
>
> 林 : 그렇겠지요. 그러한 의미에서 보아서 조선어의 필요는 아직도 많이 있으리라고 생각하는데요. 특히 문학방면에 대하여 희망하시는 것은─.
>
> 矢鍋 : 문외한을 그런 어려운 전문 속에 끌어넣으면 이야기가 안될 걸. 하하 …… 사실 말하면 우리는 단순한 이론으로서가 아니라, 실제 문제에 다닥쳐 가지고 어떻게 해나간다는 것을 결정해 나갈 수밖에 없지요.27)

---

26) 야나베 에사부로는 당시 총력연맹 문화부장이었다. 총력연맹이 결성될 1940년 10월 당시에는 '문화부'가 조직편제에 없었다가 약 두 달 후의 직제개편에서 만들어진다. 야나베는 '조선문인보국회'의 회장도 맡았던 인물로, '신체제' 이후 조선 작가들을 동원하여 국책 협력으로 이끄는 데 중추적인 역할을 한다.

27) 「총력연맹부장 矢鍋永三郎·林和 對談」, 『조광』, 1941.3, 150면.

　임화는 대담 내내 조선문화와 문학, 언어의 특수성과 그 존재의의를 끈질기게 주문하고 있는 데 반해, 야나베는 자신이 '문외한'이라고 예봉을 피하면서 그것이 '논리'의 차원이 아니라, '실제'의 차원에서 해결되어야 할 문제라고 대답한다. 임화와 야나베의 대담은 야나베의 우회전술 때문에 임화의 일방적인 공세로 끝났지만, 김사량과 키시다의 대담은 서로가 팽팽하게 '국민문학'과 '조선문화의 특수성'을 둘러싸고 날카로운 공방전을 펼쳤다.

　　金 : 나도 문화라는 것의 성격이라고 할까 거기에는 보편적인 것과 특수적인 것에 대한 특별한 고려가 필요하겠으나 全日本文化를 건설하는 데 있어서는 보편적인 것이 비상히 크게 나타나지 않으면 안될 것입니다. 그러나 그와 동시에 지방지방의 특수성이라는 것이 고도로 발전되어 가지고 그 결과로 전일본문화라는 것이 넓은 '넓이'와 깊은 '깊이'와 또 강도를 가지는 것이 아닌가 생각합니다. 지방문화의 특수성 가운데는 개별의 전통의 흐름이 있습니다. 이 전통이라는 것은 형상을 살리는 것, 말하자면 감정이요 형상의 배후에 있는 것입니다. 이렇게 전통을 가진 문화가 딴 문화와 교섭을 도모하는 경우, 내용을 잡아넣지 아니하고 형식만을 취하여 오기 때문에 개성을 잃기 쉬운 것입니다, 그려.

　　岸田 : 그것은 나도 이상으로는 그렇게 생각합니다. 그러나 대단히 미묘한 것은 현실 문제로서 지금 말한 특수성을 보지(保持)한다는 것과 보편적인 것을 강화하여 간다는 것이 언제든지 '스무스'하게 진행되리라고 할 수는 없는 것입니다. 이 점에 현실이라는 것의 비상한 복잡성이 있다고 생각합니다. 이런 것을 한번 머리를 깨끗이 하여 가지고 생각하지 않으면 안될 것입니다.

　　金 : 아까 岸田씨의 말씀에 언어에 대한 이야기가 나왔는데 조선의 언어라고 하는 것은 조선인, 조선문화라는 것과 함께 생장한 것입니다. 이것을 지금과 같이 대국적 기분으로 나아가는 데 함부로 고집한다는 것은 큰 의미에서 좋은 일이 아니라고 생각합니다. 국어(일본어-인용자)는 조선민중 속에 깊이 들어가지 않으면 안 될 것이나, 반면에 있어 조선의 언어라고 하는 것도 살려 가야 할 것이 아닌가 생각합니다. 문화가 언어에 힘입은 바는 대단히 크다고 생각합니다. 가령 문학이라든지 기타 예술에 있어서도 거기에 나타나는

독특한 전통을 가진 언어에 의하여 그 문화와 예술의 가치가 고양되는 것이
라고 생각합니다. (…중략…) 이런 의미만으로도 언어의 특수성이라는 것은
어느 정도까지 존중하지 않으면 안되리라고 생각하는데…….
岸田 : 그것은 물론 존중하지 않으면 안된다고 생각합니다. 그러나 다만 기술적
으로는 대단히 델리케―트한 점으로서 내지어를 보급시키는 데 장애되는 것
이 무엇이냐 하면 지방어가 사용하기 쉽고 자기의 감정을 표현하기 쉽다는
점에 있습니다. (…중략…) 일상생활에서 내지의 언어와 조선의 언어와를 이
원적으로 사용한다는 것은 하나의 과도기의 현상으로서 이어 조선의 언어도
시대와 함께 진보하여 갈 것입니다.[28]

김사량은 전일본문화를 발전시키기 위해서라도 '지방문화'인 조선문
화가 독자적인 발전을 이루는 것이 필요하다고 주장하는 데 비해, 키시
다는 시종일관, 그것이 일본의 '전체성' 안에서 보편성을 지향하는 '지
방문화'가 아니면 안 된다고 공박한다. 중요한 것은 일본적 '국민문학'
의 한 '지방문화'의 지위를 가지는 것에 안주하느냐의 여부가 아니라,
그 때의 '지방문화'의 성격을 무엇으로 유지ㆍ보존하는가의 문제라고
할 수 있다. 이런 점에서, 당시의 '국민문학'에 대한 '동의'를 전부 일본
의 논리에 흡수동화된 것이라고 판단하는 것은 단순한 논리이다. 이태준
의 '동양론'이나 '조선문학의 특수성'에 대한 인식 또한 이 미묘한 경계
위에 존재하는 것이었다.[29]

---

28) 「岸田國士ㆍ金史良 對談」, 『조광』, 1941.4, 28~30면.
29) 정종현은 당시의 '국민문학'론이 모두 일본의 제국주의적 '국민문학'의 구도 안에
   안착하는 논리였고, 따라서 제국의 논리와 모순되지 않는 '민족문화'의 양립이 가능했
   으며, 따라서 '조선적 전통=민족문화=저항적'이라는 도식은 성립할 수 없다고 주장
   한다. 정종현, 앞의 글, 127면. 이런 논리는 '조선(문학)의 특수성'이 부분적으로 '국민
   문학'론의 헤게모니 아래에 이루어진 것이 사실이라는 점에서 일리가 있는 주장이지
   만, 당시의 맥락에서 이 '조선적 특수성'을 둘러싼 현실과 논리의 미묘한 차이를 섬세
   하게 읽지 못한 것이며, 그 인식의 스펙트럼이 또한 다양하다는 사실을 놓치고 있어
   문제를 안고 있다. 김예림의 「근대적 미와 전체주의」(김철ㆍ신형기 외, 『문학 속의 파
   시즘』, 삼인, 2001)도 동일한 분석틀에 기대고 있다. 그는 이태준의 미적 논리를 '아름
   다운 것=조선적인 것=동양적인 것'으로 파악하면서, 궁극적으로 이것은 일본 전체주

이태준의 신체제 수용이 '대동아공영주의'의 '동양론'에 동의함으로써 가능했다는 것은 앞에서 언급한 바 있거니와, 그러한 헤게모니에의 '동의' 여부보다도 좀더 중요한 것은, 그럼에도 불구하고, 이태준의 '조선적인 것'이 모두 일본의 '동양론'으로 환원되는 것이 아니었다는 사실이다. 그 점에서 『청춘무성』에 나오는 치원과 은심의 다음과 같은 대화는 의미심장하다.

> 아무리 양복을 입구 자동차를 타두 가정에구, 사회에구, 독자(獨自)의 성격(性格)이 있어야 헐겁니다. 인류의 이상이 **코스모폴리탄**(世界主義者)에 있다는 덴 난 반댈뿐 아니라 그렇게 될 리두 영원히 없는 겁니다. **에스페란토**(世界共通語)를 보시죠. 그 말로 무슨 **훌륭한 문학**이 어디 나옵니까? 개인이구, 단체구, 파산된 성격 우에 건설된 문환 영구히 향기 없는 **가화문화**(假花文化)인걸 면치 못할 겁니다.30) (강조는 인용자)

이 무렵 이태준의 관심은 '조선말'과, 그 '조선말'이 담아내는 조선의 고유한 삶과 문화, 그 '조선말'을 통한 조선문학의 독자성을 확보하는 일에 집중되어 있었다. 그것은 앞서 임화와 김사량의 대담에서 살펴본 바 있듯이, '조선문학'을 일본의 '국민문학'의 한 '지방문학'으로 배치하는 것에 '동의'하는 일인 동시에, 그 이상의 일이었다. 신체제는 자신이 동의한 조건과 방식으로 '조선문학'의 지위를 보장해 주지 않았기 때문이다. 종국에 '일본주의'로 귀결되지 않는 '조선문학'의 특수성, 좀더 현실적인 맥락에서는 전쟁을 위한 동원 이데올로기에 복무하지 않는 '조선문학'의 독자성이란 유지되기가 힘들었기 때문이다.

단편 「토끼이야기」(1941)를 비롯한 1940년대의 단편들에 드러난 '고뇌'

의의 '동양론'에 귀결되는 것이라고 보고 있다. 모두, 민족주의의 편향을 극복하고, 지배담론으로서의 전체주의의 '헤게모니'를 인정하려는 이론적 시도에도 불구하고, '헤게모니'가 관철되는 과정에서 나타나는 복잡하고 미묘한 과정을 읽지 못함으로써 생긴 또 다른 편향이다.

30) 이태준, 『청춘무성』, 서음출판사, 1988, 207~208면.

의 의미는 이것과 직접 관련된다. 「무연(無緣)」(1942)은 이런 콘텍스트를 염두에 두고 읽어야만 비로소 이 짧은 단편에 지루하도록 계속되는 토종 물고기의 이름들이 표상하는 바를 정확히 이해할 수 있게 된다. 낙백 (落魄)한 '나'는 낚시질로 우울한 심사를 달래보려 하지만 낚시터의 꼴불견을 견디지 못해 심기가 불편하다. 그 무렵 갑자기 어린 시절 외조부를 따라 낚시질하던 강원도 '동주'의 '용못'이 떠오르고 화자는 그곳으로 향한다. 이제는 가까운 피붙이들이 없어 제목 그대로 '연고없는 곳'이 되고 말았지만, 이 '장소'가 화자에게 하나의 '인연'으로 다가오는 것은, 어린 시절 외조부를 따라 낚시질할 때 물에서 놀던 무수한 민물고기의 추억 때문이다. 화자는 낚시하던 풍경을 묘사하지 않고, 그때 보거나 낚았던 민물고기의 이름을 길게 나열한다. 이때의 '말'들은 고스란히 '조선적인 것'의 기호들의 집합이 된다. '당금질, 쇠치망이, 이시미, 무당치리, 참마자, 껑지, 붕어, 드럭마자, 미여기, 갈베리날베리, 은어, 곤드레, 돌미끼, 다래키, 족댕이, 독까비……' 등등, 낚시와 연관되거나 민물고기 이름들인 이것들은 화자의 기억 속에서 일종의 '유년의 유토피아'로 되살아난다. 이 '유년의 유토피아'에 대한 회상은 외조부와 함께 먹던 '백사과'의 추억에서 마침표를 찍지만, 그것은 완결로서의 종지가 아니라 씁쓸한 환멸과 절망으로서이다.

　　내가 갑갑해 하는 눈치면 외조부께서는 낚시는 담거 놓은 채 나를 이끌고 원두막으로 가시었다. 참외는 진흙밭에서 아침 이슬에 딴 '백사과'였다. 희고 동글고 홈마다 푸른 줄이 진 것인데 배꼽을 따면 불그스럼한 것은 무르닉은 표였다. 요즘 '메론'을 연상시키는 향기와 단맛인데 그 연삭삭한 맛은 메론이 당치 못할 것이다. (…중략…)
　　차미막을 겨우 하나 찾았다. 맨 요새 긴마까뿐이다. '백사과'니 '감사과'니 걱사과니는 인전 절종이 되었다는 것이다. 그것도 개홧 속에 맞지 않어 그런지 '긴마까'처럼 잘 열리지부터 않고 잘 찾지들도 않는다는 것이다.
　　차미까지도 고전이 되어 버리는가!31)

‘백사과’와 ‘감사과’, ‘먹사과’의 절종(絶種)과 그것들을 대체하는 ‘긴마까’의 관계는, ‘서구’ 대신 또 다른 ‘보편자’로 등장한 ‘일본’과 그에 대응하는 ‘조선’을 상징한다. ‘서구’라는 보편을 걷어내고 서구에 의해 ‘타자화’되었던 ‘동양’의 복원을 통해, 그 안에 존재하는 무수한 민족들의 대등한 자립을 꿈꾸었던 이태준은 ‘긴마까’가 지배하는 세계에서 또 다른 ‘보편의 폭력’을 경험한다. 이것은 그의 ‘동양’이 결코 ‘일본이 대표하는 일본의 동양’이 아니었음을 보여준다.

단편 「토끼이야기」(1941)는 그 점에서, 당시 신체제를 둘러싼 이태준의 딜레마를 가장 극명하게 보여준다. 돈을 벌기 위해 토끼 사육을 시작한 ‘현’의 가족들은 물자부족으로 토끼의 사료를 구하기가 어려울 뿐 아니라, 사료값이 천정부지로 솟아오르게 되자 늘어난 토끼의 처리 문제로 진퇴양난에 빠진다. 애초 토끼 사육을 결심한 것은 줄어든 수입 때문이었지만, “시대가 메가폰으로 소리쳐 요구하는 명랑하고, 건실한 생활일 수도 있는 점에 더욱 든든한 마음으로 결심한 것”[32]이기도 했기 때문에 딜레마는 더욱 큰 것이었다. ‘토끼’를 신사조(곧 신체제)와 유비 관계로 읽는 것은 지나친 단순화일는지도 모르지만, ‘토끼’와 ‘신사조’가 전혀 무관하지도 않음은, 소설 속에 삽입된 다음과 같은 ‘현’의 독백이 범상하지 않은 까닭이다.

　‘지나가 버린 낡은 사조의 유물들! 희생된 것은 저 책들 뿐인가? 저 저자들 뿐인가? 저 책들과 저 저자들 뿐이라면 인류는 이미 얼마나 복된 백성들이였으랴만은, 인류는 언제나 보다 나은 새 질서를 갈망해 헤매지 않으면 안되였었다.’
　새 사조가 지나갈 때마다 많으나 적으나, 또 그전 것을 위해서나 새것을 위해서나 반듯이 희생자는 났다. 그 사조가 거대한 것이면 거대한 그만치 넓은 발자취로 인류의 일부를 짓밟고 지나갔다. 생각하면 물질문명은 사상의 문명이기도 하다. 한 사상의 신속한 선전은 또 한 사상의 신속한 종국을 가져 오기도

---

31) 이태준, 「무연」, 『돌다리』, 박문서관, 1943, 9~17면.
32) 이태준, 「토끼 이야기」, 『돌다리』, 박문서관, 1943, 139면.

한다. 예전 사람들은 일생에 한번이나 겪을지 말지한 사상의 난리를 현대인은 일생동안 얼마나 자조 겪어야 하는가. 청(淸)의 시인 이초(二焦)가 일신수생사(一身數生死)라 했음은, 정히 현대의 우리를 가르킴이라 하고, 현은 몇 번이나 책장을 바라보며 쓴 우슴을 지었다.33)

시대를 가로지르는 신사조 앞에서 작가 이태준이 느낀 '어질머리'는 단편 「무연」의 마지막 대목에서도 다시 반복된다. "한 사조의 밑에 잠겨 산다는 것도, 한 물 밑에 사는 넋일 것이었다. 상전벽해(桑田碧海)라 일러는 오나 모든 게 따로 대세의 운행이 있을 뿐, 처음부터 자갈을 날러 메꾸듯 할 수는 없을 것이다"34)라는 읊조림은, 새로운 사조 앞에 맞닥뜨린 그가 자신의 전술로 선택한 '동의하면서 저항하기'가 갈수록 불가능해짐을 깨달으면서, 체념을 준비하는 모습이다. '긴마까'와 나란히 '백사과와 감사과와 먹사과'의 세계를 유지하기를 바랐고 그것을 위해 '앙버팀'으로 견디던 작가는, 마침내 그것들의 '절종(絕種)'의 위기 앞에서 망연자실해진다. 신체제와 이태준 사이에 존재하던 이 미묘한 길항과 긴장을 읽어내지 못하면 그의 소설에 등장하는 '조선적인 것'이 죄다 '동양적인 것'으로 번역되고, 마침내 '전체주의'의 지배담론에 함몰하는 것으로 '오독'될 수밖에 없다. 신체제의 등장을 전후해 호기롭게 '동양'의 '발견'과 그것으로의 '복귀'를 애기할 수 있었던 이태준은, 그 안에서 자신이 확보하고자 했고, 확보할 수 있으리라 믿었던 '공간'이 결국은 하나의 '주관적 소망'에 불과한 것이고, 자신의 선택한 '동의'가 순진한 '주관적 해석'에 지나지 않았음을 점차 깨닫는 동안, '스러지는 것'들에 대한 연민과 동정이 배가(倍加)됨을 절감한다. 「석양」(1942)에서 경주의 오능을 내려다보는 '매헌'의 심경은 그러한 질곡의 한 극점이다.

오능의 아름다움은 이 처녀가 발견한 이 소나무의 중턱에서가 가장 효과적인

---

33) 이태준, 「토끼 이야기」, 『돌다리』, 박문서관, 1943, 143면.
34) 이태준, 「무연」, 『돌다리』, 박문서관, 1943, 21면.

포—즈일 것 같았다. 볼스록 그윽함에 사모치게 한다. 능이라기엔 너머나 소박한 그냥 흙의 모음이다. 무덤이라기엔 선에 너머나 애착이 간다. 무지개가 솟듯 따에서 일어 따으로 가 잠긴 선들이면서 무궁한 공간으로 흘러간 맛이다. 매암이 소리가 오되 고요하다. 고요히 바라보면 울어야 할지, 탄식해야 할지 그냥 나중엔 멍—해지고 만다.[35]

신체제에의 전면적인 포섭이었다면, 이러한 탄식, 혹은 석가탑과 다보탑을 쳐다보면서 "오, 두 스핑스여! 언제까지나 저렇게 서 있을 것인가!"라고 처량함을 느낄 이유가 없다. 오능과 다보탑과 석가탑의 세계가 곧 일본이 말한 '동양'의 세계의 그것이라면, 요란한 메가폰 소리와 더불어 시작된 '새 시대'에 그것의 존망을 염려할 까닭이 없기 때문이다.

4. 맺음말

식민주의에의 협력과 비협력의 경계를 설정하고 그 각각의 내용을 검토하는 일은 간단한 문제가 아니다. 이 문제에 관해 가장 유용한 분석틀이었던 '민족주의'적 시각의 평면성과 도식성이 한계로 지적되고, 새로운 관점과 방법이 등장하여 이 논쟁적 의제를 새롭게 조명하는 것은, 그런 점에서 대단히 고무적인 일이 아닐 수 없다. 그러나 새로운 분석틀은 자칫하면 논리의 자기 완결적 회로에 갇혀, 사태와 사실의 복잡함과 중층성을 지나치게 단순화하거나, 왜곡할 가능성 또한 없지 않다. 이태준을 사이에 둔 두 가지 논쟁적 해석 방식은 그런 편향이 공연한 우려가 아님을 보여준다. 식민지 상태에서 완전히 식민지배담론의 영향권 바깥

---

35) 이태준, 「석양」, 『돌다리』, 박문서관, 1943, 170면.

에 서 있는다는 것은 불가능한 일이다. 물론 이것이 식민주의에의 협력을 정당화하는 논리로 작용해서는 안 된다. 엄밀한 의미에서 가장 힘든 것은, 식민지배담론의 자장(磁場) 안에서 그것을 넘어서는 일이다. 중일전쟁과 신체제의 등장 이후, 이러한 이중적인 노력은 한결 어려워졌다. '강요'와 '헤게모니'가 서로 모습을 섞바꾸면서 식민지 주체들을 괴롭혔기 때문이다. '강요'와 '헤게모니' 사이를 헤쳐나가는 힘겨운 고투의 과정을 섬세하게 읽지 않으면 안 되는 까닭이 거기에 있다.

그런 점에서, 이태준은 어쩌면 이 이중의 질곡을 가장 전형적으로 보여주는 경우이며, 또한 겹눈으로 읽지 않으면 편향된 해석으로 치닫기 쉬운 미묘한 사례에 해당하는 작가가 아닌가 생각한다. 이태준은 신체제로 표상되는 일제 말의 식민지배담론에 '동의'한 흔적이 분명히 보인다. 그러나 이러한 '동의'를 지나치게 확대해석하면, 그가 견지했던 논리와 세계관이 모두 식민지배담론에 전면 '포섭'된 것으로 읽힐 위험이 있다. 그러나 이것은 사실과 다르다. 그의 '동양론'이 '신체제'의 '동양론'과 부분적으로 겹치면서도, 그것의 모순율에 결코 포섭되지 않는 '조선적 특수성'을 내장하고 있었기 때문이다.

식민주의와 근대문학에 관한 논의가 '저항'을 매개로 하지 않는 한 아무런 의미가 없다는 주장은 대단히 중요하며, 그러한 '탈식민 주체의 형성'에 관한 문제가 식민주의와 우리 근대문학을 논의하는 데 있어 가장 중요한 의제임은 재론의 여지가 없다. 다만, 그런 '저항 주체'의 형성 과정은 전일적이거나 순연하지 않다는 점이 전제되지 않으면, 이러한 '저항 주체'의 논리는 의제의 정당성만큼 큰 설득력을 얻기 힘들다. 이태준을 비롯하여, 근대문학의 텍스트와 콘텍스트의 섬세한 재구성과 치밀한 재해석이 더 풍부해질 필요가 이로부터 비롯된다.

주체의 분열과 욕망

「냉동어」와 친일[1]의 정신 구조

1. 「냉동어」[2]의 문제성

이 글은 중편 「냉동어」를 중심으로 하여, 작가 채만식이 '신체제'의

---

1) 이 글에서의 '친일'이라는 용어는 1940년 이후에 등장한 '신체제'의 적극적인 수용과 그에 연관되는 일련의 행위와 사유에 한정해서 사용한다. 통용되는 '친일'이라는 기표는 지나치게 그 의미의 범위가 넓고 또한 의미의 경계도 모호해서 이 용어를 통해 '식민주의'와 연관된 다양한 공모와 저항의 계기 및 그 차이들을 밝히는 것은 사실상 어렵다. 최근 과거사 청산 논의에서 야기되는 소모적인 논란도 이와 일정한 관련이 있다. '친일'이라는 기표에는 그 내부에서 '일본'을 제거하더라도, 혹은 '반일'이라는 기표를 대응시켜 의미를 상쇄시키더라도 사라지지 않는 많은 잉여의 의미들이 있다. 예컨대 '신체제'의 논리 구조에는 '반자본주의'와 '반근대주의 / 탈근대주의'와 '반서구주의'라는 계기가 포함되어 있으며 ― '신체제'가 진정한 의미에서 '탈근대의 기획'이었는가를 따지는 것은 다른 문제이다. 논자에 따라서는 '신체제'를 포함한 파시즘이 '탈근대'가 아니라 '근대의 완성'이나 '극단적인 근대의 자기 확장'의 기획으로 파악하는 관점도 있다. 중요한 것은 당시의 많은 조선 지식인들이 이것을 '반근대주의' 내지는 '탈근대의 기획'으로 받아들였다는 점이다 ―, 이것은 식민지배 주체인 '일본'을 제거한다고 해서 그것과 동시에 소멸되는 담론들이 아니다. 중요한 것은, 이 담론들이 담

적극적인 수용을 통해 '친일'로 나아가게 되는 과정의 일단을 살피기 위해 쓴다. 주지하다시피, 채만식은 한국 근대소설사, 특히 1930년대 소설사에서 누구도 부정할 수 없는 창작방법상의 개성과 리얼리즘의 성취를 이룬 작가이다. 한국 근대소설사에서 채만식만큼 '풍자'와 리얼리즘의 균형잡힌 미학적 성취를 이룬 작가가 달리 없었다 점, 그리고 그러한 미학적 성취는 냉철한 과학적 이성과 날카로운 역사의식 없이는 어렵다는 점, 나아가 누구보다도 식민지 자본주의체제에 대해 비판과 부정의 태도로 일관해 온 작가가 그였다는 사실을 상기할 때, 1940년 후반부터 보여주는 급격한 '신체제'로의 경사(傾斜)는 얼른 납득이 가지 않는 동시에 몹시 곤혹스러운 일이 아닐 수 없다. 그러나 최근에 이루어지고 있는 일련의 '친일문학' 연구성과에 의해 '친일문학'에 자발성과 내적 논리의 일관성이 내재해 있음이 밝혀지고 있으며, 채만식의 경우도 이런 작업의 연장선에서 그의 '친일'을 둘러싼 일련의 논리적 실증적 계기들이 재구성되기도 했다.[3]

　이 글의 논리적 전제도 그의 '친일문학'이 '급격한 단절'이 아니라, 그의 사유 구조에 내장된 일련의 논리적 연속성에 말미암는다는 점에서 출발한다. 따라서 그의 '친일'에는 분명한 내적 인과율이 작용하고 있다는 것이 이 글의 전제다. 그러나 이 글이 좀더 각별히 주목하고자 하는 부분은, 채만식의 '친일'이 본격화되는 1940년 전후에 일어난 일련의 역

론의 생산 주체인 '일본'과 접속함으로써 어떻게 변용되고 왜곡되는가를 밝히는 것이다. '민족주의'가 고안한 '친일'이라는 기표가 지닌 단순성과 모호성은 여기에서 말미암는다. 그것은 '일본'을 지움으로써 '일본'에 의해 오염되고 훼손된 모든 것이 동시에 지워지거나 혹은 원래의 모습으로 '복원된다'고 생각한다. 그럼에도, 통용되는 '친일'을 대체할 만한 적절한 개념을 아직 만들지 못했기 때문에, 제한적인 의미로 쓴다는 전제를 밝히고 그대로 쓰기로 한다.
2) 「냉동어」의 원발표지는 『인문평론』 1940년 4월호와 5월호이다. 이 글에서는 『채만식 전집』 5(창작자, 1987)에 실린 것을 텍스트로 삼았다. 이하 「냉동어」를 인용할 경우에는 『전집』의 면수를 밝히기로 한다.
3) 대표적인 작업으로 김재용의 『협력과 저항』(소명출판, 2004)의 성과를 들 수 있다. 채만식과 관련해서는 특히 이 책의 「채만식―'멸사봉공'을 통한 근대의 초극」을 참조

사적 사실의 의미와 그것을 해석하는 채만식의 세계 인식 사이에 일어나는 실증적 인과 관계라기보다는, 채만식의 문학에 내재한 일종의 '정신 구조'의 연속성이다.

채만식의 '친일'의 역사철학적 배경을 설명하는 최근의 연구에 의하면, 채만식의 친일이 본격화되는 계기는 1940년 3월에 수립된 왕정위의 '신남경정부'였다고 한다. 1938년 일본에 의해 무한·삼진이 함락되었을 때에도 의연히 중일전쟁에 대해 비판적 태도를 유지하던 채만식이, '신남경정부'의 수립을 대하면서는 더 이상 눈앞에 전개되는 '사실'을 버텨내지 못하고 허물어졌다는 것이다.4)

'친일'의 실증적이고 구체적인 계기들을 재구성하여, 그 사유와 행위의 인과 관계를 100% 명확히 밝힌다는 것은 어렵다. 구체적인 계기들과 사건들이 인과율의 지배를 받는 것은 어떤 '맥락(context)' 안에서이다. 그 점에서, 왕정위의 '남경정부' 수립이 다른 사건과 달리 채만식의 변화에 결정적 계기로 작용한다는 설명은 선뜻 동의하기는 어렵지만, 비슷한 시기를 전후하여 연속되는 일련의 사건들이 누적적 계기로 작동했던 것만큼은 분명한 사실이라는 선에서 충분히 수용 가능한 설명방식이다.

그러나 이 글이 '사건에 근거한 인과적 계기'보다 '구조'에 좀더 주목하고자 하는 이유는, '사건적 계기'만으로는 '신체제'에 내재한 비합리성이 채만식에게 계속 용인되는 현상을 설명하기가 어렵기 때문이다. 채만식이 적극적으로 받아들인 '신체제'의 논리 구조 안에는, 채만식이 평소 견지하고 있던 '반자본주의적 기획'(자유주의와 개인주의의 부정을 포함한)이 분명히 배치되어 있었다. 그러나 신체제의 논리 구조는 그 '반자본주의적 기획'이 독자적으로 설정되는 것이 아니라, '황도주의'와 화학적으로

---

4) 김재용, 위의 글, 99~103면. 이 글의 설명에 의하면 '신남경정부수립'이 직접원인이고, '신체제'의 등장은 배경적 원인이 되어 있지만, 채만식 논리 구조 안에서의 직접적인 전환의 계기는 오히려 '신체제' 쪽에 더 무게중심을 두어야 옳다는 것이 나의 생각이다.

결합되어야만 하는 것이었다. 이태준의 경우는 '신체제' 등장 직후인 1940년 전후의 시기에는 급격히 '신체제'로 경사되는 모습을 보이지만, 시간이 흐를수록 이 '신체제'에 내재한 고유한 모순율을 발견하고 그로 인해 고민하고 갈등하는 모습을 함께 보여준다.[5] 그러나 채만식의 경우는 일단 '신체제'를 수용한 1940년 후반부터 『여인전기』(1945)에 이르는 도정에서, 모순율로 가득 찬 이 식민지배담론과 그것이 관철되는 현실에 대해 어떤 주저와 동요도 없이 일관된 협력과 동의의 태도를 유지한다. 무엇이 이러한 차이를 가져오게 만들었을까. 이 글의 문제의식은 여기에서 출발한다. 그리고 그 원인(遠因)은 어쩌면, 식민지 자본주의체제에 대한 채만식의 '부정(否定)의식'과 '비판의식' 내부에 잠재되어 있었던 것은 아닌가를 확인하기 위한 것이다. 미리 확인한 잠정적인 결론은, 채만식의 '친일'은 사유의 '내용'의 연속성이 아니라 사유의 '구조'의 동일성에 의한 것이라는 점이다. 좀더 구체적으로 내가 이후의 논의에서 밝히고자 하는 것은, 어떻게 '마르크스주의'가 '신체제'로 대체될 수 있었던가, 그 과정에서의 '주체'와 '구조'의 관계는 어떤 것이었나 하는 점이다.

'구조'라는 개념에는 숨길 수 없이 '역사의 탈색(脫色)'이라는 혐의가 부가된다. '구조'가 전경화되는 순간, 모든 역사적 구체성과 주체의 능동성은 배경으로 물러나 앉거나 표백된다. 그러나 여기서 언급하는 '구조'는 구조주의자들이 절대화하는 '구조'는 아니다. 채만식의 정신 '구조'를 분석하려는 궁극적인 이유는, 그의 놀라운 문학적 성과와 통찰에도 불구하고, 그의 사유 구조에 뿌리내리고 있는 모종의 '비역사성'과 '추상성'의 계기를 밝히기 위해서이다. 그리고 그러한 특징이 '친일'과 어떤 연관이 있는가를 밝히기 위해서이다.

중편 「냉동어」는 흔히 채만식 친일문학의 '서곡'으로 이해되고 있다.

---

5) 이에 대해서는 이 책에 실린 「이태준과 신체제─식민지배담론의 수용과 저항」을 참조

이 소설이 발표되고 난 두어 달 뒤에 「나의 '꽃과 병정'」(『인문평론』, 1940.7)
과 「대륙경륜의 장도, 그 세계사적 의의」(『매일신보』, 1940.11.22~23) 등이 잇
달아 발표되고, 이듬해인 1941년 초에 다시 「문학과 전체주의―우선 신
체제 공부를」(『삼천리』, 1941.1)과 「시대를 배경하는 문학」(『매일신보』, 1941.1.
5~15) 등이 발표됨으로써 채만식 문학은 신체제의 전면적 수용을 향해 빠
른 행보를 내닫기 때문이다. 또한 이 과정은 1940년 7월 제2차 고노에[近
衛] 내각의 성립을 전후하여 일어났던 '신체제 운동에 관한 성명'(6·24),
'기본 국책요강 발표'(8·2), '대정익찬회 결성'(10월) 등과 고스란히 맞물리
는 것이기도 하다.

　「냉동어」는 채만식 소설의 전개과정에서 하나의 '단초(端初)'에 해당한
다. 이때의 '단초'란 말 그대로 '하나의 끝인 동시에 새로운 시작'을 뜻
한다. 익히 알려진 바와 같이, 「냉동어」는 1938년 이후 계속된 채만식의
'자기 풍자'와 '허무주의'가 최종적으로 완성되는 작품이기도 하면서, 동
시에 '신체제'로의 적극적인 경사(傾斜)를 예감케 하는 풍부한 징후와 조
짐들로 가득 찬 소설이기도 하다. 그러므로 「냉동어」가 채만식의 본격
적인 '친일'을 알리는 '신호탄'이라는 통상적인 지적이 전혀 그른 것이
아니다.

　그러나 「냉동어」가 지닌 '단초'로서의 의미는 그것에만 그치는 것은
아니다. 「냉동어」는 작가가 직접 자신의 정신 구조를 대상으로 하여 분
석해 들어간 일종의 '자가분석'의 보고서 같은 작품이다. 작가는 분열된
주체를 숨김없이 드러내 놓고, 그 균열의 지점들을 독자들에게 확인시킨
다. 「냉동어」 이전까지는 '주체의 분열'에 대해 작가 스스로 인정하지
않는 분위기가 역력하다. 그러므로 소설의 '주인공'이 괴로움을 겪는 것
은 '주체의 분열'로 인해서가 아니라, 오히려 확고한 '자기 동일성'에 근
거한 '주체'가 '타자'인 '세상'과 겪는 불화 때문이었다. 그 점에서, 「냉
동어」는 「소망(少妄)」이나 「패배자의 무덤」과 같은 계보에 속하는 작품
이면서도 분명히 구별된다. 작가는 자작평에서 스스로 "이 니힐리즘의

유혹은 작년(1938년을 가리킴-인용자) 겨울부터 나에게 커다란 번민이다"6)
라고 고백하고, "그 요기(妖氣)에 지지 않으려고 발버둥을 치면서도 (마
치 魔物에 홀린 듯, 정신은 말짱해 가지고도 부지불식간) 그리로 끌려만
들어가는 내 자신을 바라다보면서 몸을 떨고 있다"7)고 자탄한다. 니힐
리즘이 '유혹'이자 '번민'인 까닭은, 작가가 '주체의 분열'을 인정하지
않고, '주체의 자기 동일성'의 신화에 아직도 몸담고 있기 때문이다. 「냉
동어」가 앞서의 작품과 다른 것은, 그 주체의 자기 동일성을 근본적으로
회의하기 시작했다는 점이다. 앞으로 살펴보겠지만, 「냉동어」에 이르기
까지, 이 번민과 유혹에 맞선 채만식의 고투의 과정은 실로 처절한 것이
었다.

채만식 문학에서의 이러한 '니힐리즘'의 문제를 '주체'와 연결짓고, 그
원인을 '주체의 부재'로 해석한 것8)은 그 점에서 부분적인 타당성을 지
니고 있다. 그러나 채만식 문학의 위기를 심화시킨 것은 정작 '주체의 부
재'가 아니라 '주체의 분열'이다. 「냉동어」에서는 비로소 채만식을 괴롭
히던 그 '주체(들)'이 처음으로 제 모습을 드러낸다. 그 점에서 「냉동어」
는 이전 작품보다 한결 솔직하다. 이것은 마치 정신분석의 임상에서 분
석 주체(피분석자, 곧 환자)가 분석자에게 자신을 은폐하지 않고 솔직하게
자유연상을 통해 진술하는 것과 비슷하다.

'주체'와 관련해서 「냉동어」가 제시하는 또 하나의 흥미로운 단서는,
채만식이 견지했던 '사상'과 관련된다. 「냉동어」에는 단지 '주체의 분열'
만 보이는 것이 아니라, 그보다 더 강렬한 '통합된 주체'로의 '복귀 욕
망'이 노정되고 있다. 그리고 이 '주체'의 욕망은 '주체'를 '주체'이도록

---

6) 채만식, 「사이비 농민소설」, 『조광』, 1939.7. 『전집』 9, 525면.
7) 채만식, 「자작안내」, 『청색지』, 1939.5. 『전집』 9, 519면.
8) 김재용, 「세계질서의 위력과 주체 부재의 저항」, 『채만식 문학의 재인식』(문학과사
   상연구회 편), 소명출판, 1999. 김재용의 이 글은 해방 직후의 채만식 소설을 집중적으
   로 분석하고 있지만, 해방 직후의 허무주의의 기원을 일제 말까지 소급하면서 그 원인
   을 '주체의 부재'로 규정하고 있다.

만들어주는 '사상' 혹은 '진리'와 밀접한 연관을 지니고 있다. 채만식에게 있어서 가장 중요한 '사상'은 마르크스주의였다. 그러나 이때의 '마르크스주의'는 그 사상자체의 내용과 체계 때문에 의미 있는 것이라기보다도, '자본주의'의 타락과 부정성, 그리고 그 '악마성'을 확인케 해주기 때문에 의미 있는 것이 된다. 채만식에게 있어 '자본주의'는 역사적 구성체로 인식되지 않고 하나의 '절대악'으로 상정되어 있다. 따라서 이 '절대악'을 절멸시킬 수 있는 '마르크스주의'는 곧 '절대선'이 된다. '절대선'이자 '절대진리'인 '마르크스주의'는 그에게 있어 일종의 형이상학의 위치에 놓여 있다.

'사회주의'에 대한 채만식의 태도여하가 그의 작품의 방향 선회와 밀접한 관련을 짓는다는 점을 포착한 해석9)은 '주체'와 '사상'의 관련 양상에 주목했다는 점에서 매우 의미 있는 것이지만, 채만식에게 있어 '사상'이 문제가 되는 것은 그가 '마르크스주의'를 포기한 것이 아니라, 오히려 형이상학의 차원으로 격상된 이 '절대진리'를 결코 포기하지 않았다는 점 때문이란 것을 염두에 둘 때, 온당한 해석이라고 보기 어렵다. 물론 이때의 '마르크스주의'란 마르크스주의자들의 '마르크스주의'가 아니다. 그의 '마르크스주의'가 지닌 가장 큰 특징은 현실 마르크스주의자들과 '마르크스주의'를 철저히 분리시킨다는 점이다. 그는 소설 속에서 단 한번도 현실 마르크스주의자를 호의적으로 그리거나, 마르크스주의자들이 능동적으로 '행동하는 것'을 그린 적이 없다. 그에게 마르크스주의자는 '마르크스주의'를 실현시키는 '주체'로 설정되어 있지 않았기 때문이다. 그의 소설에 등장하는 마르크스주의자들은 오히려 신성한 '마르크스주의'를 훼손시키는 존재들이다. 그의 소설 속에서 마르크스주의자

---

9) 하정일, 「채만식 문학과 사회주의」(문학과사상연구회 편, 위의 책). 이 글에서 하정일은 채만식이 '사회주의'를 '사상'으로 견지할 동안은 현실에 대한 비판적 성찰을 보여주지만 '사회주의'를 포기하면서 서사 구조가 무너지고 '친일'로 급격히 기울어진다고 보았다.

로서 가장 긍정적으로 그려진 『태평천하』의 윤종학조차도, 소설 속에서 단지 그가 '마르크스주의자'(소설에서는 '사회주의자'로 표기되어 있다)라는 신원만 공개될 뿐, 어떠한 행위와 성격도 제시되어 있지 않다. '마르크스주의'에 대한 그의 절대적 신뢰에 비하면 이는 놀랄 만한 사실이 아닐 수 없다. 마르크스주의자를 통한 마르크스주의의 역사적 실현을 그릴 수 없었다는 것은, 그의 소설에서 '주체'와 '사상'이 맺는 관계방식을 해명하는 데 매우 중요한 열쇠 구실을 한다. 엄밀히 말해, 채만식에게 중요한 것은 '마르크스주의'이지 '사회주의'가 아니다. '사회주의'는 마르크스주의가 구체적 현실과 역사 발전 단계에서 실현된 하나의 '과정'이지 동격은 아니기 때문이다. 그런 까닭에 채만식이 소설 가운데서 '사회주의'나 '사회주의자'라고 부르는 경우도 '마르크스주의'나 '마르크스주의자'로 번역해서 읽어야 옳다. 본론에서 다시 살펴보겠지만, 그에게 있어서 '마르크스주의'의 역사적 실현은 어떠한 구체적 가능성으로도 재현되지 않는다. 끊임없이 유예될 뿐이다.

주체의 분열과 통합의 욕망, 그리고 주체와 사상의 관계 양상, 이들을 적절히 분석해야만 일제 말 채만식의 사유 구조를 이해할 수 있으며, 나아가 '신체제의 적극적 수용'이라는 그의 '친일'의 정신 구조도 온전히 해명할 수가 있게 된다. 그리고 이 해명에 관한 풍부한 자료와 단서를 제공해 주는 것이 바로 「냉동어」이다.

2. 주체 분열의 기원과 사회역사적 상상력의 구조

「냉동어」의 줄거리는 의외로 간단하고 단조롭다. 당년 서른셋의, 소설가이자 잡지 『춘추』의 편집자인 '문대영'이, 어느 날 문득 그의 사무실을 방문한 스물셋의 일본 여인 '스미꼬[澄子]'와 일시적인 연애에 빠진다는 얘기다. 스미꼬가 사랑의 도피행으로 동경으로 떠나기를 제안하고 문대영이 거기에 동의하지만, 끝내 무산되고 마는 것이 이 소설의 결구(結構)다. 그러므로 이 소설에 전경화되어 있는 것은 '이야기'보다도 등장인물들의 '성격'이라고 할 수 있다.

'문대영'은 스스로를 '묵은 책력', '세대의 룸펜', '거지', '비뚤어진 빈집에서 홀로 거주하는 몰락한 귀족'이라고 부르며 자학하는 인물이다. 그에게는 모든 것이 무의미하다. 한때는 문학에 뜻을 두고 열심히 소설을 쓰기도 했지만, 삶의 닻이던 그 문학마저 이제는 '유령 같은 것'이 되고 말았다. 대영의 이런 고백은 작가 채만식의 의식과 어느 정도 겹치는 것이기도 하다.

> 일언이폐지하면 생활을 잃어바렸다구 하겠지! …… 하루 아침 그렇게 생활을 잃어버린 다음부터는, 문학이란 것이 꼭 유령 같아요! 현실성이 없구, 도무지 무의미하기라니 …… 그렇게 무의미하구 쓰잘디없는 노릇이, 문학이 말씀이죠, 가뜩이나 그게 짐스럽기까지 하군요! ……10)

'대영'의 이런 자학과 자기 냉소, 무기력증은 '신념(즉 사상)'과 '사실'의 괴리 때문에 생겨났다. '생활'을 잃어버렸다는 것은 '신념'과 '사실'이 일치하는 공간이 현실 속에서 사라졌다는 것을 의미한다. 그러나 좀더 정확히 해석하자면, '신념'과 '사실'이 일치하는 '생활'이란, 그가 '마르크스주의'에 근거해 '자본주의적 현실'을 신랄하게 비판하고 부정할 수 있는 '생활'을 뜻한다. 그런데 그 '절대악'인 '자본주의적 현실'은 시간이 흐를수록 점점 더 그 외연을 확장해 나간다. 이 무한히 확장되어 나가는 자본주의적 현실, 그것이 그의 소설에 수없이 출몰하는 '사실'의 속뜻이다.

---

10) 채만식, 「냉동어」, 『전집』 5, 399면.

······ 당금 이, 지긋뎅이가 사뭇 터지기라두 할 만침, 사실이 핍절하게 긴장이
돼가지구, 융케르 시속 육백킬로자리 전투기같이 웅웅 디리 전진을 하구 있는
이 판국에, 뭣이냐 쇠달구지만도 못한 문학 체껏이, 어딜 괜히! ······ 어마어마한
그 현실을 제법 갖다가 한귀탱이나마 감각을 하며, 정통을 캐치할 근력이 있어
야 말이지! ······11)

「냉동어」의 대영이 내뱉는 이 자조어린 고백은 1938~1940년 사이 그
의 소설과 잡문 속에서 형태를 조금씩 달리 하면서 거듭 반복된다. 「냉
동어」보다 1년 전에 발표한 「패배자의 무덤」의 '종택' 역시 이 '사실' 앞
에서 좌초한다.

그러나마 시방 역사는 백 년의 경륜을 하고 있지를 않느냐. 그는 바야흐로
세계로 하여금 어떤 사실에 뿌리를 박고서 독자한 시대적 성격을 창조시키고
있는 중이니, 그의 연령을 세기(世紀)로써 따져야 할 것이 아니냐.
그 사실이 불합리하고, 그 성격이 나의 생리(生理)에 맞지 않는 것은 딴 이야
기다. 이번에는 갈릴레오가 도리어 그레고리 십삼세의 초사를 받다가
"······ 그래도 지구는 돌지 않는다!"
는 폭담을 들어야 한 차례인 데야 ······12)

'종택'은 '지구가 돌지 않는다'는 '사실'을 강요하는 교황(「패배자의 무
덤」에서는 '마호멧'으로 비유되고 있으며 그가 종택에게 시국에 협조하기를, 또는 사
상을 포기하기를 은근히 강요하는 것처럼 묘사되어 있다13))을 거부하며, 아현터

---

11) 채만식, 「냉동어」, 같은 곳.
12) 채만식, 「패배자의 무덤」, 『문장』, 1939.4. 『전집』 7, 390~391면.
13) 소설 속에서 이 대목은 상징적으로 처리되어 있어 정확히 해석하기는 어렵다. "종택
이 마호멧의 초청을 받아 아라비아 땅에를 갔던 것이다. (···중략···) 마호멧은 대우 친
절하게, 코란과 또 한 가지 다른 명물을 내보이면서 어느 것이 마음에 드느냐고 종택
더러 물었다."(「패배자의 무덤」, 『전집』 7, 391면) 채만식의 또 다른 글에 나오는 '마호
멧'의 비유를 통해 어느 정도 유추가 가능하다. "진실을 두려워하는 자는 차라리 사라
센의 마호멧교인이요 용감한 십자군한테는 진실이야말로 가장 힘 미더운 무기가 아니
드뇨?"(채만식, 「위장의 과학평론」, 『조선일보』, 1937.12.1~16. 『전집』 10, 127면)

널을 지나는 기차에 뛰어들어 자결을 한다.

1938년 이후 채만식 소설에서의 '주체 분열'의 원인은, 이처럼 '신념(사상)'과 '사실'의 괴리에서 비롯되고 있다. 이 '주체 분열'의 메커니즘을 도해하면 다음과 같이 정리할 수 있다. 채만식 문학에 있어서의 '주체'는 '자본주의적 현실의 부정'을 통해 확인된다. 그리고 이때의 '주체'는 바로 그 배후(근원)인 '마르크스주의'에 의해 그 '존재'가 입증되는 '주체'다. 그러나 소멸되거나 제거되어야 할 그 '자본주의적 현실'은 '주체'가 부정하면 할수록 점점 더 현실에서의 외연을 확장해 나갈 뿐이다. 그리고 무한대로 확장되어 나가는 현실을 부정하면 할수록 '주체'의 존재성은 점점 더 왜소해지고 불확실해진다. '주체'의 존재성을 입증할 '마르크스주의'조차도 마침내 그 신성불가침의 절대성이 점차 희미해진다. 이제 '주체' 앞에 남은 선택의 가능성은 두 가지밖에 없다. '자본주의적 현실의 부정'을 통해 확인받아 온 그 '주체'를 포기하고 '사실'을 수용하든가, 그렇지 않으면 '사실'을 부정하고 계속 '부정의 주체'로 남을 것인가. 그러나 문제는 '부정의 주체'로 남아 있기로 하는 한, 그 '주체'는 현실 공간 안에서 존재할 수가 없다. 그러기 위해서 가능한 것은 '종택'처럼 '자결'하거나 「소망」의 남편처럼 '미치광이'가 되는 것뿐이다. 그러나 그렇게 잔존하는 '주체'는 애초에 내가 원하는 '주체'의 존재방식이 아니다. '주체'이기를 소망하는 순간 더 이상 '주체'일 수 없다는 것. 이 지독한 딜레마가 1930년대 후반 채만식을 괴롭힌 딜레마의 주된 내용이다. 그리고 이 지독한 자기 분열의 딜레마는 애초에 스스로 설정한 사회·역사적 상상력에서 비롯되고 있다.

일찍이 마르크스주의는 채만식 소설에서 현실 비판을 가능케 하는 가장 강력하고 중요한 이념이었다.[14] 그러나 그에게 마르크스주의는 '세계

---

14) 이것이 채만식이 활동하는 실천적 마르크스주의자였음을 의미하는 것은 아니다. 그에게 마르크스주의는 내재화되어 있으며, 역설적으로 현실 공간에서 활동하는 실천적 마르크스주의자들에 대해서는 냉소적이고 비판적이었다.

의 긍정적 변화'보다는 '현실의 부정적 해석'에만 작동하는 것이었다. 그는 결코 마르크스주의로부터 '세계의 긍정적 변화'라는 미래를 구하려고 하지 않았다. 오히려 마르크스주의자를 표방하는 동시대의 작가들이 소설 가운데서 그것을 구현하려고 애쓰는 것을 비판했다. 이것은 리얼리즘의 성숙 정도나 기교의 문제와는 다른 차원의 것이다. 즉, 채만식에게 있어 사상으로서의 '마르크스주의'는 오직 '부정의 주체'하고만 접속한다. 다시 말하면, 그 '주체'는 자본주의를 부정하는 동안만 '주체'로서 성립한다.[15] 자본주의 이후의 대안적 세계를 애기하는 순간, 그 '부정의 주체'는 사라지고 만다. 왜냐하면 그 대안적 세계와 가능성을 현실 가운데에서 구하는 순간, 소설(문학)은 작가 스스로 그토록 비판하고 혐오해 마지않는 '관념'으로 발을 내뻗기 때문이다. 그러므로 그의 문학이 리얼리즘이 될 수 있는 경계는 현실의 '부정면'을 포착하고 그것을 묘사할 때뿐이다.

자신의 소설이 지나치게 현실의 부정성만을 다룬다는 '비판'에 대해 그는 민감하게 반응했다. 그리고 자신의 그러한 창작방법을 스스로 "위

---

15) 한국 근대문학에서 채만식의 리얼리즘의 성과와 한계도 모두 이 '부정의 주체'가 지니는 순기능과 역기능에 연관된다. 식민지 자본주의체제인 조선의 부정적 현실을 그려내는 데 있어서 채만식을 뛰어넘을 작가가 많지 않은 것은 그가 자본주의의 부정성에 긴박되어 있었던 덕분이다. 그리고 이러한 그의 특징은 프로작가들이 작품 안에서 서둘러 자본주의를 뛰어넘는 대안 세계의 가능성을 구현하고자 애씀으로써 미학적 파국을 초래케 하는 것과 견줄 때 그의 가치를 돋보이게 만드는 이유가 된다. 특히. 그는 자본주의사회의 부정성을 극대화하는 과정에서 어떤 작가보다도 그 사회와 체제의 구체적인 '디테일'을 확보할 수가 있었다. 이러한 장점과 성과는 아무리 강조해도 지나치지 않다. 그러나 '부정성'에 제한되어 있던 그의 세계관은 동시에 그로 하여금 자본주의를 역사적 구성체로 파악하지 못하게 만들고, 나아가 마르크스주의를 역사발전과정에서 현실과 상호작용하는 역동적인 이념으로 이해하지 못하게 만든 중요한 이유가 되기도 한다. 따라서 그가 마르크스주의를 견지하면서도, 그 대안적 세계(혹은 사회주의)의 구체적 가능성(추상적 가능성이 아니라)을 역사적 현실 안에서 구하려는 시도를 조금도 하지 않았다는 것, 그리고 이념과 현실의 복잡한 상관 관계를 역사적으로 성찰하려고 노력하지 않았다는 것은, 리얼리즘에 대한 미학적 이해의 성숙 여부보다는 마르크스주의에 대한 그의 관념적 집착과 더 깊은 연관이 있다.

험하다"[16]고 인정했다. 그는 "그 길을 평생 두고 가려고는 않는다"[17]라고 한 발 물러서지만, "그러나 부정면을 통하여 기실 긍정면을 주장하기 위해서의 부정면은 결단코 유독하지는 않은 것이다. 더구나 그렇게 밖에는 붓을 댈 수 없는 사정이나 부정면을 통해서야만 긍정면이 도리어 박력 있이 보여질 수법상의 경우가 또한 없는 게 아니다"[18]라고 자신의 창작방법을 변호한다. 그러나 문제는 현실의 부정에 집착하는 것이 그의 말대로 단지 '수법'이나 '기교' 차원의 문제가 아니라는 데 있다. 식민지 자본주의하의 조선사회의 부정적 현실을 '미신'이 횡행하는 '밤'에 비유하고 있는 그의 '잡문'은, 그의 인식 안에 구조화되어 있던 '사실'과 '사상'의 관계를 유추하는 하나의 실마리가 된다.

> 밤은 그러나 아무튼지 어둔 시절 옛날부터 백토야행(白兎夜行)이라고 이르던 시절이요, 사물(邪物)과 잡술(雜術)을 친하기 좋은 시절이다.
> 밤의 인간은 그리하여 과학적임과 아름다움과 이성을 죄다 암흑에게 근저당을 하고서 즐겨 불합리한 것에 어리석은 것에 무례 무책임한 것에 탐닉을 한다.
> 밤의 종로를 보면 잘 알 수가 있다.
> 모든 추한 것이 어둠과 인공광선 즉 밤이라는 조건으로 하여 숨겨지고 악하게 미화되고 한다.
> 그 속에서 인간은 밤을 절대의 존재이거니 무원칙·무질서한 시절이거니 미신하고서 방일(放逸)을 맘대로 저지른다. 계집의 아양청에 센티를 하고 포켓을 있는 대로 털어 마시고 싸우고 떠들고 기만하고 부로커하고, 하되 그것이 정상이요 내일과 광명이 없이 절대이거니 하고서 (…중략…) 내일의 광명한 심판 앞에 어둡던 지난밤의 잔해와 그의 추악한 환멸을 본 적은 없는가?
> 이렇듯 추한 환멸에서 나는 그렇듯 추할 한 타입의 내일의 인간을 감히 상상하고 홀로 얼굴을 찡그리며 한숨짓지 않을 수가 없는 자이다.
> 그러면서도 요행 나는 정통 갈릴레오가 새벽에 오히려 망원경에 들붙어 앉아

---

16) 채만식, 「자작안내」, 『청색지』, 1939.5. 『전집』 9, 520면.
17) 채만식, 위의 글, 같은 면.
18) 채만식, 위의 글, 521면.

서 별을 보기를 자신 잃지 않는 광경을 한편으로 상상하지 못한다면 자결을 하고 말았을 것이다.[19] (강조는 인용자)

갈릴레오와 지동설의 주장은 '과학'과 '이성'의 표상인 동시에, 역사 발전의 어떤 합법칙적 과정에 대한 비유이기도 하다. 그는 이 '갈릴레오'를 대망(待望)하면서, 혹은 스스로 갈릴레오이기를 자청하면서, '밤'의 이 추악하고 부정적인 '현실'을 견뎌내고자 힘겨운 씨름을 하고 있는 것이다. 그러나 '밤'은 역사적 시간이 아니라 '환멸과 악, 그리고 추(醜)로 점철된 절대적이고 추상적인 시간'이다. 그것은 역사의 변화발전과정에서 지양되는 것이 아니라, 광명이 오면 '심판'을 받을 대상이다. 그러므로 갈릴레오를 대망하는 '나', 그런 기대마저 없으면 자결해버리고 말 '주체'는 역사적 시간 속의 '주체'가 아니라, 선험적으로 규정된 '선과 악'의 대결 가운데에서 마침내 '악'을 응징하고 '선'이 승리할 날을 예언하는 '선지자'의 모습이다. 만약 구조주의자가 본다면, 채만식의 '마르크스주의'는 기독교의 '하나님의 진리'와 동일한 위치에 배치되어 있는 것으로 이해할 것이다.

문제는 이 '주체'가 발딛고 서 있는 현실의 공간에서 '밤의 세계'이자 '절대악의 세계'가 점점 더 커다란 '긍정의 세계'로 확대되고 있다는 사실이다. 그가 '마르크스주의'에 긴박되고 끊임없이 현실부정을 위해 그 '절대진리'에 회귀하는 한 점점 더 그의 '주체'는 '관념'이 된다. '관념으로서의 주체'는 더 이상 그에게 '주체'일 수 없다.

신념(즉 마르크스주의)을 포기하는 순간 '주체'는 사라지고, '신념'을 계속 유지하는 동안 '주체'는 하나의 관념(소설 속의 표현을 빌리면 '유령')[20]이

---

19) 채만식, 「소설가는 이렇게 생각한다」, 『조선일보』, 1940.6.14~15. 『전집』 10, 194~195면.

20) "박처럼 긍정하는 현실과 세계를 가지지 못한 것은 물론 모조리 죄다 비정은 하는 것이나 그렇다고 해서 김처럼 현실적인 이 지구를 위한 비정인 것이 아니라 화성을 욕망하는 비정이니, 인간 세상에선 용납지 못할 유령(否定)인 것이다." 채만식, 「냉동어」,

되고 마는 이 딜레마가, 채만식 소설의 '주체 분열'의 내용이며, 그것은 그가 설정한 사상과 주체의 사회·역사적 상상력에서부터 비롯되고 있었던 것이다.

3. 스미꼬, 혹은 또 다른 '주체'의 욕망

이러한 대영 앞에 갑자기 나타난 여인이 일본 여성 '스미꼬'다. '스미꼬'는 누구인가? 한때 열렬한 마르크스주의자였던 그녀는 대영과 마찬가지로 더 이상 현실에서 의미를 찾기 어려워졌음에도 불구하고 여전히 그 '사상'에 '사로잡혀' 있는 '자신'을 변화시키기 위해, 그녀의 표현대로라면 "아편을 버리기 위해"(소설 속에서 마르크스주의는 계속 '아편'으로 표현된다) 무작정 조선행을 감행한 여자다. 처음에 데면데면했던 대영은 그녀가 자신과 마찬가지로 한 때 마르크스주의에 탐닉했던 '아편쟁이'였음을 확인하고, 나아가 여전히 그 '중독 상태'로부터 회복되지 못해 고통을 겪고 있다는 것을 알고 난 후부터는 "둘이는 완전히 십 년의 지기인 듯 하나도 사이에 막힘이 없되, 또한 조금치도 부자연스러움을 느끼지 않는"21) 사이로 발전한다.

마르크스주의로 인해 겪은 생활과 내면의 환난고초를 공유하는 동안만큼은 '스미꼬'는 '대영'에게 있어 '거울'속의 '나'처럼 동형(同型)의 주체가 된다. 자신에게 마르크스주의를 주입시켜 준 남편이 감옥에서 나와 전향을 하고 난 뒤에도 여전히 마르크스주의를 버리지 못하는 '스미꼬'의 내력을 알게 된 순간, '스미꼬'를 향한 '대영'의 동병상련과 동질감은

389면.
　21) 채만식, 「냉동어」, 403면.

더욱 절실해진다. 작가는 '스미꼬'의 내력을 빌려, 출옥 후 전향한 그 남편이 얼마나 인간적으로 타락해가는지, 신념을 포기한 '주의자'의 몰락상을 신랄하게 묘사한다.

> 이것이 아편의 독을 말끔 다아 씻어버리구서 이미 완인이 돼가지구 돌아온 그 사람을 처음 만났을 순간의 제 기모찌더랍니다. 남……아무것두 아닌 남, 이거죠 일컨 날 가져다 아편에 중독을 시켜주구서, 오래두룩 기대리게 하구서, 재갸는 실끔 손을 씻구 돌아서구. (…중략…) 그러나마 인간만이라두 족히 취할 만한 구석이 있었다믄, 변했거나 말았거나 예대루 그를 맞아 들였으련만, 아편의 탈을 벗구 나선 정첸 세상 고약한 파락호!…… 오까다라구 하는 짝패와 부동이 돼가지군, 날 지지리 볶아두 대구, 필경 꼬여내다가 감금을 시키구서 협박을, 협박을 안 듣는다구 린치를 하구. 우리 부모두 끔끔수 많이 받았지. 모두가 방탕하느라구 돈을 뺏어내가는 수단이죠 (…중략…) 어디가서 사람을 궂히군 진짬 수양살일 갔죠! 한 십 년…….22)

남편의 전향과 인간적 몰락을 겪고서도 그녀가 마르크스주의를 끝내 못 버리는 이유는, 소설 속의 표현대로라면 "다만 서재적이어서, 말하자믄 아편을 안 먹는 아편쟁이"23)였기 때문인데, 이 점 또한 작가가 마르크스주의를 내면화하는 것과 같은 맥락이다. '아편을 안 먹는 아편쟁이'

---

22) 채만식, 「냉동어」, 416~419면. '마르크스주의'에 대한 채만식의 동경(憧憬)과 선호(選好)와는 달리 '마르크스주의자'에 대한 그의 태도는 결코 호의적이지 않았음이 여기에서도 다시 한번 확인된다. 또한 이것은 그의 소설에서 마르크스주의자를 한번도 그 '내부'에서 그린 적이 없다는 사실을 환기시킨다. 마르크스주의자를 '내부'에서 그린다는 것은, 마르크스주의자가 포지한 이념의 실천과정에서 제기되는 '이상'과 그가 인간으로서 노정할 수밖에 없는 사유와 실천상의 '한계'를 동시에 '지양'한다는 것을 뜻한다. 전자(前者)가 과장될 경우, 소설은 이상화되고 추상화되며, 후자(後者)가 강화되면, 소설은 자연주의적 편향을 보이거나, 마르크스주의자가 더 이상 소설 가운데에서 역사를 추동하는 '성격'으로 그려질 수가 없다. 채만식은 '마르크스주의'에 동조하면서도, 창작과정에서는 시종일관 후자에 가까운 형태를 유지했다. 여기서 그나마 벗어나 있는 것이 『태평천하』의 윤종학이다. 그러나 앞서도 말했지만, 그는 소설 가운데에서 전혀 기능하지 않는 인물이란 점에서, '내부'적으로 그린 인물이 아니다.
23) 채만식, 「냉동어」, 415면.

란 혁명운동의 일선에서 움직이는 실천적 마르크스주의가 아니란 의미
다. 그러나 아니 바로 그 까닭에, 아편의 강한 중독성에서 벗어나기가
더 어려우며, 마침내 "병은 골수에 사무치는 것"24)이다. '스미꼬'는 여러
면에서 '대영'의 '거울'이자 '분신'이라고 할 수 있다.
　그러나 '스미꼬'는 끝내 '대영'과는 다른 '주체'이다. 무엇보다도 그녀
는 자신에게 치명적인 그 '아편'을 버리기 위해 조선행을 결심했다.

　　아 그러니 다만 한가지 병증, 아편 그것만 선뜻 버리구 나믄······ 가뜩이나
시대와 세상허구 양립할 수두 없는, 그래서 진작 현실을 떠난 전설이요 아무짝
에두 소용이 닿지 않는 한갓 우상 ······ 전 그걸 우상이라구 생각해요! 우상이지
별거예요 ······ 그러니깐 제발 그 우상만 그 아편만 내다가 버리는 날인다치믄
말씀예요 ······ 전 이내 그 좋은 환경 가운데서 기를 펴구 맘대루 질겁게 자알
이 청춘을, 인생을 갖다가 누려갈 수가 있을 게 아니겠다구요? (······중략······)
　　대영은, 아까 석양때 거리에서 일껏 제 입으로도 그러한 말을 했던 터요, 시
방 이 자리에서는 더구나 그것이 당자 자신의 아주 절절한 부르짖음이라는 것
을, 동시에 지당한 의욕이라는 것을 동감을 하기는 하면서도, 그러나 한편으론
그렇듯 파닥이는 이 여자에게 뉘엿이 서운한 거리감을 느끼지 않질 못하여, 그
래 선뜻 무어라고 대답을 해줄 시름조차 없이 우두커니 등신처럼 앞만 바라다
보며 앉았을 뿐이었었다.25)

　대영은 그 스스로 '아편인 이념' 때문에 고통스러워하면서도, 정작 그
것을 떨쳐버리고자 하는 '스미꼬'를 '서운한 거리감'으로 바라본다. '대
영'과 '스미꼬'의 이 '거리감'이 기실은 '주체'의 분열이 형성해 놓은 '간
극'에 해당한다. 또한 동형의 분신인 듯 하면서도, '대영'과 '스미꼬'가
서로 달라지는 지점이기도 하다. 대영은 스미꼬로부터 "왜 글쎄 사람은
생각허구 행하는 것허구가 제가끔 두 갈래 세 갈래루 갈라져 가는가"라

---

24) 채만식, 「냉동어」, 같은 곳.
25) 채만식, 「냉동어」, 425면.

는 질문을 받고, 그걸 꼭 해득해 달라는 요구를 받으면서, 이렇게 중얼거린다.

> 기미와 스꾸와레루! 낭에까와시또데나이! 이마니 스꾸와레루, 기미와……(너는 구조되겠군! 걱정하지마! 이제 곧 구조될거야 너는……)[26]

'대영'과 '스미꼬'가 다른 것은, '대영'이 자학과 무기력증에서 벗어나기 위해 아무것도 할 수 없는 것과 달리, '스미꼬'는 그 상태에서 벗어나기 위해 계속 무언가를 모색한다는 점이다. '대영'이 작가의 분열된 주체의 한 조각이라면, '스미꼬' 역시 그 일부분이다. '대영'이 '스미꼬'의 모색이 서운하면서도, 한편으로는 그 '모색'을 부러워하듯이, 작가의 분열된 주체 안에는 소설 속에서 '스미꼬'가 '욕망'하는 것을 '욕망하고자' 하는 '주체'가 숨어 있다. '스미꼬'가 욕망하는 것은 무엇인가?

> 좋거나 궂거나 제 자신의 생활…… 어떤 도저한 신념을 가지구 몸과 정신을 고스란히 다아 거기다가 쏟구서 달리 여념이 없두룩 진지한 생활 (…중략…) 그렇게 모두 심각하구, 그래서 어디 한구석 빈틈이 있거나 할 만한 무엇이 없이, 생활과 주체가 꼭 달라붙어설랑은.[27]

'스미꼬'는 마르크스주의로부터 벗어나기 위해, 혹은 주체의 분열을 극복하기 위해 하필이면 조선행을 선택한 것일까? 그것은 마치 우연이거나 즉흥적인 것처럼 보이면서도 사실은 치밀한 '욕망'의 계산에 의한

---

26) 채만식, 「냉동어」, 426면. 그러나 원발표지인 『인문평론』, 1940년 5월호에는 일문(日文)을 그대로 노출시켜 "君は救はれる! 歎とでない! 今に救はれる, 君は……"로 적혀 있고 한글번역은 달지 않았다. 전집의 편집자는 '歎とでない'를 '낭에까와시또데나이'로 읽고 전집에 한글음을 먼저 노출시켜 놓았지만, 그렇게 읽는 것은 어법상 어색하다. 『인문평론』의 문장이 오식(誤植)이 아니라면, '歎'은 형용사인 'なげかわしい'가 아니라 동사인 'なげく'나 'たんずる'로 읽어야 하지 않을까 생각한다. 그러나 여기서는 인용의 일관성을 위해 전집의 해당면을 그대로 옮긴다.
27) 채만식, 「냉동어」, 404~405면.

것이었다. '조선행'의 의미를 우리는 '스미꼬'의 입을 통해서가 아니라, 그녀의 계획을 들은 어머니와 언니의 반응을 통해 어느 정도 유추해 볼 수 있다.

> 아 어머니허구 언니허구서 그 말을 듣군, 고만 질색들을 하는군요! 어머닌 한 단 말씀이, 애야 글쎄 조선엔 시방두 호랭이가 시글시글하다는데, 무슨 수루 게를 가며, 조선이라믄 말만 들어두 머리가 내둘리질 않느냐구, 가뜩이나 울기 잘 하시는 이가, 디리 눈물을 짜믄스 어쩔 줄을 몰라하구……언닌 또, 조선은 하두우 추워서 겨울엔 귀가 마구 얼어 빠진다는데 어쩌자구 그런 델 가려 드느냐구 말려쌓구28)

인용문의 의미를 유추해 보면 '스미꼬'가 조선에 와서 보고싶었던 것이 무엇인지 대강 윤곽이 파악된다. 그녀의 '조선행'은 결코 '대영'과 같은 자신의 동형분신을 만나기 위한 것은 아니었을 것이다. '스미꼬'는 어머니와 언니의 뇌리에 각인되어 있는, 여전히 '야만의 땅'인 이 '식민지 조선'이 자신이 그토록 반대했던 천황제 파시즘 국가인 제국주의 '일본'에 의해 어떻게 변화되었는가를 확인하고 싶었던 것이다. 그리고 그 변화된 '사실'을 눈앞에서 목도한다면, 그는 기꺼이 자신의 '아편'을 버릴 각오가 되어 있던 것이다. 그러므로 기실 '조선행'은 '아편'을 버릴 '이유'라기보다는 차라리 하나의 '계기'에 불과했던 셈이다. 울고 싶은데 뺨치는 격으로, 식민지 조선에서 일본 제국주의의 위용을 발견할 수 있다면, 버리고 싶었던 그 '아편'을 기꺼이 버릴 수 있으리란 것. 그러나 정작 그가 조선에서 만난 것은 동형분신인 '대영'이었다. 조선에 사는 '스미꼬'의 분신인 '대영'은 '보신각'으로 상징되는 '봉건'의 우울한 '유령'과 시대를 호흡하지 못하는 '이념'의 유령에 둘러 쌓인 채, '스미꼬' 자신보다도 몇 겹이나 복잡한 주체의 '분열'을 겪고 있는 것이 아닌가.

---

28) 채만식, 「냉동어」, 423면.

'조선'에 와서 오히려 떨쳐내고자 한 '주체'의 편린을 발견한 '스미꼬'는 잠시 '거울' 속에 비친 자신을 향해 '나르시시즘'에 빠지지만, 끝내 그것을 거부하고('대영'과의 동경으로의 사랑의 도피약속을 어기고) 대륙으로 향하는 기차에 몸을 싣는다. 조선에서 발견하지 못한 '아편을 버려야 할 이유'를, 그녀는 '대륙'에서 다시 확인하고자 했던 것이다.

> 용서해 주세요! 분상. 분상을 떼어놓고 스미꼬 혼자서 고만 대륙을 향해 떠나고 있답니다! (…중략…) 슬퍼도 미련겨워도, 자랑과 행복 속에 사랑을 보전하겠으니 좋고, 아울러 그곳에다가 아편을 버릴 수가 있을는지도 모르니 막상이겠어요
>
> 요전날 밤, 분상도 이야기를 하신 대로, 일청(日淸)·일노(日露) 전역때부터, 더는 풍신수길, 또 더 그 이전부터 전해 내려오던 일본민족의 유구한 민족적 사명이요, 그래서 한 거대한 역사적 행동인 중원 대륙의 경륜…… 이는 누가 무어라고 하거나 현 세대를 전제로 한 인간정열의 커다란 폭발인 것 같아요
>
> 스미꼬, 이 길로 거기엘 가서 보고 대하고 접하고 하겠어요
>
> 새로운 건설을 앞둔 무서운 파괴가 중원의 천지에 요란히 전개되고 있는 그 어마어마한 무대와 행동을……
>
> 스미꼬와 혈통을 더불어 했고 동시에 한 사람 한 사람의 인간인 그네 씩씩한 장정들이, 그렇듯 세기적인 사실의 행동자로써 늠름히 등장을 했다가 끊임없이 시뻘건 피를 흘리고 넘어지는 그 핍절하고도 엄숙한 사실을……29)

사랑의 도피행을 약속하고도, 열차 출발시각이 지나도록 그 약속의 이행을 두고 계속 주저하고 망설이던 '대영'보다 한발 앞서 '스미꼬'는 대륙행을 선택함으로써 '대영'이라는 분열된 주체의 한 편린과 작별한다. '스미꼬'의 편지를 받아든 '대영'은 "애정을 놓친 그 가슴의 다만 허전함과도 일변 다른"30) 상실감으로 괴로워한다. 동시에 "여자의 환영을 밟아 줄기차게 대륙에로 쏠리는 마음, 그를 연해 몽스러 가며 자제를 하

---

29) 채만식, 「냉동어」, 461~463면.
30) 채만식, 「냉동어」, 465면.

자매, 아픈 노력이 쓰이지 않지 못했"[31]던 것이다.

4. 신체제, 혹은 새로운 절대진리로의 전이(轉移)

　'대영'과 '스미꼬'는 채만식의 분열된 주체들을 표상하고 있다. 「냉동어」 이전의 작품들, 예컨대 「소망」이나 「패배자의 무덤」에서는 결코 '스미꼬'로 표상되는 또 다른 '주체'가 모습을 드러내지 않으며, 「냉동어」 이후에도 그것은 나타나지 않는다. 그 점에 「냉동어」의 의미가 놓여 있다. 작가는「냉동어」에서 '주체' 안의 또 다른 '타자'(스미꼬)를 처음으로 인정했던 것이다. 작가인 내게 익숙한 '주체'는 '신념'에 충실함으로써 끊임없이 '현실(사실)'로부터 소외당하는 '주체'이다. 그 '소외'에 저항하기 위해 '나'는 미친 척 하거나(「소망」에서처럼), 자살한다(「패배자의 무덤」에서처럼). '주체'는 '신념'과 '현실'이 한 치의 빈틈도 없이 밀착된 '생활'의 역동성을 꿈꾸지만, '신념'을 견지하는 한, 그것은 불가능하다. 나의 '신념'과 '현실'은 서로 양립할 수 없는 모순명제이기 때문이다. 거듭 확인하는 바이지만, '신념'을 포기하면 그 순간 '주체'는 소멸되고 만다는 두려움, 그러나 여전히 포기할 수 없는 '현실'과 밀착된 '주체'의 존재에 대한 욕망, 이 두 개의 분열된 주체 사이에서 혼란을 겪고 있는 것이 작가 채만식의 솔직한 내면풍경이다.

　「냉동어」에서 '대영'은 '스미꼬'를 따라 대륙행을 선택하지 않음으로써 표면적으로는 또 다른 '주체'의 욕망을 거부하는 것처럼 보인다. 그러나 스미꼬와 연애하는 동안 아내가 낳은 딸의 이름을 '스미꼬(澄子)'의

---

31) 채만식, 「냉동어」, 465면.

'징(澄)'을 따 '징상(澄祥)'으로 지음으로써, 그 '욕망'이 사라진 것이 아니라 여전히 현실 속에서 또아리를 틀고 꿈틀거리고 있음을 보여주고 있다. '딸의 이름'은 「냉동어」의 부제이기도 하면서, 동시에 '스미꼬'로 표상되는, '대영'의 내부에 또아리를 틀고 있는 또 다른 '주체'의 욕망을 의미한다.[32]

「냉동어」의 '주체'는 끊임없이 주저하고 머뭇거리는 '주체'(대영)와 존재를 확인하고자 하는 '주체'(스미꼬)로 분열되어 있고, '욕망'은 그 사이를 진자운동 하듯 왕복한다. 그리고 이 '분열된 주체'가 마침내 안착하는 지점이 이른바 '신체제'의 공간이다. 이 '신체제'는 '주체'가 그토록 고수(固守)하고자 했던 '신념'의 대체물이며, '스미꼬'가 그토록 버리고자 했던 '신념'의 새로운 화신(化身)이다. 다른 어떤 이유보다도, '신체제'가 기존의 '절대진리'였던 '마르크스주의'를 대체할 수 있었던 까닭은, 이것이 자본주의적 모든 '악'(특히 채만식이 혐오해마지 않았던 자유주의와 개인주의, 이기주의)을 일소하고 새로운 세계의 지평을 열 수 있다는 전망 때문이었다. 마르크스주의와 신체제는 '반자본주의의 논리'라는 조건항에 의해 서로 등가적(等價的) 관계를 형성한다. 아니, 좀더 정확히 말하면 마르크스주의적 신세계의 구현은 현실 가운데에서 요원하며, 따라서 그것은 점차 '유령적 신념'이 되어 가는 반면에, '신체제'가 약속한 지복(至福)의 세계는 바야흐로 눈앞에서 확연히 실현되고 있는 것이어서 온전한 등가를 이루는 것도 아니다. 자본주의 세계를 소멸시킬 수만 있다면, 마르크스주의쯤은 얼마든지 부정할 수도 있는 것이다. 채만식에게 그것은 마르크스주의의 부정이 아니라, 더 큰 절대진리로의 기꺼운 '전이'였다.

개인주의의 이 자유주의적인 생산태도에 있어서는 국력 내지 국가적인 손실

---

32) 부제인 '딸의 이름'은 『인문평론』 1940년 4월호에는 없다가 5월호에 부기되어 있다. 이것은 4월호 인쇄과정의 실수인지, 아니면 5월호 발간 이전에 제출된 작가의 요청에 의한 것인지는 알 수 없으나, 어느 경우이더라도 '딸의 이름'의 상징성이 강조된 효과만은 분명하게 드러난다.

이라는 것을 전혀 고려치 않는다. (…중략…) 그리고서도 이름하여 그것을 자유니 '나'니 하고 부르던 것인데 그러한 자유며 '나'란 것이 인류와 공서(共棲)하여 영세불망할 이치가 없는 것이다. 과연 인류는 바야흐로 새로운 역사를 창조하려 위대한 아침을 맞이했다. 그리고 방금 몰락하고 있는 구라파적인 자본주의와 더불어 탄생하여 더불어 성장하고 더불어 번영을 누려 오던 자유주의나 개인주의도 그와 더불어 몰락 또한 같이할 운명을 짊어진 자이어서 지금에 그 종언을 고하게 된 것이다. (…중략…) 소화유신은 명치유신의 발전적 해소로 신체제에 있어서는 그러므로 재래의 모든 개인주의나 자유주의적인 행동과 이데올로기가 부정이 된다. (…중략…) 신체제를 그런데 개인주의와 자유주의의 부정이요 국민총력의 국가관리요 한대서 언뜻 공산주의를 연상하는 사람이 혹간 없잖아 있다고 한다. 그러나 근위 수상(近衛首相)도 그것을 해명한 바가 있었지만 우리의 신체제는 결코 소비에트 러시아처럼 국민의 일부분인 프롤레타리아만으로 된 집단체나 그의 기능과는 전연 달라 1억의 전국민이 무슨 주의나 이해 그런 것으로가 아니라 황도적(皇道的)으로 한데 맺어진 일심(一心)국가다.[33]

제2차 고노에 내각이 들어선 1940년 10월에 일본의 모든 정당과 정치단체가 해산되고, 그것이 '대정익찬회'로 흡수통합 되면서, 이른바 '신체제'는 논리와 제도의 양 측면에서 본격적으로 전개되기 시작한다. 식민지였던 조선에서도 '신체제'는 하나의 커다란 폭풍이었다. 일본과 관련된 것이면 무엇이든 부정하고 거부하는 '맹목'이 아닌 한, 최소한도의 논리와 명분을 갖춘 경우라면 이 '신체제'와 어떤 형태로든 맞닥뜨려야만 했다. 그리고 '신체제'의 논리와 싸워 이기든가 그것에 흡수되든가, 선택지(選擇枝)는 둘 중의 하나였다. 그 과정에서 '신체제론'을 자신의 논리와 주관적으로 접속시키는 무수한 '신체제'의 전유(專有)가 나타났다.[34] 채

---

33) 채만식, 「문학과 전체주의─우선 신체제 공부를」, 『삼천리』, 1941.1. 『전집』 10, 230~
   232면.

34) '신체제' 논리의 전유과정의 일단에 대해서는 이 책에 실린 「이태준과 신체제─식민
   지배담론의 수용과 저항」과 「박태원 소설에서의 근대와 전통」을 참조. 채만식이 '신체
   제'에 투항하는 과정을 「냉동어」와 연관지어 논의한 주목할 만한 글로는 최현식의 「문
   학가의 이상과 생활인의 비애─채만식의 산문과 평론」(문학과사상연구회 편, 『채만식

만식 또한 그 수많은 지식인 중의 하나였다. 분열된 주체는 다시 하나로 굳건히 '통합'된 것처럼 보였고, 더 이상 '신념'과 '사실'의 괴리로 인해 고통받을 이유가 없어 보였다. 마르크스주의를 '절대진리'로 근원에 두었던 '부정의 주체'는 이제 '신체제'라는 '대체진리'를 배후로 하여 '긍정의 주체'로 거듭났다. 더 이상 '스미꼬'라는, 주체 안의 또 다른 주체의 욕망을 좇아 '대륙행'을 감행할 것인가 말까를 고민할 필요도 없으며, '스미꼬'의 욕망을 좇는 대신 '딸의 이름'을 '징상(澄祥)'이라고 짓는 대리충족을 꾀할 이유도 없다. 이 지점에서, '대체진리'로서의 '신체제'의 진리값이, 과연 마르크스주의를 대신할 만한 것인가 아닌가를 묻는 것은 무망한 일이다. 그 이전에 이미 우리는 그의 마르크스주의가 역사적 현실과 교호하는 이념이 아니라 이미 형이상학이 되어 있었음을 확인했기 때문이다. 채만식에게 있어 그 형이상학은, 자본주의에 동의하지 않고, 그 체제 안에서 이루어지는 '모든 것'을 부정하는 동안은 '진리'로서의 순기능을 지니지만, 그 '부정적 현실'이 거부할 수 없는 '긍정의 세계'로 확대되는 '사실의 세기' 앞에서는 더할 나위 없이 무력한 것이었다. 그러므로 마르크스주의와 신체제의 등가교환의 구조는, 이미 그의 정신 구조 안에서 배태되어 있었던 것이라 할 수 있다. 하나의 '절대진리'이자 '형이상학'으로 배치되어 있던 '마르크스주의'에 맹목이었듯이(즉, 이념에 대한 역사적 성찰이 불가능했듯이), '구조' 안에서 자리바꿈을 한 '신체제'에 대

문학의 재인식』, 소명출판, 1999에 수록)이 있다. 그러나 최현식은 「냉동어」를 채만식의 신체제의 전면적 수용 여부를 중심에 두고 읽어, 본 논문의 독법과 다소 차이가 난다. 본 논문이 주목한 것은, 신체제 수용 여부 자체가 아니라, '주체'의 분열과 욕망의 구조가 어떻게 '신체제'의 수용에 연결되는가 하는 점이다. 두 독법의 가장 큰 차이점은, 해방 직후의 채만식을 이해하는 데서 발견된다. 최현식은 해방 직후의 채만식이 '신체제'에 함몰되었던 과거의 자신을 반성하고 "뒤틀린 의식과 행동이 대체로 극복되었다"(같은 책, 223면)고 평가하지만, 해방 전에 구조화된 그의 '사상'과 '주체'의 관계는 여전히 해방 이후에도 반복된다는 것이 나의 생각이다. 그리고 이 구조화된 그의 의식이 해방 이후의 주저(躊躇)와 회의(懷疑), 때로는 '무매개적인 기투(企投)'로 드러난다고 본다. 이는 다른 자리에서 논할 기회가 있을 것이다.

해 채만식은 맹목에 가까운 태도로 포섭된다. '신체제'의 논리에 포섭된 다른 작가들이, 그 논리 내부에서 모순과 비합리를 발견하고 발을 빼려는 시도를 하는 동안에도, '신체제' 안에서의 그의 행진은 계속된다. 이 중단없는 행진이 도착한 지점에서 "나는 사람은 조선 사람이라도 마음의 나라는 일본이요, 그러므로 일본을 위하여 충의를 다하되 목숨을 아끼지 아니하노라"라는 진술이 가능해진다.[35] 이것은 그가 애초 '신체제'를 전유하게 되었던 '반자본주의'와 '탈근대'의 세계와도 한참 동떨어진 자리였다. '마르크스주의'와 '신체제'의 자리바꿈, 그 과정에서의 '주체'의 분열, '이념'과 '사실'의 딜레마, 「냉동어」는 이 틈새를 가로지르는 채만식의 정신 구조에 관한 '자가분석'의 기록이다.

---

35) 채만식, 『여인전기』, 『매일신보』, 1944~45. 『전집』 4, 393면.

박태원 소설에서의 근대와 전통

합리성에 대한 인식과 신체제론 수용의 문제를 중심으로

1. 1940년 전후의 박태원 소설에 관한 재해석의 필요성

박태원은 한국 근대소설사에서 모더니즘을 이야기할 때 이상(李箱)과 더불어 결코 빼놓을 수 없는 중요한 작가 중의 한 사람이다. 1930년대에 그가 시도했던 소설에서의 다양한 실험들, 특히 문체와 시점(視點)에서의 새롭고도 파격적인 실험들로서도 그러하지만, 무엇보다도 모더니즘의 경계를 부단히 넘나들면서 '모더니즘'의 외연을 넓히는가 하면, 어느새 '근대'의 대척점에 놓이는 전통적인 장르와 정전(正典)들을 끌어들여 옴으로써, 모더니스트로서의 자기 정체성을 과감히 거부하는 듯한 모습으로서도 그러하다. 「소설가 구보씨의 일일」(1934)과 『천변풍경』(1936) 사이에 존재하는 문학세계의 변화도 관심의 대상이거니와, 모더니스트로 출발하여, 중국 연의소설(演義小說)의 번역가로, 역사소설로, 그리고 종국에는 '친일소설'로 귀착하는 변화무쌍한 소설가적 궤적으로서도 그는 여전히 문제적인 작가이다. 또한, 해방 이후의 정치적 선택의 이유를 둘러 싸고도 그는 계속 논란의 중심에 서 있다.

그러나 박태원을 둘러싼 이런 다양한 논점 중에서도 가장 관심이 집 중되고 있는 것은 '근대'와 '전통'에 관한 그의 인식과 소설의 상관 관계 일 것이다. 따라서 이 글은, 해방 전 그의 소설에 나타나는 '근대'와 '전 통(혹은 전근대)'의 문제를 중심으로, 이에 대한 그의 인식과 소설의 상관 관계를 기존의 시각이나 연구방법과는 조금 다른 각도에서 재해석하기 위해 쓴다.

박태원 소설에서 '전통'과 '근대'의 인식 문제가 중요한 까닭은, 무엇 보다도 이 두 개의 서로 다른 요소들이 박태원 소설을 해석하고 평가하 는 데 항상 문제적인 요소로 부각되고 있으면서도 사안의 중요성에 어 울리는 풍요로운 해석과 평가를 만나는 경우가 드물기 때문이다. 많은 연구에서 '근대'와 '전통'은 박태원 소설 이해의 중심코드이지만, 그것들 이 텍스트의 안과 밖에서 형성하는 중층적이고 역사적인 의미가 충분히 해석되기도 전에, 종종 부정적 평가의 '이유'가 된다.

> 박태원은 그의 문학적 출발을 근대가 함유하고 있는 새로운 것에 대한 강렬 한 욕망과 동시에 전근대적인 가치관의 집착이라는 이율배반적인 것으로부터 삼고 있다는 점이다. (…중략…) 근대와 전근대, 주관적 보편성과 객관적 총체 성, 문학의 자율성과 사회적 실천이라는 두 명제 사이에서 끊임없이 갈등한 것 이 바로 박태원의 미학적 기반이자 세계관이다. 이 두 명제를 조화시키기에는 식민지 당대가 절대적이었을 뿐만 아니라, 한국문학의 전통도 그리 견고하지 않았고, 무엇보다도 박태원 개인의 철학적 기반이 허약했다. 박태원은 자신의 문학적 명제와 현실과의 문제를 철저하게 해결하지 못한 채, 모호한 부정과 해 체의 작업으로 나갔기 때문에, 그의 모더니즘 문학은 전면적일 수 없었던 것이 다. 이 점이 바로 박태원과 이상의 모더니즘이 구별되는 점이다. (…중략…) 요 컨대 『천변풍경』은 전통적 악습과 근대적 경박함을 동시에 비판하면서, 전통에 바탕을 둔 근대화라는 모호함을 지향하고 있다. 이로써 박태원 모더니즘은 종 언을 고하게 된다.[1]

위의 인용문은 박태원에 관한 문학사적 정평(定評)을 요령 있게 정리하고 있는 동시에 박태원 소설의 중요한 맥락을 정확히 짚어 내고 있다. 그러나 그러한 '정평'들이 안고 있는 문제점도 함께 노출하고 있다. 우선, 많은 연구자들이 '근대적인 것과 전근대적인 것의 동시적 사유'라는 박태원 소설의 특징을 '이율배반'이라고 규정하고 있다는 점이다. 그러나 전근대적인 것과 근대적인 것을 동시에 사유하는 것을 반드시 '이율배반적인 것'으로 보기는 어렵다. '근대'적 사유는 '전근대'의 전면적인 부정과 폐기로서만 가능한 것이 아니기 때문이다. '전통에 바탕을 둔 근대화'를 '모호하다'고 평가하는 것도 역시 같은 맥락에서 재고할 필요가 있다. 무엇보다도 '전근대적 가치를 고려했기 때문에 그의 모더니즘이 전면적일 수 없었다'는 평가는 문제적이다. 특히『천변풍경』이후의 박태원 소설에 대해 대다수의 연구자들은 '모더니즘의 파탄'이라거나, 인용문에서처럼 '모더니즘의 종언'이라고 선언하기를 주저하지 않는다.[2] 이러한 평가의 문제점은 박태원을 시종일관 '모더니즘'의 자장 안에서만 이해하려고 한다는 것이며, 그때의 '모더니즘'도 매우 협애한 이해에 기반을 두고 있다. '모더니즘'이란 것은 태동부터가 '근대'에 대한 '회의'와 '부정'을 중요한 속성으로 삼고 있는 것이어서, 이러한 비판은 더욱 요령부득이다. 특히, 1930년대 후반과 그 이후의 작품들이 지니는 의미를 제대로 추출하지 못하고, 부정적 평가로만 일관하는 것[3]은, 그의 '근

---

1) 정현숙, 「박태원 연구의 현황과 과제」,『박태원 소설연구』(강진호 외), 깊은샘, 1995, 25~29면.

2)『천변풍경』을 시작으로 하여 그 이후의 박태원의 소설쓰기를 '모더니즘의 파탄'이라고 파악하는 대표적인 예는 김윤식·정호웅의『한국소설사』(예하, 1993)를 들 수 있다. 이 책에서 저자들은 "박태원의 고현학으로서의 글쓰기가『천변풍경』에 이르러 파탄에 이르렀으며, 이후 그의 소설이 통속의 길로 가속화하는 계기"가 된다고 파악한다. 문홍술은 「의사(擬似)탈근대성과 모더니즘-박태원론」(『한국문학』, 1994년 봄)에서 "박태원의『천변풍경』이 박태원 모더니즘의 종언을 알리는 소설"이라고 규정한다.

3) 특히 '자화상' 연작인 「채가」와 「투도」 등이 지니는 문제성을 간과하고 이를 '소시민 의식'이나 '쇄말주의'로 간주하여 부정적으로 평가하는 연구가 많은 것이 문제다. 이정옥은 '자화상' 연작에 대해 "미적 긴장감이 결여된 상태로 지나치게 사생활이 상세히

대 인식'을 '모더니즘'의 자장 안에서만 이해하려고 할 뿐, 일제 말의 사회와 문화가 형성한 좀더 복잡하고 중층적인 콘텍스트를 통해 읽지 못한 결과라고 볼 수밖에 없다. 중요한 것은, 박태원이 '근대'와 '전통'을 동시에 사유했다든지, 양가적 태도를 견지했다는 것에 있는 것이 아니라, 그 두 가지 대타적 범주들이 박태원의 사유 속에서 어떤 '위계'를 형성하고 있었는지, 그리고 그의 사유는 동시대의 현실이나 역사적 조건과 어떤 맥락 속에서 연결되고 있었는가를 파악하는 것이다.

그런 점에서, 박태원 소설에서 '근대'와 '전통'이 어떤 접점을 형성하는지, 그리고 박태원의 '근대 인식'에 있어서 '전통'이 차지하는 의미와 비중은 어떤 것인지에 관해서는 이제부터 본격적인 검토가 필요한 과제이다. 특히, 이 '근대'와 '전통'의 상관 관계는 기존의 연구에서는 충분히 논의되지 않았던, 흔히 '친일소설'이라고 알려진 박태원의 1940년대 초반 소설인 『아세아의 여명』(1941)이나 『군국의 어머니』(1942) 같은 소설들의 창작과 밀접한 관련이 있기 때문에 한결 문제적인 사안이 아닐 수 없다. 기존의 연구에서는 이 과정이 깊이 있게 논의된 바가 거의 없다. 혹은 있다고 해도 그의 친일소설 창작을 하나의 '불연속성'이나 '단절'로 이해하거나, '무기력'과 '무사상(無思想)' 같은 의식의 진공 상태에서 이루어진 것으로 파악하는 경우가 대부분이며, 더러 그 인과적 관계를 밝히려고 애쓰는 경우도 '모더니즘'의 포기라는 원죄(?)가 '역사소설'과

서술되고 있으며, 그 결과는 사소한 사건들의 전말을 보여주는 것 이외에는 별다른 의미가 찾아지지 않는다"고 혹평한다. 이정옥, 「박태원 소설연구—기법을 중심으로」, 연세대 박사논문, 1999, 120면. 『금은탑』 역시 통속적인 추리소설이라는 외연에도 불구하고, 박태원의 '근대와 전통'에 관한 인식을 파악하는 데에는 매우 중요한 소설임에도 불구하고, 대체로 부정적인 평가를 받고 있다. 이상갑의 연구는 이 작품을 '근대와 전통'의 길항 관계로 파악한 드문 예에 해당하는데, 정작 그는 『금은탑』이 실패작이라고 평가하고, 그 이유를 '우연성'이 남발되는 데다 "근대와 전통의 이율배반"에서 비롯되기 때문이라고 보았다. '근대와 전통의 이율배반'이란 뜻은, 박태원이 '근대'와 '전통' 양면 어디에도 안착하지 못한다는 의미인데, 이러한 분석은 『금은탑』의 대립 구조를 너무 단순화시킨 결과가 아닌가 생각한다. 이상갑, 「전통과 근대의 이율배반성—『금은탑』론」(강진호 외, 앞의 책) 참조

'통속소설'이라는 '작은 타락'으로 이어지고, 마침내 '친일소설'이라는 '큰 타락⑺'으로 귀결된다는 논리로 그 과정을 재구성한다. 이 글에서는 가능한 한 그의 사유과정 내부의 인과적 고리, 즉 '근대'와 '전통'에 관한 그의 인식 구조를 통해 이 문제를 논의해 보려고 한다.

2. 신체제의 등장과 박태원의 반응

1941년 잡지 『삼천리』 신년호는 '신체제'특집으로 구성되었다. '신체제'란 1940년 7월 제2차 고노에[近衞] 내각4)이 주도한 전면적이고 강력한 파시즘체제를 일컫는다. 식민지였던 조선도 1940년 후반부터 점차 '신체제'의 등장에 따른 대응태세를 갖추어나가지 않을 수 없었다. 총독부의 주관 아래 그 이전까지 유지되어 오던 '국민정신총동원 조선연맹'을 해체하고 일본의 '대정익찬회'를 본떠 새롭게 '국민총력연맹'을 결성하는 한편, 조직 결성에 발맞추어 '국민총력운동'을 대대적으로 전개해 나간다.5) 작가와 문인을 비롯한 지식인들도 '신체제'라고 불리는 이 새로운 식민지배정책의 지각변동에서 예외일 수가 없었다. 『삼천리』를 비롯한 당시의 유수한 신문과 매체들은 앞다투어 '신체제'와 관련된 특집을 마련하고, 작가와 지식인들을 대대적으로 동원하여 '신체제'의 계몽

---

4) 제1차 고노에 내각은 중일전쟁이 일어나기 한 달 전인 1937년 6월 4일 성립되어 1939년 1월 히라누마[平沼] 내각의 성립과 더불어 해산된다. 제2차 고노에 내각이 들어서던 1940년 7월까지의 약 1년 반 사이에, 히라누마, 아베[阿部], 요나이[米內] 등을 수반으로 하는 내각이 구성되었다. 고노에를 수반으로 하는 내각은 도합 3차까지 구성되었다. 강동진, 『일본근대사』, 한길사, 1985, 391~420면 참조.
5) 신체제의 등장에 따른 조선에서의 신체제운동 전반에 관해서는 전상숙, 「일제 군부 파시즘체제와 '식민지 파시즘'」(방기중 편, 『일제 파시즘 지배정책과 민중생활』, 혜안, 2004), 38~51면을 참조할 것.

과 사회적 확산에 박차를 가하게 된다. 이를테면, 『삼천리』의 1941년 신년호도 그러한 맥락에서 꾸며진 셈이다.

『삼천리』는 '신체제하의 나의 문학활동방침'이라는 설문을 이광수를 비롯한 당대의 내로라 하는 열두 명의 작가와 비평가들에게 돌리는 한편, 이광수와 채만식을 동원하여 '신체제와 조선문학'을 주제로 장문의 평론을 쓰도록 유도한다.6) 같은 지면에 주요한은 「팔굉일우」를, 모윤숙은 「지원병에게」라는 시를 게재하면서 '신체제' 특집에 참여한다. 박태원은 12인의 피설문자 중 한 사람으로 '신체제' 문제에 대한 자신의 생각과 창작계획을 밝히고 있는데, 흥미로운 것은 다른 사람들과는 확연히 구별될 정도로, 그의 응답이 무미건조하고 담담하다는 점이다.

> 건전하고 명랑한 작품을—건전하고, 명랑한 것을 써보려 합니다. 지금 예정에 있는 것은 장편『남풍』,『속 천변풍경』, 단편「자화상」제3화, 제5화, 기타.7)

이런 대답은 같은 지면을 장식하고 있는 다른 사람들의 설문 응답, 예컨대 「계몽, 총후(銃後), 전승, 흥아(興亞)의 문학」(정인섭), 「국민의 마음 훈련과정을」(이효석), 「새 시대에 적응한 새 인간형의 창조를」(이기영), 「자유주의를 청소」(채만식), 「신동아건설의 작품을」(방인근) 등의 제목하에 '자신의 생활을 전면적으로 개조하고', '자유주의 기풍을 일소하며', '새로

---

6) 이들이 쓴 「신체제와 신예술론」(이광수), 「문학과 전체주의」(채만식)는, 당시의 작가와 지식인들이 어떤 논리과정을 통해 '신체제론'을 주관적으로 '전유'하는가를 잘 보여주고 있다는 점에서 주목할 필요가 있다. 이에 대한 상세한 검토는 이 책에 실린 「이태준과 신체제—식민지배담론의 수용과 저항」을 참조.

7) 박태원, 「건전하고 명랑한 작품을」,『삼천리』, 1941, 1, 247면. 그가 예정 목록에 올린 것이 실제 창작되었는지 일일이 확인하기는 어렵다.『남풍』이란 제목은 그의 작품 목록에는 없다. 발표하면서 제목을 다른 것으로 바꾼 것이 아닌가 짐작된다.『속 천변풍경』은 이미『조광』지에 1937년에 연재된 적이 있으므로, 그것과는 다른 새로운『천변풍경』을 구상하고 있었다고 봐야 옳을 것이다. 「자화상」연작은 「음우(淫雨)」, 「투도(偸盜)」, 「채가(債家)」로 이어지는 일련의 연작소설인데, 제3화는 「채가」를 가리키는 것으로『문장』, 1941년 4월에 발표되었다. 「자화상」제5화에 해당하는 작품이 정확히 어떤 것인지는 확인하기 어렵다.

운 인간형을 창조하고', '새로운 대동아질서를 구축하겠다'는 각오나 다
짐과 비교해 보면 분명한 차이가 드러난다. 그 응답이 자발적이든 아니
든, 박태원을 제외한 다른 작가들이 '신체제'의 등장에 다소 흥분된 어
조로 '호들갑'을 떨고 있다면, 박태원은 대조적으로 차분할 뿐만 아니라,
'건전하고 명랑한 작품 창작'이라는, '신체제'의 취지와 부합하지 않는
다소 엉뚱한 계획을 내놓고 있는 것이다.

　바로 한 달 후, 그가 『조광』지에 장편 『아세아의 여명』을 전재함으로
써, 응답 내용과 관계없이 '대동아공영주의'에 부합하는 소설을 발표한
다는 사실을 떠올리면 그의 이러한 태도는 더욱 이상한 것이 아닐 수
없다. 왜 『아세아의 여명』은 예정 목록에 없는 것인가. 창작에 필요한
시간을 감안할 때, 이 설문에 응할 무렵 『아세아의 여명』은 이미 완성되
었거나 씌어지는 도중일 가능성이 높은데, 그렇다면, 그는 왜 '대동아공
영주의'나 '동아신질서' 따위, 그 당시 흔하디 흔한 지배이데올로기의
선전문구를 동원하지 않은 것일까.

　두 가지 추론이 가능하다. 하나는, 그가 '신체제'가 무엇인지 정확히
모르고 있었다는 것. 그러나 이 경우에는 이기영처럼 "먼저 신체제에 대
한 공부를 하고 싶고, 이론을 체득하고 싶다"[8]고 겸손한 소망을 피력하
는 것이 한결 자연스럽다. 다른 하나는, 그가 '신체제'를 수선을 피울 만
큼 각별히 새로운 이론이나 정책으로 이해하지 않았다는 것이다. 다시
말하면, 그에게 '신체제'를 둘러싼 번다한 이론은 '이미 익숙한 것'이며,
또한 자신의 창작과정에서 이미 육화(肉化)된 실천으로 지속되어 오던
'어떤 것'으로 수용되었을 가능성이 없지 않다는 것이다. 이런 맥락에서
박태원의 설문 응답을 다시 읽으면, 그 '숨은 뜻'은 '내가 해오던 작업의
내용과 지향, 그것이 곧 신체제의 내용과 지향이기도 하다'가 되는 셈이
다. 이때의 '내용과 지향'은 '건전하고 명랑한 작품'이라는 그의 '슬로건'

---

8) 이기영, 「시대에 적응한 새 인간형의 창조를」, 『삼천리』, 같은 면.

에 집약되어 있다. 다소 성의 없어 보이기까지 하는 이 응답의 진정한
의미는 아무래도 후자의 추론과 더 가까워 보인다.

  널리 알려져 있다시피, '신체제론'9)은 이론의 하부 구조에 '반서구주
의'·'반자본주의'·'반근대주의'·'반자유주의'·'반개인주의' 등의 이론
적 계기를 포함하고 있었다.10) 이것들 사이에 존재하는 '위계(位階)'와
포섭 관계를 따지는 일은 또 다른 작업을 필요로 하지만, 중요한 것은
이무렵 많은 작가와 지식인들이, '신체제론'이 내장하고 있는 하부 구조
의 여러 측면 중에서 자신의 논리와 부합되는 접속면을 하나의 '통로'로
해서 '신체제론'을 주관적으로 '전유'했다는 사실이다. 박태원에게도 이
러한 '주관적 전유'가 일어난다는 것이 이 글의 전제이다. 그가 평소 견
지하던 사유의 어떤 '인식소(認識素)'가 '신체제'의 이론적 계기와 '접속'
을 하게 되는 것인가. 그리고 그 '접속'을 통한 '주관적 전유화' 이후에

---

9) 엄밀히 말하자면, '신체제론'은 실체를 가진 개념은 아니다. 즉, 그것은 명료한 체계
   를 지닌 '이론'으로 세상에 등장한 것이 아니라, '신체제'를 추인하고 해석하는 무수한
   '식민지배담론'들에 의해 형성된 것이다. 당시에 '신체제이론'을 표방하고 등장한 무수
   한 서적들도 마찬가지다. 다만, 당시에 '신체제'를 이론적으로 체계화하는 데 공헌한
   서적들은 있었다. 소설가이자 저널리스트였던 무로부세 코신[室伏高信]의 『新體制講
   話』(青年書房, 1940)와 『新體制と思想問題』(青年書房, 1941), 그리고 쿄토제국대학 경
   제학부 교수인 타니구치 요시히코[谷口吉彦]의 『新體制の理論』(千倉書房, 1941) 등
   이 그 예다.
10) 이에 대해서는 한수영, 앞의 글을 참조. 또한 일본 근대사상사의 검토과정에서도 '근
    대초극론'을 '전쟁동원 이데올로기'나 '천황제 파시즘을 추인하는 지배이데올로기'라
    는 역사적 오명(汚名)에서 건져내어, 그 '합리적 핵심'을 '탈근대적 사유'로 재해석하
    고 재평가하려는 시도가 있다. 전후(戰後)에 이 논의를 시도한 대표적인 사람은 다케
    우치 요시미[竹內好]였다. 그는 '근대초극론'의 계보 중에서도 '일본낭만파'의 재해석
    과 재평가에 무게중심을 두고 그들이 추구했던 '아시아주의'를 비판적으로 계승할 필
    요가 있다고 주장했다. 이와는 달리, 쿄토학파를 중심으로 한 '근대초극론'의 '합리적
    핵심'을 '반자본주의'에 기반한 '탈근대론'으로 읽고, 그것의 '긍정적 계기'를 재확인하
    려는 작업을 한 것은 히로마쓰 와타루[廣松涉]이다. 히로마쓰 와타루, 『근대초극론』,
    김항 역, 민음사, 2003을 참조할 것. 이상의 '근대초극론'에 대한 재해석과 재평가 작업
    에 전면적인 비판을 가한 것으로 또 다른 일본 근대사상사가인 고야스 노부쿠니[高安
    宣邦]의 『동아, 대동아, 동아시아』, 역사비평사, 2005, 특히 「무엇이 문제인가—히로마
    쓰 와타루의 '동아신체제' 발언을 중심으로」(같은 책 99~112면)를 참조할 것.

그의 사유와 인식은 어떤 변화를 보이게 되는 것인가.

3. '두 개의 근대'라는 인식과 논의의 출발로서의 『천변풍경』

　많은 논자들이 동의하듯이, 『천변풍경』(1936)은 박태원 소설에 있어서 중요한 전환점에 해당하는 작품이다. 이 작품을 계기로 하여, 그는 이른바 '속악(俗惡)한 근대'에 대해 비판적 거리를 유지하게 되며, 이를 통어(統御)하고 극복할 하나의 대안적 가치로서 '전통'에 주목하게 되기 때문이다. 이 소설 속의 '천변'이라는 공간이 지니는 의미는 다음과 같이 두 가지로 요약할 수 있다.11)

　먼저 '천변'은 근대적 삶으로의 '통과제의'가 치러지는 공간이다. 그러므로 이 공간 안에서는 '근대'와 '전근대(혹은 전통)'가 다양한 형태로 부딪치고 있으며, 등장 인물들은 이 '통과 제의'를 치르는 제 나름의 갖가지 스펙트럼을 형성한다. 그들의 유형은 '바람직하게 근대적 통과제의를 치른 인물들'과 '속악한 형태로 통과제의를 치른 인물들', 그리고 '통과제의의 초입에 서 있는 인물들'로 나누어진다. 이들 사이의 '위계'를 따지자면, 『천변풍경』이라는 소설은 '통과제의의 초입에 서 있는 인물'(대표적으로는 '재봉')의 눈으로 이미 '통과제의'를 치른 두 유형의 '근대적 삶'을 들여다보는 것이 된다. 그러나 '부정적 인물들', 즉 '속악한 형태'로 '근대적 삶'에 진입한 인물들에 대해서도, 작가는 결코 적의나 비판의 날을 세우지는 않는다. 그것은 '천변'의 공간이 박태원에게 일종의 '대안적 공간'으로 설정되어 있기 때문이다.

---

11) 한수영, 「'천변풍경'의 희극적 양식과 근대성 — '유우머 소설'로서의 '천변풍경'」(강진호 외, 앞의 책), 363~365면.

이 의미를 이해하기 위해서는 『천변풍경』보다 앞서 발표되었던 「소설가 구보씨의 일일」에서의 '경성역'을 잠시 상기할 필요가 있다.

> 구보는 고독을 느끼고, 사람들 있는 곳으로, 약동하는 무리들의 있는 곳으로, 가고 싶다 생각한다. 그는 눈앞에 경성역을 본다. 그곳에는 마땅히 인생이 있을 게다. 이 낡은 서울의 호흡과 또 감정이 있을 게다. 도회의 소설가는 모름지기 이 도회의 항구와 친하여야 한다. 그러나 물론 그러한 직업 의식은 어떻든 좋았다. 다만 구보는 고독을 삼등대합실 군중 속에 피할 수 있으면 그만이다.
> 그러나 오히려 고독은 그곳에 있었다. 구보가 한 옆에 끼어 앉을 수도 없게스리 사람들은 그곳에 빽빽하게 모여 있어도, 그들의 누구에게서도 인간 본래의 온정을 찾을 수는 없었다. 그네들은 거의 옆의 사람에게 한마디 말을 건네는 일도 없이, 오직 자기네들 사무에 바빴고, 그리고 간혹 말을 건네도, 그의 동료가 아닌 사람에게 그네들은 변소에 다녀올 동안의 그네들 짐을 부탁하는 일조차 없었다. 남을 결코 믿지 않는 그네들의 눈은 보기에 딱하고 또 가엾었다.[12]

이를테면, '천변'이라는 공간은 구보가 '고독'과 '소외'를 절감한 '경성역 대합실'이라는 공간의 대척점에 놓인 공간이다. 그곳은, 아낙네들의 왕성한 '수다'나 '이웃'에 대한 이발소 소년 재봉이의 끊임없는 '관심', 기미꼬의 눈물겨운 '의협' 등이 중심이 된, 활발한 상호소통의 세계이기 때문이다. 이러한 '수다'와 '관심', '의협' 따위는 분명 근대 대도시를 형성하고 있는 대중들의 삶과는 무관한 것이다. 이러한 미덕의 상당 부분은 전통사회로부터 이어져 내려오는, '근대' 세계 속에서도 훼손되지 않은 '전근대'의 가치들이다. 궁극적으로 『천변풍경』은 '전통적 가치'를 매개로 한 그의 '바람직한 근대'로의 지향이 강화되는 계기에 해당한다.[13] '천변'은 박태원에게는 근대적 삶에 대한 환멸과 상처를 치유하는

---

12) 박태원, 『소설가 구보씨의 일일』, 문장사, 1938, 249면. 표기는 원본 그대로 두고 띄어쓰기만 현대어법에 맞도록 고쳤음. 명백한 오기는 인용자가 표시하고 고침. 이하의 인용문은 모두 같은 방법에 의해 인용함.
13) 필자를 포함하여, 『천변풍경』에서 '탈근대적 지향'이 이루어진다고 본 기존의 연구

공간으로 설정되어 있다.

여기서 주목해 보아야 할 것은, 근대적 기제들이 '이중의 날'을 지니고 있음을 그가 간파하고 있었다는 점이다. 이를테면 '자유'를 얻는 과정은 동시에 '고립'과 '단자화(單子化)'를 감내할 수밖에 없다는 것이며, '개인주의'의 확대는 필경 '소통의 부재'라는 현상을 동시에 수반한다는 점이다. '자본주의'가 '이윤 추구'의 자유를 보장하여, 누구라도 이 경쟁에 뛰어들 수는 있지만, 그러한 '자유'는 동시에 인간의 추악한 욕망과 이기심을 전면적으로 노정시키는 과정의 다른 모습이기도 한 것이다. 박태원이 '속악한 근대화'라고 파악한 것은 대체로 이러한 '근대적 기제'들이 지닌 '양면성' 중에서 부정적인 측면이 바람직한 측면보다 더 강하게 드러나는 경우를 의미한다.

그러나 여기서 한 가지 짚고 넘어가야 할 것은, 『천변풍경』을 관류하고 있는 두 개의 이항대립, 즉 '속악한 근대'와 '바람직한 근대'라는 대립적인 범주의 느슨함이다. 엄밀하게 말하면, 『천변풍경』의 인물들은 '근대적 주체'의 형상이 아니며, 그들이 '부정적 형상'이 되거나 '긍정적 형상'이 되는 과정은 모두 '전통적 가치', 즉 '의리'와 '인정', '비타산(非打算)적 태도' 등에 비추어 보았을 때 가늠되는 '거리'로 환산된다. 따라서 '속악한 근대'나 '바람직한 근대'와 같은 불분명한 경계가 가능해지는 연유도, 그때의 강조점이 '근대'에 찍히는 것이 아니라, 표상은 '근대'라고 해도, 그것이 '전통(적 가치)'와 얼마나 멀고 가까운가에 의해 나누어지기 때문이다. 그리고 이렇게 느슨한 이항대립이 설정된 것은, '근대'와 '전통'을 단절적인 것으로 인식하지 않고, 자연스럽게 그 두 개의 경계를 이행하는 것이 가능하리라는, 박태원의 주관적 '소망'이 개입되었

는 재고의 여지가 있다. 『천변풍경』은 결코 '탈근대적 지향'이 아니며, 엄밀한 의미에서 '근대'를 부정하고 있지도 않다. 정확히 말하자면, 박태원은 '바람직한 근대(혹은 좋은 근대)'를 지향하고 있는 것이다. 물론 이때의 '바람직한 근대'는 '전통적 가치'에 매개되는 것이다.

기 때문이다. '근대'와 '전통'을 단절적인 것으로 인식하지 않았다는 것은, 다시 말하면 『천변풍경』이 쓰여지던 시점까지의 박태원이 '근대'를 '다른 어떤 것으로도 환원될 수 없는 고유한 특성', 즉 '근대성'을 '근대성' 자체로 인식하고 있지 않았다는 것을 의미한다. 그러므로 '근대적 합리성'과 '전통적 윤리덕목'은 특별한 거부 반응 없이 서로 화학적으로 결합하면서 '바람직한 근대'를 구성할 수 있게 되는 것이다.

> "왕왈王曰 수불원천리이래叟不遠千里而來하시니 역장유이리오국호 亦將有以利吾國乎잇가."
> "맹자대왈孟子對曰 왕은 하필왈리何必曰利잇고 역유인의이이의亦有仁義而已矣니이다."
> "왕왈王曰 '하이리오국何以利吾國고' 하시면 대부왈大夫曰 '하이리오가何以利吾家오'하며, 사서인왈士庶人曰 '하이리오신何以利吾身고'하야 상하교정리上下交征利면 이국위의而國危矣리이다 ……"
> 참으로 옳은 말씀이다. 하고 싶었든 말 한마디 섣불리 입밖에 내였다가 그만 코를 떼운 양혜왕에게는 좀 민망한 일이기도 하지만 열 번을 되풀이 읽어도 역시 성현의 말씀이란 지극히 옳다고 아니할 수 없다.[14]

박태원에게 있어 '속악한 근대'는 위의 양혜왕처럼 '이익'만을 추구하는 자에 의해 구성된다. 따라서 '바람직한 근대'는 '이익'보다 '인의'를 먼저 생각하는 자들에 의해 가능해진다. '속악한 근대'와 '바람직한 근대'가 '이익'과 '인의(仁義)'의 대위법에 의해 언제라도 비교가 가능하다면, 이것은 '근대' 고유의 역사적 특수성, 다시 말하면, 다른 어떤 인류의 역사적 시간대로도 환원 불가능한 '근대'만의 특성이라고 말하기는 어렵다. '이익'만을 좇는 자들은 고대에도 중세에도 늘 존재했기 때문이다.

결국 '바람직한 근대'와 '속악한 근대'가 서로 뒤섞이고 충돌하는 '천

---

14) 박태원, 「에고이스트[愛己而修道]」, 『조선일보』, 1937.12.3~7. 여기서는 류보선 편, 『박태원수필집─구보가 아즉 박태원일 때』, 깊은샘, 2005, 27면에 수록된 것을 재인용함.

변'이, 경성역 대합실의 끔찍한 '고독'을 이겨낼 수 있는 '소통의 공간'
이자 일종의 '작은 유토피아'로 상정될 수 있었던 것도 이러한 '근대' 인
식에서 말미암는다. 또한 '속악한 근대'에 대한 시선이 따뜻한 화해와
친화에 바탕을 둘 수 있었던 이유도, 이것이 '교정 가능한' 일종의 '인의
(仁義)의 부족 상태'로 이해되고 있었기 때문이다.15)

　　그러나 『천변풍경』 이후, 그의 소설에서 이러한 긍정적 전망은 점차
위축된다. '근대'의 '속악함'에 맞서는 '전통적 가치'에 대한 그의 신뢰
는 여전하지만, 현실 속에서 더 이상 '천변'과 같은 공간은 등장하지 않
는다. 그의 '근대' 인식이 그가 파악하는 방식으로서의 '바람직한 근대'
와 '속악한 근대'의 이분법적 구도에서 다른 쪽으로 옮겨가기 때문이다.
다시 말하면, 그는 '근대'를 다른 어떤 것으로도 환원되지 않은, '인의'
와 같은 전통적 가치와 미덕을 동원해도 결코 해결될 수 없는, 어떤 특
수성에 입각해서 재인식하게 되기 때문이다. 그가 새롭게 발견한 근대
세계의 특징은 다소 복합적인 것이어서 단일한 것으로 규정되기는 어렵
다. 그것은 때로 베버(Max Weber)의 '합리성(rationality)'에 의해 구축되는 세
계로 등장하기도 하고, 때로는 '규율권력'으로서의 '근대'로 그려지기도
하기 때문이다. 그러나 그것이 무엇으로 표상되든, 한가지 분명한 사실
은, 이미 그 세계는 단지 '속악하다'거나 '바람직하다'는 이분법으로는
도저히 구획하기 어려운, 그와 동시에 '전통적 가치'로 그 결여와 부족
을 메우는 것이 불가능한, 우울하고 어두운 세계였던 것이다.

---

15) 『천변풍경』이 '유우머소설'인 근본적인 이유도 이것에서 말미암는다. 이 소설의 미
　적 범주에 대해서는 한수영의 앞의 글, 「'천변풍경'의 희극적 양식과 근대성 — '유우머'
　소설로서의 '천변풍경'」을 참조할 것.

4. 근대 세계와 합리성의 한계

『천변풍경』에서 유지되던 '전통적 가치'에 대한 신뢰와, 그를 바탕으로 '천변'을 '대안적 공간'으로 설정할 수 있었던 그의 주관적 '소망'이, 그 이후 크게 위축되고 있음은 1930년대 후반의 평판작인 「골목안」(1939)과 나란히 비교해 보면 확연히 드러난다.

「골목안」은 공간의 상징성이 『천변풍경』과 매우 비슷해 보인다. 『천변풍경』에서의 '천변'이 그러했던 것처럼 '골목안'에서 옹기종기 모여 살고 있는 사람들은 '천변' 주변의 사람들처럼 활발한 '소통체계' 속에 존재한다. 최소한 이 '공간' 안에서 '고독'과 '단절'은 없다. 그러나 「골목안」의 '골목'은 『천변풍경』의 '천변'처럼 '대안적 공간'의 의미로만 상정되어 있지는 않다. '골목'은 '근대'의 낙오자들로 가득찬 어두운 뒤안일 뿐이다.

> 어려운 사람들이 모여 사는 곳이란 으레들 그러하듯이, 그 골목안도 한 걸음 발을 들여놓기가 무섭게 획 끼치는 냄새가 코에 아름답지 않았다. 썩은 널쪽으로나마 덮지 않은 시옹창에는 사철 똥 오줌이 흐르고, 아홉 가구에 도무지 네 개밖에 없는 쓰레기통 속에서는 언제든지 구더기가 들끓었다.
>
> 제각기 집안에 뜰을 가지지 못한 이곳 주민들은 그들이 「넓은 마당터」라고 부르는 이 골목 안에다 다투어 빨래들을 널었다. 이름은 넓은 마당터라도 고작 열 아문평에 지나지 않는 터전이다. 기둥에서 기둥으로, 처마 끝에서 처마 끝으로, 가로, 세로 건너매어진 빨래줄 위에, 빈틈없이 빽빽하게 널려진, 해여지고 미어지고 이미 빛조차 바랜 빨래들은 쉽사리도 하늘을 가리고 볕에 바람에 그것들이 말라갈 때, 그곳에서도 이상한 냄새는 끊이지 않고 풍기어지는 것이다.[16]

'천변'이 '통과제의'의 '열린 공간'이었다면, '골목'은 일종의 자족적인

---

16) 박태원, 「골목안」, 『박태원단편집』, 학예사, 1939, 7면.

'폐쇄 공간'이다. 이 공간의 거주자들은 모두 남루하고 가난한 '근대의 낙오자'라는 공통점으로 인해 '제한적 공동체'를 유지할 수 있다. 그러나 아니 바로 그 때문에 이 공간에서 이루어지는 '소통'은 '천변'에서의 그것처럼 '즐거운 훤화(喧譁)'가 아니다. 왜냐하면, '공간'의 거주자들은 '근대의 지체아'인 자신들의 남루와 궁핍을 부끄러워하고 고통스럽게 여기기 때문이다.

그러므로 소설의 주조(主調)도 『천변풍경』의 희극적 어조와는 달리 어둡고 침울한 비극적 정조를 띠게 된다. 소설의 주인공격인 순이 아버지, 곧 '집주름 영감'은, '골목'의 이러한 공간적 의미를 가장 집중적으로 표출하고 있다. 순이 아버지는 올해 예순일곱된 영감으로, 두 살 연상인 아내, 까페 여급인 큰 딸 정이, '뿌로카' 노릇을 하다가 계집에 미쳐 집을 나간 큰 아들 인섭, 우미관 뒷골목을 헤매 다니는 건달패인 둘째 아들 충섭, 그리고 몸이 불편한 막내 효섭과 열일곱 된 둘째 딸 순이를 가솔로 거느리고 있다. 생계는 오로지 카페 여급인 큰딸 정이의 수입으로 충당하고 있으며, 자신의 주업인 '집주름'은 도무지 세월이 없다. 비록 쇠락하기는 했어도 양반 가문의 후손으로 한때는 남부럽지 않게 잘 살았던 '과거'를 지닌 '순이 아버지'였으나, 그러한 '과거'를 골목 안의 누구도 인정해주려 하지 않는다. 오히려, 지금의 신산하고 고단한 삶의 내용들만 속속들이 동네 사람들에게 알려져 있다.

그러나 순이 아버지의 불편과 고통은, 엄밀하게 따지자면 '가난'이라는 외적 조건에서 비롯되는 것은 아니다. 가령, 막내아들 효섭의 중학입학 실패 이유를 살펴보자. 효섭은 입학시험에는 붙고 신체검사에서 떨어져 불합격 처리된다.

『잘허면 뭐얼 해? 똑 개는 고개 하나가 문젠걸』
『허지만 절뚝바리두 공부만 잘 허면 들어가나 보던데, 효섭이 고개 좀 갸웃헌거야, 아무 상관이 없을게 아니야?』

『온, 절뚝발이 병신이 학굘 으떻게 들어가? 그, 다아, 옛날 얘기지. 인젠 정부에서 교육방침이, 똑, 학력버덤두 신체에 치중을 한단 말이야』

『온, 참 답답허긴 (…중략…) 그 어째서 방침을 그렇게 했누? 그래두 신체버덤 학력을 봐야 안할께야?』

『이 사람아. 신문두 못보나? 그게 모두 후생성이 생기기 때문이거든. 후생성에서 조사를 해보니까, 국민의 체위라는 게 연년이 못돼가거든. 그래, 어차피 공부를 시킬 바에는 학력두 학력이지만, 체격 좋구, 몸 튼튼한 애를 뽑자는 게지』

영감은 말을 마치고, 문득, 입안 말로,

(온, 고현 놈의 ……)

하고 중얼거려본다. 어렸을 때, 몹시 앓고 난 열병 끝에, 외로 약간 비뚜러진 막내아들의 고개가, 이내 그대로 굳어버린 채, 현대 의술로도 어쩌는 수가 없다는 사실을, 영감은 또 한번 생각해 낸 까닭이다.[17) (『 』은 원문)

소설 속, 장기 두는 두 노인의 대화로 처리되는 이 대목은, 분량도 짧을뿐더러 크게 비중을 두고 읽을 만한 배치 구도가 아님에도, 사실은 매우 중요한 의미를 지니고 있다. 그것은, '집주름 영감'의 고뇌와 비극이 '궁핍'에서 기인한 것이 아니라, 그로서는 도저히 이해할 수 없는 어떤 다른 원인이 작용하고 있음을 암시하고 있기 때문이다. 대화과정에서 명백히 드러나듯이, 효섭의 중학 입학 실패는, '근대적 주체'를 생산하기 위한 '규율 권력'의 우생학적 논리에서 비롯된 것이다.[18) 실제로 일본

---

17) 박태원, 위의 글, 11~12면.

18) '생체권력'에 관한 이러한 시각은 물론 '푸코(Foucault)'의 것이다. 이것은 잠시 후에 살펴 볼 베버(Weber)의 '합리성'과는 차이가 있다. 베버는 '합리성'을 통해 '근대성'을 인식하지만, 푸코는 '합리성'이 '근대성'의 여러 기제 가운데 하나에 지나지 않는다고 본다. 왜냐하면, 베버는 '근대 세계'가 어떻게 '합리성'에 의해 구축되는가에 관심을 두었지만, 푸코는 '근대 세계'가 어떻게 '합리성'을 만들어냈는가에 관심을 두고 있기 때문이다. 그러나 이 글에서는 박태원의 '근대성' 인식이 '근대'와 '전통'의 '상호 가역성(可逆性)'으로부터 '불가역성(不可易性)'으로, 즉 '전통'이 '근대'의 결여를 메꾸고, '근대'의 속악함을 '전통'이라는 '거울'을 통해 성찰할 수 있다는 신념으로부터, 다른 무엇으로도 환원되지 않는 '근대 고유'의 특성에 주목하는 쪽으로 옮겨가는 과정을 설명하기 위해 함께 동원한다.

식민지배 당국은 1930년대에 접어들면서 '학교신체규정'이나 '입학규정'에서 체격 및 신체에 관한 비중을 대폭 강화하여, 소설 속의 '효섭'과 같이 신체에 일정한 이상이 있는 학생은 상급학교로의 진학이 불가능한 상황이 생겨났다.[19]

'규율 권력'의 관점에서 보자면, 이러한 비극은 비단 신체이상자인 '효섭'에게만 국한되는 것은 아니다. 큰아들 인섭과 둘째아들 충섭은, 모두 '근대적 주체'를 생산하는 '규율권력'의 시각에서는 '낙오자'이거나 '규격미달'이다. 인섭은 '도박'과 '여자'를 탐닉하는 인물로, '욕망의 자기 절제'에 실패하고 도피중이다. 충섭은 '주먹'이 세지만, 그것은 근대적 스포츠인 '권투'의 규칙과 목적에 부합하지 않는(충섭은 권투선수로 입신하고픈 욕망을 지니고 있다), '통제되지 않는 폭력'이다. 그가 근대적 스포츠인 '권투'에서 자신의 '주먹'을 사용했다면 '명성'과 '돈'을 차지할 수 있었겠지만, 우미관 뒷골목에서 '건달'로 떠돎으로, '명성'과 '돈' 대신 '근대적 법'과 맞서는 '근대의 이단아'가 될 수밖에 없다.

요컨대, 『천변풍경』에서의 낙관주의, 그리고 '속악한 근대'에 대한 친화적이고 따뜻한 시선을 가능케 했던 그의 '근대' 인식은, 1930년대 후반에 이를수록 점차 '전통적 가치'에 의한 '성찰'과 '대체'가 불가능한, '근대'의 고유한 속성을 발견하는 쪽으로 옮겨가게 된다. 이러한 환원 불가능성으로서의 '근대성' 인식이 절정에 달하는 것은, 그가 '신체제에

---

19) "일제는 1939년 입시위주 교육의 폐단을 고친다는 명분을 내세워 입학시험방식을 바꾸었다. 이전까지 필답고사 중심이었던 중등학교 입시의 배점을, 총 1,000점으로 하여 신체검사를 300점, 면접고사를 200점, 필답고사 300점, 내신성적 200점으로 하였다." 김진균·정근식·강이수, 「일제하 보통학교와 규율」, 『근대 주체와 식민지 규율 권력』(김진균·정근식 편저), 문화과학사, 1997, 108면. 이 논문에 의하면, 만주사변과 중일전쟁을 거치면서 일제의 '신체'에 관한 규율권력의 작용이 '노동자형 인간만들기'와 '병사형 인간만들기'라는 이중적 과제를 목표로 추구되었다고 한다. 전자가 '서구적 근대 주체 형성과정'과 부합된다면, 후자는 '식민지적 근대 주체 형성과정'과 연결된다. 박태원이 '효섭'의 일화를 다루면서 이 두 가지를 다 의식하고 있었는가에 대해서는 회의적이다.

관한 설문'에서 당당히 밝힌 바 있는 「자화상」 연작에서이다.

　「자화상」 연작은 「음우(淫雨)」와 「투도(偸盜)」, 그리고 「채가(債家)」로 이어지는, 작가 자신이 화자가 된 일인칭 소설이다.[20] 「채가」를 중심으로 그의 '근대' 인식의 변화를 살펴보자.

　「채가」의 내용은 비교적 단순하다. 화자인 '나'(곧 박태원 자신)는 사채업자의 돈을 빌려 돈암정에 새 집을 짓는다. 남의 집 곁방살이의 설움이 신물이 난 까닭에 좀 무리를 해서라도 '내 집'을 갖고 싶은 소망을 실현시킨 것이다. 사채업자는 '와타나베[渡邊]'라는 일본인이다. 이 '와타나베'에게 매달 팔십 여 원의 이자를 힘겹게 갚아 나가던 중, '와타나베'의 심부름으로 다달이 이자를 받으러 오는 '최 모'라는 애꾸눈의 사나이가 두 달 치 이자를 제대로 전달하지 않는 사고가 발생하게 되고, '나'는 채권자인 '와타나베'한테서 밀린 두 달치 이자를 지불하지 않으면 저당잡힌 집을 경매 처분하겠다는 '내용증명'을 받게 된다. '나'는 거간꾼인 '애꾸눈 최씨'를 믿고 그에게 이자를 주었고, 사건이 일어나고 난 뒤에도 '최씨 부인'의 사정을 듣고서 여전히 그에게 이자를 건네 준다. 그러나 채권자인 와타나베는 일단 밀린 이자를 자신에게 내고, 이자를 중간에서 떼먹은 '최씨'를 고발하여 그 돈을 받아내라고 요구한다.

　이 소설에서 충돌하는 두 세계는 '형식적 합리성'과 '실질적 합리성'이다. 서구적 근대를 구성하는 '근대의 특성'을 '합리성'에서 찾은 베버(Max Weber)에 의하면, '합리성'은 '형식적 합리성'과 '실질적 합리성'으로 나누어지는 바, '형식적 합리성'은 수단과 절차의 계산 가능성을 중심으로 하며, '실질적 합리성'은 목적이나 결과에 관한 가치를 중심으로 한다.[21] 행동의 계산 가능성을 극대화시키는 순수한 형식적인 목표의 관

---

20) 「재운(財運)」(『춘추』, 1941.8)도 작품의 앞뒤에 「자화상」 연작이라는 사실을 따로 명기하지는 않았으나, 소설의 형식과 내용상, 앞의 연작들과 동일한 것이어서, 연작의 하나로 간주해도 큰 무리는 없는 작품이다.

점에서 보면, 자본주의·과학·기술, 그리고 근대의 법 및 행정체계는 대단히 '합리적'이다. 그러나 이 순수하게 형식적인 합리성은 이른바 '실질적 합리성', 즉 어떤 특별한 실질적인 목표나 신념이나 가치에 대한 위임이라는 관점에서 본 합리성과는 끊임없이 충돌한다. 무엇보다도 중요한 것은, 근대자본주의의 사회경제질서는 상당히 높은 정도의 '형식 합리성'에 의해 특징지어져 있으므로, 계산 가능성, 능률, 그리고 비인격성의 가치들을 극대화시키며, 평등주의적이고, 형제우애적이고, 또한 박애적인 가치에 대해 매우 박절하다는 사실이다.[22]

　'나'와 '와타나베'의 싸움의 결과는 불을 보듯 뻔하다. 왜냐하면, 비록 '나'와 '와타나베'가 추구하는 '가치'가 서로 다르다고 하더라도, 이 충돌하는 두 개의 '가치'는 '계약'이라는 명백히 '근대 세계'에 속하는 행위를 배경으로 하고 있기 때문이다. '와타나베'의 몰인정함은 '나'의 입장에서 보자면 '비윤리적'이지만, '와나타베'의 입장에서 볼 때, '나'의 행동, 특히 애꾸눈 최씨에 대한 나의 행동—돈을 떼었으면서도 여전히 그를 이해하려고 애쓰고 측은하게 여기는—은 명백히 '비합리적'이다. '나'는 최씨와 '나'가 맺는 방식을 '나'와 '와타나베'에게도 적용해보려고 시도해 보지만, 처음부터 불가능한 일임이 분명해진다.

　그러나 그의 要求가 그처럼 不當한 것임에도 불구하고, 그 不當한 要求에 내가 應하지 않는 경우에, 만약, 그가 하려만 든다면, 능히, 우리집을 競賣處分에 붙일 수도 있다는 것이, 나의 마음을, 종시, 놀라웁게 또, 어지러웁게 하여

---

21) R. 브루베이커(Rogers Brubaker), 나제민 역, 『합리성의 한계―막스 베버의 사회도덕관』, 법문사, 1985, 50면. 이하 '합리성'에 관한 설명은 대체로 이 책에 의거하여 정리한 것이다.

22) 이러한 구분이 곧 베버가 '형식합리성'보다 '실질합리성'을 더 우위에 두고 옹호한다는 의미는 아니다. 베버에게 있어 '합리성'이란 개념은 가치중립적이며 '관계적인' 개념이다. 즉, '합리성'을 판단하는 관점과 시각에 따라, '합리적인 것'과 '비합리적인 것'은 서로 바뀔 수 있다. R. 브루베이커(Rogers Brubaker), 나제민 역, 위의 책, 57~59면 참조

놓았다. 그에게 대한 나의 債務의 辨濟期日은, 文書上에 있어, 昭和十六年三月三十日로 되어 있었고, 그 三月三十日이란, 이미 이틀 전에 지나가 버린 날짜인 까닭이다.

(허지만 ―, 허지만 제 아무리 인정사정을 모르는 흉악헌 놈이라 허드래두 ……)

내가 과거 반년간을, 그처럼 다달이, 그처럼 또박또박, 어김 없이 이자를 칠어 온 터에, 설마하니 다만 辨濟期日이 지난 것 하나만을 내세워, 그렇게 惡辣한 手段을 取하기야 하랴? ― 하고도, 나는, 생각하고 싶었으나, 대체, 그것을 누가 믿을 수 있느냐? ― 하는 不安이, 좀처럼, 나의 마음 속에서 떠나려 하지는 않았다.

(참말이지 그것을 누가 믿을 수 있느냐? ―)[23]

'나'의 잘못은 '최가'를 '믿은 것'에 있고, '나'의 불안은 전주(錢主)인 와타나베를 믿지 못하는 데서 발생한다. '나'는 '최가'의 '인정사정'을 봐 준 까닭에 곤경에 처해 있고, '와타나베'로부터는 그러한 '인정사정'을 기대할 수가 없다는 사실이, '나'의 딜레마이다. '나'와 '최가'의 '관계'는 신뢰에 바탕을 둔 '인간 관계'로 맺어져 있었지만(물론 이 '관계'는 '나'에 의한 일방적 관계이며, '최가'로부터는 대응이 없다), '나'와 '와타나베'의 관계는 '문서'를 가운데 둔 '계약 관계'로 맺어져 있다. '나'는 아내로부터 계속 '어리석다'는 지청구를 듣는다. 이 '어리석음'의 근원은 어디에 존재하는가.

역시 우리는 언제고, 事件의 眞相을 確實히 把握한 뒤에 行動하여야 마땅할 것이었다. 事件은 單純한 背任橫領에 그치지 않고, 설혹, 그것에 틀림 없다 하더라도, 그 속에는 여러 가지 複雜한 事情이 숨어 있을지도 모를 일이다.

그래, 나는 渡邊某를 만나 보기 전에, 먼저 崔某를 찾기로 작정하였던 것이나, 사실을 말하자면, 그것은 결코, 단순히, 우에서 말한, 그 理由만에서가 아니었다. 나는, 崔某의 罪狀이 歷然한 것이 있어, 털끝만치도 이를 容貸할 필요가 없다는 것을, 내자신, 확실히 認定할 수 있을 때까지는, 섯뿔리, 그를 忽視하여

<hr>

23) 박태원, 「債家」, 앞의 책, 87면.

서는 안된다고 깨달았던 것이다.

어떠한 마지못한 사정이 있어, 그는 아직까지, 나에게서 받은 돈을, 미처, 渡
邊某에게 傳하지 못하였을지도 모른다.[24]

　‘나’의 이 머뭇거림과 주저함은 결코 근대인의 신중함이나 용의주도
함이 아니다. 아내에게서 ‘어리석음’이라고 핀잔을 받는 이 ‘주저함’과
‘머뭇거림’이, 기실 박태원이 ‘계약’보다도 더 소중하게 내세우고 싶은
‘전통적 미덕과 가치’라고 할 수 있다. 그러나 ‘형식적 합리성’으로 다져
진 근대 세계는 ‘나’의 이 ‘머뭇거림’과 ‘주저함’을 흔연히 비웃고 조롱
한다.

　‘합리성’을 ‘근대성’의 핵심으로 파악하는 ‘근대’ 인식, 그리고 ‘형식
합리성’이 ‘실질합리성’을 압도하는 근대 세계의 특성에 기반을 둔 이러
한 대립 구도는, 1930년대 후반 이후의 박태원 소설에서 매우 자주 발견
된다. 그는 근대적 제도, 이를테면 ‘학교’라든가 ‘경찰’ 또는 ‘법적 계약’
같은 것의 ‘형식적 합리성’의 이면에 도사린 삭막한 ‘비인격성’과 ‘윤리
부재’를 늘 안타까워한다. 그러나 ‘합리성’의 한계를 중심으로 한 그의
‘근대’ 인식은 『천변풍경』에서의 그것처럼 ‘전통적 가치’를 복원하거나,
그것으로 환원함으로써 해결될 수 있다는 전망을 더 이상 보여주지 않
는다는 점에서 ‘비관적’이다. 『천변풍경』에서의 낙관적 전망을 대신 메
우고 있는 것은, ‘근대 세계’의 ‘형식합리성’을 거부하는 주관적인 ‘윤리
적(비합리적) 대응’이다.

　또 다른 「자화상」 연작의 하나인 「투도」에서 ‘화자’인 ‘나’는 도둑을
맞은 뒤 경찰에 신고했다가, 경찰관이 수시로 집에 드나들고, 도둑을 잡
기 위함이라는 명목으로 집 주변이 늘 감시의 대상이 되는 것을 견디다
못해 신고한 것을 후회하게 된다. 급기야는 ‘잃어버린 옷’ 때문이 아니
라, 신고 이후에 깨져 버린 ‘집안의 평온’ 때문에 ‘도둑’을 원망하게 된

---

24) 박태원, 위의 글, 102면.

다. 소설은, 잃어버린 옷보다 잃어버린 평온을 되찾는 것이 중요하다는 사실을 일깨운다. 그리고 그것은 '근대적 법'과 '경찰'이라는 '근대적 행정체계'에 의지해서는 요원하다는 것도 함께 환기한다. 박태원이 찾아낸 유일한 대안은, '나' 스스로 '도둑'을 이해하고 용서하는 것이다.

> 사실, 우리 집에 들어온 도적은 훔친 가짓수의 분수로는, 그 소득이 결코 많았다 할 수 없을 것이다. 남의 입던 의복이란, 그것을 의복대로 이용하여야만 값이 나가는 것이지, 금전으로 바꿀 때 그것은 실로 몇 푼이 못될 것이다.
> 나는, 문득, 그 도적이 그나마 돈으로 바꾸어 보지도 못하고, 내 양복을 싼 보퉁이를 들고 거리를 헤매다가, 마침내 경관에게 붙잡히는 장면을 생각하여 보았다.
> 그는, 혹은, 아내가 생각하고 있는 것과 같이, 그렇게 '망한 녀석'은 아닐지도 모른다. 어둠을 타서, 그처럼 죄를 범한 것이, 실상은 이번이 처음으로, 그것도 굶주리는 처자의 애처로운 모양을 그대로 보고 있을 수 없었던 데서 나온 것일지도 모른다. (…중략…)
> 나는 갑자기 쓰디쓴 웃음을 웃으며, 나의 이 '엄청난 생각'은 대체, 어디로서부터 말미암아 온 것일까? ― 하고, 스스로 의심하였다. 그러나 나는 결코 나의 이 조그만 감상을 업신여김으로써 물리치고 싶지는 않았다. 나는 그처럼 양복을 모조리 잃고도 아무렇지 않을 수 없게 살림살이가 넉넉한 선비는 결코 아니었으나, 그렇다고 하여, 그만한 손실이 곧 우리 생활에 큰 위협을 주는 것도 아니었다. 한 개의 작은 '재난'으로 돌려버리고, 나는 역시 나의 옷을 몇 벌 장만하려 노력하면 그만이다.25) (강조는 인용자)

---

25) 박태원, 「투도」, 위의 책, 349면. 소설의 말미에 이르면, '나'의 평온을 회복하기 위해 '허종'의 일화를 동원한다. 이것은 '이(利)'와 '인의(仁義)'로 충돌하던 『맹자』「양혜왕」편과 동일한 목적을 띤 것이지만, 그 맥락과 기능은 사뭇 다르다. 대안적 사회를 지향하는 '가능성'으로서가 아니라, '합리성'이 지배하는 근대사회를 견디기 위한 '자기위안'에 불과하기 때문이다. "허종이라구 성묘조 때 어른인데, 그가 소년시절에 우리처럼 도적을 맞었드란 말이야. 有賊이 偸衣鞋而去라―, 도적이 옷과 신을 훔쳐갔다구…… 그러니까 우리버덤 피해가 더 많은 셈이지. 우린, 구두는 안 잃어버렸으니……, 헌데두 워낙 마음이 활달한 양반이라, 臥而朗吟曰―, 드러누워 글을 읊어 가로되, 旣吾衣之偸去兮여, 又胡爲乎盜鞋오, 旣偸衣又盜鞋兮여, 竊爲盜先生不取也라―, 이왕 내 옷을 훔치려거든 발신이나 두구 갈 께지, 옷두 훔치구 신발마저 집어 가

‘사유재산’을 훔친 ‘도둑’을 잡고 잃은 물건을 되찾아야 한다는 것은 일종의 ‘객관적 가치’이다. 그런데 그 ‘목적’을 달성하기 위해 동원해야 하는 ‘근대적 행정체계’, 즉 ‘경찰’은 ‘나’에게 새로운 골칫거리가 된다. ‘나’는 ‘사유재산의 보호’라는 ‘객관적 가치’ 대신, ‘심신의 평온’이라는 ‘주관적 가치’를 선택한다.

5. 근대의 부정과 신체제론으로의 함몰

앞에서 확인한 것처럼, 『천변풍경』에서 박태원은 ‘탈근대’를 지향한 것이 아니라, ‘나쁜 근대’를 비판함으로써, ‘좋은 근대’를 지향하고 있었고, 이것은 ‘근대’와 ‘전통’에 관한 그의 특유한 ‘가역적(可逆的) 사유’ 때문에 가능한 것이었다. 그러나 1930년대 후반에 이르면, 그는 ‘근대’를 ‘근대’ 고유의 특성에 기초해 이해하기 시작하며, 이것은 ‘전통적 가치’에 의해 ‘대체’될 수 없는, ‘불가역적’인 것임을 깨닫는다. ‘합리성’을 중심으로 형성된 그의 ‘근대성’에 대한 인식은, 그 자체로서는 일종의 발전이라고 할 수 있다. 같은 모더니스트로 출발했으면서도 박태원보다 일찍 이 ‘근대’의 ‘불가역성’을 발견한 ‘이상(李箱)’[26]보다는 다소 늦은 감

니, 그건 여보 잘못 허는 짓이요 …… 그, 도량이 넓지 않소? 우린 옷만 도적 맞었으니, 남들 듣기에 과히 꼴사너운 말은 맙시다.”(354면)

26) 「날개」나 「지주회시」 등에서 발견되는 이상의 ‘근대’ 인식은, ‘교환가치’와 ‘사용가치’의 전도(顚倒)를 중심으로 한 자본주의로서의 ‘근대’에 집중된다고 생각한다. 이 점에서, 요절하지 않았으면, 그는 마르크스주의의 ‘반자본주의’와 접속하는 최초의 모더니스트가 될 수도 있었으리라는 추정이 가능하다. 실제로, 김기림은 ‘이상’에게서 ‘아방가르드’의 정치적 급진성을 읽어내고, 그를 다른 모더니스트와 구별짓기도 랬다. 이 점은 다른 기회를 통해 논의하도록 하겠다. 중요한 것은, 박태원의 ‘합리성의 세계로서의 근대’가 이상의 ‘교환가치가 지배하는 세계로서의 근대’와, ‘근대성’ 인식에서 같

이 있지만, '전통'에 관한 고민을 일찍부터 봉쇄해버린 '이상'에 비해, 박태원이 걸어온 사유의 과정은, '전통'과 '근대'의 길항과 모순을 끊임없이 성찰한다는 점에서 나름의 가치를 인정할 만한 것이다.

그러나 '합리성'을 중심으로 한 박태원의 '근대' 인식의 변화는 두 가지 점에서 문제를 안고 있는 것이었다. 첫째는 '합리성'이라는 '근대'의 고유한 성격을 '불가역적'이며 '비환원적'인 것으로 이해하게 되면서, '근대 세계'라고 하는 객관적 현실 세계의 '개조'와 '교정' 가능성에 대해서는 아예 문을 닫게 되며, '근대 세계'에 대한 환멸을 이겨내는 방법은 '개인'의 '주관적 윤리'라는 내면으로의 '후퇴'밖에 남지 않게 된 것이다. 이것은 『천변풍경』에서 보여주던 안이함, 즉 '인의(仁義)'에 기반한 '전통적 가치'가 자연스럽게 '근대'와 접목하면서, '속악한 근대'가 지양되고 '바람직한 근대'가 가능하리라는 주관적 기대와는 분명히 다르지만, '근대 세계'를 구축하는 '합리성의 한계'가 절대화됨으로써, 또 다른 주관화에 빠진다는 점에서 비슷한 오류에 해당한다. 달라진 것은 '전통적 가치'의 기능인데, 전자의 경우에는 '성찰'과 '교정'의 적극적 계기에 해당하던 것이, 후자에 이르면, '근대 세계'의 틈바구니에서 겨우 개인의 존재를 가능케 해주는 '도피처'로 바뀐 것이라고 할 수 있다.

그러나 중일전쟁 이후에 전개되던 일제 말 식민지 조선의 사회와 정치적 맥락에 비추어 볼 때, 이 후자의 변화가 전자보다 훨씬 더 위험하다는 것이 문제다. 왜냐하면 '근대 세계'의 환멸스러움을 견디기 위해(극복하는 것이 아니라) 개인의 주관적 윤리에 의지한 '내면화'가 강화되면 강화될수록, 그것이 어떤 우연한 계기에 의해 객관 현실 속에서 '구체적 가능성'으로 변화될 기회를 얻으면, 이성적 판단과 선택의 과정을 거치지 않고 '현실의 힘'으로 전면화되기를 꿈꿀 수 있기 때문이다. 이것은 어쩌면 '합리성'을 '근대성'의 요체로 파악한 박태원의 논리적 운명일는

은 위치에 놓인다는 점이다.

지도 모른다.27) 그에게 '합리성'이 관철되는 사회는 곧 차이와 구별이 존재하지 않는 균질적인 '근대사회'가 되는 것인데(실제로 이러한 인식이 그의 '근대' 인식이 지닌 두 번째 한계와도 연결된다), 이것은 거꾸로 말하면, '인의(仁義)'가 관철되는 세계라면 차이와 구별 없이 '근대 세계'를 대체하고 극복하는 '새로운 세계'로 받아들여질 수 있음을 뜻한다.

실제로 '근대'와 '전통'에 관한 이러한 박태원의 사유 구조는 '신체제'의 '반서구주의'와 '반합리주의'를 수용할 수 있을 만큼 충분히 탄력적인 것이었으며, 우리가 익히 아는 바대로, '신체제'가 본격적으로 등장하면서 박태원은 내장된 이 인식논리를 바탕으로 하여 '신체제론'을 전유하기에 이른다. '신체제'는 '서구적 근대'에 의해 하루아침에 부정된 '아시아적 전통과 가치'를 되살리고, 이를 다시 적극적으로 재해석·재평가함으로써, '서구적 근대'를 극복하는 새로운 질서를 모색하기를 주장하는 것이었기 때문이다.

그러므로 박태원이 담담하면서도 자신 있게 밝힌 바 있는 '건전하고 명랑한 작품'으로서의 신체제 문학은, 궁극적으로 '아시아적 가치'에 부합되는 작품이라고 해석할 수 있다. 이때의 '건전'과 '명랑'은 작품의 톤(tone)이나 미적 범주를 말하는 것이 아니란 사실은, 그의 「자화상」 연작이나 「골목안」이 지닌 비극적이고 어두운 정조를 떠올리면 금세 알 수 있다. 결국 '건전'과 '명랑'은 작품을 관류하는 사상이나 세계관과 연결되는 것이며, '신체제'가 지향하는 바를 그는 이런 방식으로 받아들였던 것이다.

---

27) '합리성의 한계'에 관한 베버의 사유 또한 박태원과 비슷한 부분이 존재한다. 그는 근본적으로 서로 다른 '가치'가 충돌하는 '근대사회'에서 궁극적인 해결은 불가능하다고 본다. 지나친 단순화일는지는 모르지만, 그가 내세우는 것은 모든 판단의 '주체'들이 자신의 '가치'를 유지하고 실천하려는 전면적인 '기투(企投)' 외에는, 어떤 조정자도 '근대사회' 안에는 존재하지 않는다고 보는 것 같다. 이 지점에서 그의 '인격(人格)'론과 도덕론이 출발한다. '주관적 선택'에 기반한 '개인적 윤리'를 궁극적인 대안으로 내세운다는 점에서 베버와 '실존주의자'들이 몹시 비슷한 세계관을 지녔다고 본 브루베이커의 '해석'은 이런 점에서 동의할 만한 것이다. 브루베이커, 앞의 책, 82~83면.

그런 관점에서, 흔히 그의 본격적인 친일소설이라고 평가받는 『아세아의 여명』을 읽게 되면, 이 작품이 바로 '아시아적 가치'의 발견이라는 주제를 전경화(前景化)시킨 것이라는 결론에 도달한다. 흔히 이 작품의 '친일'에 관한 혐의를 부여할 때는, 이 작품이 국민당의 제1지도자 장개석을 배신하고, 일본과의 강화(講和)를 주장하다가 그것이 받아들여지지 않자, 마침내 중경을 탈출하여 남경에 새로운 정부를 세웠던 왕정위(王精衛)28)를 긍정적으로 그린 사실을 문제삼는다. 그러나 박태원의 사유 구조를 이해하게 되면, 이 소설의 강조점이 '왕정위'에 놓여 있는 것이 아니라, '아세아주의'에 놓여 있으며, 그때의 '아세아주의'가 신체제가 주창한 '아세아주의'와 반드시 일치하는 것이었는지는 다시 따져보아야 할 사안이지 자동적인 인과 관계로 연결되는 문제는 아니라는 점을 이해하게 된다. 소설 속에서 왕정위가 긍정적으로 그려지는 이유는, 그가 '손문'의 '대아세아주의'를 직접 계승하는 '이론의 적자(嫡子)'이기 때문이다.29) 손문에서 왕정위로 이어지는 '대아세아주의'와 그것을 '중일전쟁'의 이데올로기로 자기화하는 '일본'이 '정치적 지반' 위에 서 있다면, 박태원의 '대아세아주의'의 기반은 사실상 이것과는 구별되는 것이었다. 그러나 문제는 최소한 그가 이렇게 정치적으로 외화되는 '아세아주의'

---

28) 실제 왕정위에 관한 역사적 평가는 다소 엇갈린다. '한간(漢奸)'이자 '친일 정치 모리배'로 비판되는 측면이 있는 동시에 '민중을 위해 친일을 한' 국민당 좌파 정치가로 그의 정치적 논리(즉 화평의 논리)의 부분적인 긍정성을 인정하는 평가도 있다. 그는 군인 출신인 장개석에 맞서 국민당 내부에서 인텔리 출신의 정치가들의 맏형 노릇을 했으며, 모택동과 주은래가 이끄는 중국공산당과 접촉할 때 '창구'역할을 했다. 특히 장개석의 1인 주도 독재체제를 강하게 비판한 것으로 알려져 있다.

29) 손문의 '반청운동'에는 일본 민간 우익의 지원뿐 아니라, 일본 정계 조야의 지원이 있었다. 여기에는 도야마 미쓰루[頭山滿]를 비롯해, 기타 잇기[北一輝], '정우회(政友會)'의 총재이자 수상이 되는 이누카이 쓰요이[犬養毅], 모리 가쿠[森恪] 등이 포함된다. 히로마쓰 와타루, 앞의 책, 152~153면, 참조. 히로마쓰 와타루가 일본의 '대아세아주의'를 '반청운동' 지원과 연결짓는 것은, 일본의 '대아세아주의'가 오랫동안 일본 정계의 조야에서 구상되어 왔던 것임을 밝히고, 이른바 '근대초극론'이 1940년대에 접어들어 '파시즘 전쟁'을 정당화하기 위한 이론적 추인과정으로 이 '대아세아주의'를 어떻게 변용하는가를 확인하기 위한 것이다.

의 가능성에 편승하여, '인의'의 세계가 새롭게 구축되기를 희망했다는 점에 있다.

　신체제의 등장을 전후한 시기에, 그의 '근대' 인식의 변화가 안고 있는 두 번째의 문제점은, '근대 세계' 내부에 존재하는 역사적·정치적·지리적 차이와 구별을 살피지 않고, 이 세계를 '합리성'에 기반한 균질화된 세계로 인식했다는 데 있다. 더 정확히 말하자면, 그는 '서구적 근대'와 '식민지 근대'를 구별하지 못하고, 두 세계를 '합리성'을 매개로 간단하게 동질화한다. 이러한 사유방식은, 마치 '인의(仁義)의 세계'로서의 '아세아'라는 단일성의 신화에 함몰되는 것과 동일한 메커니즘으로, '합리성'의 한계를 넘어서는 '모든 지향'을 '같은 것'으로 묶게 된다. '천황제'를 기축으로 한 '전근대적 체제'가 과연 '인의의 세계'와 같은 것인지, 그리고 '전근대적 체제'에 내장된 '비합리주의'가 다만 '합리성'이 아니라는 이유만으로, 근대 세계의 대안이 될 수 있는 것인지를 따져 볼 '이성적 검증과정'이, 이 메커니즘 안에서는 문득 실종된다. 모든 '전통', 혹은 모든 '전근대'가 다 좋은 것은 아니며, '인의'는 계승할 만한 '전통적 가치'의 한 부분에 불과한 것이었다. 그러나 '근대'와 '전통'에 관한 몇 차례 사유과정의 굴절과 변화 끝에 도달한 지점은, '근대 세계'를 구성하는 '합리성'과 대립하는 '모든 것'에 대한 차별 없는 신화화였다. 그리고 이 지점에서 『군국의 어머니』가 탄생한다.

6. 신체제론의 전유화 과정과 논리적 단층

　지금까지 '전통'과 '근대'에 대한 박태원의 인식이 변화해가는 궤적을 추적하면서, 마침내 그것이 '신체제론'과 접속하면서 어떤 굴절을 나타내는가를 살펴보았다. 그 과정을 간단히 요약하자면 다음과 같이 정리할 수 있을 것이다. 『천변풍경』을 쓸 무렵까지만 해도 박태원은 '근대'가 '바람직한 면'과 '속악한 면'의 두 가지 속성을 다 지니고 있으며, 이때의 '바람직한 근대'는 근대의 합리성과 전근대의 '인의(仁義)'가 적절하게 어우러진 어떤 세계로 이해하고 있었다. 따라서 '속악한 근대'는 근대의 이중성 중에서도 부정적인 면이 강화되어 나타난 것, 특히 '이해(利害) 관계'로 사물과 세계를 판단하는 부정적 특징으로서, 그에게 이것은 일종의 '인의(仁義)의 결여'에 해당하는 것이다. 그러므로 박태원에게 있어 '인의'로 표상되는 전근대의 규범은 '근대'의 부정성을 견제하고 통어할 일종의 '균형추'의 역할을 하고 있는 셈이다. 『천변풍경』에서 전면화되는 그의 이러한 '전통'과 '근대'에 관한 인식은, 결국 '근대'와 '전통'의 경계가 서로 넘나들 수 있는 것이며, '바람직한 근대'란 '전통'을 구성하고 있는 어떤 합목적성과 '근대'를 구성하는 어떤 '합목적성'의 결합을 통해 가능한 것이라는 전망을 내포하고 있는 것이었다.

그러나 시간이 흐르면서 그의 인식에 중요한 변화가 나타나는데, 그 것은 '근대'와 '전통'을 앞서와 같이 서로 교호(交互)하는 '가역적인 세계'로 이해하는 것을 멈추고, '근대'의 세계란 다른 어떤 것으로도 환원 불가능한 '근대' 고유의 특성이 존재한다는 것을 발견하게 된다는 점이다. 그가 착목한 '근대'의 고유성은, 막스 베버의 개념에 가장 근접해 있는 '합리성'이었고, 그는 다양한 인물과 사건을 통해 이 '합리성'이 어떻게 근대 세계를 구성하고 있는가를 묘사한다. 이 변화의 과정에서 이른바 '전통(적 가치, 혹은 규범)'은 더 이상 '속악한 근대'를 통어하고 교정하는 적극적인 기능을 지니지 못하고, 다만, '합리성'에 의해 구축된 '근대' 세계의 환멸을 견디는 '주관적 위안'의 이념 장치에 머물게 된다.

이러한 사유의 변화과정에서 드러나는 가장 중요한 문제점은, '근대'와 '전통'에 관한 그의 인식이 지닌 추상성이다. 그는 '근대'와 '전통'을 나누는 많은 분별의 범주와 지표들을 놔두고 유독 '윤리'적 범주로 환원시켜 두 세계를 대비한다. 이러한 추상성으로 인해, 명백히 역사적 범주인 '근대'와 '전통'은 문득 '이해(利害)의 세계'와 '인의(仁義)의 세계'라는 비역사적인 두 개의 세계로 나누어지고, '근대'의 부정성을 극복할 어떤 역사적 전망도 확인하지 못하게 된다. 박태원의 '근대' 인식, 좀더 정확히 말하면 '근대'에 대한 추상적 환멸이 식민지배담론인 '신체제론'을 수용하게 되는 지점은 바로 여기라고 할 수 있다. '근대'의 부정성을 극복할 어떤 역사적 대안도 확보할 수 없었던 박태원에게 '신체제론'의 '반근대'와 '반서구' 또는 '이익 추구의 무한대적 자유에 대한 비판'으로서의 '신체제론'은 대단한 흡인력을 지니고 다가왔다. 그리고 그는 '신체제론'을 매개로 하여 '인의의 세계, 곧 아시아적 세계'라는 논리적 비약으로 치닫게 된다.

엄밀한 의미에서 『아세아의 여명』과 『군국의 어머니』는 동일한 층위에 속하는 텍스트는 아니라고 생각한다. 둘 다 식민지배담론인 '신체제론'에 함몰된 뒤 쓴 소설이긴 하지만, 전자가 총론에 가까운 논리적 친연성을 보여준다면, 후자의 경우는 한결 세부적인 각론에 해당한다. '신체제론'의 수용과정에서 드러나는 한 가지 특징은, 일단 논리적 차원에서 '주관적 전유'가 발생하고 나면, 즉 총론의 차원에서 '신체제론'의 수용이 가능해지고 나면, 그 이후의 세부적 각론들은 걷잡을 수 없이 '전유화의 정당성'에 동원된다는 점이다. 이 총론과 각론 사이에 존재하는 식민지배담론의 모순율을 얼마나 섬세하게 읽어내는가에 따라, 식민지배담론의 수용과 저항에 매우 미묘한 차이가 발생한다. 이태준이 그 모순율을 인식하고 '신체제론'을 수용했다가 다시 그것에 회의적인 태도를 보여주는 대표적인 경우라고 한다면, 채만식과 박태원은 그 반대의 경우에 해당하는 좋은 사례라고 할 수 있다. 그러나 좀더 중요한 것은 결과적 현상으로 나타난 그러한 '차이'를 확인하는 일이 아니라, 그 '차이'를 발생시킨 사유의 '과정'을 재구성하는 것이며 논리적 '단층' 사이에 존재하는 '여백'을 읽어내는 작업이다. 이 작업이 생략된 채 진행되는 '친일'이나 '식민주의' 논의란 그것이 얼마나 터무니없는 '역사적 맹목'에 불과한 것이었나를 반복하여 재확인하는 변형된 '결과주의'에 머물 가능성이 크며, 동시에 그러한 역사로부터 무엇이 동시대에까지 지속되거나 이월되어 영향을 끼치고 있는가를 정확히 이해하는 것이 어려워지게 된다. 그 점에서, 박태원의 '근대'와 '전통'에 관한 인식의 변화과정은 중요한 시금석이라고 할 수 있다.

2부

안수길 소설과 재만조선인 문학의 특수성

만주의 문학사적 표상과 안수길의 『북간도』에 나타난 '이산(移散)'의 문제

친일문학 논의와 재만조선인문학의 특수성
: 안수길의 소설과 '이주자—내부—농민의 시선'을 중심으로

만주, 혹은 체험과 기억의 균열
: 안수길의 만주배경 소설과 그 역사적 단층

만주의 문학사적 표상과 안수길의 『북간도』에 나타난 '이산(移散)'의 문제

1. '이산'에 관한 혼란된 시선

한국인들은 근대적 '민족주의'의 세례를 본격적으로 받기 시작한 이후, 단일한 공간에서 단일한 혈통 속에 단일한 문화적 공동체를 유지해 왔다는 자부심을 오랫동안 키워 왔다. 특히 '조선'이라는 중세 왕조국가의 울타리에 둘러싸여 있다가 세계체제에 본격적으로 편입되는 과정에서 이러한 '단일민족'신화는 더욱 완고한 틀을 형성했다. 세계체제에 편입되는 과정이 강제적이고 타율적이었던 까닭에, '단일민족'의 신화를 근간으로 한 '민족주의'는 세계체제로의 편입과정, 그리고 그 구체적 형식으로서의 피식민지 경험을 극복할 수 있는 관념적인 기제가 되어 주었기 때문이다. 따라서 식민지로의 전락과 세계체제로의 타율적인 편입과정에서 불가피하게 한국인들이 경험할 수밖에 없었던 '고향 상실(unhomeliness)', 즉 자신이 살던 땅을 떠나서 외국으로 떠돌아야 했던 역사적 경험들을 대부분

'민족주의'의 프리즘을 투과시켜 해석하는 데 익숙해 있다. 지금도 조국을 떠나 해외에 살고 있는 한민족은 수백만 명에 이르지만, 해외동포들에 대한 본토인(한국에 살고 있는)들의 가장 중요한 인식 근거는 그들이 얼마나 한민족으로서의 문화적 정체성을 보지(保持)하고 있느냐 하는 것이다. 그러나 근대에 들어와 경험하게 된 여러 종류의 이산(移散, diaspora)에 대해, 민족주의로의 환원 이외에는 달리 그러한 역사적 현상과 경험들을 해석할 마땅한 틀을 마련하지 못했던 까닭에, 재외동포에 관한 여러 종류의 정치·경제·사회·문화적 문제들이 불거져 나오면 혼란스러운 모습을 보여주기가 일쑤이다.

1960년대 말부터 제기되어 아직까지 진행중인 재외동포들의 선거권에 관한 일련의 논쟁들이 그 한 예라고 할 수 있다. 이것은 혈통 중심의 '민족적(民族籍)'과 정치적 주권에 관한 '국적(國籍)' 문제가 충돌한 사례라고 할 수 있다. 좀더 확장시켜 보면, '국민'과 '민족'을 명확히 구분짓지 않았던 우리의 '민족주의'가 낳은 혼란과도 연결된다. 문제의 시야를 동아시아 쪽으로 좁혀 보면, '이산'이 낳은 문제의 양상이 한결 복잡 미묘한 형태로 드러나게 된다. 재일동포의 문제는 이미 오래 전부터 한민족의 '이산'이 낳은 가장 대표적 사례에 해당하는 것이며, 최근 들어와 한국사회에 많은 문제점을 야기하고 있는 '재중동포'의 경우도 적잖은 심각함을 띠고 있다.

특히 '재중동포'의 문제는 근대 초기에 경제적인 문제로 조국을 떠나 외국으로 이주해간 사람들의 후손들이, 이번엔 거꾸로 똑같은 이유로 조국으로 '귀환'하는 과정에서 생겨나고 있다. 혈통적인 동질성만으로 감싸안을 수 없는 여러 종류의 복잡한 문제가 그들의 '귀환'과정에 얽혀 있다. 그러나 '이산'과 '귀환'에 대한 우리의 시선은 일관성도 없고 원칙도 결여되어 있다. 근대 초기에 경제적인 문제와 정치적인 문제로 한반도를 떠날 수밖에 없었던 정황과 그들이 이역에서 정착하는 과정에서 겪어야 했던 여러 가지 갈등과 충돌, 그리고 수난을 이해하는 시선과,

그들의 후손이 '민족적'에 기대어 '국적'을 버리고 '귀환'을 시도하는 것을 수용하는 시선은 전혀 다르다. 전자의 경우에는 전형적인 '민족주의'가, 후자에는 '배타적인 경제논리'가 작용한다. 그들이 기근과 궁핍을 벗어나기 위해 두만강과 압록강을 건너 이국땅에 발을 들여놓던 것과, 그들의 후손들이 동일한 목적으로 다시 자신의 조상들이 살았던 '본토'로 귀환을 시도하는 것 사이에는 얼마만큼의 차이와 거리가 있는 것일까. 그리고 그 차이와 거리는 '이산'의 원인이 피식민지 경험이었고, '귀환'의 이유가 개인의 경제적 욕망이라는 것으로 다 설명될 수 있는 것일까.

원래 '이산'의 개념은 탈식민주의 이론에서 본격적으로 제기된 것인데, '이주, 노예화의 경험, 추방 혹은 노예 노동에 의한 〈자발적인〉 주체 폐기 같은 〈탈공간dislocation〉의 경험'을 말하는 것이다.[1] 그리고 그것은 지배자의 인종적, 문화적 모델의 암묵적인 우위성을 토대로 한 피지배자(즉 이주자)의 인성과 문화에 대한 의식적이면서 동시에 무의식적인 억압, 문화적 핍박을 수반한다. 한민족이 근대에 경험한 '이산'의 문제는 이러한 일반론과 부합하면서도, 전혀 다른 특수성을 지니고 있기도 하다. 그런 점에서 재일동포와 재중동포의 문제를 포함하여, 한민족이 근대에 들어와 겪었던 '이산'의 역사적 경험은 지금까지 그래왔던 것과는 다른 차원에서 새로운 논점으로 검토될 필요가 있다.

그런 문제의식하에서 이 글은 우리 근대문학에서 '만주'에 관한 문학적 표상이 어떻게 형성되어 왔는가를 검토하고, 표상 형식의 중요한 축을 이루었던 안수길의 작품들을 재해석함으로써, 우리 민족이 겪었던 '이산'의 역사적 경험에 대해 새로운 이해의 단초를 마련하고자 한다. 이 글이 검토하고자 하는 것은 크게 두 가지로, 하나는 '만주'라는 공간에 대한 우리의 인식, 특히 문학사적 표상이 어떻게 형성되고 유형화되고 있는가를 비판적으로 살피는 것이며, 두 번째는 그러한 '만주' 인식

---

1) 빌 애쉬크로프트·개레스 그리피스·헬렌 티핀, 이석호 역, 『포스트콜로니얼 문학이론』, 민음사, 1996, 23면.

(혹은 넓게 보아 '동아시아 인식')이 안수길의 『북간도』에 어떻게 반영·투사되고 있는가를 살피는 것이다.

2. 만주 공간의 문학사적 표상

'만주' 공간이 한국 근대문학사에서 뚜렷한 공간적 지위와 문학적 표상을 획득하게 된 것과 만주에서 형성된 한국문학, 이 두 가지는 일단 구분할 필요가 있다. 앞의 경우는 창작자가 만주에 거주하지 않아도 가능한 것이지만, 후자는 창작자의 만주 거주 사실이 매우 중요하게 작용하기 때문이다. 전자를 따로 지칭하는 범주는 아직 만들어지지 않았고, 후자의 경우는 논자에 따라 '재만(在滿)한국문학',[2] '만주소설',[3] '중국조선족문학'[4] 등으로 불린다. 경우에 따라 이 두 개의 범주는 서로 겹치는 부분도 없지 않지만, 엄밀한 의미에서 다르다. 가령, 안수길의 「벼」나 「새벽」과 같은 작품은 두 가지 경우 모두에 해당하지만, 그의 해방 이후 작품인 『북간도』는 전자에만 해당하고 후자에는 해당하지 않는다. 이 글이 중요 대상으로 삼는 것은 문학사에 나타난 '만주'의 공간적 표상이기 때문에 후자보다는 전자를 중심으로 논의를 펼쳐 나가기로 하겠다.

한국 근대문학사에서 '만주' 공간의 표상은 두 개의 층위로 나누어진다. 그 첫 번째 층위가 '만주'의 문학사적 표상을 '친일／항일'의 구도 속에서 이해하는 관점이다. 특히, 1932년 만주국 건설 이후 이른바 '재만조

---

2) 채훈, 『일제강점기 재만한국문학 연구』, 깊은샘, 1990 참조.
3) 조정래, 『한국 근대사와 농민소설』, 국학자료원, 1998, 168면. '만주에 거주하는 작가들이 만주 이민들의 삶과 현실을 그린 소설을 편의상 「만주소설」이라 한다'고 정의하고 있다.
4) 조성일·권철 주편, 『중국조선족문학사』, 연변인민출판사, 1990 참조.

선인문단'이 형성된 이후의 작품들은 철저히 이 구도 속에서 해석되어 왔으며, 논의의 대부분이 작품의 특정 인물이나 사건을 '친일적인 것'으로 간주할 것이냐 아니냐를 따지는 데 집중되었다. 나중에 자세히 살피겠지만, 안수길이 해방 전에 발표한 소설들은 '친일 / 반일' 논의의 대표적인 대상이 되어 왔다.

'만주'의 문학사적 표상을 '항일'의 축에 놓고 이해했을 때, 이것은 다시 '수난'과 '저항'으로 크게 나누어진다. 19세기 후반부터 본격적으로 시작된 한민족의 만주 이주는 탈향과 정착과정에서 형언하기 어려운 고통과 좌절을 감당해야 했으며, 이주를 둘러싼 이 과정이 고스란히 문학작품 내에서는 '수난의 기록'으로 반영되었다. 더욱이 민족이 국권을 빼앗겼던 일제 강점하에서는 이주를 불가피하도록 만든 정치·경제적 강제성, 곧 식민지배정책의 수탈과 착취로 인해 이러한 '수난으로서의 민족 서사'가 만주의 중요한 문학적 표상으로 자리잡게 되었다. 이러한 표상 형식의 계보에서 맨 앞자리를 차지하는 것이 바로 최서해의 작품들일 것이다.

'수난'이나 '궁핍에 의한 탈향'의 기록과는 또 다른 문학적 표상이 '저항 공간으로서의 만주'이다. 만주는 1910년대 전후로 해서는 민족주의에 기반한 항일운동이, 그리고 1920년대 이후로는 사회주의에 기반한 항일운동이 줄기차게 이어져 내려온 근거지의 역할을 했다. 이러한 역사적 사실이 작품 속에 적극적으로 반영된 경우로는 강경애를 들 수 있으며, 가장 적극적인 형태로 드러나는 경우는 북한의 항일혁명문학을 꼽을 수 있다. 특히, 강경애는 만주사변과 만주 건국을 전후한 시기인 1931~32년 무렵부터 간도와 용정 일대에 살면서 간도 지방을 중심으로 펼쳐지는 항일무장 세력의 활동에 대해 관심을 표명하고, 이후 자신의 작품에 간도 공산주의자들의 활동을 직·간접으로 반영하는 데 주력했다.

'친일 / 항일' 또는 '수난과 저항'이라는 표상 형식은 '제국주의의 타자로서의 경험', 즉 '피해자'로서의 인식을 반복·재생산함으로써, 실제 '이산'과 더불어 형성된 재만조선인들의 다양한 삶과 욕망들을 충분히 이해하는 데는 한계가 있다. 그런 점에서, 해방 전에 안수길이 쓴 일련의 작품을 놓고 '친일'과 '항일 혹은 저항'으로 읽는 두 가지 해석은 겉으로 보면 정반대처럼 보이지만, 실상 그 뿌리는 '제국주의의 타자'임을 확인하고자 하는 '민족주의'의 투사라는 동일한 뿌리에서 비롯된 것이다.

'친일 / 항일'의 구도, 그리고 다시 '항일'을 '수난과 저항'이라는 표상 형식으로 이해하는 전통적인 관점을 벗어나 한국문학사에서의 '만주' 공간을 전혀 새롭게 이해하려는 시도가 최근에 이루어지고 있다. 이 관점을 요약하자면, '만주'라는 공간은 식민지시대 한국인들에게 피식민지인으로서의 설움과 핍박을 대리보상 받을 새로운 '공간'이었다는 것, 즉 일종의 '의사(擬似)제국주의적 욕망의 대상'이었다는 점을 밝히는 것이다. 최근의 대표적인 논의로 김철의 「몰락하는 신생(新生)-'만주'의 꿈과 「농군」의 오독(誤讀)」,5) 그리고 이경훈의 「만주와 친일 로맨티시즘」6) 등을 꼽을 수 있다. 김철과 이경훈은 각각 이태준의 「농군」과 이기영의 『대지의 아들』을 분석하면서, '만주 유토피아'와 '친일 로맨티시즘'이란 용어를 매개로 하여, 이들 작품이 '식민지적 무의식', 다시 말하자면, '식민화의 타자'가 그러한 타자성을 또 다른 '식민화의 주체'를 꿈꾸는 것으로 상쇄하려는 욕망'을 드러내는 것으로 읽고 있다. 이러한 분석틀은, 특히 일본의 연구자들이 일본의 근대화과정에서 발현되었던 다양한 '의식과 무의식의 구조화'를 설명하는 매우 유용한 '탈식민주의적 기제'로서, 일본이 서구로부터 '문명 / 야만'이라는 약호로 코드화되는 과정에서 '타자화'되었던 경험을 고스란히 아시아의 주변국들에 그대로 투사함으로써 '식민화의 주체'의 지위를 획득하는 과정을 비판적으로 성찰하는

---

5) 김철, 「몰락하는 신생(新生)-'만주'의 꿈과 「농군」의 오독(誤讀)」, 『상허학보』 9집 (상허학회 편), 2002.8 참조.
6) 이경훈, 「만주와 친일 로맨티시즘」, 『한국근대문학연구』(한국근대문학회 편), 2003년 상반기 참조.

데 도움이 된다.7)

　이러한 접근 방식은 그동안 우리가 견지해 왔던 '만주' 공간의 문학사적 표상이 궁극적으로 우리 민족이 근대사의 초입에 경험했던 '피해자' 내지는 '제국주의의 타자'로서의 역사적 경험을 계속 재생산하는 데만 기여해 왔던 점에 비추어 볼 때, 그 재생산의 이데올로기적 근원인 '좁은 민족주의'의 한계를 극복하는 데 중요한 의의가 있다. 특히 '만주국'이라는 새로운 형태의 '근대국가'가 지닌 복잡한 성격을 감안할 때, '만주'를 단지 '친일과 항일', 혹은 '수난과 저항'의 도식으로 접근해서는 도저히 해명할 수 없는 유이민자(流移民者)들의 욕망과 무의식을 해명하는 데 일정하게 기여할 수 있다.

　그러나 '식민지적 무의식과 식민주의적 의식'에 입각한 분석틀이 일본과 조선 두 나라가 지닌 역사적 조건의 차이나 특수성과 상관없이 똑같이 적용될 수 있는가는 여전히 의문이다. 이런 차별성에 대한 천착없이 이루어지는 분석은 자칫하면, '제국주의나 피식민지나 다 똑같다. 피식민지도 기회나 조건만 되면 얼마든지 제국주의 주체가 될 수 있다'는 것으로 귀결될 가능성이 농후하다. 그래서 종국에는 역사의 진행과정에서 나타나는 구체적이고 현실적인 정황들이 몇 개의 '약호'에 묶이거나 또는 해체됨으로 말미암아, 공통되는 요소만 부각되고 차이나는 부분은 가려질 가능성이 있다. 따라서 이런 분석틀에 의한 접근법이 시도될 때는 '식민지적 무의식'이라는 큰 약호의 외곽에 놓여 있는 차별성들에 대한 깊은 천착이 절실해진다.

---

7) 고모리 요이치, 송태욱 역, 『포스트콜로니얼』, 삼인, 2002, 17~63면 참조.

3. 안수길의 만주 인식과 이산(移散)의 문제

1) 안수길의 '만주' 인식에 대한 몇 가지 이해 방식

만주 체험의 문학적 형상화에서 안수길이 차지하는 문학사적 위상은 독특하다. 그의 소설은 위에서 살펴 본 바와 같이, '만주'의 문학사적 표상인 '수난'과 '저항'의 기록이라는 성격을 함께 지니고 있으면서도, 그 두 개의 표상 형식에 온전히 수렴되지 않은 또 다른 영역을 확보하고 있기 때문이다. 그는 '만주'(특히 간도)를 다룬 어떤 작가보다도 이주민들의 일상에 주목했으며, 그런 만큼 그의 소설에는 이주민들이 간도로 건너가서 경험했음직한 구체적인 일상이 풍부하게 드러나 있다. 그의 소설이 지닌 이러한 특성은, 만주 체험을 '수난' 또는 '저항'이라는 표상 형식으로 수렴하게 될 때 필연적으로 생겨나는 '이산'의 의미의 단순화를 어느 정도 방지하는 효과를 낳는다. 그는 한민족의 만주 이주에 어떠한 선험적인 목적도 개입시키지 않는다. 이주는 처음부터 끝까지 '먹고살기 위해' 어쩔 수 없이 월강(越江)하면서 시작되었다고 본다.

안수길은, '만주' 공간을 한국문학사 안에 본격적으로 끌어들인 최서해와 더불어 한민족의 만주 체험을 적극적으로 한국문학사 안에 자리매김한 대표적인 작가의 반열에 올라 있다. 그는 이미 해방 전부터 『만선일보』 기자로 재직하면서 만주에 살았고, 기자로 일하면서 재만한인문단에서 단연 두각을 나타내는 만주문단의 대표작가로 활동했었다. 만주 체험 형상화에 있어서 안수길을 단연 앞자리에 놓이도록 만든 것은 무엇보다도, 해방 이후에 집필한 장편 『북간도』의 성과였다. 장편 『북간도』는 최서해 이후, 그리고 아직 강경애나 항일혁명문학의 흔적들이 미처 복원되기 이전, 맥이 끊어졌던 한국문학사에서의 만주 체험의 형상화를 부흥시킨 주역이었으며, 그를 통해 한민족의 '이산'이라는 역사적 경험은 다시금 문학의 조명을 받기에 이르렀다.

그러나 만주 체험의 문학적 형상화에 있어 안수길에 대한 역사적 평가는 고르지가 않다. 우선 안수길의 문학을 '범(凡)친일문학'으로 이해하는 방식이 그 한 가지이다. 이상경은 "안수길을 비롯한 간도 지역 조선 문학인들이 두드러지게 내세운 '북향정신'이란 만주국에서 조선 민중의 본능적 살아남기일 뿐 아니라 작가로서 안수길의 일제 말기 전시동원체제하에서의 생존 본능이기도 했다. 이렇게 생존을 위하여 만주국에서 만주국 정부의 기관지 『만선일보』를 통해서 이루어진 안수길의 활동은 친일문학일 가능성이 높으며, 이 점은 안수길이 1931년 이전을 배경으로 한 「새벽」이나 「벼」보다는 동시대의 간도를 배경으로 한 「목축기」나 「북향보」에 두드러지게 나타난다"고 비판했다.8)

이에 비해 채훈이나 조정래는 안수길 작품에서 드러나는 친일적 요소, 즉 만주국 이념에 동조하고 이를 적극적으로 선양하려는 의도는 비판받아야 마땅하나, 그의 소설이 지닌 만주 이주민의 개척사와 수난사에 대한 기록이라는 측면에서는 적극적으로 평가해야 마땅하다는 절충적 입장을 보여준다. '안수길에 대한 올바른 평가를 이끌어내기 위해서는 그처럼 양극을 달리는 것보다는 안수길의 재만 한국문학에 끼친 공로나 업적은 그것대로 인정되어야 하며 몇몇 작품에 노출된 만주국의 현실을 긍정적으로 바라보려는 자세는 또 그것대로 논의되어야 마땅하다고 생각된다'9)거나, '부일문학적 측면은 비판해야 하지만, 우리의 전통적인 농민소설의 중요한 특성을 버리지 않고, 암흑기 문학사에서 그나마 가치 있는 민족 문화의 불씨를 묻어 두었다가 오늘날 우리에게 계승해 준 안수길의 공적은 긍정적으로 평가해야 할 것'10)이 그러한 절충적 평가의 전형적인 사례에 해당한다.

---

8) 이상경, 「간도체험의 정신사」, 『작가연구』 제2호, 1996, 23면.
9) 채훈, 앞의 책, 110면.
10) 조정래, 앞의 책, 233면.

해방 전 안수길 문학에 대해 가장 적극적으로 평가하는 것은 오양호라고 할 수 있다. 평가의 긍·부정을 떠나 기존의 논자들이 대체로 '친일문학적 성격'임을 인정하는 작품들에 대해서조차, 그는 '친일문학'이 아니라 적극적으로 '민족문학'의 지평 안에 끌어안아야 한다고 주장한다. 그는 안수길 문학을 가로지르는 문제의식은 어떤 이념보다도 선재하는 '살아남기'였다고 보기 때문이다. 그래서 "주권 잃고, 고향 잃고, 가족까지 잃는 현실에서 그들이 취할 행동은 타협을 하더라도 살아 남는 문제였을 것이다. 이런 점에서 「벼」, 「목축기」의 만주에서의 고향 건설은 타협을 통한 동족 생존권 쟁취 행위"로 해석하고자 애쓴다.[11]

김윤식의 안수길 평가도 긍정적 평가의 연장선 위에 있다. 그는 안수길 문학의 이러한 특징을 안수길 자신의 말을 빌려 '어떻게 사느냐의 문제'였다고 규정한다.

> 작가 안수길에 있어 만주체험은 그의 작가 생활의 출발점이자 종점이라 말해질 수가 있다. 작가생활의 원점인 만주체험을 떠나서 그는 결코 진정한 작품을 쓸 수 없다. 그것은 단순한 체험의 문제가 아니고 언제나 그 이상이고 또 그 이하이다. 그는 이것을 두고 〈어떻게 사느냐〉의 문제라고 바꾸어 부르기를 즐겼다. 만주체험은 그로 하여금 이것을 작품 속에 끌어넣게 하였다. 그것은 잠재적인 상태에서조차 도저히 벗어날 수 없는 지평이고, 주술과 흡사한 것이었다. 그것은 경험으로 얻어진 것이 아니라 몸 속에서 저절로 돋아난 한 가지 기관과 흡사한 것이었다.[12]

김윤식에 이르면, 안수길의 만주 체험은 단순한 '체험'의 영역에 머무

---

11) 오양호, 「만주, 그 황야와 고향—창작집 『북원』에 나타나는 '북향건설' 문제」, 『작가연구』 제2호, 1996, 49면. 안수길 문학에 대한 오양호의 적극적인 평가는 『한국문학과 간도』(문예출판사, 1988)와 『일제강점기 만주조선인 문학연구』(문예출판사, 1996)에서도 동일하게 나타난다. 그는 대체로 안수길의 해방 전 문학을 '일종의 망명문학으로서 암흑기를 메워주는 민족문학으로서의 의미를 지닌다'고 평가한다.
12) 김윤식, 『안수길연구』, 정음사, 1986, 290면.

르지 않고 일종의 '운명'의 차원으로 옮겨 앉는다는 인상을 받게 된다.

이상에서 살펴 본, 안수길 문학 그리고 궁극적으로는 만주 체험의 문학적 형상화 전반을 둘러싼 기존의 이해 방식에는 몇 가지 근본적인 한계가 자리잡고 있다. 우선, 기존의 관점들은 만주 체험의 전체를 관통하고 있는 '이산의 경험'을 대체로 한두 가지의 원인으로 소급시켜 해석하는 '환원주의'의 오류에 빠져 있다는 것이다. 이러한 오류는 안수길을 긍정적으로 평가하든 부정적으로 평가하든 상관없이 일어난다. 자신이 살던 고향을 등지고 언어와 토양과 문화가 다른 '이역'에서 살아간다는 것은, 그 자체가 하나의 삶의 내용을 이룰 수밖에 없다. 그러한 삶의 과정 자체에서 생겨나는 고통과 갈등은, 이주를 강제했던 정치적 원인(봉건 정부나 일제의 침략)을 잊지 않고 그에 대한 저항의 의지를 불태운다고 해서 사그라들거나 극복할 수 있는 것이 아니다. 두 번째의 문제는, '만주'는 한두 가지의 이념 형식으로 간단히 표상할 수 있는 그런 공간이 아니었다는 사실에서 비롯된다. 해방 전 만주에는 만주족과 한족, 그리고 몽고족과 일본인, 조선인, 그리고 소수의 백계 러시아인들이 뒤엉켜 살고 있었다. 중화민국이 수립된 이후에도 이 지역은 전통적인 군벌이 지배하고 있어 공화정권의 손길이 전혀 힘을 쓰지 못하고 있었으며, 이른바 '북벌' 이후에는 국민당 정부와 일본이 서로 만주의 지배권을 놓고 다투고 있었다. 만주국 건설 이후에는 과연 일관된 일본의 식민지 경영 정책이 먹혀들고 있었던가? '만주국'은 일반론적 접근에서 보자면 명백히 제국주의의 또 다른 식민지 건설이라는 외연을 띠고 있지만, 실제로는 세계 역사상 어느 제국주의도 실험해 보지 못한, 이전에 일본이 경험한 조선과도 전혀 다른 성격의, 전무후무한 식민지 경영 실험의 공간이었다.

> 만주국의 식민국가는 '민족협화', '왕도', '건국정신' 등을 끊임없이 떠드는, 정력적인 선전, 이념공작을 추진했다. 특별히 왕도는 식민국가의 유교적 덕목

과 부성애적 표현이었다. 거지와 빈곤층, 형무소 수인들을 포함해서 만주국의 모든 이들은 '가련한 인민들'이었다. 일제는 다른 식민지에서 결코 '가련한 인민'이니 '백성을 자녀를 돌보듯 하라'는 말을 구사하지 않았다. 이 모든 언술은 만주국의 '독립국' 행세와 관련있는 것이다. 다른 식민지와는 달리, '만주국'은 '국민'이 있었다. 아무리 공허한 관념일지라도 이런 것을 사용할 경우, 그것에 의한 구속이 생긴다. 만주국 '국민'은 국가에 의해 최소한의 대우를 받게 되던 것이다. 이리하여 재난이 발생할 때마다 만주국의 국가는 '국민의 복리에 대한 깊은 관심'과 '인민의 부담 경감' 등을 외치며 신속한 구제사업을 벌리곤 했던 것이다. 만주국 정부는 비적이나 저항요소들을 가차없이 진압하면서, 한 편으로 젊은이들에게는 많은 일자리를 제공함으로써 이들을 새 나라의 구성원으로 흡수시키고자 했다. 군과 경찰 등 거대한 만주국의 관료조직이란 쉽게 비적의 자원도 될 수 있는 청년들을 흡수시키는 일종의 취직자리일 수도 있었다. (…중략…)

일제, 70년의 제국주의 역사에서 가장 큰 전리품인 만주국이(일부 일본학자들을 제외하고는) 왜 그동안 많은 사람들에게 가려져 있었는지를 생각해보자. (…중략…) 그것은 제국주의를 경제적 착취와 외래 정복자의 철권통치와 같은 거대담론으로만 묘사하려고 했기 때문일 것이다. 다시 말해, 만주국 내면을 단순히 예측 가능한 것, 즉 호전적인 관동군에 의한 군사통치의 역사로 받아들였기 때문이었을 것이다. 그런데 제국주의 역사는 그리 간단하지 않다.[13)

한민족의 '만주 체험'을 오로지 '만주국' 존립 기간에 국한시킬 수는 없지만, '만주국' 하나만을 놓고 보더라도 '만주'라는 공간은 그렇게 간단히 몇 개의 표상 형식으로 환원시켜 이해할 수 없는 복합적 성격의 공간임을 짐작하기 어렵지 않다. '만주국'의 복합적 성격은 '만주'라는 공간의 복합적 성격의 한 부분집합에 해당하는 것이기 때문이다. 결국, 한민족이 이 공간으로 이주한 것은 오로지 '수난과 고통'일 수만도 없으며, 이주민이자 피식민지인에게 요구되는 역사적 당위가 오로지 '식민지

---

13) 한석정, 『만주국 건국의 재해석—괴뢰국의 국가효과, 1932~1936』, 동아대 출판부, 1999, 226~232면.

배에 대한 저항'만이 아님을 전제할 때, 안수길의 '만주 체험'과 그 문학적 형상화에 대한 새로운 이해를 시작할 수 있을 것이다.

2) 소설 『북간도』와 '이산' 경험의 문학적 형상화의 특수성

안수길의 장편 『북간도』는 여러 가지 면에서 문제적인 작품이다. 우선 앞에서 말한 대로, 최서해와 강경애 이후 끊어졌던 한민족의 '만주 체험'을 해방 이후 처음으로 다시 문학사의 중심에 복원시켰다는 점에서 그러하거니와, 더욱 중요한 것은 안수길 자신이 해방 전에 썼던 일련의 작품들, 즉 「호가네지팡」에서부터 장편 『북향보』에 이르기까지의 문학에서 보여 주었던 '만주 체험의 형상화 방식'을 상당 부분 수정해서 펼쳐 보이고 있다는 사실이다. 이미 여러 논자들이 지적했다시피 해방 전 안수길 소설에 나타난 '만주'의 문학적 표상에서 '저항'을 읽어낸다는 것은 어려운 일이었다. 이러한 사실이 그의 문학을 '범친일문학'으로 간주하도록 만드는 중요한 이유가 되었다. 그러나 『북간도』는 소설 전체에 걸쳐 민족주의에 기반을 둔 '저항의 서사'가 가로지르고 있다. 아마도 이러한 형상화 논리의 큰 변화는, 안수길 자신이 자발적이었든 비자발적이었든, 해방 이전에 쓴 작품에서 만주국 이념에 동조하고 이를 적극적으로 선양했던 사실을 부끄럽게 여기고, 해방 이후에 그 체험을 다시 형상화하면서 적극적인 저항의 서사로 재해석하려고 애쓴 결과라고 볼 수 있다. 이런 사실은 해방 전에 발표했던 작품들을 작가 스스로 여러 군데 고치고 다듬은 데서 확인할 수 있으며, 대체로 손을 댄 부분이 만주국의 이념에 동조하거나, 생존을 위해 일본의 국가적 권위에 기댈 수밖에 없었음을 솔직하게 묘사하고 있는 부분이다.

① 군중의 격분은 고조에 달하였다.

손에 손에 방망이 돌맹이를 쥐고 그 젊은이의 뒤를 따라 나섰다.

찬수는 주민들의 울분도 일단 수긍하였으나 나쁜 것은 따로 있는 것으로 이때에 맹동하는 것은 도리어 사태를 수습하지 못할 지경에 이르게 하는 것임을 잘 알고 있었다.

피치 못할 경우라면 학교는 없어져도 괜찮다. 그러나 십여년간 이룩한 이 고장에서 떠나지 않아서는 안된다는 것은 학교문제보다 더 큰 것이었다. 그럼으로 학교를 폐쇄하라면 시키는 대로 하고 시일을 천연하며 나까모도를 중간에 넣어 길림영사관에 매봉둔사정을 진정하여 문제를 정치적으로 해결짓는 것이 순서라 생각하였다. 이백여호나 모아살면서 지금까지 영사관과 연락이 없은 것은 여기에 그럴듯한 지도자가 없은 까닭이었다. 찬수자신이 우선 그것에 생각이 미치지 못한 것은 결국 본다면 적은 문제인 학교에 열중하기 때문이었다.

그는 스스로 뉘우쳤다. 그러므로 지금이라도 무저항주의를 써서 그사람들(중국 군인을 가리킴—인용자)이 총을 쏘면 몇사람 맞아 죽을 요량하고 뻗치고 있어 길림영사관하고만 연락이 되는 날이면 매봉둔에도 서광이 비칠 것이 아닌가. 그는 나까모도한테 보낸 사람이 돌아오기만 기다렸다.

그러나 격분한 군중에게 이러한 조리있는 이야기를 타일러 들을 리 만무하였다.14) (강조는 인용자)

② 군중의 격분은 고조에 달했다.

손에 손에 방망이 돌맹이를 쥐고 젊은이의 뒤를 따랐다.

찬수는 주민들의 울분도 일단 수긍하였으나 나쁜 것은 따로 있는 것이므로 이때 섣불리 맹동하다가는 도리어 사태를 수습하지 못할 지경에 이르게 할 것이라고 생각했다.

피치 못할 경우라면 학교는 문을 닫아도 좋다. 그러나 십여 년간 이룩한 이 고장에서 떠나지 않아서는 안된다는 것은 학교보다 더 큰 문제였다. 학교를 폐쇄하라면 시키는 대로 하는 체 일을 천연했다가 나까모도를 중간에 넣어 길림영사관에 매봉둔의 사정을 진정하여 정치적으로 해결지을 수 있다면 그것이

---

14) 안수길, 「벼」, 『북원』, 예문당, 1944. 여기서는 『북원』을 원형 그대로 복원한 연변대학 조선언어문학연구소 편, 『중국조선민족문학대계 10—안수길 소설집』(흑룡강조선민족출판사, 2001), 269~270면을 인용함. 맞춤법과 띄어쓰기는 인용자가 현대어법에 맞도록 고친 것임.

순서라 생각했다.

그러나 일본 영사관에 정식으로 진정한다는 것은 싫은 일이었다. 더구나 나까 모도와의 개인 친분을 다리로 그렇게 하고 싶지 않았다. 만약 일본 경관이 출동 된다면 중극측이 생각하는 대로 조선사람이 일경을 끌어들이는 것이 되고 만다. 어쩌면 좋을 것인가, 찬수는 갈피를 잡을 수 없었다. 그의 복잡한 마음은 모르 고 군중들은 격분하고만 있었다.[15] (강조는 인용자)

해방 전 판본인 ①과 해방 후 개작한 ②를 비교해 보면 재만조선인 문제에 대한 안수길의 생각이 어떤 기반 위에 놓여 있었는가를 확연히 짐작할 수 있으며, 또한 그가 해방 이후에 어떤 부분을 부끄럽게 여기고 고쳤는가를 분명히 헤아릴 수 있다. 그러나 엄밀하게 말하자면 개작 및 삭제에 개입하고 있는 안수길의 '만주 인식'은 친일적 작품을 쓴 것에 대한 '반성'이나 '자기 비판'의 수준에 머무는 것은 아니다.

「새벽」과 「벼」, 나아가서 만주국 이념에 동조를 드러내는, 따라서 친 일문학이라는 비판을 받는 「목축기」나 『북향보』에 이르기까지, 안수길 이 일관성있게 견지하는 것은, 재만조선 이주민들이 어떻게 만주에 뿌리 를 내리고 정착하는가 하는 문제였으며, 그의 만주 인식을 가로지르는 모든 논리의 출발과 종착지점도 이것에서 비롯되고 있다. 인용문 ①에 서 확인되듯이, 개간한 땅을 지키고 그 터전 위에서 삶을 도모할 수만 있다면, 중국 관헌의 탄압을 무마하기 위해 일본 영사관의 힘을 빌리는 일은 대수로운 일이 아닌 것이다. 나라나 민족도 생존보다 더 우위에 있 을 수 없으며, 삶이 보전되지 않은 조건에서라면 교육도 차후의 문제라 는 생각이 인용문 ①에서 지배적으로 나타난다. 안수길의 해방 전 텍스 트들을 관류하고 있는 '생존'에 관한 이런 절박함과 솔직함, 그리고 재 만조선인을 둘러싼 척박하고 고통스러운 정치적·사회적 조건에 대한 이해는 '민족주의'의 강박을 가볍게 넘어선다. 특히, 안수길 소설의 이러

---

15) 안수길, 「벼」, 『안수길선집』, 어문각, 1981, 508~509면.

한 특징은 두 가지 점에서 흥미로운 결과를 만들어낸다.

첫째, 그의 소설에서는 '민족적'이나 '국적'의 구별보다도 선한 인간인가 아닌가 하는 구별이 훨씬 중요한 지표로 작용한다. 예컨대, 「벼」의 일본인 '나까모도'나 중국인 '방치원', 그리고 「새벽」의 중국인 지주 '호가(胡哥)', 『북향보』의 일본인 '사도미'와 만주인 '반성괴', 「목축기」의 중국인 '로우숭(老宋)' 등은 모두 조선 사람에게 호의적이고 기본 인성이 선량한 사람들이다. 만주국의 이념인 '오족협화'를 두고 생각할 때, 안수길 소설에 등장하는 일본인, 중국인, 만주인들과의 선린우호 관계는 마치 만주국의 이념을 육화하기 위한 정책 편승으로 오인될 여지도 없지 않으나, 그의 '만주 인식'의 내적 논리로 보자면 당연한 귀결인 셈이다. 조선사람에게 우호적이고 천성이 선량한 이민족들에 비해, 같은 조선민족이지만 이민족보다도 더 가혹하게 구는 악인들이 그 반대편에 존재한다. 「새벽」의 '박치만', 「원각촌」의 '한익상', 『북향보』의 '박병익' 등이 그러한 인물들이다.

'생존논리'와 관련되는 안수길 소설의 또 하나의 특징은 종종 '낙원'이나 '낙토' '이상촌'이라는 수사를 동원해 개척지 만주를 표현한다는 점이다.

　① 그리고 화담스님이 시키는 대로 그와 힘을 합하여 온 동리는 한 덩어리가 되어 원각교 이상촌 건설의 희망에 불타고 있었다.

　아늑한 생활이요, 평화한 동리였다. (…중략…) 다른 지팡과는 달리 부녀자를 볼모로 빚을 쓰는 일도 없고 그 외 한번 얽매이면 영영 한 지팡에서 종신 벗어못지는 일도 없이 토지 관계에 있어는 제 농사나 다름없었으니 문제는 얼되놈 한익상뿐이었다. 그가 이 동리에서 없어지는 날 이곳은 그대로 낙토랄 수 있었다. 원각의 이상촌이랄 수 있었다.16)

　② 현당국은 와우산 목장을 목축부락으로 인가하였고 목축자작농으로서의

____

16) 안수길, 「원각촌」(연변대학 조선언어문학연구소 편, 위의 책), 36~38면.

자급자족 경제를 세워나감에 가지가지로 편의를 주었다. 찬호는 교육에 실패한 우울을 이 사업에서 깨끗이 씻을 수 있은 것이 무한히 기뻤다. (…중략…) 같은 교원출신인 주주들이라 찬호의 위인을 알고 전부를 그에게 맡겼다. 어떤 주주는 말하였다. "노후에 와우산과 벗하여 주경야독할 수 있도록 이상적 부락을 만드시오."17)

안수길 소설에 있어서의 '낙토'나 '이상촌'은 재만조선인에게 하나의 '꿈'이자 실현 가능한 '구체적 가능성'으로 대상화되어 있다. 큰 틀에서 보자면 민족의 독립이나 민족국가 건설 없이 어떻게 남의 땅에서 '이상촌' 건설이 가능할 것인가 의심스럽지만18) 해방 전에 만주에 일었던 '만주 특수(特需)'와 만주국 건국 이후에 일본이 내세웠던 '자작농 창정' 및 '집단부락 건설'은 안수길에게는 충분히 현실적인 이상촌 건설의 대안적 정책으로 받아들여졌던 것이다.

재만조선인 이주민을 둘러싸고 형성된 민족적(民族籍)과 국적(國籍)의 모순, 그리고 여기서 빚어진 토지 소유권 및 경작권의 복잡한 법적 문제, 이질적인 만주의 문화와 언어에서 오는 갈등, 그리고 이주민들을 괴롭힌 자연과의 싸움 등, 재만조선인들이 당면해야 했던 정치적·문화적·기술적인 난관이 모두 '독립된 민족국가의 부재'로 환원되는 것은 아니며, 따라서 그 난관의 극복 의지가 '민족 독립'으로 수렴되는 것은 아니다. 어떤 문제는 그것에 연관되기도 하지만, 또 어떤 문제는 그것을 넘어서 있기 때문이다. 해방 전 안수길의 '만주 인식'은 이 지점 위에 서 있었다.

그러면, 과연 『북간도』에는 해방 전 안수길이 견지했던 '만주' 인식이 깨끗하게 제거되었을까. 결론부터 말하자면, 안수길은 자신이 경험하고

---

17) 안수길, 「목축기」(연변대학 조선언어문학연구소 편, 위의 책), 17면.
18) 김종호는 이 관점에서 안수길 소설을 비판한다. 그는 '정착'에 대한 안수길의 지향과 집착이 문제가 아니라, 그 '정착'이 폐쇄적이고 역사적 안목 없는 소박한 낙관주의에 근거해 있기 때문에 문제라고 비판한다. 「1940년대초기 만주 유민소설에 나타난 '정착'의 의미-「대지의 아들」과 「북향보」를 중심으로」(『국어교육연구 25권』, 국어교육학회, 1993), 221~225면.

인식했던 '만주' 공간의 체험을 완전히 포기하지 못하고 있다. 원래 '만주'를 문학 안에서 '저항의 공간'으로 설정하지 않았던 안수길에게 있어서 해방 이후의 이러한 이념적 선회, 혹은 인식의 전환은 필연적으로 작품 형상화과정에서의 균열과 혼란을 불러오지 않을 수 없었다. 『북간도』는 이미 몇몇 논자가 지적한 바 있듯이, 소설의 전반부와 후반부를 지배하는 서사의 원리가 크게 구분된다. '생존의 논리'를 '일상의 이념'으로, 그리고 '저항의 논리'를 '역사의 이념'으로 환원시켜 해석하는 것이 가능하다면, 안수길의 『북간도』는 표면적으로 '역사의 이념'이 '일상의 이념'을 극복하는 것처럼 보이지만, 그 이면에는 여전히 '일상의 이념'이 완강하게 버티고 서서, '역사의 이념'을 밀어내고 있는 것이다.[19]

3) 『북간도』에 나타난 재만조선인 이주민의 '만주' 인식

소설 『북간도』[20]는 이한복—이장손—이창윤—이정수로 이어지는 이

---

19) 김윤식은 『북간도』를 지배하고 있는 것은 '땅의 사상'도 '장사의 사상'도 아니고 '환상의 사상(곧 민족독립운동의 사상)'이었다고 규정하고, 사실상 이 '환상의 사상'은 『북간도』 전편을 걸쳐 어디에도 뿌리를 내리지 못하고 있다고 했다. 작가 자신이 이것을 내면에서 용납키 어려웠기 때문에, 『북간도』에 이어 곧장 『통로』와 『성천강』을 썼으며, 이것을 관통하는 것은 '장사의 사상'이라고 보았다. 김윤식, 앞의 책, 242~244면.
20) 『북간도』는 애초에 『문학예술』지에 1958년부터 장기연재에 들어갈 예정이었다가 잡지가 종간되면서 발표 자체도 무산되었다. 1차 연재분에 400매 정도의 수정을 가해 『사상계』에 제1부의 연재를 시작한 것이 1959년 4월이었으며, 1960년 4월에 제2부를, 1963년 1월에 제3부를 발표했다. 1967년 제4부와 5부를 전작으로 발표하여 '삼중당'에서 장편 『북간도』의 완성본을 냈다. 본고는 삼중당본(1994년 중판본)을 텍스트로 삼아 논의를 펼친다. '사상계 연재본'과 '삼중당본'을 비교 검토한 결과, 두 판본 사이에 부분적인 개작이 있었음을 확인했다. 그러나 내용 전개상 결정적인 차이는 발견키 어려웠다. 예컨대, '사상계본'에는 소제목이 없고 제1부, 서장, 제1장, 제2장 …… 순으로 나가는 데 비해, '삼중당본'에는 각 부에 소제목이 붙고, 이를 작은 소절로 나누는 새로운 방식을 택하는 정도의 차이다. 또 등장인물의 이름이 두 판본 사이에 달라지는 경우가 있는데, 대표적인 경우가 종성부사인 '김우식'이다. '사상계본'에는 시종일관 '김우식'으로 나오다가 '삼중당본'에서 '이정래'로 바뀐다. 아마 작가가 역사적 사실을 확

씨 일가의 만주(좁혀 말하면 간도) 개척이민사라고 부를 만한 소설이다. 일반적으로 만주 이민사는 1869년을 기점으로 본격화되었다고 한다. 그 이전에도 간헐적인 입만(入滿)이 없었던 것은 아니지만, 만주 지역이 청의 발상지라 하여 신성하게 여기고, 일반 사람은 물론 외국인에게도 출입을 엄격히 금하여 200여 년을 내려오는 동안, 사람의 발길이 닿지 않아 천연옥토가 형성되었다. 조선에서는 1869년 북쪽 지역을 중심으로 미증유의 대규모 가뭄과 흉년이 겹쳐 굶주림에 지친 백성들이 목숨을 걸고 두만강을 넘어 간도에 들어가 '도둑 농사'를 짓기 시작하면서, 이주의 전조가 시작되었던 것이다.[21]

소설의 1대 주인공인 이한복은 바로 이 무렵 간도에 들어가니, 재만 조선인 이주민의 제1세대에 해당한다. 이민 1세대 이한복의 인식은 상당히 복잡하다. 우선 그는 어렸을 적에 할아버지를 따라 백두산에 올라, 간도가 조선땅임을 표시하는 '백두산정계비'를 본 적이 있다. 그는 나중에 종성부사와 함께 이 정계비를 다시 찾아가서, 자신의 월강 행위가 결코 위법이 아님을 입증코자 한다. 즉, 그는 조선 후기의 '고토회복' 이데올로기와 매개된 '만주'의 표상을 계승하고 있는 것이다. 간도가 원래는 조선땅임을 굳건하게 믿고 있는 이한복은, 문화적으로 그들보다 우월하다는 자부심도 함께 지니고 있다. 자신의 사랑하는 손자가 청인(淸人) 동복산의 밭에서 감자를 캐다가 붙들려 가서 매를 맞고 흑복변발(黑服辮髮)을 해서 집으로 돌아왔을 때, 그 충격을 이기지 못하고 손자의 변발을 삭발하다가 쓰러져 불귀의 객이 되고 마는 장면이 이한복의 문화적 우월감과 이주민으로서의 자존심을 상징적으로 보여준다.

인한 후 고친 듯하다. 분량상 가장 많이 손을 댄 듯한 제1부 8장의 경우 '사상계 본'(1959년 4월호 421면)에 비해 '삼중당본'(하권 142~147면)은 해당 부분의 서술을 많이 늘려 새로 썼는데, 주로 묘사의 핍진성과 대화 부분의 사실성을 높일 목적으로 고친 것이다.

21) 고승제, 「만주농업이민사의 사회사적 분석」(백산학회 편, 『중국내 조선인의 생활상 논고』, 백산자료원, 2000), 175면.

입적해라, 흑복변발을 해라······ 관청은 그들이 처음 통고한 정책을 조선 농
민에게 강요했고 이민들은(청국 이민들을 가리킴—인용자)국권의 힘을 믿고 조
선 사람을 압박했다.
그러나 그들이 국권을 뒷받침한 실력을 행사한다면 우리는 피땀으로 개척한
공로가 있다. 조선농민이 만만히 물러설 까닭이 없었다. (···중략···) 강제 부역도
감자나 조밥을 먹으나 생활고에 세도 척신의 눈꼴사나운 일도 없었던 이 고장
은 조선 농민의 안식처였다. 그런 이 고장을 쉽게 팽개치고 어디로 갈 것인가?
그렇다고 입적 귀화해 청국 사람이 될 수도 없었다. 어떻게 흰 옷을 소매 긴
청복으로 바꿔 입고, 상투를 풀어 등뒤로 드리울 수 있을까? '민족의 얼'이 용
서하지 않았다.22)

이주민 1세대들은, 자신들이 개척한 비봉촌에 대해 고향보다 더 강한
애착을 지니고 있다. 이들은 비록 고향을 떠나 물설고 낯설은 간도에 새
롭게 뿌리를 내렸지만, 고국에서의 봉건학정으로부터 자유로울 수 있었
기 때문에 정착과정의 고통쯤은 이겨낼 만한 것이었다. 더구나, 토착민
인 청인들에 비해 문화적으로 우월하다는 인식(이 우월감은 조선 후기부터
이어져 내려오던 소중화사상의 연장이다)이 지배적이었기 때문에, 이주민으로
서 원주민과의 문화적 동질화는 도저히 불가능한 형편임을 짐작할 수 있
다. 유일한 아쉬움이라면, 자신들이 개척한 땅에 대한 지분을 보장해 주
지 못하는 조국의 허약한 국권이었지만, 이것조차도 봉건정부에 대한 불
신과 혐오 때문에 온전한 형태의 '국가의식'으로 이어지기는 어려웠다.
이한복으로 대표되는 이주민 1세대의 의식은 이처럼 복잡 미묘하게
형성되고 있었다. 그것은 최서해나 강경애로부터 발견할 수 없는 독특한
성격을 지닌 것으로, 조국과 고향을 등진 수난의 유맹(流氓)과는 다른 것
이었다. 개척지에 대한 자부심, 고향과도 바꾸고 싶지 않은 새로운 뿌리
내리기의 욕망이 도사리고 있는 것이었다.

---

22) 안수길, 『북간도—상』, 삼중당, 1994, 64~65면. 앞으로 『북간도』를 직접 인용할 경우
에는 인용문 끝에 (상권, 64면)의 형태로 표기함.

이한복의 이러한 사상은 단지 1세대의 그것으로 그치지 않고, 3세대인 이창윤에게서도 재확인된다. 창윤은 비봉촌 사람들의 의견을 받들어 고향 종성으로 돌아가 있는 훈장 조선생을 다시 모시기 위해 두만강을 넘어 조국에 들어온다. 고국 땅을 처음 밟은 그는 고향의 첫인상에 탄성을 지른다. 고국의 산과 들, 나무와 집들, 자연의 모습과 풍토가 북국의 그것과는 너무도 달랐기 때문이다.

> 고향의 나무와 숲속엔 평화와 그윽한 것이 깃들어 있는 것 같았다.
> "부드럽다."
> 같은 하늘의 푸르름도 북간도의 것과는 다른 맑은 푸르름이었다.
> "아늑하다."
> 강을 건너 고국에 발을 들여 놓으면서 창윤이는 산과 들과 마을을 싸돌고 있는 공기마저 아늑한 것이라고 느꼈다. 살얼음이 쳤을 뿐, 아직 딴딴히 얼지 않은 냇물도 맑았다.
> 깨끗한 인상! 그리고 따뜻하기도 했다. (…중략…)
> (왜 이런 곳을 우리 할아버지는 떠나지 않아서는 앙이 됐을까?) (상권, 190~191면)

그러나 고국의 산천에서 받은 창윤의 이 감격과 흥분은 오래 가지 못한다. 그는 고국 사람들의 궁핍한 삶과 그로 인해 꽉꽉해진 인심을 목격하면서 심각한 회의에 빠지게 되는 것이다.

> 고국의 아름다운 산천에서 받은 첫인상이 배신당하는 듯한 심정이었다.
> 그 심정은 비분의 격랑에 휩쓸려 안정을 얻지 못하는 민심이나, 친척들의 서먹서먹한 대접에서 생기는 것만이 아니었다.
> 며칠 묵으면서 선조의 산소를 돌아보고 할머니가 일러주던 대로 친척의 집을 찾아 다니는 사이에 발견한 고향 사람들의 생활이 예상 외로 풍성치 못하다는 데서 오는 실망이었다. (…중략…) 비봉촌처럼 살기 좋고 인심이 후한 곳은 없다고 창윤이는 생각하게 됐다.
> 첫눈에 인상이 깊었던 홑두루마기의 얇은 옷차림이나 문풍지의 방한(防寒)

설비도 그러면 빈한한 생활에서 나온 게 아닐까?

창윤이의 눈은 점점 고국의 땅, 부조의 고향의 깊게 감춰 있는 데를 파고 들었다. (…중략…)

그리고 또다시 입속에서 뇌여졌다.

(그래도 우리게가 제일 좋아) (상권, 195~196면)

창윤은 청인들의 핍박과 얼되놈들의 시달림이 없는 것은 아니지만, 고국의 궁핍한 생활과 각박한 인심에 견주어 볼 때, 이주지인 '비봉촌'이 훨씬 살기 좋다는 결론에 도달한다. 창윤은 고향을 방문하는 순간, 고향을 상실하는 기묘한 경험을 하게 된 셈이다. 이제 돌아갈 곳은 새로운 안착지임을 확인한 비봉촌, 즉 간도밖에 남지 않았다.

만주 체험의 문학적 형상화에 있어서, 안수길이 차지하는 독특한 위상은 바로 이 지점에서 발생한다. 그의 소설에 등장하는 이주민들은 이산(移散)의 고통 가운데에서도 '언젠가는 돌아가야 한다'는 귀환의 욕망을 내비치지 않는다. '귀환의 욕망' 대신 그 자리를 메우는 것은 개척지를 끝내 지켜야겠다는 '보존의 욕망'이다. 『북간도』를 시종여일 가로지르고 있는 '민족주의'사상이 사실은 텍스트의 서사논리에 비추어 볼 때, 매우 허약한 기반 위에 서 있음을 이로써 확인할 수 있게 된다.[23] 이주민 주인공들이 견지하는 '민족주의'란 필경 '국권회복'일 터이지만, 그때의 '국권'이란 떠나온 고향으로 돌아갈 수 있는 희망의 근거로서가 아니라, 새롭게 개척한 땅에서 권익을 보호받을 수 있는 근거를 의미하게 된다. 물론 그 권익에는 경제적 소유권만이 아니라, 문화적 동일성을 계속

---

23) 『북간도』의 서사전개에서 1, 2, 3부와 4, 5부 사이에는 중요한 차이점이 있다. 1, 2, 3부에서는 재만조선인들의 일상적 삶이 전경화되고 역사적 사건은 그 배후에서 작동하는 데 비해, 4, 5부에서는 역사적 사건들이 지루하게 요약·설명되는 사이사이에 등장인물들의 거취가 삽입되는 방식으로 전개된다. 따라서 1, 2, 3부의 간도개척민들의 삶에서 나타나는 핍진성과 역동성은 4, 5부에 이르면 크게 퇴색하고, 마치 독립운동 관련 사건을 서술체로 재구성해 놓은 듯 소설의 긴장감과 형상성보다는 운동사의 재구에 급급한다.

유지·보존할 수 있는 권리도 포함될 것이지만.

그러나 창윤의 대(代)에 비봉촌의 해체를 경험하고 기와골로 옮기고 다시 용정으로 옮겨오면서, 비봉촌에 대한 원래의 소망도 여지없이 사그라들게 된다. 비봉촌의 몰락과 용정의 번성은 일종의 반비례 관계에 놓여 있으며 이 두 곳은 서로 대척의 공간을 상징한다. 비봉촌이 주인공 이한복 일가가 설정하고 있던 일종의 '개척지 농촌공동체'24)를 상징한다면, 용정은 '식민지 근대화'를 상징하는 공간이다. '풍요로운 공간'을 소망하던 창윤은 용정의 번성과 그 번성을 뒤따르는 옛친구 장현도의 발전에 대해 명료한 판단을 내리기를 주저한다. 명분으로서의 '민족주의'와 실리로서의 '물질적 풍요로움'의 갈래길에서 그의 내면은 서로 길항하고 있었기 때문이다. 그리고 창윤의 이러한 의식은 곧 작가 안수길의 의식이기도 한 것이었다.

간도협약 체결 이후, 그리고 마침내 만주국 건국 이후에, 『북간도』가 그려 보이고 있는 만주 이주민의 삶의 형상에는 기묘한 균열이 생겨나고 있다. 삶은 분명히 풍요로워지고 있는데, 그 삶의 풍요로움을 '민족주의'의 이념적 프리즘에서는 용납할 수 없는 딜레마가 그 균열의 중요한 원인이다. 차라리, 최서해나 강경애처럼 안수길 역시 일제의 만주 지배가 그 범위를 넓혀갈수록 외양의 화려함과는 달리 조선 이주민들의 삶은 더욱더 궁핍해져 가는 쪽으로 그려나갔더라면 일관성은 유지할 수

---

24) 해방 전 안수길의 소설에 나타나는 공동체에 대한 이상에는 분명히 '반자본주의적 요소'가 들어 있으며, 이것은 자본주의가 보장하는 이윤 추구의 무제한적 자유에 대한 거부감이 중요한 이유가 되고 있다. 그러므로『북향보』같은 작품에서는 공동출자로서의 '주식회사' 형태가 지니는 최초의 '선의(善意)'는 긍정적으로 묘사하면서도, 경영 악화로 인한 투자자들의 투자 지분의 회수나 지분에 비례한 경영권 장악 시도에 대해서는 대단히 부정적으로 묘사한다. 그가 소설 속에서 구상하는 공동체는 공간적으로나 구성원의 규모로서나 소규모의 자족적인 생활공동체로 나타난다. 이 글에서 자세히 다룰 수는 없으나, '민족적'이나 '국적'에 대한 안수길의 상대적으로 희박한 귀소의식은 그에게 '무정부주의적 태도'가 자리잡고 있었기 때문이라고 짐작되며, 공동체에 관한 그의 구상도 이와 연관이 깊다는 것이 나의 추론이다.

있었을 터이지만, 안수길은 그 길을 선택하지 않았다. 그러한 균열은 그가 경험한 만주 체험과 민족주의 이념의 지향이 텍스트 안에서 서로 어긋나고 있기 때문에 생겨난 것이다.

이제(만주사변 직후를 말함—인용자) 간도 천지는 평온무사하게 됐다. 그러나 그것은 간도도 만주의 다른 지역과 더불어 일본이 되어 가고 있다는 증거 외에 아무것도 아니었다.

상삼봉에서의 경편 철도가 광궤(廣軌) 철로로 바뀌졌다.

경성에서 청진, 회령, 용정을 거쳐 길림, 신경에 급행이 쏜살같이 달렸다.

장진강의 전기가 이곳까지 송전돼 왔다.

이름만 만주일 뿐, 간도일 뿐, 조선 내지와 다를 것이 없었다.

중일 전쟁이 일어난 뒤에는 더욱 그랬다.

어둡던 간도도 환히 밝아졌다.

기후도 포근해진 듯했다.

흙도, 땅도 맑아진 것 같았다.

그러나 북간도는 어두워가고 있었던 것이다.

언제 봉옷골 싸움이 있었던가? 청산리 싸움이 무언가? 기억이 생생한 사람은 안타깝기만 했다. 그러나 그런 걸 즐겨 이야기하는 사람도 없었으나 듣고 싶어 하지도 않았다.

북간도는 점점 밝아지고 있었다.

동경 유학생도 많아졌고, 정부의 고관이 되는 사람도 늘어났다. 군인 기사들도 배출됐다.

밝아진 북간도를 찾아 조선 내지에서 많은 사람들이 두만강을 건너왔다.

망명의 숨어 넘는 두만강이 아니었다. 급행을 타고 담배 한 모금에 넘는 두만강이었다.

한두 호의 가족들이 말등에 솥을 싣고 눈보라에 휘몰리면서 넘는 두만강이 아니었다. 지도원의 인솔 밑에 개척민이라는 거룩한 이름으로 집단을 이루어 넘어오는 두만강 건너였다.

그러나 북간도는 어둠 속에 잠겨 가고 있었다. (하권, 320~321면, 강조는 인용자)

위의 인용문은 안수길이 견지하고자 한 '민족주의'가 만주 이주민의 삶의 변화, 특히 일제의 지배 범위가 확장되는 것과 맞물려 진행되는 삶의 변화를 해석하고 역사적으로 재구하기에는 턱없이 허약하다는 것을 반증해 주고 있다. '밝음'과 '어두움'을 일부러 대비시키면서, 만주사변 이후, 그리고 만주국 건국과 중일전쟁을 거치면서 만주의 경제 사정과 식민지 근대화가 본격적으로 진행되는 것을 '밝아지고 있다'는 표현으로, 그러나 그것은 곧 일제의 지배력이 확장되는 것을 의미하는 것이므로, 민족주의자의 입장에서 볼 때는 '어두워지는 것'으로 표현하고 있지만, 밝아지고 있는 것이 구체적인 데 비해, 어두워지고 있는 이유는 단지 일본의 지배 범위와 강도가 커지고 있다는 추상적 사실 이외에는 아무 것도 적시하는 것이 없다. 그가 경험했던 만주 체험의 실상은, 민족적(民族籍)과 국적(國籍)의 혼란, 개척지와 고향에 대한 모순적인 지향, 민족적 아이덴티티와 법적 지위 사이에 생겨나는 균열과 갈등이며, 이러한 균열과 착종을 가로지르는 삶의 안정과 뿌리내리기를 절대적인 소망으로 설정하고 있었다. 민족주의는 해방 이후에, 과거 만주 체험의 문학적 형상화에 대한 반성으로 틈입된 것일 뿐이었다.

『북간도』 전체를 지배하고 있는 이러한 균열과 모순의 가장 중요한 근거는 소설이 만주국 건국 이후를 거의 다루지 않는다는 사실이다. 시간 자체로만 따지면, 『북간도』는 19세기 말부터 1945년까지를 포괄하고 있지만, 서사의 대부분을 차지하는 것은 1920년대 중반까지이며, 1932년 만주국 건국 이후부터 1945년까지는 소설의 맨 마지막 절인 '그 뒤에 올 것'에서 10여 쪽에 걸쳐 스케치하듯이 언급하고 지나간다. 작가 자신이 가장 구체적으로 체험하고, 가장 잘 형상화할 수 있는 시간대의 '만주 체험'을 고스란히 생략해버린 것은, '만주 체험'을 문학적으로 재구(再構)하고 복원하겠다는 작가의 애초 의도와 크게 어긋난다.

그런 점에서 『북간도』는 해방 전 안수길이 썼던 일련의 작품들, 특히 「목축기」나 『북향보』, 그리고 「벼」나 「새벽」과 함께 읽으면서, 『북간도』

의 결락, 즉 '만주 공간'에 대한 작가의 무의식과 의식 사이에서 생겨난 미묘한 길항과 배치를 섬세하게 재구성하는 방식이 필요하다. 동시에 『북간도』는 한국인이 경험했던 '이산'의 문학적 형상화에서 매우 독특한 위치를 차지하면서도, 종국에는 작가가 그 '이산'의 체험을 '민족주의'의 프리즘을 투과시켜 그려야 한다는 강박으로부터 벗어나지 못해, 일종의 균열이 발생한 경우에 해당한다.

4. 맺음말

　만주 체험은 한민족이 경험한 역사적 이산의 한 특수한 사례에 속한다. 그러면서도, 근대 이후의 어떤 이산의 경험보다도 독특한 성격을 띠고 있는 까닭에, 그러한 체험의 문학적 형상화는 우리에게 중요한 검토의 대상이 될 수밖에 없다. 특히, 만주 체험은 이 지역이 동아시아 여러 나라들, 특히 중국과 한국, 그리고 일본의 다양한 이해 관계와 인식들이 서로 충돌하고 길항하는 공간이었던 까닭에 한두 개의 해석 코드로 환원하는 것은 실상과는 다른 결론을 도출하기가 쉽다. 지금까지, 우리는 만주 체험의 문학적 표상으로 '친일과 항일' 혹은 '수난'과 '저항'이라는 두 개의 커다란 카테고리를 형성해 왔다. 그러나 안수길의 경우는 그 어느 쪽에도 해당되지 않는 독특한 만주 체험의 형상화를 시도했다. 특히 해방 이후의 평판작인 『북간도』는, 그가 경험하거나 목격했던 간도 이주민의 삶에, 민족주의 이데올로기를 투사하면서 미묘한 내적 균열을 빚어내게 되었다. 그러나 그러한 내적 균열이야말로, 안수길의 텍스트에 반영된 만주 체험의 복잡미묘함을 보여 주는 가장 적절한 근거로 작용한다. 그리고 그 체험은 한민족이 근대를 전후한 시기에 경험했던 가장 대규모의, 그리고 초유의 혼란이었기 때문에 역사적으로 새롭게 조명하는 일이 더욱 긴요해진다. 안수길은 '이산'의 문학적 형상화를 새롭게 재해석하는 도정의 시금석에 해당한다고 볼 수 있다.

재해석의 출발점은 한민족이 경험한 모든 '이산(移散)'의 역사적 경험들을 협애한 '민족주의'의 범주로 환원시키고자 하는 노력을 넘어서는 데서부터 시작되어야 한다. 또한 다양하고 복잡한 '이산'의 구체적 사실들과 풍부한 역사적 과정을 몇 개의 표상 형식으로 환원함으로써 생겨나는 위험성도 경계해야 한다. 그런 점에서, '만주'라는 공간이 우리에게 대체 어떤 것이었는지는 다시 제기되어야 할 물음이다.

친일문학 논의와 재만조선인문학의 특수성

안수길의 소설과 '이주자 – 내부 – 농민의 시선'을 중심으로

1. 동북공정에 대한 반응과 이주자 문제에 관한 주관적 동일화의 오류

2003년 하반기부터 중국의 '동북공정(東北工程)'을 둘러싸고 한국의 고대사 관련 학자들과 학술단체, 그리고 언론을 중심으로 뜨거운 반대 여론이 일고 있다. 반대 여론의 중심 내용은 "중국의 '동북공정'은 고구려사를 중국사에 편입시키려는 명백한 역사 왜곡이며, 이러한 역사 왜곡의 배후에는 통일 이후 고구려 영토였던 북한에 대해 영향력을 행사하려는 정치적 의도가 숨어있다"는 것으로 요약된다. 고구려사 관련 전공자들과 역사관련 학술단체들이 '동북공정'의 역사 왜곡과 정치적 의도를 문제삼는 것과 동시에, 중요 일간지들도 '고구려'를 재조명하는 기획 기사를 잇달아 내보냄으로써 '동북공정'에 대한 한국인의 반대 의사와 우려를 분명하게 표시했다. 정부도 이러한 여론에 편승해 연구센터 건립 등 고구려사 연구를 북돋기 위해 적극적으로 지원하겠다고 나섰다. 반대 여

론이 물 끓듯 일어나는 동안, '동북공정'의 전체 내용이 무엇이고, 무엇을 위한 학술 프로젝트인지를 객관적 사실에 기초하여 차분히 돌아다보자는 목소리는 좀처럼 듣기 어려웠다.

그러나 '동북공정'의 내용을 들여다보면 그렇게 흥분만 할 일이 아님을 곧 알게 된다. 중국이 고구려사 전체를 중국사에 편입시키고자 하는 것도 아니며, 고구려사를 중국사의 일부로 간주하는 관점도 최근에 갑자기 제기된 것이 아니라 이미 1930년대부터 그러한 시각이 중국 역사학계 내부에서 있어 왔다는 점을 고려할 때 더욱 그렇다. 무엇보다도, '동북공정'이 새로운 중국의 '팽창주의'의 일환이 아닌가 하는 우려에 대해, 그것이 공세적이기보다는 오히려 방어적 성격의 프로젝트임을 이해할 필요가 있다는 주장은 우리의 흥미를 끈다.

> 사실 한국 언론과 관련 연구자들은 거의 소개하지 않았지만, '동북공정'을 시급하게 실시하는 이유 중에는 위에 든 내부적 요인 외에 통일 이후 등장할 수도 있는 한반도의 '팽창주의적 민족주의'에 대한 대비의 필요성도 크게 작용했다. 특히 한국의 '만주열풍'에 대한 경계가 주요 요인이었다. 중국은 현자 한국에서 일고 있는 만주열풍이 학문적으로는 식민지시대 일본의 동양사론에서 시작되어 일부 관련 학회를 거치면서 확산되어왔고, 실천적으로는 박정희 군사정권시절의 만주수복론이 지금 재야의 고토수복론으로 이어지고 있다고 보고 있다. 특히 통일은 그것을 가열시킬 것이라고 판단하고 있는데, 이는 남북간 이념차이에도 불구하고 만주를 고토로 생각하는 공통의 민족주의가 존재한다고 보기 때문이다.[1]

한국측 관련자들은 '동북공정'이 중국의 '팽창주의'의 일환이라고 보는 데 반해, 윗 글의 필자는 거꾸로 한국(또는 한민족)의 '팽창주의적 민족주의'에 대한 방어기제로 '동북공정'이 등장한 것이라는 상반된 시각을 보여준다. 중국의 동북지역(즉 만주), 특히 조선족[2]들의 거주밀집 지역은

---

1) 「책머리에—중국의 '동북공정'과 한국 민족주의의 진로」, 『역사비평』, 2004년 봄, 15면.

실제로 "한국 자본의 유입과 탈북자 등의 문제로 대단히 불안정한 지역으로 변해 가고 있어 중국 당국이 긴장하고 있다"는 지적은 과장된 것으로 보이지는 않는다.

원인이 어디에 있든 간에, 중국의 '동북공정'이나 그에 대한 한국 내의 민감한 대응 양상이 주고받기식으로 팽팽한 긴장을 연출하는 동안, 가장 중요하면서도 관심의 사각지대에 놓이는 것은 바로 이 지역에 살고 있는 이백 만 중국조선족들의 운명이다. 이들은 오랜 이주의 역사를 지니고 있으며, 엄연한 중국 국민으로서 '연변 조선족 자치주'를 중심으로 언어와 교육, 문화와 관습 등에서 민족공동체로서의 고유성을 인정받으며 살아오고 있다. 이주민의 후손으로서 이들이 감당해야 할 '경계인'으로서의 부담은 역사적으로 형성된 것이므로 어쩔 수 없는 부분이 있다고 하더라도, 같은 혈통을 지닌 '민족'임을 내세워 '본토'라고 할 수 있는 한국의 이해 관계와 '이주민'인 이들의 이해 관계를 주관적으로 동일시하는 것은 대단히 위험한 일이 아닐 수 없다. 최근 한 시민단체가 주도하고 있는 '조선족 국적회복 운동'을 비롯하여, 재중동포(중국조선족)를 위한다는 명목으로 벌이고 있는 일련의 사업들이 "진정으로 그 지역에 살고 있는 조선족을 포함한 다수 민중의 생존권과 삶의 질을 고려한 것인지 묻고 싶다"는 윗글 필자의 우려와 경계는 그런 점에서 충분한 근거를 지니고 있다.

이른바 중국의 동북삼성(지린성, 랴오닝성, 헤이룽쟝성)에 살고 있는 우리 동포의 이주의 역사는 길고 오래다. 그 이주의 역사적 배경과 정치적 동인(動因) 또한 다양하다. 그러므로 이주민인 그들을 올바르게 이해하기 위해서는 '이주'와 관련된 다양한 사회·경제적 이유와 '정착'을 둘러싼

---

2) 이하의 논의에서 '만주'는 해방 전 중국의 동북지방을 가리킨다. 해방 이후에는 중국의 지명으로 '동북삼성' 또는 '동북지역'을 쓴다. '재만조선인'은 해방 전 이 지역에 거주한 조선인 이주자를 가리키며, 해방 이후를 언급할 때는 '중국조선족'이라고 쓰기로 한다.

중층적인 정치·문화적 환경 요인들을 겹눈으로 보지 않으면 안 된다. 그러나 '본토인'인 우리의 시선은 여전히 그들의 삶을 '일시적이고 유동적인 것'으로 간주하는 외눈박이의 시선에 머무르고 있다. 그들의 삶을 '일시적이고 유동적인 것'으로 본다는 것은, 이주를 강제한 원인만 제거되면 그들은 언제라도 '본토'로 귀환할 것이라는 주관적 편견을 지니고 있다는 말과 같다. 예컨대 식민지시대에 이주를 강제한 그 '원인'은 일본 제국주의의 억압과 수탈에 귀결되는데, '유동적 삶으로서의 이주'를 둘러싼 역사적 사실이 이와 같다면, 해방 직전 230만 명을 헤아리던 재만조선인 중, "해방 이후 귀환한 사람이 100만 명이고 130만 명이 만주에 그대로 남았다는 사실"[3]을 충분히 설명해 내기가 어렵다.

우리는 여전히 이주민인 중국조선족들을 '본토인'인 '우리'의 시선으로 보고 있다. 그들이 처한 정치·경제적 조건과 사회·문화적 환경이 '본토인'인 우리들과 다를 수 있다는 사실을 깊이 고려하지 않는다. '동북공정'을 둘러싼 일련의 사태들에서도 이 점이 분명히 확인되거니와, 이 '주관적 동일시'의 문제는 일제하 '재만조선인문학'의 성격을 규명하는 데에도 중요한 요소로 등장한다.

이 글이 중점을 두고 검토하고자 하는 것은 '재만조선인문학', 특히 그 중에서도 안수길 소설의 친일적 성격에 관한 것이다. '재만조선인문학'을 둘러싼 '친일성 여부'는 '재만조선인문학' 연구에서도 중요한 주제의 하나가 되어 왔다. 이 글이 좀더 관심을 기울이고 싶은 대목은, '재만조선인문학'의 특정 작품들이 친일문학에 해당하는가의 여부보다는, 그러한 논의를 진행할 때 좀더 고려해야 할 '재만조선인문학'의 '특수성'이다. 그리고 이 '특수성'은 일제하 재만조선인들을 하나의 '이주자 집단'으로 상정할 때에 발견될 수 있으며, '이주자 집단'으로서의 '재만조선인'들의 이해 관계가 '본토인'의 이해 관계와 반드시 일치하지 않을

---

3) 김춘선, 「광복 후 중국 동북지역 한인들의 귀환과 정착」, 『해방 후 중국지역 한인의 귀환문제 연구』(국민대 한국학연구소 편), 2003, 4면.

수도 있음을 전제할 때 비로소 보이기 시작한다.

안수길이 해방 전 재만조선인문학을 대표할 만한 작가라는 점에는 이견이 없다. 그러나 그의 이러한 대표성 때문에 그의 소설이 지닌 ‘친일성 시비’도 언제나 뜨거운 쟁점으로 대두되곤 했다.4) 이 글에서 안수길에 주목하는 이유는, 그러한 ‘친일성 시비’가 안수길이 지닌 특정한 관점에서 비롯된다는 점을 밝히고, 그 ‘특정한 관점’을 ‘이주자—내부의 시선’으로 분류하기 위해서이다. 지금까지 재만조선인문학의 친일성 여부에 관한 논의가 주로 ‘본토인’의 ‘민족주의적’ 시각에 뿌리를 두고 진행되어 왔다면, 그것은 앞서 말한 바 있는 ‘동북공정’에 대한 대응과정에서 야기된 ‘주관적 동일화’의 오류, 즉 ‘이주자’와 ‘본토인’의 이해 관계가 항상 일치하리라는 믿음을 투사한 것과 같은 자리에 놓인다. ‘본토인’의 ‘민족주의’에 기반한 ‘주관적 동일화’의 오류를 벗어나기 위해서는, 무엇보다도 ‘이주자’의 삶을 ‘이주자’의 시선으로 들여다보는 일이 필요하다. 안수길은 해방 전 재만조선인문학의 대표적인 작가이기도 했지만, 동시에 ‘이주자—내부의 시선’으로 만주에서의 조선인의 삶을 그리고자 한 대표적인 작가이기도 했다. 그러므로 안수길을 위시한 재만조선인문학에서의 ‘친일성’ 문제는, 이러한 프리즘을 투과시켜 검토하는 일이 무엇보다도 필요한 일이라 판단된다.

2. 재만조선인문학의 특수성과 ‘이주자—내부—농민의 시선’

안수길의 해방 전 작품에 관해서는, ‘친일문학’이라고 분명하게 못박는

---

4) 한국 근대문학에서의 ‘만주’ 인식과 안수길의 평가에 관해서는 이 책에 실린 「만주의 문학사적 표상과 『북간도』에 나타난 ‘이산’의 문제」를 참조.

평가가 있는가 하면, 친일적 경향은 비판받아야 하지만 조선인의 개척과 수난을 빼어나게 형상화한 점은 인정받아야 한다는 절충적인 태도도 있으며, 모든 시비에도 불구하고 안수길을 암흑기 망명문학의 대부로서 '민족문학'으로 인정해야 한다는 평가도 있다. 그러나 평가의 내용과 성격에 관계없이, 안수길 소설에는 움직일 수 없이 다음과 같은 두 가지 혐의가 내재해 있다는 점은 공통적으로 인정한다. 첫째는 재만조선인의 이주와 정착과정을 형상화하면서 일본 제국주의 세력에 대해 호의적으로 묘사하거나 긍정적으로 그리고 있다는 점이며, 둘째는 만주국 건국 이후의 삶을 그릴 때는 만주국의 정책과 건국이념에 동조하는 체제 순응적인 작품을 창작한다는 점이다. 전자에 해당하는 대표적인 작품이 「벼」(1940)라고 한다면, 후자에 해당하는 대표적인 작품은 「목축기」(1943)와 「토성」(1943), 그리고 장편인 『북향보』(1944) 등이라고 할 수 있다.

그런데, 안수길을 비롯하여 재만조선인문학을 '친일' 문제와 결부지어 검토할 때, 단순히 텍스트의 표면에 나타난 일본에 대한 호오(好惡)의 태도 여부나 국책에의 호응 여부로 판별하는 것은 논의의 내용을 단순화시킬 우려가 있다. 안수길의 소설을 논의할 때도, 단순히 문면에 부각되어 있는 그러한 몇 개의 단서들로 '친일 여부'를 판가름하게 되면, 그의 문학을 적극적으로 '민족문학'으로 평가하든, '친일문학'으로 부정하든 상관없이, 안수길이 견지하고자 했던 당대 역사적 상황과의 내적 긴장을 읽어 내기 어렵게 되며, 동시에 재만조선인문학의 중층적 의미를 찾아내기 어렵다.

재만조선인문학에서의 친일성 논의에서 이러한 단순성을 넘어서기 위해서는 다음과 같은 구체적인 역사적 배경과 조건을 고려하지 않으면 안 된다. 먼저, 만주국 건국 이전과 이후의 재만조선인의 사회적 위상과 삶의 내용이 매우 달라진다는 점이다. 따라서 소설이 만주국 건국 이전을 다루고 있는가 이후를 다루고 있는가는 재만조선인의 삶을 형상화할 때 대단히 중요한 의미를 지니게 된다. 또 다른 고려 사항은, 만주국의 이념에의 동조 여부나 체제 순응 여부를 검토할 때도, 본토라고 할 수 있는 '조선'에서의 그것과 '만주'에서의 그것을 국책 협력이라는 시각에서 동일하게 보아서는 안 된다는 것이다. 이를테면, '만주국'의 건국이념인 '오족협화'를 수용하는 것과, 조선에서 강요되던 '내선일체'를 수용하는 것 사이에는 커다란 차이가 있음을 이해하지 않으면 안 된다. 그리고 조선으로부터의 '이주'와 '만주'에서의 '정착', 그리고 새로운 삶의 근거지로서 '만주'에서의 '생활'에 이르는 전체 과정을 '이주자—내부'의 시선으로 그리는가, '방외자'의 시선으로 그리는가에 따라 형상화의 결과는 커다란 차이가 나타난다는 점을 알아야 한다.

'이주자—내부—농민의 시선'이란 재만조선인의 특수성을 이해하기 위해 필자가 고안한 일종의 도구적 개념으로, 그에 대해 약간의 설명이 필요하다. 우선 '이주자—내부의 시선'이란 '이주자의 삶'을 '이주자'의 주체적 시선으로 파악한다는 것을 뜻한다. 일반론의 차원에서도 '이주자'는 어떤 이유에서였든 '본토'를 떠나는 순간 '이주자로서의 특수한 삶'과 직면하지 않으면 안 된다. 이주자는 새로운 이주지에서 하나의 '에스닉(ethnic)'으로 존재해야 하며, 에스닉으로서 부닥치는 새로운 조건과 환경에 적응해야 한다. 그런 점에서 해방 전 재만조선인은 명백한 '에스닉 그룹'이었다.

그런데, 이러한 이주자의 삶은 반드시 '이주자—내부'의 시선으로만 그릴 수 있는 것은 아니다. 이주자가 아니더라도 이주자의 삶은 얼마든지 문학적 형상화의 소재 및 주제가 될 수 있다. 다시 말하면 '이주자—외부'의 시선이 얼마든지 가능하다는 말이다. 해방 전 '재만조선인의 삶'을 다룬 문학은 '재만조선인사회' 내에서만 있었던 것은 아니다. 재만조선인에게는 '본토'였던, 조선의 문학계에서도 이주자로서의 '재만조선인의 삶'을 다룬 문학 작품이 여러 편 창작되었다. 가장 대표적인 것이 이태준의 「농군」(1939)과 이기영의 『대지의 아들』(1941)이라고 할 수 있다. 이들 작품은 서사의 표층 차원에서는 '이주자—내부 시선'의 작품과 언뜻 구분이 되지 않지만, 섬세하게 읽으면 '이주자—내부'의 시선과 '외부'의 시선이 이주자의 삶을 다루는 데 있어 커다란 차이를 보여준다는 점을 확인하게 된다.

그런데 이주자사회라고 하더라도, 그 구성원이 모두 동질의 조건 아래 놓이는 것은 아니다. 이주자 그룹 안에서도 계급과 계층, 학력과 재산 유무, 그리고 이주지에서의 거주 구역과 형태 등에 따라 천차만별의 차이를 보일 수 있다. 우선 '재만조선인' 중에는 신경(장춘) 이나 하얼빈 등의 대도시 거주자들과, 조선인 집중거주지인 '간도'를 비롯한 농촌거주자들로 나누어진다. 물론 숫자상으로는 농촌 거주자가 압도적으로 많았다. 또한, 농촌거주자라고 하더라도, 항상 농업에 종사하는 것만은 아니어서, 교원이나 관리, 신문기자 같은 지식인 계층이 있는가 하면, 상업과 무역, 자유업 등에 종사하는 사람들도 있었다. 이주자라고는 해도, 그가 어떤 처지와 입장에 놓이는가에 따라, 이주자사회의 문제를 바라보는 시각은 사뭇 달라질 수밖에 없다. '이주자—내부의 시선'이라는 조건 외에 다시 '농민의 시선'이라는 조건을 덧붙이는 까닭이 여기에 있다. '재만조선인'의 농촌사회를 다루는 경우라 하더라도, 그것을 '농민'의 시각에서 다루는가 아닌가에 따라 역시 커다란 차이를 나타내기 때문이다.

이러한 몇 가지 전제들은 안수길의 소설을 둘러싸고 제기되었던 '친일성' 여부를 새로운 관점에서 이해하도록 해준다.

3. 이주민 농촌공동체를 향한 이상과 좌절

안수길은, 엄밀한 의미에서 말하자면 '이주민—내부—농민의 시선'을 견지하는 데 일정한 결격 사유가 있었다. 그 자신 '농민'이 아니기 때문이다. 연보에 의하면, 안수길이 간도에 처음 건너간 것은 1924년이었는데, 완전히 이주자로서 간도에 정착하게 되는 1932년까지 약 8년 간은 학업 등을 이유로 고향인 함흥과 서울, 일본 등지를 떠돌았다. 1932년, 간도 용정의 소학교에서 교사 생활로 본격적인 만주 생활을 시작한 이후에도 용정과 신경을 오가면서 그가 종사했던 일은 『간도일보』・『만선일보』 등의 신문기자 생활이었다.

이주자인 재만조선인이 주류사회인 '만주국'에 어떤 과정과 형태를 거쳐 '통합'되는가를 살핀 한 연구에 의거하자면, 안수길은 오히려 '개인―정착'의 유형에 더 적합한 경우라고 할 수 있다.

> 재만조선인은 조선을 떠나게 되는 이민의 논리와 만주에 정착하게 되는 정착의 논리에 따라 다양한 집단을 이루었다. 이민의 논리를 개인지향적인가 또는 개인 수준에서 이민이 이루어졌는가, 집단지향적인가 또는 집단수준에서 이민이 이루어졌는가에 따라서, 그리고 정착의 논리를 정착지향적인가 유동(궁극적으로는 귀환)지향적인가에 따라서 나누면 개인―정착, 개인―유동, 집단―정착, 집단―유동의 4가지 유형을 설정할 수 있다. 개인―정착 유형은 개인 단위로 주류사회로 통합을 지향하는 것이고, 개인―유동은 개인 단위로 주류사회로부터 분리를 지향하는(또는 배제당하는) 것이고, 집단―정착은 집단 단위로 주류사회로의 통합을 지향하는 것이고, 집단―유동은 집단 단위로 주류사회에서 분리되는 것이다.[5]

위 연구에 따르면 개인―정착의 유형은 민족 내부 통합의 과정을 거치지 않고 곧장 민족 외부통합을 이루는 것(즉 개인 차원에서 만주국 주류사회로의 통합이 가능한 경우)으로, 도시거주자들 중에서 많으며, 재만조선인 사회 내에서도 지식인엘리트 집단이 주로 이에 해당한다고 한다. 위의 유형에 의거하자면, 재만조선인 농민은 대부분 집단―통합의 유형에 해

---

5) 김경일・윤휘탁・이동진・임성모, 『동아시아의 민족이산과 도시―20세기 전반 만주의 조선인』, 역사비평사, 2004, 214~215면.

당한다고 볼 수 있다. 결국, 그 자신 '농민'이 아니면서 '이주자—내부—농민의 시선'을 끝까지 유지하고자 애썼던 안수길은, 고등교육의 수혜자이자 도시거주자로서 개인—통합의 가능성이 열려 있음에도 불구하고, 끝까지 민족통합을 거쳐 '집단—정착'의 유형이라 할 농민의 입장을 의지적으로 견지했던 것이다.

안수길의 이러한 태도는 장편『북향보』에서 작가 자신을 모델로 삼은 것으로 추정되는 소설가 '현암'을 통해 뚜렷이 표명된다.

> 현암은 문단에서 일러 가로되, 개척민 작가라고 하였다. 또 만주의 농민 작가라고도 일컬었다. 그가 주로 취재하여온 것이 선구 개척민의 고난사였으므로 그리고 개척민의 이야기를 써왔음으로써 농촌이 배경이 되고 농민의 생활을 그리지 않을 수 없었다. 하므로 이러한 칭호를 받은 것이었겠으나 사실 그는 삼십이 가까운 오늘까지 보리단 한번 쥐어보지 못하고 볏모 하나 바로 꽂아보지 못한 사람이었다. 문학적인 높은 교양과 세련된 지성과 섬세한 정서와 훈련을 쌓은 그는 어느 면이냐 하면 문장에 극히 신경질이요 표현에 심한 세련을 고집하는 이를테면 순예술파에 속한 작가의 소질을 가졌다. 그리고 그가 건강이 여의하여 동경에 눌러 있었던들, 또는 서울에서 지탱할 수 있었던들 그는 그러한 작가로서 혹 그러한 작품을 썼을지 모르는 일이었다. 그리고 어떤 작가의 아류가 되었을는지 모르는 일이었다.
>
> 그러나 현암은 부조가 이룩하여 놓은 이 땅 만주의 어버이의 집에 돌아와서 몸을 휴양하고 있는 동안에 고로(古老)들에게서 귀로 듣고 문헌으로 상고하고 그리고 어릴 때(그는 열세 살에 만주에 들어와 소년 시절을 지냈다.)에 그 자신이 경험한 바를 증언하며 얻은 상념 즉, 부조 개척민의 고투사(苦鬪史)를 쓰기로 하자, 그들의 고난을 후배인 우리가 회고추상(回顧追想)하여 글자로 남겨둔다는 것은 첫째로 그들의 고난에 대한 후진으로서 응당 있어야만 할 감사의 표시도 되는 것이요, 이곳에 살고 있고 또 뿌리를 파고 발전하려는 동포에게 선진자의 고난을 알리는 역할도 되는 것이라 생각하고 (…후략…)6)

---

6) 안수길,『북향보』, 문학출판공사, 1987, 192~193면.『북향보』는『만선일보』연재본을 제외하면 현재 두 개의 판본이 있다. 하나는 문학출판공사본(1987)이며, 다른 하나는 흑룡강조선민족출판사에서 간행한『안수길소설집』(연변대 조선언어문학연구소 편, 2001)

안수길 자신은 비록 농민이 아니었고 집단이주의 유형에 속하는 이주자도 아니었지만, 작가로서 출발하던 당시에 그러한 각오를 다진 바 있고, 또한 가까이에서 이주 농민의 처지를 누구보다도 정확히 이해할 수 있었기 때문에, '이주자―내부―농민의 시선'을 비교적 일관성 있게 유지할 수 있었던 것으로 보인다.

1) 중편 「벼」와 만주국 건국 이전의 토지상조권 문제

'이주자―내부―농민'의 시선으로 만주 이농민의 개척사를 기록하겠다는 애초의 의지가 가장 집약적으로 표현된 것은 그의 대표작 중의 하나이자, 자주 친일 시비의 대상으로 오르는 중편작 「벼」에서였다. 만주국 건국 2년 전인 1930년을 현재의 시간 배경으로 하고 있는 이 소설은, 길림성 매봉둔에 집단거주하는 조선 이주민의 개척담을 주된 내용으로 하고 있다. 이 소설이 '친일 시비'의 대상이 된 가장 큰 이유는, 중국 당국과 조선인 이주농민 사이의 갈등을 다루면서 그 문제를 일본인 및 일본영사관의 힘을 빌려 해결하려 한다는 점 때문이었다.

일본의 식민지 상태에서 일본영사관의 힘을 빌린다는 것이 일제에 협력하고 식민주의에 순응하는 것으로 보이는 것은 어쩌면 당연한 일일는지도 모른다. 그러나 「벼」가 세부적으로 그리고자 하는 1930년 전후한

에 실린 『북향보』이다. 두 판본 모두 『만선일보』 연재본을 저본으로 하여 간행되었으며, 비교 대조해 본 결과 약간의 차이를 제외하고는 크게 다르지 않았다. 문학출판공사판에는 맞춤법을 현대어법에 맞도록 고치고, 『만선일보』의 일본어 대화문에 한국어를 병기한 부분에서 일본어를 빼버린 데 반해, 『안수길소설집』에서는 원본 그대로 살려두었다. 그러나 문학출판공사본은 『안수길소설집』에서 판독불가로 처리한 구절이 대부분 살려져 있으며, 누락된 부분도 적어 좀더 선본(善本)에 가깝다. 오양호에 의하면 『만선일보』 스크랩본에 작가 자신이 직접 가필하여 개작한 것이 있다고 하며, 약 200여 군데 고친 흔적이 있다고 하나, 아직 공간되지는 않아 확인하지 못했다. 『북향보』를 언급할 경우, 이 글에서는 '문학출판공사판'을 텍스트로 삼는다.

중·일의 외교적 분쟁 상황과 그 사이에 끼인 조선 이주농민의 처지를 역사적 맥락에서 고려한다면, 이 문제는 그리 단순한 것이 아님을 이해하게 된다.

흔히 이 소설은 이태준의 「농군」(1939)과 더불어 이른바 '만보산사건'을 소재로 한 것으로 널리 알려져 있다. 그러나 소설의 현재 시점인 1930년을 전후한 시점에서 '만보산사건'과 같은, 중국 당국과 만주원주민 대 조선 이주농민 사이의 크고작은 분쟁과 갈등은 매우 빈번히 발생하고 있었다.[7] '만보산사건'이 대표적인 사건이 된 것은, 이것이 국내에 왜곡 보도되면서 조선사람들의 민족주의를 감정적으로 고양시켜, 평양과 서울을 비롯한 대도시에서 대대적인 '화교배척운동'이 일어나고 폭력사태로까지 번져 수천 명의 사상자를 내고 화교들이 급거 귀국하는 소동이 벌어졌기 때문이다.

「벼」는 이러한 충돌 상황이 빚어지기까지의 십여 년에 걸친 과정을 자세히 서술하고 있다. 매봉둔의 초기 이주자인 홍덕호가 이 마을에 들어올 때만 하더라도 중국인 한현장은 조선 이주농민들에게 대단히 호의적이었다. 십여 년 세월이 흐르는 동안 한현장 이후에 두 사람이나 새로운 현장으로 갈려 왔지만, 그들 역시 한현장과 마찬가지로 조선 이주농민과 원주민들 사이의 갈등을 중간에서 잘 무마하고 조선인들에게 호의를 베푸는 편이었다. 그러나 네 번째로 갈려 온 소현장이란 중국인은 지금까지의 중국인 관리와는 전혀 달랐다. 그는 조선 이주농민들에게 대단히 적의에 찬 태도를 드러내는데, 그것은 이전의 현장과는 달리 그가 철저한 반일사상을 지녔기 때문이다.

민국 십칠 년(소화 삼 년) 장개석의 북벌(北伐)이 성공하여 동년 시월 십일부

---

7) '만보산사건' 외에 대표적인 분쟁은 '봉천농장사건'(1931)과 '신원농장사건(1930) 등
   이다. 손춘일, 『해방전 동북조선족 토지관계사 연구』, 길림인민출판사, 2001, 178~180
   면 참조

터 동삼성(東三省)에도 청천백일기가 나부긴지 불과 반 년이 남짓한 때라 그
들은 종래의 매관매직의 부패한 정치를 쇄신하고 삼민주의에 의거한 새롭고
힘센 정치를 펴야 된다고 지방에는 소위 정예분자를 발탁하여 파견하였다.
　　거기에 발탁되어 온 것이 소현장이었다.
　　그는 북경의 대학을 졸업하자 동경에 가서도 모대학에서 정치를 배운 일이
있어 지식으로나 패기에 있어서나 또는 정치적 의식에 있어서나 가위 진보적
인 인물이었다.
　　한현장이나 양현장 같은 돈으로 현장의 자리를 사고 돈만 주면 죽일 놈이라
도 살리고 친분만 있으면 아무리 어려운 일이라도 그래야지 하고 허락하는 정
치가에 비긴다면 국책에 충실하고 의식적인 정치를 행하는 데 있어는 소현장
은 발탁될 만한 자격이 충분히 있었으나 그것은 중국이란 국가로 보아 그런 것
이고 매봉둔 주민에게는 정예분자가 아닌 물렁물렁한 한현장이나 양현장 편이
더 무난하였다.
　　소현장의 정치적 목표는 배일에 있었다. 그는 배일사상으로 무장을 하였다.
소현장은 부임하는 날부터 전 현의 관리명부를 조사한다, 현직관리의 인물고사
를 한다, 맨먼저 인적 전용의 정비에 힘을 썼다. 능률이 없는 관리는 사정없이
파면시키고 뇌물먹은 관리도 조사하여 처벌하였다. 반면에 인재는 착착 등용하
는 등 그의 급진성을 여지없이 발휘하였다.[8]

중화민국이 수립되고 나서도 동북삼성은 이른바 봉천군벌인 장작림
의 통치하에 있었고, 장작림은 일본과 정치적 밀월 관계를 유지하고 있
었던 까닭에, 노골적인 반일정책을 펴지는 않고 있었다. 그러나 장개석
이 이끄는 국민당 정부 주도하에 본격적인 북벌이 시작되면서 양상이
달라지게 된다. 무엇보다도 북벌의 진행과정에서 봉천군벌인 장작림이
일본군의 소행이라고 짐작되는 폭살사건으로 죽게 되고, 그 아들이자 봉

---

8) 안수길, 「벼」, 『북원』, 예문당, 1944. 여기서는 『북원』을 원형 그대로 복원한 연변대
　학 조선언어문학연구소 편, 『중국조선민족문학대계 10 - 안수길 소설집』(흑룡강조선민
　족출판사, 2001), 259~260면을 인용함. 맞춤법과 띄어쓰기는 인용자가 현대어법에 맞
　도록 고친 것임. 원문에 문맥이 다소 맞지 않는 부분이 있으며, 이것을 나중에 작가가
　매끄럽게 고쳤으나, 여기서는 원문 그대로 인용한다.

천군벌의 후계자인 장학량이 급거 국민당 정부에 투항하면서 만주지역의 중·일 관계는 이전과는 사뭇 다른 양상으로 악화되었다. 국민당 정부의 훈령에 의해 장학량은 이 지역에서의 일본 세력을 강력하게 견제하기 시작했기 때문이다. 무엇보다도 조선 이주농민들은 만주에서의 일본 세력의 첨병이라는 인식이 중국의 관·민 사이에 널리 퍼지게 되면서 이주농민들의 처지가 매우 곤혹스러운 지경에 빠지게 되었다.

「벼」의 후반에 등장하는 소현장은 바로 이 시점에서 철저한 반일의 기치를 내세우고 나타난 젊은 정치인이었던 것이다. 그런데, 소현장에 대한 작가의 묘사는 매우 객관적이다. 더구나 과거에 조선 농민들에게 호의적이었던 한현장이나 양현장 등은, 조선 농민에게 호의적이었다는 사실을 제외하고 나면 결국은 부패하고 무능한 군벌계 관리에 지나지 않았다는 것을 인용문을 통해 확인할 수 있다. 즉, 작가는 소현장을 비롯한 중국인들의 반일감정과, 그로 인해 조선 이주 농민들에게 닥친 상황을 대단히 객관적으로 그리고 있는 것이다.

만일 안수길이 일본의 만주침탈의 의도를 적극적으로 소설에 반영하려 했다면, 소현장을 비롯한 중국인의 반응과 북벌 이후에 전개된 국민당 정권의 대일(對日)정책을 이렇게 객관적으로 서술하지는 않았을 것이다. 즉, 안수길은 이주자―농민의 입장에 서있으면서도, 그것을 위해 사태를 주관적으로 왜곡하지 않고, 1930년 전후의 정치적 정황과 변화과정을 객관적인 시각에서 묘사하고 있는 것이다.

소현장과 중국인 관리로서의 그의 입장을 객관적으로 묘사하는 것에 비하면, 오히려 소현장의 대척지점에 서 있는 송화양행의 나까모도의 형상이야말로 소략하고 불투명한 편에 해당한다. 나까모도는 소설이 끝날 때까지 여전히 베일에 가려진 인물로 남아 있다. 그가 왜 만주에 거주하는지, 왜 청복을 입고 중국인처럼 행세하는지, 그리고 조선 농민들에게 왜 호의적인지는 분명하게 제시되어 있지 않다.

결국 이 소설을 둘러싼 친일 시비는 중국 관헌의 탄압을 넘어서기 위해 찬수가 일본 영사관의 힘을 빌린다는 데서 비롯되고 있다. 찬수는 이 문제가 종국에는 '정치적 타협'을 거치지 않고서는 해결이 불가능하다는 것을 일찍이 간파했다. 여기서 말하는 '정치적 타협'이란 곧 '치외법권'(이에 대해서는 뒤에 상술하기로 한다)을 말한다. 이 부분이 재만조선인, 특히 농민들의 곤혹스런 처지를 현실적 차원에서 반영하는 이 소설의 핵심이다. 결코 내키거나 원하는 바가 아니지만, 현실적으로 일본 영사관의 보호막이 아니면 중국 관헌의 탄압과 배척을 견뎌낼 수 있는 현실적 대안이 없었던 것이다. 그 점에서 재만조선 농민은 피식민인이면서도 식민주의의 영향력의 그늘 아래에서 생존을 도모해야 하는, 대단히 모순적인 위치에 놓여 있었다.

> 피치 못할 경우라면 학교는 없어져도 괜찮다. 그러나 십여년간 이룩한 이 고장에서 떠나지 않아서는 안된다는 것은 학교문제보다 더 큰 것이었다. 그럼으로 학교를 폐쇄하라면 시키는 대로 하고 시일을 천연하며 **나까모도**를 중간에 넣어 **길림영사관**에 매봉둔사정을 진정하여 문제를 정치적으로 해결짓는 것이 순서라 생각하였다. 이백여호나 모여 살면서 지금까지 영사관과 연락이 없은 것은 여기에 그럴듯한 지도자가 없은 까닭이었다. 찬수 자신이 우선 그것에 생각이 미치지 못한 것은 결국 본다면 적은 문제인 학교에 열중하기 때문이었다.
> 그는 스스로 뉘우쳤다. 그러므로 지금이라도 무저항주의를 써서 그 사람들(중국 군인을 가리킴—인용자)이 총을 쏘면 몇사람 맞아 죽을 요량하고 뻗치고 있어 **길림영사관**하고만 연락이 되는 날이면 매봉둔에도 서광이 비칠 것이 아닌가 그는 **나까모도**한테 보낸 사람이 돌아오기만 기다렸다.
> 그러나 격분한 군중에게 이러한 조리있는 이야기를 타일러 들을 리 만무하였다.[9] (강조는 인용자)

---

9) 안수길, 위의 글, 269~270면. 이 부분은 해방 이후 작가에 의해 다음과 같이 개작되었다.
"피치 못할 경우라면 학교는 문을 닫아도 좋다. 그러나 십여 년간 이룩한 이 고장에서 떠나지 않아서는 안된다는 것은 학교보다 더 큰 문제였다. 학교를 폐쇄하라면 시키는 대로 하는 체 일을 천연했다가 나까모도를 중간에 넣어 길림 영사관에 매봉둔의 사정을 진정하여 정치적으로 해결지을 수 있다면 그것이 순서라 생각했다.

비슷한 정황과 소재를 다루고 있는 이태준의 「농군」은, '이주자—내부'의 시선에서 이 문제를 바라볼 수 없었던 까닭에, 미묘하고 복잡한 정치적 정황과 중·일 사이에 끼인 조선 농민의 곤혹스런 처지가 상세하게 그려지지 못하고, 그 대신 '개척'과 '수난'이라는 추상적인 가치가 전경화(前景化)되어 있다. 「농군」에는 일본 영사관의 존재는 전혀 표면에 드러나지 않고, 대립축은 중국 원주민과 관헌 대 조선 이주농민으로만 설정되어 있다. 조선 이주농민을 괴롭히는 만주 원주민(소설에는 '토인'으로 부르고 있다.)들은 '수전'을 이해하지 못하는 몽매한 인물들로 묘사되어 있으며, 중국관헌들 역시 '반일사상'과 같은 민족 문제보다는 부정부패와 뇌물 때문에 조선 이주농민들을 괴롭히는 것으로 묘사되고 있다. 결국 「농군」은 '조선 이주농민'의 '수난'과 '개척'에 대해 같은 민족으로서 연민과 찬사를 느끼고, 그러한 개척과정을 통해 불굴의 의지와 정신을 기리고자 하는 의도가 들어 있음은 분명하지만, '조선 이주농민'들이 처해 있는 미묘한 정치적 위치를 '내부의 입장'에서 그려내지는 못하고 있는 것이다. 그런 점에서 「농군」은 '본토인'의 민족주의에 기반한 '주관적 동일화'를 크게 넘어서지 못했다.

요컨대, 「벼」는 표상의 차원에서는 이주 조선 농민의 '개척'과 '수난'에 관한 서사임에 분명하지만, 이 문제를 치밀하게 정치적 관점에서 그리고 있으며, 단순히 '민족'이라는 집단 주체의 '개척'과 '수난'에 관한 이야기에 머물지 않는다. 종국에는 그 '정치'의 차원마저도, '만주에 뿌리내리기'라고 하는 정착과 생존의 의지 앞에서 무망한 것이 되고 만다.

그러나 일본 영사관에 정식으로 진정한다는 것은 싫은 일이었다 더구나 나까모도와의 개인 친분을 다리로 그렇게 하고 싶지 않았다. 만약 일본 경관이 출동된다면 중극측이 생각하는 대로 조선사람이 일경을 끌어들이는 것이 되고 만다. 어쩌면 좋을 것인가, 찬수는 갈피를 잡을 수 없었다. 그의 복잡한 마음은 모르고 군중들은 격분하고만 있었다."(『안수길선집』, 어문각, 1981, 508~509면)

2) '만주국 건국 이후의 재만조선 농민'을 다룬 소설과 국책 협력의 문제

중편 「벼」가 만주국 건국 이전, 특히 9·18 사변 직전의 정황을 배경으로 한 작품이라면, 「목축기」나 「토성」, 『북향보』 등은 모두 만주국 건국 이후를 배경으로 삼고 있는 작품들이다. 이 작품들이 친일 시비의 도마에 오르는 이유는, 작품 안에 일본 제국주의의 괴뢰국가인 만주국의 농촌정책 및 건국 이념에 동조하는 내용이 상당수 포함되어 있다는 지적 때문이다.

다음과 같은 경우가 대표적인 비판의 논리에 해당한다.

> 만주국 이전의 이민생활을 다룬 작품은 력사의 진실을 정확하게 반영하고 있으나 일단 만주국 건국 후의 이민생활사를 다룬 작품은 일제를 "질서의 수호자로 긍정"하면서 만주국의 시책을 따른 구상을 펴고 있다. (…중략…) 이 작품(「토성」을 가리킴—인용자)에는 일제의 식민지정책을 무비판적으로 받아들이거나 옹호하는 구절들이 많다. (…중략…) 위만주국 통치리념과 체제에 대한 순응, 그 시책에 따른 구상을 편 작품이 바로 「목축기」이다.[10]

실제로 「목축기」나 『북향보』에는 만주국의 자작농 창정정책과 축산 진흥정책, 그리고 오족협화와 관련된 내용들이 상당수 포함되어 있으며, 「토성」은 자작농 창정정책과 집단부락 문제가 집중적으로 다루어지고 있다. 그러나 만주국정책에의 협력이나 동조 문제도 그것만을 따로 떼내어 보지 않고 텍스트를 둘러싼 전체적인 정황과 텍스트 내부의 상응관계를 촘촘히 고려하여 읽으면, 이러한 비판에 다소의 수정이 불가피해진다.

예컨대 비판을 받는 부분은 작품 전체라기보다는 군데군데 섞여 있는 구절들인데, 「목축기」의 주인공인 찬호가 학생들을 향해, "지금은 암흑시

---

10) 김호웅, 「안수길과 그의 소설 세계」(연변대 조선언어문학연구소 편), 앞의 책, 20~23면.

대가 아니다. 만주에는 아침이 왔다. 백오십만 동포의 팔할을 점령한 농촌은 배운 자를 목마르게 기다린다. 농촌으로 돌아갈지어다. 제군"11)이라고 말하는 대목이라든가, 역시 같은 작품에서 "현당국은 와우산목장을 목축부락으로 인가하였고 목축자작농으로서의 자급자족경제를 세워나감에 가지가지로 편의를 주었다"12)는 대목들이다. 「토성」에도 비슷한 구절이 있는 바, "이제는 어두운 정치가 아니었다"든지, "정부에서는 다시금 농촌의 갱생을 위하여 한 가지 특전을 베풀었다. 그것은 경작지의 일부에 따―옌(아편)을 재배하라는 것이었다"13) 같은 대목들이다.

우선 만주국 건국 이전의 이민생활을 다룬 작품은 역사의 진실을 정확히 반영하고 있으나, 만주국 건국 후의 이민생활사를 다룬 작품은 전혀 그렇지 않다는 평가부터 검토해 보기로 하자. 만주국 건국 이전에 조선 이주농민에게 있어 가장 중요하고 큰 문제는 '토지상조권'에 관한 문제였다. 즉, 토지 소유 및 안정된 토지 점유(즉 소작권의 확보)를 통한 농업활동이 가장 시급하고도 중요한 문제였던 것이다. 주지하다시피 조선인 이주 농민이 만주에서 토지를 소유하는 문제에 관해서는, 이미 청말부터 강도 높은 제약이 있어 왔으며, 시기에 따라 다소 차이는 있을지언정, 그러한 제약과 통제는 중화민국 수립 이후와 군벌통치 기간을 거치면서 일관되었던 중국측의 정책이었다. 청말의 '치발역복'과 '강제입적' 문제를 비롯하여, 민국정부와 군벌 통치 기간에는 「벼」의 소현장이 공공연히 적의를 드러내며 공표하듯이, "조선인은 일본의 앞잡이이며 침략의 첨병"이라는 관·민의 공통된 인식 때문에 조선 이주농민은 유형무형의 탄압과 배척에 시달리지 않으면 안 되었다.

그런데 만주국 건국 이후, 역설적이지만 토지상조권을 둘러싼 이런 차별과 배척은 깨끗이 해결되어 버렸다. 누구든지 경제적 능력만 있으면

---

11) 안수길, 「목축기」, 위의 책, 15면.
12) 안수길, 위의 글, 위의 책, 17면.
13) 안수길, 「토성」, 위의 책, 54~55면.

국적과 상관없이 토지상조권을 확보하게 되었던 것이다. 이제 남은 문제는 토지를 소유하는 데 필요한 경제적 능력을 확보하는 것뿐이었다. 안수길의 소설이 만주국 건국 이후를 다룰 때, '개척담'을 중심으로 한 서사에서 '경제적 안정'을 추구하는 서사로 전환하게 된 데에는 이러한 배경이 작용하고 있었다.

만주국 건국 이후 재만조선인들은 오히려 적극적으로 만주국 정부에 토지상조권을 둘러싼 제반 권익을 보호해 줄 것을 관계요로를 통해 활발히 상신할 정도[14]였으므로, 만주국 국책을 수용하는 문제를 곧바로 '친일'로 규정하는 것은, '만주국'을 제대로 이해하지 못한 것일 뿐만 아니라, '만주국'의 국민으로 살아나가야 할 이주자들의 이해 관계를 전혀 헤아리지 못한 해석에 지나지 않는다. 그러므로 협화회 참여나 자작농 창정정책에의 부분적 협조만을 가지고 곧장 '친일'이라고 간주하는 것은, '이주자─내부'의 시선으로 이 문제를 바라보지 못한다는 것을 의미한다.

'오족협화'의 문제도 같은 맥락에서 재검토할 필요가 있다. 흔히 '오족협화'는 만주국 건국 이념이기 때문에, 여기에 동조하는 것은 곧 일본 제국주의의 기만적인 정책에 포섭되는 것이며 결국 이것은 '친일'로 이어진다는 것이 대개의 논리적 수순인데, '오족협화'의 문제 역시 재만조선인들에게 있어선 그렇게 단순한 것이 아니었다.

무엇보다도, '오족협화'를 이해하기 위해선 1936년에 실시된 '치외법

---

14) 1932년 7월 25일 만주국협화회가 창설되고 이른바 '협화운동'이 시작되자 재만조선인들은 정치와 경제분야에서 요구사항을 제출하고 이의 적극적인 실행을 촉구하였다. 그 내용을 보면 우선 정치적으로는 ① 조선인을 참의로 임명할 것, ② 정부 내에서 고급관리로 임명할 것, ③ 조선인민회지방에 조선관리를 임명할 것, ④ 자치권을 부여할 것, ⑤ 국적 문제를 해결할 것, ⑥ 협화회 간부에 조선인을 임명할 것 등이며, 경제적으로는 ① 토지소유권을 확보할 것, ② 소작권을 확립할 것, ③ 자작농 창정과 집단이민을 실시할 것, ④ 금융기관을 확대할 것, ⑤ 산업자금을 저리로 융통하고 조성금을 급여할 것, ⑥ 농업창고를 설치할 것, ⑦ 선민관세를 인상할 것 등이고, 이외에도 교육기관의 증설, 주택문제의 해결, 만철 및 기타 일만합작회사에 조선인사무원과 노동자를 대량 채용할 것 등이 있었다. 손춘일, 앞의 책, 260면.

권 철폐’와 ‘상조권정리’ 같은 만주국의 시책이 재만조선인들에게 어떤 영향을 미쳤던가를 자세히 이해할 필요가 있다.

일본은 이미 19세기 말, 청조와 외교 관계를 수립할 당시부터 일본인에 대한 치외법권을 확보하고 있었으며, 이러한 치외법권의 적용 범위는 1909년의 ‘간도협약’과 1915년의 ‘만몽조약’을 통해 더욱 확대·강화되었다. 재만조선인도 1910년 강제 합병 이후에는 좋든 싫든 일본국 신민이 됨으로써 저절로 일본인과 동등하게 ‘치외법권’의 적용 대상이 되었다. 형식논리상으로는 일본 국민이면서, 내용과 실질에 있어서는 피식민자라는 이중성이 당시 재만조선인들의 딜레마였다. 그럼에도 중국 관·민의 탄압과 배척에 대항할 때는, 「벼」의 찬수와 같이 어쩔 수 없이 ‘치외법권’의 그늘 속으로 들어가지 않으면 안 되었다.

한 중국조선족 연구자의 다음과 같은 솔직한 진술은 이러한 딜레마를 현실 차원에서 인정하는 것이라 할 수 있다.

위만주국 건립 전후 동북에서 이른바 조선인들의 보호세력으로 되어 있는 기관은 일본령사관, 령사관경찰서, 거류민단(조선인민회를 포함)등이다. 따라서 재만조선인도 “일본국신민”이란 신분 때문에 상술한 여러 면에서 치외법권의 혜택을 누린 것도 부인할 수 없는 사실이다. 즉 재만조선인에 대한 치외법권 적용은 1909년 ‘간도협약’에 의해 룡정에 일본총령사관을 세우고 국자가(지금의 연길), 두도구, 배초구, 훈춘에 령사분관을 세우면서 령사재판권이 시작된다. 그러다가 1910년 한일합방 이후 ‘일본신민’이란 신분을 구실로 동북지역에 널리 분포되어 있는 일본령사관은 중국정부의 반대에도 무릅쓰고 재만조선인을 지배하면서 사실상 그들에게 치외법권을 적용하였다.

물론 동북사회에서 조선인들의 실제 생활실태를 살펴보면 치외법권을 어느 정도로 향유하였는지 너무 뻔한 일이지만 정치, 경제 등 여러 면에서 연약한 위치에 있는 그들에게 이런 보호막마저 없어진다는 것(치외법권 철폐를 가리킴 ─인용자)은 매우 충격적이 아닐 수 없었다.[15]

---

15) 손춘일, 위의 책, 281면.

만주국은 건국 이념으로 '오족협화'를 내건 이상, 일본인을 위한 '치외법권'을 그대로 둔다는 것은 일종의 특혜 조치를 온존시키는 것이고, 이는 중국인이나 만주인, 그리고 몽골인과 같은 다른 만주국민들과 불필요한 마찰과 위화를 불러일으키는 것이라고 판단하여 전격적으로 이를 철폐한다.16) 치외법권 철폐는 일본인들에게는 특혜의 폐지를 의미하는 것이었지만, 그러한 특혜와는 사실상 관계없고 다만 그것이 최소한의 보호막의 구실에 불과했던 재만조선인들에게는 그마저 사라짐으로써 이전보다 훨씬 불안한 위치에 내던져지게 되었음을 뜻하는 것이었다. 따라서 실질적인 '오족협화' 즉, 한·만·일·조·몽의 다섯 민족이 진정한 만주국민으로서의 평등한 지위와 권리 및 의무를 향유하는 것은 재만조선인들에게는 절실한 문제가 아닐 수 없었다. 더구나 '오족협화'를 추구하는 만주국 당국과 '내선일체'를 강조하는 조선총독부와의 알력과 갈등의 틈바구니에서, 재만조선인들은 민족단위의 존속을 위해서라도 '내선일체'보다는 '오족협화'에 더 무게중심을 둘 수밖에 없었다.

그런 점에서, '오족협화'에의 동조나 협력과 조선에서 이루어지던 '내선일체'에의 협력을 국책협력이란 관점에서 동질적으로 파악하는 것은 피상적인 이해가 아닐 수 없다. 더욱이 안수길 소설에서의 '오족협화' 문제는 이주농민의 삶을 다루는 전체 부분에 비하면 그 비중이 대단히 미미하다. 안수길 소설에서 '오족협화'의 이념을 반영한 흔적은 「목축기」의 중국인 인부 로우숭(老宋)과 『북향보』에 등장하는 만주인 반성괴에 관한 묘사 정도일 것이다. 『북향보』의 만주인 반성괴를 통해 '오족협화'를 암시하는 대목을 보자.

사실 반성괴는 마가둔에 4호밖에 없는 만주인 중의 하나였다. 원래 순직한

그이지만 많은 조선사람 농가에 끼어살자니 자연히 조선말을 유창하게 하지 않을 수 없었고 생활뿐 아니라 감정까지도 속속들이 이해하는 사람이었다. 강 서방과는 형님 동생으로 친하게 지내는 터이었다.

"그럼, 동생, 날 동생네 노래 가르쳐주오 그러면 난 또 우리 노래 동생 가르 쳐 주께, 서로 엇바꾸잔 말이야."

강서방의 이 제안을 재미있게 여기는 듯 성괴는 대뜸 찬성하였다.

"그거 좋소 나는 조선 소리 하구, 성괴는 만주 노래 부르고, 그 아주 좋소"17)

안수길이 만주국 건국 이후를 그 전보다 살기 좋은 것처럼 묘사하고 있는 것은 분명한 사실이지만, "이제는 어두운 정치가 아니었다"거나 "지금은 암흑시대가 아니다"라는 것은, 만주국이 마치 유토피아라도 된 것처럼 찬양하거나 미화하기 위한 것이 아니라, 맥락상 재만조선인들을 가장 괴롭히던 국적 문제와 토지상조권 문제 같은 것이 만주국의 건국 으로 인하여 근원적으로 해결되었다는 것을 의미하는 것 이상도 이하도 아니라고 할 수 있다. 왜냐하면, 만주국에서도 여전히 조선 농민은 굶주 리고 가난한 상황을 벗어나지 못함을 안타까워하고 있기 때문이다.

사변(만주사변을 가리킴—인용자) 전에도 이곳 주민들은 풍족한 살림을 한 것은 아니었으나 사변 당시의 패잔병들의 북새, 그 후의 비적의 내습이 항시로 있어 마음을 가라앉히어 농사를 지을 수 없는 형편이었었다.

농사래야 순소작들이었으니 가지가지로 모든 곤란을 몇 차례이고 겪은 그들 은 치안이 확보된 오늘에 와서도 생활의 근거가 말이 못되는 것이었다. 적빈여 세(赤貧如洗)란 오히려 사치한 표현이요 겨우 산등을 의지하여 풍우를 피할 수 있는 움집 같은 집을 짓고 사는 것이 고작이랄까. 여자들은 옷이 없어 마대를 치마 대신으로 두르는 것이 보통이요, 남자는 옷 한 벌을 가지고 겨울이면 솜 을 놓아 입고 봄이면 솜을 빼고, 여름이면 거죽을 홋옷으로 이렇게 …… 입는 형편이었으니 다른 생활이야 더 말할 것도 없는 일이었다.18)

---

17) 안수길, 『북향보』, 259면.
18) 안수길, 위의 책, 279면.

만주국 건국 이후에도 조선 이주농민들의 삶은 여전히 궁핍에서 헤어나지 못하고 있음을 묘사한 대목이다. 자작농 창정 문제에 있어서도 안수길은 대부금 상환과 같은 금융 문제를 빼놓지 않고 중요하게 언급한다.

'집단부락' 문제를 다룬 「토성」은 친일적 성격이 가장 뚜렷하다고 비판받고 있는 작품이다. 앞서 밝힌 것처럼 '만주국' 건국 이후를 '이제 어두운 시대가 지나갔다'고 묘사하는 부분이 몇 군데에 걸쳐 반복 등장할 뿐만 아니라, 만주국이 항일유격대와 조선 농민을 격리하기 위해서 실시한 집단부락정책을 긍정적으로 묘사하며, '비적(匪賊)'을 부정적으로 그리고 있다는 점 등이 비판의 주된 이유들이다.

이 소설에 등장하는 '비적'은 항일유격대가 아니라 과거 장작림 휘하에 있던 군벌의 패잔병들을 가리킴으로, '비적'의 부정적 묘사가 곧바로 '친일'의 이유가 될 수 없다[19]는 주장은 그 나름으로 일리가 있지만, 무엇보다도 중요한 것은 이야기를 가로지르는 갈등과 대립의 핵심이 어디에 있는가를 파악하는 일이다. 「토성」은 '집단부락'정책을 옹호하고 '집단부락'의 안전성을 강조하는 작품이 아니다. 만일 '집단부락'의 안전성을 강조하는 것이 원래의 목적이라면 서사원리상 조선인 부락이 비적의 습격을 물리치게 된 일등공신에 주인공 '학수'의 우행(遇行)을 설정해 두었을 리가 없다. 이 소설이 정작 문제삼고자 하는 것은 '집단부락'의 안전을 위협하는 '비적'이 아니라, 만주국 건국 이후 조선 이주자들 사이에 불어닥친 '만주 열풍'이다. 그리고 이 '만주 열풍'에 휩쓸려 일확천금의 어리석은 꿈에 사로잡힌 문제의 인물이 바로 주인공 '학수'다.

> 도문의 건설도 끝나고 건설경기는 목단강(牧丹江)으로 옮기었다.
> 도문건설에 집칸이나 지어 재미보았던 사람도 앞을 다투어 목단강이었고 우물쭈물하다가 기회를 노친 사람도 이번에는 하고 목단강이었다. 더욱 목단강은

---

19) 김재용, 「중일전쟁 이후 재일본 및 재만주 조선인 문학의 분화와 식민주의 협력」, 『재일본 및 재만주 친일문학 연구』, 역락, 2004 참조.

도문보다 규모가 크고 더 어수룩하다는 것이 사람들의 호기심과 사업욕을 충동시켰다.

젊은이도 목단강이었고 지긋한 사람도 목단강이었다.

학수는 도문건설에 착안 안한 것이 아니었으나 맨처음의 좋은 시기는 '트럭' 운반업에 재미를 붙여 지나쳐버리고 아는 몇 사람이 얼중얼중하는 사이에 돈량 듬뿍히 쥔 것을 보고 마음이 불같이 움직였을 때는 운수사납게도 '트럭'이 화물운반 도중에 비적의 습격을 당하여 차가 팔싹 불에 타버리었고 그 자신은 중상을 당하여 그 치료 요양에 좋은 시기와 돈냥을 모두 부어넣었다. (…중략…)

일종의 열병이요 유행성의 열병이었다. 만주 십 년의 고초생활은 오늘을 바라고 있음이다. 도문의 기회를 놓친 것도 분하거든 이번 기회야 놓쳐서야 될거냐. 사십 반생의 운명을 여기에 걸고 왼 힘과 열을 다하여 물고 늘어지고 죽은 후에야 머무를 각오를 그는 다지고 다져 눈알은 벌거니 상기되었다.[20]

만주국 건국 이후 만주에 불어닥친 개발 열풍은 현지뿐만 아니라 조선과 일본에도 일종의 '만주신드롬'을 일으킬 정도로 큰 영향을 미쳤다. 많은 사람들이 일확천금의 망상을 좇아 만주로 달려갔고, 현지의 이주농민사회에서도 폐농하고 상업이나 무역, 심지어는 밀수와 범죄에 가담하고서라도 큰돈을 만져보겠다는 투기심리가 만연했다. 소설 속에서 '학수'와 대립하는 '명수'조차도 한때는 도문건설공사의 호경기에 자극받아 농촌을 떠나 '밀수짐지기'로 한몫을 보려했던 때가 있었다.

주인공 '학수'는 호경기를 틈타 도문에 '여관'을 지어 큰 돈을 벌 궁리에 혈안이 된 인물이다. 그는 아편장사를 해서 돈을 벌려던 계획이 수포로 돌아가자, 어떻게든 아버지와 식구들을 설득해 '여관' 건축자금을 확보하려고 궁리에 궁리를 거듭한다. 그러던 중 비적이 자기의 마을을 공격하기 위해 밤을 틈타 이동하는 장면을 우연히 목격하게 된다. 그는 '비적'이 마을을 습격하면 자신이 목적한 사업 자금 역시 물거품이 되는

---

20) 안수길, 「토성」, 앞의 책, 56~61면.

지라 비적의 습격을 알리기 위해 전전긍긍한다. 그는 마침내 장작더미에 불을 질러 비적의 사격을 유도하고, 이 와중에 비적의 위치를 파악한 '집단부락'의 자위대가 '비적'을 물리치게 된다. 이튿날 아침, 마을 사람들은 총구멍으로 벌집이 된 '학수'의 시체를 발견하지만, '학수'의 이 행위는 소설 속에서 '영웅'적 행위로 묘사되지 않는다. '비적'으로부터 마을을 보호해야 한다는 그의 '신념'은 한결같이 '한탕주의'에 사로잡힌 허황한 꿈에서 비롯되었던 까닭이다.

결국 「토성」에서 대립되고 있는 두 개의 세계는 농업을 통한 '정착' 지향과 일확천금을 좇는 '유동'적 삶의 세계라고 할 수 있다. 물론 안수길이 옹호하고자 하는 이 '정착' 지향의 세계는 만주국의 농업정책 및 재만조선인 관련정책의 울타리 안에서 가능한 것이고, 이 점에서 체제 순응적이고 국책협력이라는 평가에서는 벗어나기 어렵다. 그러나 당시 재만조선인의 팔 할이 넘는 절대다수가 농촌 거주자들이며, 이들이 만주국의 농업정책의 범위 안에서 삶을 도모하지 않는다면 달리 어떤 방편이 있었겠는가를 반문해 본다면, 국책 협력이 곧 '친일 행위'로 규정되고 비난받는 것은 온당한 평가라 보기 어렵다.

4. 친일문학 논의와 역사적 콘텍스트의 중층성

이 글이 밝히고자 한 것은, 안수길의 소설을 포함해 재만조선인문학의 성격과 위상을 제대로 이해하기 위해서는 '이주민'으로서의 그들의 처지와 입장을 역사적 맥락에 비추어 객관적으로 이해하는 것이 필요하다는 점이었다. 특히, 중국의 동북지역은 지금도 200만 조선족이 거주하고 있는 지역이어서, 아무리 고대사 해석의 문제가 중요하고, 중국의

'신팽창주의'에 대한 경계가 긴급한 사안이라 하더라도, 그들의 생존보다 우선하여 고려될 사항은 없을 것이다. 그러나 중국의 '동북공정'에 대한 한국의 반응에서도 잘 나타나듯이, 우리의 이해 관계를 '이주자'인 중국조선족의 이해 관계에 그대로 투사하는 논리가 '민족주의'의 이름으로 여전히 횡행하는 것을 목도하게 된다.

'이주자—내부'의 시선으로 '이주자'의 문제를 검토할 필요가 있다는 이 글의 주장은, '이주자'의 문제를 이주자의 이해 관계에서만 해석해야 한다는 뜻이 결코 아니다. 그것은 '이주자'가 당면할 수밖에 없었고, '이주자'를 둘러싸고 전개되었던 역사적 맥락의 세부와 중층적인 의미를 정확히 읽어야 '이주자'의 문제를 객관적이고 균형 있는 시각으로 볼 수 있다는 뜻이다. '재만조선인문학'과 '친일성' 여부를 문제삼을 때는 이러한 태도가 더욱 절실해진다. '재만조선인'의 처지는 본토이자 피식민지인이었던 '조선인'의 처지와 겹치면서도 다른 점이 많았기 때문이다. '만주국'은 실질적으로 일본 제국주의의 '괴뢰국가'였지만, 그것이 국가의 '외연'을 지닌 이상 그 나름의 국가적 자율성에 의해 작동되는 부분이 분명히 존재했으며, 이 '만주국'의 상대적 자율성이 제국주의 본국인 '일본'의 이해 관계와 종종 충돌하거나 길항했었음이 최근의 '만주국' 연구에서 속속 밝혀지고 있는 것도 같은 맥락에서 이해할 필요가 있다.

안수길은 해방 전 '재만조선인'의 삶을 형상화하는 데 누구보다도 '이주자—내부'의 시선을 농민의 관점에서 일관성 있게 유지하고자 했던 작가였다. 해방 이후에 그는 해방 전 유지하고 있었던 '이주자—내부'의 시선을 상당 부분 철회하고, 오히려 '이주자—외부'의 시선을 선택하는 쪽으로 선회하게 된다. '친일 논의'나 '민족주의'의 확장된 외연을 민감하게 의식한 결과였을 것이다. 어떤 텍스트는 개작을 통해, 또는 어떤 텍스트는 아예 재공간(再公刊)을 포기하면서, 그는 자신이 유지했던 해방 전의 '이주자—내부' 시선을 거두어들였다. 그리고 『북간도』를 쓰면서, 이러한 자의식의 균열을 봉합하고자 애썼다. 결과적으로 『북간드』는 그

의 이러한 노력에도 불구하고, 여전히 '이주자-내부'의 시선과 '이주자
-외부'의 시선이 어지러이 착종된 채로 남게 되지만, 바로 그러한 착종
과 길항이야말로, 우리 근대문학이 밟아 온 역사적 시간의 곤핍함과, 그
시간대를 살아온 근대작가의 의식을 보여주는 것이어서, 하나의 문학사
적 장면이 아닐 수 없다.

만주, 혹은 체험과 기억의 균열

안수길의 만주배경 소설과 그 역사적 단층

1. 원체험 공간으로서의 만주와 역사적 재구성으로서의 기억

한국인 혹은 한국문학은 만주를 어떻게 기억하고 재구성해 왔는가. 이 물음에 맞닥뜨리면서 우리는 안수길을 제외하고 그 대답을 준비하기란 거의 불가능하다. 바꿔 말하면 만주 체험의 문학사적 형상화에서 안수길의 비중과 의미는 긴 설명이 새삼스러울 정도로 확고부동하다고 할 수 있다. 그는 이미 해방 전에 『만선일보』 기자로 재직하면서 간도의 용정과 신경에서 이십여 년을 살았다. 14세이던 1924년에 간도에 들어가 해방되기 두 달 전인 1945년 6월에 건강 악화로 재직하던 『만선일보』를 그만 두고 고향인 함흥으로 돌아온 것이 서른다섯되던 때였으니, 청장년기의 대부분을 만주에서 보냈던 셈이다. 기자로 일하면서 그는 재만조선인 문단에서 단연 두각을 나타내는 대표적인 작가로 활동했으며, 창작집 『북원』(1944)과 장편 『북향보』(1944)를 그 성과로 남겼다. 그러나 만주 체험의 문학적 형상화에서 안수길을 단연 앞자리에 놓이도록 만든 것은 무엇보다도, 해방 이후에 집필한 『북간도』의 성가(聲價)였다. 장편 『북간도』는 최서해 이후, 그리고 아직 강경애나 항일혁명문학의 흔적들이 미처 복원되기 이전, 맥이 끊어졌던 한국문학사에서의 만주 체험의 형상화를 부흥시킨 주역이었으며, 그를 통해 한민족의 '이산'이라는 역사적 '경험'은 다시금 문학의 조명을 받기에 이르렀다.1)

이런 객관적인 지표보다도 한결 중요한 사실은, 안수길의 창작과정 전체가 원체험으로서의 '만주 공간'을 주제로 한 다양한 변주의 집합이라고 규정할 수 있을 정도로, 그에게 있어 '만주 체험'은 절대적인 비중을 차지한다는 점이다. 해방 전의 소설에서 '만주'가 중심 공간으로 설정되고 거기서 펼쳐지는 애기가 서사의 중심을 차지하는 것은 지극히 당연한 이치이지만, 해방 이후 월남한 안수길에게도 '만주'는 여전히 '현실'과 '세계'를 이해하는 '창(窓)'이자 '거울'의 역할을 하고 있기 때문이다. '만주 체험'과 그로부터 배태된 '인식'이나 '논리'는 안수길의 현실인식이나 역사관의 향방을 조정하는 절대적인 '가늠자'의 역할을 하고 있다.

더욱이 안수길의 '만주 인식'은 한국문학사가 마련해 놓은 전통적인 프리즘, 즉 '수난과 저항' 혹은 '친일과 반일'의 이분법적 구도로는 정확히 포획되지 않는 독특한 맥락을 형성하고 있기 때문에, 그의 문학에서 '만주'가 어떻게 다루어지고 형상화되었는가를 통시적으로 검토하는 것은 작가 안수길의 차원을 넘어 한국문학사의 '만주 인식'의 지형도를 재인식하는 계기가 될 수 있다.

---

1) 필자는 두 차례에 걸쳐 안수길의 '만주 체험'과 거기에 반영된 '이산(移散)'의 문제를 어떻게 해석하고 평가해야 할지에 대해 이미 글을 발표한 바가 있다. 「만주의 문학사적 표상과 '북간도'에 나타난 '이산'의 문제」와 「친일문학 논의와 재만조선인문학의 특수성─안수길의 소설과 '이주자─내부─농민'의 시선을 중심으로」가 그것이다. 해방 전 '간도' 이주를 바라보는 안수길의 독특한 관점과 그의 문학이 지닌 '친일성' 여부는 각각의 글을 통해 비교적 면밀히 고찰했다고 생각되어 이 글에서는 그것에 관한 논의를 줄이기로 한다. 각각의 논점에 관한 연구사 및 문학사적 평가 또한 앞의 글들에 비교적 자세히 밝혀 놓았다.

안수길의 소설에 나타나는 '만주 인식'은 복잡한 굴절과 균열을 드러
내고 있다. 특히 해방 전의 텍스트와 해방 후의 텍스트에서 나타나는
'만주'는 여러 면에서 차이를 보여 준다. 이 글은 안수길의 텍스트를 통
시적으로 검토하면서 각 시기와 작품에서 '만주'에 대한 그의 '기억'과
그것의 재구성에 개입하는 외부의 다양한 이데올로기적 기제들 사이의
길항작용에 주목하면서, 안수길의 '만주 인식'이 어떤 궤적을 그려나갔
는가를 살펴보기 위해 쓴다.

2. 해방 이후의 개작을 통해 본 만주 인식의 굴절

첫 창작집 『북원』에는 12편의 중단편이 실려 있는데, 안수길은 여기에
실렸던 작품들을 대부분 해방 이후에 다시 출간을 한다. 특히 「목축기」·
「원각촌」·「새벽」·「벼」 등은 선집의 형태로 여러 차례 재출간된 경우에
해당하며, 그만큼 안수길 자신으로서도 해방 전 작품들 중에는 이들에 애
정을 지니고 있었음을 보여주는 것이기도 하다. 그러나 해방 이후 이 작
품들을 다시 출간하면서 여러 군데 손을 대어 고쳐 썼다. '고쳐 쓰기'는
한두 경우를 제외하고는 대부분 원작에 있던 문장을 지우는 형태로 이루
어졌다. 첨삭이 이루어진 몇 가지 사례를 살펴보면 다음과 같다.

① 거기에 그들은 간도 개척의 초창기에 들어온 지식층들이라 거의가 남에게
감격을 줄 수 있는 웅변가들이었다. (…중략…) 건국전까지 호방자유한 분위기
에서 살아 왔달 수 있는 학생의 유풍이 아직 깨끗이 가시지 않은 그때라 한마디
의 속시원한 웅변이라곤 없이 묵묵히 광이와 호미로서 흙을 파는 면에서만 접
촉하는 찬호에게 존경이나 흠앙을 가질 수 없는 것이 그때 그 학교 생도들이었

다. (…중략…)

"지금은 암흑 시대가 아니다. 만주에는 아침이 왔다. 백오십만 동포의 팔할을 점령한 농촌은 배운 자를 목마르게 기다린다. 농촌으로 갈지어다. 제구운." (…중략…)

"날보구 듬직하니 생겼대서 촌으루 가 돼—지치구 소먹이구 그러래. 아이참 망칙스런 귀농선생두 다—봤어."

그가 겸임한 여학교 생도는 이런쪼로 질색이었다.2) (강조는 인용자)

② 거기에 그들은 삼일운동 전후 간도에 망명해 있는 지사(志士)들이라, 거의 가 남에게 감격을 줄 수 있는 웅변가들이었다. (…중략…) 만주국이 건립되기까지 사상적인 분위기 속에서 교육을 받아왔던 학생들이라, 가슴에 불을 일으켜주는 한 마디의 열변도 없이, 묵묵히 괭이와 호미로 땅을 파는 면에서만 접촉하는 찬호에게 존경이나 흠앙을 가질 수 없었다. (…중략…)

"농촌으로 돌아가라."

"백 오십만 동포의 팔 할을 차지한 농촌은 배운 자를 목마르게 기다린다."
(…중략…)

"날보구 듬직하게 생겼대서 촌으루 가 돼지 치구 소먹이구 그러래."

"말은 옳지 뭐 그래."

"부의황제께 충성을 다하고 만주 건국에 초석이 되기 위해 농촌으로 가야 된단 말인가……?"3) (강조는 인용자)

---

2) 안수길, 「목축기」, 『북원』, 예문당, 1944. 여기서는 『북원』을 원형 그대로 복원한 연변대학 조선언어문학연구소 편, 『중국조선민족문학대계 10—안수길 소설집』(흑룡강조선민족출판사, 2001)의 15~16면을 인용함. 맞춤법은 대체로 원문대로 옮기고 띄어쓰기는 인용자가 현대어법에 맞도록 고친 것임. 이하 이 책을 인용할 경우 『안수길 소설집』으로 표기함.

3) 안수길, 「목축기」, 『제3인간형』, 을유문화사, 1954, 235~237면. 안수길의 제1창작집인 『북원』에 수록된 작품들 중 해방 이후 최초로 재출간되었던 것은 두 번째 창작집인 『제3인간형』에 실린 「목축기」인 것으로 보인다. 그리고 제5창작집인 『벼』(정음사, 1965)에 「부억녀」·「원각촌」·「새벽」·「벼」 등을 개작하여 재수록했다. 그 이전에 재출간한 흔적이 없음은 창작집의 판본 검토로도 확인되거니와 이 책의 후기에 안수길이 다음과 같이 밝혀놓은 것으로 확인된다. "「부억녀」·「원각촌」·「새벽」·「벼」 등 네 편은 해방 전 만주에서의 창작집 『북원』에서 뽑은 것이다. 당시 이미 절판이 되었던 『북원』의 재간을 해방 후, 은근히 바라고 있었으나 뜻대로 되지 못한 채 오늘에 이

인용문 ①과 ②는 안수길의 평판작 중의 하나인 「목축기」의 해방 전 판본과 해방 이후의 개작본을 예시한 것이다. 보는 바와 같이, '간도 개척 초창기에 들어온 지식층'이 '삼일운동 전후 간도에 망명해 있는 지사'로 고쳐졌고, '건국 전까지 호방자유한 분위기'가 '만주국이 건립되기 전까지 사상적인 분위기'로 바뀌었다. 해방 전 판본에 있던 '지금은 암흑시대가 아니다. 만주에는 아침이 왔다'는 구절은 삭제되었고, 해방 이후 판본에 '부의황제께 충성을 다하고 만주 건국에 초석이 되기 위해 농촌으로 가야 된단 말인가'라는 구절이 새로 추가되었다. 고쳐 쓰는 과정에서 '삼일운동', '사상' 등을 새로 넣음으로써 '간도'라는 공간의 민족주의적 색채를 부각시키고, '부의황제께 충성' 운운하는 대목을 삽입함으로써 '만주국'을 '일본'과 연관짓는 것을 방해하고 있으며, '만주국'의 의미도 폄하하고 있다. '암흑과 아침'을 대비시키면서 만주국 건국의 의의를 적극적으로 선전하던 부분을 해방 이후 그대로 살려두기는 어려웠을 것이다.

만주국 시절에는 당국의 검열을 의식해야 했듯이, 해방 이후의 창작 과정에서는, 특히 '만주'와 관련된 작품의 경우에는 재출간이든 새로운 창작이든 '민족주의' 이데올로기에 의한 '자기 검열'이 작동하고 있음을 짐작할 수 있다. 그런데 문제는 '지금은 암흑시대가 아니다. 만주에는 아침이 왔다'와 같은 구절이 지니고 있는 해석의 미묘한 맥락에서 발생한다. 이런 구절은 전후의 문맥을 따져 해결될 일이 아니라, 텍스트 바깥을 둘러싸고 있는 당시 만주국에서의 조선 농민들의 형편과 상황을 충분히 감안하며 읽어야 피상적인 이해를 넘어설 수 있기 때문이다. 해방 전에 이런 구절을 쓸 수밖에 없었던 데는 물론 검열 당국을 의식해서 만주국 건국의 의의를 다소 과장해야 했던 점도 작용했을 것이다.[4]

르렀는데, 이제 정음사의 극진한 후의로 이 선집의 한 권이 나한테 차례지……('게'자의 탈락으로 보인다─인용자)된 기회에 그 중에서 네 편만을 한데 묶어 보기로 한 것이다."(같은 책, 367면)

4) 岡田英樹, 「'滿洲國'文藝の諸相」(山本有造 編, 『滿洲國の硏究』, 綠蔭書房, 1995)은 당시 만주국 당국의 검열체제와 사정을 이해하는 데 도움이 된다. 1941년 당시 만주국

이 구절에서 등장하는 '암흑'과 '아침'은 사실상 만주국 건국 이전에 조선 농민을 괴롭혔던 토지상조 문제와 군벌 및 비적의 횡포 문제 등이 만주국이 세워지면서 어느 정도 해결되었다는 것을 상징하는 것 이상이 아니다. 그리고 실제로도 토지 소유를 둘러싼 법적·제도적 문제, 그리고 조선인 집단부락의 보안 문제 등이 만주국 건국 이후에 다소 형편이 나아진 것도 부인할 수 없는 사실이었다. 그러므로 '암흑과 아침' 운운하는 부분을 굳이 문제삼는다면, 그 표현이 지닌 과장의 정도(程度) 문제일 것이다. 그 표현이 사실을 전면적으로 왜곡한 것은 아니기 때문이다.

그러나 개작과정에서 안수길을 강박해 온 것은 사실과의 부합 여부가 아니었다. 해방 전의 '간도'와 '만주'를 '그래도 살 만한 곳'으로 그린다는 것, 특히 만주국 건국 이후에 그곳에서의 조선인의 살림살이를 '살만한 것'으로 묘사한다는 것은 스스로 용납할 수 없는 '자기 검열'의 문제로 인식되었다.

「새벽」의 개작과정에서도 이러한 사정은 반복된다. 만주국 건국 이전 조선 이주농민을 괴롭히던 일 중에도 과거 장작림 군벌의 잔당들이 벌이는 횡포가 큰 골칫거리였고, 「새벽」은 이 문제를 상세히 묘사하는 대목이 나온다. 마을에 들이닥친 군벌잔당들(소설에서는 '육군'으로 부르고 있다)은 밥을 내라, 술을 내라, 아편을 가져 와라 한바탕 소란을 떨더니 급기야 주인공의 누이를 겁탈하려고 덤벼들기까지 한다. 온갖 횡포와 무리한 요구를 다 들어준 뒤에야 그들은 마을을 떠났다.

총무청참사관으로 검열 업무를 주관했던 別府誠之의 「最近の禁止事項-檢閱のこと」라는 인터뷰 기사(『滿月』, 1941.2.21 수록)에서 제시된 금지 항목은 다음과 같다. ① 시국에 대해 역행적인 경향을 지닌 것, ② 국책의 비판에 해당하고 성실을 결여한 비건설적인 것, ③ 민족의식의 대립을 자극하는 것, ④ 건국 전후에 있어서 암흑면의 묘사를 목적으로 하는 것, ⑤ 퇴폐적 사상을 주제로 한 것, ⑥ 연애사정에 관한 찰나적, 삼각 관계, 정조경시 등의 연애유희, 애욕묘사, 변태성욕, 혹은 정사(情死), 난륜, 간통 등을 묘사하는 것, ⑦ 범죄의 묘사에해당하고 잔학한 것, ⑧ 매작부, 여급 등을 주제로 해서 환락가방면 특유의 세상인정을 과장묘사한 것. 岡田英樹, 같은 글, 488~499면.

점심을 곱게 먹고 그들은 닭묶은 것을 들고 나갔다.

다른 집에서는 혹은 도야지 혹은 옷 혹은 쌀 — 이렇게 **빼앗겼다**.

아버지는 그들이 장등을 넘는 것을 본 다음에야

"이런 분하고 더러운 일이 어데 있나. 짹소리 못하구서리 온갖것으 가 — 들 한테 곱게 바친단 말이 —"

하고 동리사람들과 함께 분해하였다.

"언제 이 성화를 앙이받고 살 때가 있을깡!"

어머니는 한숨을 쉬었다. 주민들은 누구나 할 것 없이 평화롭고 안온한 속에서 즐겁게 농사를 지을 수 있는 세상을 갈망하였다. 그러나 누구하나 십여년 후에 이 땅에 그들이 갈망하는 세상이 웅장한 보조로 찾어오리라고는 생각지도 못했다.

"내가 이담 커서 유명한 장수가 될 테니까 그 때에 그놈 육군 아 — 들으 단번에 처없애지 뭐"5) (강조는 인용자)

인용문의 강조된 부분은 해방 후 개작과정에서 당연히 작가에 의해 삭제되어 재출간되었다. '십여 년 후에 찾아온 갈망하던 세상'은 물론 '만주국'을 가리킨다. 장작림 군벌의 잔당들이 비적이 되어 조선 농민들을 괴롭힌 일은 만주국 건국 이후에도 사라지지 않았으므로 엄밀하게 말하면 소설의 해당 구절처럼 완전히 딴 세상이 온 것은 아니지만, '만주국' 건국 이후에는 최소한 만주국 경찰이나 군인의 보호를 기대할 수 있었다는 점에서 일정한 변화가 있었던 것도 사실이다.

삭제와 첨삭이 이루어진 「목축기」나 「새벽」의 개작과정은 만주국 건국의 의의(意義)의 과장과 그것을 허용하지 않는 '민족주의의 강박'의 길항을 보여주는 한 상징적인 대목이기도 하지만, 다음에 살펴 볼 「벼」의 개작에 견주면 오히려 사소한 것에 해당한다고도 할 수 있다 왜냐하면, 해방 이후에 삭제하거나 덧붙인 「목축기」나 「새벽」의 해당 구절들이 작품 전체의 의미를 변화시키는 정도는 아니기 때문이다. 물론 원텍스트에

---

5) 안수길, 「새벽」, 『안수길 소설집』, 146면.

삽입되어 있던 문제의 구절들로 인해, 만주국 건국 이전의 조선 농민의 수난사를 강조하면 할수록 만주국 건국의 의의가 강화되고 확대되는 효과를 상정할 수도 있지만, 그 구절들이 텍스트 안에서 지니는 비중과 기능이 그 정도로 크다고 보기는 어렵다. 그러나 「벼」의 경우는 사정이 좀 다르다. 「벼」는 해방 전의 원텍스트와 해방 후 고친 텍스트 사이에 재만 조선인의 정치·경제적 위상과 이를 인식하는 작가의 '시선'에서 결정적인 변화가 나타나기 때문이다.

그 점에서 안수길의 '만주 인식'을 문제삼을 때 가장 중요하게 검토해야 할 작품이 바로 「벼」이다. 앞서 언급한 「목축기」나 「새벽」, 심지어는 장편 『북향보』조차도 「벼」가 지닌 문제성에 비하면 그 중요성이 떨어진다. 「벼」는 이른바 '만보산 사건'6)을 중심소재로 하여 조선 농민의 간도 개척사를 다루고 있는데, 조선 농민들의 토지개간을 둘러싼 한·중 농민들의 이해 관계의 대립과 그 배후에 있는 중국과 일본 당국의 대립을 역사적 상황과 당시 만주의 형세에 비추어 비교적 입체적으로 재구성해 내고 있다. 이 소설에서 가장 중요한 것은 조선 농민과 일본영사관(혹은 일본경찰)의 관계 설정이며, 안수길 역시 개작과정에서 이 문제를 가장 민감하게 의식하면서 고쳐 나갔다.

주인공 '찬수'는 매봉둔에 모여 살고 있는 조선 이주농민의 사활이 소(召)현장이 이끄는 중국 당국이나 중국 농민과의 직접적인 대결이 아닌 '정치적 해결'에 있다고 굳게 믿고 있는 인물이다. 이 '정치적 해결'이란 결국은 일본영사관의 외교적 영향력의 비호 아래 매봉둔에서의 삶을 계속 유지해 나갈 수밖에 없다는 판단을 말한다. 조선 농민들에게 비교적 우호적이던 과거의 현장들이 물러가고 국민당 정부 휘하로 들어간 장학

---

6) 당시에는 이와 비슷한 사건이 여러 건 있었다. 다만 '만보산 사건'이 유명해진 것은 사건 자체 때문이 아니라, 이 사건이 국내의 언론에 의해 왜곡·과장 보도되면서 조선 사람들의 민족감정을 자극해 재조선중국인의 박해로 이어지고, 그 과정에서 수천 명의 사상자가 생겼기 때문이다.

량의 전면적인 반일정책 기치를 앞세우고 새로 부임한 소현장은 조선 이주농민이 일본의 '앞잡이'라는 판단을 하고 있어 계속 조선 농민들과 불화 관계에 놓인다. 그는 조선인학교 건립을 트집잡아 마침내 닷새 안에 매봉둔을 완전히 비우고 조선으로 돌아가라는 '최후통첩'을 내린다. 엎친 데 덮친 격으로 짓고 있던 학교 건물에 원인모를 불이 일어난다. 중국인의 방화라고 판단한 매봉둔 조선 농민들은 벌떼처럼 들고일어나 중국인 마을을 향해 돌진하고 이들을 막는 중국 군인들의 공포(空砲)가 하늘을 가른다.

찬수가 이 대립국면을 '정치적 해결'로 귀결지어야 한다고 생각한 데에 영향을 끼친 것은 일본인 나까모도였다. 그는 매봉둔에서 나온 농산물을 사주는 중간상일 뿐 아니라, 교육사업과 복지사업을 후원하는 독지가인 동시에, 무엇보다도 찬수의 가장 믿음직한 후견인이자 조언자라고 할 수 있다. 따라서 찬수의 선택과 판단에 이 나까모도의 영향력은 큰 비중을 차지하게 된다. 문제는, 해방 후에 이 나까모도 부분을 모두 삭제하거나 고쳤다는 데 있다.

> 나까모도도 모국어를 상통할 수 있는 찬수를 맞나 왼종일 그를 놓지 않고 이야기하였다. 그리고 그날 함께 송화양행 이층에서 자면서 나까모도의 고심담 사업에 대한 이야기를 드렀다. 그리고 감격하였다. 매봉둔에 학교 건설한 것도 찬수는 이야기하여 나까모도는 찬수를 격려하였고 교사의 재료며 그의 정신적 원조를 아끼지 않겠다는 것을 말하였다. (…중략…) 나까모도는 그것은 결국 중국정권의 배일정책으로 나오는 것이라 말하며 내일 길림에 갈 일이 있으니 영사관에 그 사실을 이야기하겠노라 말하였으며 어떻게하든지 처음 뜻을 구피지 말고 학교는 문을 열도록 하라 격려하였다. (…중략…) 찬수는 사람 둘을 내여 현성 나까모도에게 이 사연을 쓴 편지를 주어보내였다. 길림에 갔다. 아즉 도라온 것 같지 않았으나 떠난지 벌서 사흘이 되었으니 오늘쯤 도라왔을는지 모르며 그 집에 가서 알아보아 언제 올 기약이 없으면 길림에까지 그를 찾어 편지를 전하라 일르고 차비까지 마련하여 주었다.[7] (강조는 인용자)

인용문의 강조된 부분이 해방 이후에 전면 삭제된 채 재출간되었다. 원텍스트의 말미에는 "이백여 호나 모여 살면서 지금까지 영사관과 연락이 없었던 것은 여기에 그럴듯한 지도자가 없었던 까닭이었다. 지금이라도 무저항주의를 써서 그 사람들이 총을 쏘면 몇 사람 맞아 죽을 요량을 하고 뻗히고 있어 길림영사관하고만 연락이 되는 날이면 매봉둔에도 서광이 비칠 것이 아닌가. 그는 나까모도한테 보낸 사람이 돌아오기만 기다렸다"라는 찬수의 생각이 길게 이어진다. 그러나 개작을 하면서 나까모도와 찬수의 관계, 특히 찬수 편에서 부여하고 있는 나까모도의 역할이 모두 삭제되었기 때문에 불가피하게 다음과 같이 처리할 수밖에 없었다.

> 그러나 일본 영사관에 정식으로 진정한다는 것은 싫은 일이었다. 더구나 나까모도와의 개인 친분을 다리로 그렇게 하고 싶지 않았다. 만약 일본 경관이 출동된다면 중국측이 생각하는 대로 조선사람이 일경을 끌어들이는 것이 되고 만다.[8]

개작 이전의 「벼」는 찬수의 이 '정치적 해결'에 관한 대목으로 오랫동안 '친일' 시비의 대상이 되어 왔다. 그러나 해방 전 재만조선인의 이중적이며 모순적인 정체성을 생각하면, 그리고 매봉둔의 이백호 조선 이주 농민들의 생존을 생각하면 찬수의 이 '정치적 해결' 방안은 오히려 현실적이며, 당시의 역사적 정황에도 한결 부합된다. 그리고 안수길의 독특한 문학사적 위치 또한, 많은 재만조선인작가와 많은 '만주'배경 소설이 존재함에도 불구하고, 재만조선인의 특수한 처지와 정체성을 역사적 사실에 부합하도록 그려냈다는 점에서 찾을 수 있다. 그러나 나까모도 관련 대목이 삭제되고, 찬수의 '정치적 해결'에 관한 구상이 완전히 반대로 설정됨으로 말미암아, 「벼」는 원텍스트가 지닌 입체성과 재만조선인

---

7) 안수길, 「벼」, 『안수길 소설집』, 254~266면.
8) 안수길, 「벼」, 『안수길선집』, 509면.

의 역사적 특수성이 사라지고, '간도개척의 수난사'라는 서사줄기단 남
게 되었다.9)

3. 전재민(戰災民) 의식과 '만주 노스탤지어'―'정든 이약'과 '낯선 조국'이라는 역설

　해방 전 안수길 텍스트를 지배하는 중심적인 의식은 '이주자'로서의
'자기 정체성'이다. '이주자'란 어떤 이유에서든 자기가 나고 자란 땅을
떠나 새로운 곳으로 삶의 터전을 옮긴 사람을 말한다. 그리고 '이주자'
에게 가장 중요한 덕목은 새로운 땅에서 '생존해야 한다'는 사실이다.
안수길 소설이 지닌 약점은, 재만조선 농민의 삶을 다루면서 '이주'의
역사적 계기, 즉 식민지 치하에서 '자기 땅에서 유배된 자'라는 사실을
그다지 강조하지 않는다는 점이라고 할 수 있다. 그가 본격적으로 활동
을 시작한 시기가 만주국 건국 후인 1930년대 후반이었으므로 정황상
'이주'의 역사적 계기를 상세히 밝힌다는 것은 어려웠을 것이다. 그러나
해방 이후에 쓴 『북간도』에서도 초기 이주자들이 '굶주림'과 '봉건학정'
에 견디지 못해 월강(越江)한 과정만 자세히 묘사되어 있을 뿐, '이주'를
둘러싼 식민지배체제에서의 정치·경제적 배경은 그다지 주밀하게 그리
고 있지 않다. 이것은 안수길이 재만조선 이주민들을 '자기 땅에서 유배
당한 자'로, 즉 '자기의 땅으로 돌아가야 할 자'로 보고 있지 않으며, '새
로운 땅에서 뿌리를 내리고 살아야 할 자'들에 무게중심을 두고 이해했
음을 보여준다. 따라서 '자기 땅'으로의 '귀환'보다는 '새로운 땅'에서의
'정주(定住)'와 '안착(安着)'이 훨씬 더 중요한 문제였다. 그러므로 '이주'

---

9) 「벼」에 관한 상세한 분석, 특히 '친일성' 여부 및 '이주자―내부 시선'의 자세한 내
　용에 대해서는 필자의 앞의 글, 「친일문학 논의와 '재만조선인문학'의 특수성」을 참조

와 ‘정주’라는 구도하에서 안수길의 ‘만주’ 인식을 이해할 경우, 1930년
대 후반, 즉 만주국 건국 이후의 재만조선인 및 ‘만주’ 공간을 보는 안수
길의 시각은 간난신고 끝에 겨우 발견한 ‘정주의 가능성’에 초점이 맞추
어져 있었다고 볼 수 있다.

그런데, 해방 이후 ‘만주’에 대한 그의 시각을 전면적으로 수정하지
않으면 안 되는 외적 강제와 자기 검열에 부딪치면서, 안수길의 ‘만주’
인식에는 불가피한 굴절과 균열이 생겨나지 않을 수 없었다. 앞서 「목축
기」, 「새벽」, 「벼」의 개작과정을 검토한 바 있지만, 그가 이 작품들을 기
꺼이 고쳐 썼으리라 생각하기는 어렵다. 부분적으로 만주국 건국의 의의
를 과장한 부분, 혹은 당시의 검열을 의식해 민족적 색채를 강하게 드러
내지 못한 부분 등을 삭제하거나 덧붙인 정도는 그 스스로도 인정할 수
있었겠지만, 재만조선인의 특수성을 ‘민족주의’적(?)으로 단순화시킬 수
밖에 없었던 것이나, 나아가 ‘만주’를 ‘새로운 정주지(定住地)’로서 ‘살만
한 곳’으로 그려서는 안 되는 강박마저도 기꺼이 받아들기는 어려웠을
것이다. 그에게 중요한 것은 ‘고향이냐 아니냐’ ‘조국이냐 이국이냐’ 하
는 ‘공간’의 본질이 중요한 것이 아니라, 삶의 기반과 ‘생활’이 존재하는
‘정주지인가 아닌가’의 문제가 훨씬 더 중요한 것이었기 때문이다. 통속
적인 수사를 빌린다면, 그에게 고향은 따로 있는 것이 아니라 ‘정들면
고향’인 것이고, 그런 맥락에서 ‘만주’는 사실상 그에게 정신과 육체의
‘고향’으로 각인되어 있었다.

이러한 사실은 해방 이후 3년의 공백을 끝내고 발표한 소설들에서 확
연히 드러난다. 안수길은 해방되기 두 달 전 요양을 위해 고향 함흥으로
돌아가 3년 동안 병마와 싸웠다. 그리고 1948년 가족과 함께 월남해 남쪽
에서 새로운 삶을 시작한다. 『경향신문』 기자로 입사한 그는 월남한 이듬
해부터 활발하게 작품을 발표하는데, 그 중에서도 「범속」(1949)과 「여수(旅
愁)」(1949)는 미처 ‘민족주의’의 외적 강박에 직면하기 이전의, 그래서 그
가 견지하고 있던 ‘만주’ 인식이 비교적 ‘날 것’ 그래도 생생하게 드러나

고 있는 작품이어서 주목할 필요가 있다. 흥미로운 것은, 월남한 안수길이 그 자신을 포함한 월남자 그룹을 새로운 '이주자'로 규정하고 있다는 사실이다. 더욱이 자신처럼 해방 전 '만주'에 살다가 해방과 더불어 귀환한 후, 다시 '월남'한 사람은 '이중의 이주자'라는 점에서 단순월남자보다 한결 복잡하고 중층적인 집단으로 이해하고 있다. 그리고 이들, 특히 안수길과 같은 '이중 이주자'들에게는, 마치 해방 전 재만조선인들에게 '조선'이 고향이고 '만주'가 '이주지'였던 이치와 마찬가지로, '만주'가 고향이고 '남한'이 '새로운 이주지'가 되는, 역설적인 지형학이 성립되는 것이다. 그러므로 낯선 '이주지'인 '남한'에서 '고향'인 '만주'를 그리워하는 '향수(鄕愁)'가 나타나는 것은 지극히 자연스러운 귀결이다. 그에게 '남한'은 '조국'으로서가 아니라 '낯선 이주지'로 다가왔다.

「여수」의 주인공 '철'은 해방 전 '만주'에 살다가 해방 후 월남하여 서울에서 새 삶을 시작한 '작가'다. 해방된 조국 서울에서 한껏 자유로운 창작의 꿈을 펼치리라던 그의 포부는 월남한 지 한 달이 채 못 가 무너지고 만다. 해방 후 삼 년을 병마와 싸우며 쉬는 사이 동료들은 벌써 저만치 앞서가고 있고, 창작을 위한 감각은 얼른 회복이 되지 않는다. 거기에 노선 대립으로 문화계는 어수선하기만 하다. 더욱이 단칸방에 여덟 식구가 복닥대야만 하는 생활고는 그의 심신을 극도로 피곤하게 만든다. 어느 날 출장 때문에 남도행 열차에 올라탄 '철'은 차창 밖으로 펼쳐지는 농촌 풍경을 보며 이내 '만주'에 대한 회상에 잠긴다.

그러나 그것보다도 철은 이러한 풍경을 대하자, 이내 만주가 연상되었던 까닭이다.

넓은 만주, 탁 트인 만주, 활개를 치고 다녔자 거칠 것이 없었던 만주, 우리 민족정신이 맥맥히 깃들여 있고 선열의 핏방울이 엉켜있는 만주, 거기어, 철에게는 요람의 땅이었고 젊음의 정열을 쏟았던, 아름답기도 하려니와 추억도 많은 만주였다.

이러한 만주기에 철은 하루의 피로를 늦추노라 다방에서 레코오드를 들을 때

나 덕수궁 연못가에 호젓이 앉을 때나, 생각이 만주를 향하여 저절로 달음질
쳤고, 만주와 관련된 추억을 더듬을 때, 희귀하게도 마음의 여유가 찾아들기도
하였다. (…중략…)

물론 무변한 평야는 아니었다. 사래 끝간 데를 모를 한전(旱田)만도 아니었다.
청복을 입은 만주사람의 모습도 눈에 띄지 않았다.

그러나 철은 가까운 곳에 안계를 가로막고 있는 산을 산으로 보지 않았다.
정연한 논배미를 논으로 보지 않았다. 산은 밀어다 지평선 저쪽에 넘겨버리고
논배미는 메꿔 사래 긴 고량(高粱)밭으로 바꾸어버렸다.

이렇게 관념 속에서 장난을 하고 있노라니, 철 자신이 실제로 만주에 온 듯,
지금 '아지아'호의 호화로운 이등을 타고 봉천에서 신경으로, 신경에서 할빈으
로, 묘망한 광야를 허탈된 마음으로 질주하는 듯한 환각을 일으켰다.[10]

'만주 노스탤지어'라고 불러도 좋을 만한 이 자기 최면적 의식은 새로
운 '이주지'인 남한에서의 삶이 고달프고 힘들수록 더욱 커질 도리밖에
없는 것이다. '살 만한 공간' '그리운 공간'인 '만주'를 이토록 대담하게
묘사할 수 있었던 것은, 아직 「목축기」나 「벼」를 개작하게끔 만든 '민족
주의'의 외적 강박이 그를 강하게 압박해 오지 않았기 때문이었을 것이
다. 이 '만주 노스탤지어'는 새로운 이주지 '남한'에서의 괴로운 삶을 잠
시나마 잊게 해주는 '약'이기도 했지만, 좋든 싫든 새로운 삶을 시작하
지 않으면 안 되는 '이중 이주자'에게는 종국에 가서는 '독'이 될 수밖에
없다는 사실 또한 작가는 누구보다도 잘 알고 있었다. 그러므로 '살만한
곳'으로서의 '만주'에 대한 '기억'은, 굳이 '민족주의'의 압박이 아니었다
고 하더라도, 그 스스로 지우고 씻어내지 않으면 안 되는 것이었다. 「범
속」의 등장인물인 '한철'은 스스로를 '전재민'이라고 부르면서 "마치 북
간도에서 우리 할아버지네들이 호미와 괭이만을 가지고 들어가서 황무
지를 파헤치고 자리를 잡듯이 분투 노력해야 된다"[11]고 강조한다.

---

10) 안수길, 「여수」, 『안수길선집』, 422면.
11) 안수길, 「범속」, 위의 책, 416면.

　안수길은 「범속」과 「여수」라는 작품에서, '만주 노스탤지어'로 인한 두 개의 '몰락'을 보여주면서 스스로 이것으로부터 벗어나는 논리를 모색한다. 「범속」에서 '경숙'은 화려했던 '만주' 시절을 못 잊어 하다가 '남한'에서의 힘든 삶을 포기해버린다. '만주'에서는 '협화회 중앙위원이요 무진회사 사장인 시아버지와 방송국 직원인 남편' 덕분에 '모범부인'이라는 칭송을 들으며 잘 살던 '경숙'은 월남한 이후 몰락한 시집을 내팽개치고 마카오무역상의 '첩'으로 들어가 버린다. 「여수」의 '숙'은 '동지사대학' 출신의 재원으로, 그의 아버지 '황도겸'은 목재회사와 피복공장, 자동차 부속품 수리공장을 경영하면서 협화회 회장과 촌장, 신문사 지사장 등을 지낸 지방유력자였다. 부러울 것 없는 환경에서 구김살 없이 자란 '숙'도 해방 이후의 혼란 속에서 아버지를 잃고 남편의 투옥으로 하루아침에 '빈대떡장사'의 신세로 몰락한다. 그러나 '숙'은 「범속」의 '경숙'과는 달리, 화려했던 '만주' 시절을 재빨리 지우고 '생활'의 논리로 안착한다. 남도행 열차 안에서 창 밖 풍경을 보며 한없는 '만주 노스탤지어'에 빠졌던 주인공 '철'은 부산 어느 외진 골목길에서 '빈대떡 장수'로 전락한 '숙'을 만나는 순간, '만주 노스탤지어'의 '독'으로부터 벗어나는 계기를 발견한다.

　　그것은 이 영업(빈대떡장사를 말함—인용자)을 하는 동안 제가 사람이 되었다는 증거애요 지금까지의 저의 생활이란 땅을 디디고 선 것이 아니었어요 네 식구 입에 풀칠하기 위해 시작한 이 업을 하는 동안 저는 생존이 아닌 생활을 발견했어요 참된 인간, 땅에 발을 디딘 인간으로 새출발을 한 것이애요 먹고 사는 것의 쓰라림을 이해했고, 먹고 사는 것을 위하여 싸워나가는 그 생활력이 얼마나 존귀하다는 것을 배웠어요 정신적인 생활의 기초가 이 생활력에 있다는 것을 알았어요[12]

---

12) 안수길, 「여수」, 위의 책, 430면.

'철'은 자신을 괴롭히는 것이 '생활의 빈곤'에 있음을 깨닫는다. 그리고 그 '생활의 빈곤'이란 '생활의 논리의 빈곤'과 똑같은 것임을 함께 자각한다. '철'이자 동시에 안수길 자신이기도 한 이 인물은 새로운 '이주지'에서 살아나갈 '각오'를 다지지 못하고, 과거의 공간인 '만주'에 사로잡혀 방황했던 것이다. 결국 그가 발견한 '생활의 논리'란 '인공의 고향'이었던 '만주'의 기억을 지우고, 그 자리에 새로운 이주지인 '남한'에서 다시 고난의 개척사를 시작하지 않으면 안 된다는 사실의 자각이었다.

4. 『북간도』의 서사 구조와 내적 균열

안수길의 대표작이자 그를 한국문학사에서 '만주 문학'의 대표작가로 각인시켰던 『북간도』는 이러한 비교적 복잡한 '인식'의 굴절과정을 거쳐 도달한 일종의 기착지(寄着地)였다. '기착지'란 목적지에 도달하는 도중에 들리는 곳을 말한다. 흔히 『북간도』를 안수길 문학의 완성이자 대미라고 평가하고 있지만, 그것은 안수길에게 있어서의 '만주' 인식의 변화과정을 주도면밀하게 살피지 않고 내린 결론이다. 이미 살펴 본 바와 같이 안수길에게 있어 '만주'는 목숨을 걸고 개척한 새로운 '정주지(定住地)'였다. 그러나 해방과 전쟁의 혼란 속에서, 누대에 걸쳐 '정주'의 공간으로 개척한 그 '만주'를 다시 떠나지 않으면 안 되었고, 낯선 '조국'에서 그는 다시 새롭게 '이주자'로서 방황하지 않으면 안 되었다. '만주 노스텔지어'라는 '향수병'으로부터 벗어나기 위해서 그는 새로운 각오로 '남한'에서의 '뿌리내리기'를 시작한다. 그런 점에서 그의 일련의 개작 작업은 '민족주의의 강박'에 의한 것이기도 하면서 동시에 '만주 노스텔지어'로부터 벗어나기 위한 자발적인 시도이기도 했다. 『북간도』는 이 연장선 위에 놓여 있다.

안수길은 『북간도』를 쓰면서 ‘민족주의’를 전면에 배치한다. 특히 이 ‘민족주의’는 소설의 후반부를 구성하는 핵심적인 이념적 조종 중심이 된다. 그러나 그가 의도적으로 배치한 이 ‘민족주의’와 그가 그리고 있는 ‘만주’는 서사의 전개과정에서 조화를 이루지 못하고 계속 어긋난다. 왜냐하면 ‘체험’에 의해 내장된 만주의 ‘기억’과, ‘민족주의’에 의해 재구성해 내야 할 만주의 ‘기억’은 결코 같은 것이 될 수가 없기 때문이다.

소설 『북간도』13)는 이한복─이장손─이창윤─이정수로 이어지는 이씨 일가의 만주(좁혀 말하면 간도) 개척이민사라고 부를 만한 소설이다. 소설은 크게 5부로 구성되어 있는데, 전반부라 할 수 있는 1, 2, 3부와 후반부에 해당하는 4, 5부의 서사원리가 매우 다르게 작동하고 있다. 전반부는 1세대의 이주 원인에서부터 간도의 ‘비봉촌’에 정착하고 그곳을 새로운 삶의 터전으로 만들어 나가는 과정이 이주농민의 일상을 중심으로 매우 핍진하고 역동적으로 묘사되고 있는 데 반해, 후반부는 전혀 그렇지 못한 까닭이다. 소설의 전개는 ‘역사적 사건’과 ‘농민을 중심으로 한 일상’이라는 두 개의 축을 중심으로 엮이어 나가는데, 전반부는 ‘농민의 일상’이 중심이 되고 역사적 사건은 그 배후의 희미한 원경(遠景)으로만 배치되어 있다가, 적절한 계기에 농민의 삶에 개입하는 구성방식이 비교적 잘 유지되어 나가지만, 장년의 창윤과 청년 정수가 소설의 전면에 등장하는 후반에 이르면, 다양한 개성을 지닌 다채로운 인물들이 이뤄가던 ‘일상’이 썰물처럼 사라지고, ‘청산리전투’나 ‘봉오동전투’, ‘철혈광복단 사건’ ‘항일유격대’ 등 항일독립운동사가 서사의 중심을 이루고 등장인물들은 이 사건의 목격자이거나 들러리로 전락하면서, 『북간도』는 ‘소설로 쓴 만주독립운동사’ 같은 성격으로 변하게 된다.

소설 내부의 시간 구성으로 보자면, ‘일상’과 ‘역사’가 적절한 균형을

---

13)『북간도』의 판본에 관해서는 이 책에 실린 「만주의 문학사적 표상과 안수길의 『북간도』에 나타난 ‘이산’의 문제」를 참조할 것.

유지하며 소설적 긴장을 유지해 나가는 것은 1920년대 중반 정도까지이며, 그 이후, 특히 만주국 건국 이후부터 해방까지는 10여 쪽에 걸쳐 스케치하듯이 잠깐 언급하는 것으로 지나가고 만다. 작가 자신이 가장 생생하게 경험하고, 가장 잘 형상화할 수 있는 시간대의 '만주'가 『북간도』에서 송두리째 생략되어 버린 것은, 『북간도』의 창작 의도와 실제의 서사 사이에 심각한 균열이 존재한다는 것을 의미한다. 후반부에 독립운동사가 집중적으로 서사의 전면에 배치되어 있는 것은, 해방 전 '만주'를 문학화하면서 그런 문제를 심각하게 고민하거나 다루지 못한 작가 안수길의 역사적 부채의식에서 기인한다. 『북간도』에는 '정주의 욕망'을 실현하는 공간으로서가 아니라, '저항의 공간'으로 '만주'를 형상하고 싶은 작가의 의도가 곳곳에서 선연하게 배어 나온다. 그러나 그것은 작가가 체험한 '만주', 그리고 '기억'으로 각인되어 있는 '만주'와 배치되는 것이기에 성공적으로 소설화되기 어려운 것이었다.

> 이제(만주사변 직후를 말함―인용자) 간도 천지는 평온무사하게 됐다. 그러나 그것은 간도도 만주의 다른 지역과 더불어 일본이 되어 가고 있다는 증거 외에 아무것도 아니었다.
> 상삼봉에서의 경편 철도가 광궤(廣軌) 철로로 바뀌졌다.
> 경성에서 청진, 회령, 용정을 거쳐 길림, 신경에 급행이 쏜살같이 달렸다.
> 장진강의 전기가 이곳까지 송전돼 왔다.
> 이름만 만주일 뿐, 간도일 뿐, 조선 내지와 다를 것이 없었다.
> 중일 전쟁이 일어난 뒤에는 더욱 그랬다.
> 어둡던 간도도 환히 밝아졌다.
> 기후도 포근해진 듯했다.
> 흙도, 땅도 맑아진 것 같았다.
> 그러나 북간도는 어두워가고 있었던 것이다.
> 언제 봉웃골 싸움이 있었던가? 청산리 싸움이 무언가? 기억이 생생한 사람은 안타깝기만 했다. 그러나 그런 걸 즐겨 이야기하는 사람도 없었으나 듣고 싶어 하지도 않았다.

북간도는 점점 밝아지고 있었다.

동경 유학생도 많아졌고, 정부의 고관이 되는 사람도 늘어났다. 군인 기사들도 배출됐다.

밝아진 북간도를 찾아 조선 내지에서 많은 사람들이 두만강을 건너왔다.

망명의 숨어 넘는 두만강이 아니었다. 급행을 타고 담배 한 모금에 넘는 두만강이었다.

한두 호의 가족들이 말등에 솥을 싣고 눈보라에 휘몰리면서 넘는 두만강이 아니었다. 지도원의 인솔 밑에 개척민이라는 거룩한 이름으로 집단을 이루어 넘어오는 두만강 건너였다.

그러나 북간도는 어둠 속에 잠겨 가고 있었다.[14] (강조는 인용자)

위의 인용문은 『북간도』의 전면에 배치된 '민족주의'가 만주 이주민의 삶의 변화, 특히 일제의 지배 범위가 확장되는 것과 맞물려 진행되는 삶의 변화를 해석하고 역사적으로 재구하기에는 턱없이 허약하다는 것을 반증해 주고 있다. '밝음'과 '어두움'을 일부러 대비시키면서, 만주사변이후, 그리고 만주국 건국과 중일전쟁을 거치면서 만주의 경제 사정과 식민지 근대화가 본격적으로 진행되는 것을 '밝아지고 있다'는 표현으로, 그러나 그것은 곧 일제의 지배력이 확장되는 것을 의미하는 것이므로 한편으로는 '어두워지는 것'으로 표현하고 있지만, 밝아지고 있는 것이 구체적인 데 비해, 어두워지고 있는 이유는 단지 일본의 지배 범위와 강도가 커지고 있다는 추상적 사실 이외에는 아무 것도 적시하는 것이 없다. 그가 경험했던 만주 체험의 실상은, 민족적(民族籍)과 국적(國籍)의 혼란, 개척지와 고향에 대한 모순적인 지향, 민족적 아이덴티티와 법적 지위 사이에 생겨나는 균열과 갈등이며, 이러한 균열과 착종을 가로지르는 삶의 안정과 뿌리내리기를 절대적인 소망으로 설정하고 있었다. 민족주의는 해방 이후에, 과거 만주 체험의 문학적 형상화에 대한 반성으로 틈입된 것일 뿐이었다.

---

14) 안수길, 『북간도』 하권, 삼중당, 1994, 320~321면.

그런 점에서 『북간도』는 해방 전 안수길이 썼던 일련의 작품들, 특히 「목축기」나 『북향보』, 그리고 「벼」나 「새벽」과 함께 읽으면서, 『북간도』의 결락, 즉 '만주 공간'에 대한 작가의 무의식과 의식 사이에서 생겨난 미묘한 길항과 배치(背馳)를 섬세하게 재구성하며 읽어야 한다.

5. '이주자—내부 시선'에 대한 반성—'만주 콤플렉스'에서 놓여나기

역사에 대한 작가 나름의 '부채의식'과 '민족주의'의 강박에 의해 『북간도』를 자신이 체험하고 기억하는 '만주'와 다르게 그렸던 안수길은, 1960년대 후반에 이르러 그의 무의식을 지배하고 있던 '만주'의 체험과 기억에 스스로 반성을 시도한다. 이 반성은 '민족주의'에 의한 바깥으로부터의 강박이 아니라 내부의 울림에 의한 것이어서 그 '진정성'의 순도(純度)는 이전보다 한결 높은 것이었다. 이 반성은 자신을 둘러싸고 있던 '균열'의 정체를 정면으로 응시함으로써 가능해진 것이다. 그동안은 이 '균열'의 정체를 똑바로 보지 않고 외면하거나 그 '균열'에 의해 생긴 틈새에 스스로를 은폐해 왔었다. 그리고 '만주'가 그에게 '살만한 공간'이자 '떠나고 싶지 않았던 정든 이주지'로 계속 각인되어 왔던 것도 기실은 이 '균열'을 은폐하고 외면했기 때문에 가능한 것이었다.

안수길은 「효수(梟首)」(1965)에서 아주 오래 전에 제기했다가 스스로 폐기한 「벼」의 주인공 '찬수'의 '정치적 해결'의 논리를 다시 자신의 '기억' 속에서 꺼낸다. '찬수'의 이 '정치적 해결'론이야말로, '만주'라는 낯선 땅에서 조선 이주농민이 생존을 유지할 수 있는 절대절명의 방법론이라는 것이, 「벼」를 통해 안수길이 제시하고자 한 바였다. '정치적 해결'은 '만주'에서 조선 이주농민이 처해 있던 민족적(民族籍)과 국적(國籍)의 이중성에 의지하고 있다. 당시 조선인은 분명히 일본의 지배를 받고 있는 피압박 '민족'이긴 하지만, 중국에 대해서는 국적상 엄연한 '일본 국민'이기도 했다. 조선인으로서는 식민지배 주체인 '일본'이 '적'이지만, 새로 개척한 개간지와 마을을 보존하고 '만주'에서 살아가기 위해서는 '적' 일본의 영사관과 경찰, 군대의 힘에 의지하지 않으면 안 되는 현실 상황을 완전히 무시할 수도 없다. 따라서 찬수의 '정치적 해결'론이란, 매봉둔 개척지를 중국인에게 다시 뺏기지 않으려면, 잠시 '일본 국민'이 되는 도리밖에 없다는 '현실론'이라고 할 수 있다. 그래서 그는 들판에 납작 엎드려 일본 영사관 쪽에서 연락이 오기만을 학수고대하고 있었던 것이다. 그리고 그 순간만큼은, 민족이나 역사적 명분, 혹은 중국인의 사정 따위는 아랑곳없이, 오직 '이주자'로서의 '정체성'만이 전면에 부각되어 현실을 재단하는 원칙이 된다. '생존의 논리'에 근거를 두고 있는 이 '이주자―내부의 시선'이 기실 오랫동안 안수길의 '만주' 인식의 근간을 이루었던 핵심이었고, 그는 그것에 확고한 정당성을 부여해 왔던 터였다.

「효수」는 이 논리의 정당성에 대해 스스로에게 되묻는 형식을 취하고 있다. 그리고 여기에 동원되는 것은, 그의 소설에서는 거의 처음으로 취택하는 '중국인의 시선'이다. '이주자―내부의 시선'에 충실하는 한, '중국인'은 영원히 '타자'일 수밖에 없으며, 시종일관 안수길 소설에서의 중국인은 '타자'로 머물렀던 것이 사실이다. 때로는 포악무도한 군벌잔당의 모습으로, 때로는 무자비한 마적의 모습으로, 때로는 「벼」의 소현장처럼 철저한 배일정신으로 무장하고 조선인을 '반(半)일본인'으로 적대시하는 모습으로 등장했다. 그들은 시종 조선 이주농민들과 적대적 관계에 놓였으며, 이해 관계에서 늘 대척에 서 있었다. 「효수」는 자기 소설 속에서 영원한 '타자'였던 중국인에게 처음으로 자리를 내어준다.

이 소설은 세 개의 짧은 일화들로 구성되어 있다. 그리고 각각의 일화에 모두 중국인이 등장한다. 화자는 '나'이고 이야기는 물론 '나'의 회상으로 전개되고 있지만, 중요한 것은 '나'가 만난 중국인들이다. '해란강'

이란 소제목이 붙은 첫 번째 이야기는, 1930년대 초반 만주국 건국 직전
의 어느 겨울, '해란강'에서 얼음을 지치다가 만난 '주동성'이란 중국인
에 관한 회상이다. '주동성'은 용정의 중국인학교인 '성성학교' 교사였
다. 일본 영사관은 배일사상의 온상지인 '성성학교'를 눈의 가시처럼 못
마땅하게 여기고, 그 학교에서 발간되는 신문 '민성보'를 폐간시키기 위
해 분주했다.

> 그 성성학교의 선생이라는 것이다.
> "학교, 괜찮아요?"
> 이런 뜻으로 물었다. 알아들은 모양이었다. 중국 선생의 얼굴에 무거운 빛이
> 떠돌았다. 이내 대답이 없다가, 불쑥,
> "일본 나빠요"
> 그랬다가 안할 말을 했다는 듯이 주춤했다. 그 심중을 알아채고 나는, "그런
> 점이 많지요" 진지한 태도로 말했다. 그래도 중국 선생은 마음이 놓이지 않는
> 모양이었다.15)

아주 짧은 장면이지만, 조선인을 대하는 중국인의 복잡 미묘한 시선
이 절묘하게 포착되어 있다. '주동산'이 보는 '나'는, 함께 일본의 억압
을 당하는 피압박민족의 한 사람이자, 그럼에도 불구하고 '일본 나빠요'
라는 말을 마음놓고 해서는 안 되는 엄연한 '일본 국민' 혹은 '준(準)일본
인'이기도 한 것이다. 이 짧은 만남 이후 '나'는 주동산 부부를 다시는
만날 수가 없었다. 민족주의자였던 '주동산'은 모종의 사건에 연루되어
학교를 떠난 것이다. 두 번째 이야기의 주인공인 팔도구(八道溝) 천주교
학교의 중국어교사인 '왕선생'과 '나'의 만남도 비슷한 맥락을 이룬다.
역시 민족주의자였던 '왕선생'에게 '중국어'를 배우고 있던 '나'는 그가
모종의 사건에 연루되어 수사를 받는 것을 알게 되자 그와 가깝게 지낸
사실 때문에 사건에 연루되지나 않을까 전전긍긍한다. 마침내 왕선생이

---

15) 안수길, 「효수」, 『안수길선집』, 205면.

핍박을 받아 학교를 쫓겨나게 되자, '나'는 마치 예수를 배신한 베드로처럼 그를 멀리했던 것에 미안함을 느낀다. 왕선생은 떠나면서 '나'에게 말한다. "정선생 조심하시오 일본 나쁩니다." 중국인 '주동산'과 '왕선생'은 '나'로 하여금 '정치적 해결'의 논리와 '이주자로서의 정체성' 안에 갇히지 말고, '민족'의 정치적 정체성을 회복하기를 촉구하고 있다. '나'는 혼란을 느낀다.

제3화인 '산하둔' 이야기에서 이 '혼란'은 절정을 이룬다. 기자인 '나'는 일본무장개척민단의 입식(入殖)을 취재하라는 신문사의 명령을 받고 오상현으로 향한다. 그리고 따로 일행과 떨어져 오상현 근처에 집단부락을 이루어 살고 있는 조선인 이주농들의 형편을 알아보기 위해 혼자서 수곡류의 산하둔으로 간다. 산하둔에 살고 있는 조선 농민들은 그곳의 기름진 땅을 토지수용령에 의해 싼값에 팔지 않으면 안 될 형편에 놓여 있었다. 그리고 그 땅은 새로 만주에 들어온 일본무장개척단에게 넘겨질 예정이었다. 그곳에서 마을주민 일행과 마차를 타고 가던 나는 방천의 백양나무 가지에 걸려 있는 네다섯 개의 중국인 비적의 머리를 발견하고 소스라치게 놀란다.

섬뜩했던 가슴 속에서 떠오르는 것은 칠팔 년 전, 바두거우에서의 왕선생의 모습이었다. 그동안 기억에서 완전히 사라져버렸던 왕 선생의 모습. 그 건장한 몸집, 큰 키, 툭 튀어나온 눈, 더구나 추방당하던 날과 그 며칠 전에 발갛게 충혈되었던 눈.
그러자, 지금 막 보고 지나왔던 가지에 매달린 것 중에 툭 튀어나온 눈을 한 머리가 분명히 있는 것 같았다. 그러자 또 그 옆 나무에 있었던 것은 개름한 얼굴인 해란강 빙판에서의 청년 교사의 머리임에 틀림이 없다고 생각되었다.
그러나 나는 이내 이 이상심리(異狀心理) 작용을 부정하고 말았다.
'이거 취했는 걸'
어한하느라고 주는 대로 받아마신 배갈 때문에 생긴 환각(幻覺)?
그러나 돌아올 때에는 다시 그 방천 옆에서 다섯 개의 머리를 정신을 가다듬고 보았다.

　말라비틀어진 얼굴들. 감겨져있는 눈들. 왕선생이나, 주동산이 연상될 아무 근거도 없었다.

　오히려 푸줏간에 놓여 있는 소머리보다도 볼품이 없고 위엄성도 없는, 오랫동안 비바람에 바랜 목침만한 나무를 매달아놓은 것밖에 되지 않았다.

　"한잔 주시오"

　깨려던 술. 술에 더 취하고 싶었다.16)

'나'는 효수를 보기 전에, '토지수용령'으로 기름진 땅을 헐값에 현청에 넘겨야 하는 조선 농민들을 보며 '이런 땅을 수용령으로 몇 푼 안 받고 남에게 주다니!'라고 분개했다. 그러나 이 분개는 들판에 걸린 중국인들의 잘린 머리가 등장하는 순간 부끄러움으로 바뀌게 된다. 정작 이 들판의 주인들은 일본인도 조선인도 아닌 그들이었고, 지금 그들은 방천 나뭇가지에 목만 매달린 채 볼품 없이 말라가고 있지 않은가. 그 효수의 얼굴이 예전 '주동산'이나 '왕선생'으로 환시된 것은 바로 이 뒤바뀐 주인에 대한 자각 때문이었다. 그러나 '나'는 얼른 수습하고 다시 현실로 돌아온다. '나'가 돌아온 세계는 예의 '정치적 해결'의 공간이며, 동시에 '이주자―내부의 시선'이 작동하는 공간이다. 과거에는 이것이 작가에게나 화자에게 모두 정당한 것이었지만, 이제는 일종의 '부끄러움'이 아닐 수 없다. 안수길은 이 지점에 이르러서야 비로소 '만주'에서의 일본과 조선과 중국을 모두 '대상화'할 수 있게 된다.

「나자 머자니크」(1969)는 이런 반성적 시각이 조금 다른 각도에서 이채를 띠는 소설이다. 청년 시절 '브나로드 운동'에 호응해 간도에서 한글보급운동을 하던 무렵, '나'는 백계로인(白系露人) 소녀 '나자 머자니크'를 알게 된다. 화공기술자인 아버지와 미인 어머니를 둔 10세 소녀 '나자 머자니크'는 활달한 모습으로 한글강습소에 나와 '나'에게 한글을 배

---

16) 안수길, 위의 글, 213~214면.

운다. 이후 '나'는 두 차례 더 '나자'와 조우한다. 한번은 10대 후반의 처녀로 성장한 그녀가 신경의 '아르메니아'라는 카페에서 여급으로 일할 때, 그리고 마지막은 할빈의 백계로인 유곽에서였다. 발랄한 10세의 여자아이였던 '나자 머자니크'는 가정이 풍비박산되고 결국은 카페 여급을 거쳐 유곽의 매춘부로 전락했던 것이다. 신문사의 할빈 지사가 주최하는 특파원 회식 끝에 찾아간 백계로인의 유곽에서 드레스를 입고 춤을 추면서 손님의 간택을 기다리는 '나자'를 만났던 것이다.

'나자'에 대한 나의 감정은 분명히 동정과 연민이다. 그러나 엄밀히 따지면 '나자'에 대한 '나'의 동정과 연민은 '나자'보다는 좀더 우월한 위치에 있다는 자기 인식에서 비롯된다. 무릇 모든 동정과 연민의 발생학적 근거는 그와 비슷하다.[17] '나자'에 대한 '나'의 동정과 연민은 어떤 우월적 위치에서 확보되는 것일까. 짐작컨대, 그것은 '나'가 스스로를 '정주자'로 인식하고 '나자'를 '이주자'로 배치하고 있기 때문이 아니었을까. '나'가 '나자'를 처음 만난 것은 간도의 한글강습회였다. '간도'는 비록 '만주'땅이고 따라서 '이방(異邦)'이었지만, 그곳에서의 '나자'에 비하자면 '나'에게는 '고향'과 다름없는 곳이다. 이렇게 형성된 '나'와 '나자'의 관계항은 이후 계속하여 두 사람을 규정하게 된다. 소설은 마지막 장면에 이르러 '나'를 지배하고 있던 이 '허구의 자기 인식'을 문득 일깨

---

17) 가와무라 미나토는 비슷한 맥락에서 재만 일본인 소녀의 만주인 '老郭'에 대한 동정과 연민을 비판적으로 분석한 바 있다. 자신의 집에서 십수 년 간 충직한 하인으로 일한 '라오궈'를 그리워하는 길림고등여학교 학생 中村夫美의 수필 「老郭」은 '오족협화'를 구현하는 작품으로 인정되어 이른바 '생활기'문예 콩쿠르 입선작으로 뽑힌 작품이었다. 그러나 가와무라는 여기서의 동정과 연민이란 '주인'이 '노예'에게 던지는 혹은 '가축'에게 던지는 그것 이상이 아니며, 일본인과 만주인 사이에 놓인 계급적·신분적 거리를 뛰어넘을 수 없는 것이라고, '오족협화'의 허구성을 비판했다. 村川 湊, 『文學から 見る '滿洲'－'五族協和'の夢と現實, 吉川弘文館, 1998, 11~18면. 「나자 머자니크」에서 '나'의 '나자'에 대한 동정과 연민은 '일본인 소녀'가 '만주인 하인 라오궈'에게 보내는 동정과 같은 종류의 것은 아니다. 하지만 「나자 머자니크」는 '오족협화'의 관점에서도 검토할 만한 여러 문제를 안고 있는 작품이다. 이 점에서 두 작품을 관류하고 있는 '동정과 연민'의 정체를 비교하는 것은 흥미로운 일일 것이다.

위준다. '나' 역시 '나자'와 마찬가지로 '만주'에서의 또 다른 '타자'에 불과하다는 사실, 그러나 짐짓 그것을 외면하거나 스스로 그러하지 않다고 속여왔다는 사실.

> "제 방으로 가세요. 조용히 이야기도 하고, 술 한잔 대접할게 ……"
> 손을 잡아일으키려는 동작이었다.
> "아니, 여기서 애기하지, 얼마나 조용해 ……"
> 그리고 나는 물었다.
> "어머니는?"
> "어머니? 어디서 죽었겠죠."
> "그래?"
> 나자는 그런 것은 이제 흥미가 없어서인가? 아픈 상처를 건드리기 싫어서인가? 짜증을 냈다.
> "아이참, 일어서세요."
> "윤형은 여기서 연앨 하시오?"
> 벌써 할빈 특파원이 여자와 함께 홀에 돌아오면서 말했다.
> "연앤게 아니라 ……"
> "일본사람 좋아, 당신 참 좋아요."
> 목단강 특파원과 함께 들어오는 여자는 서투른 일본말을 하고 있었다. 우리를 일본사람으로 아는 모양이었다.
> "엽전이야 왜 이래 ……" 익살꾼인 목단강특파원이 핀잔주듯 우리말로 말했다가 어리둥절하는 여자에게, "그래 그래." 일본말로 발음했다. 다른 특파원들이 뒤를 이어 돌아왔다.[18] (강조는 인용자)

「효수」에 등장하는 중국인 '주동산'과 '왕서방'에게 조선인 '나'의 정체는 '조선인'이기도 하면서 '일본인'이기도 한 이중적인 것이었다. '나' 역시 나의 상황에 따라 그러한 이중성의 빛과 그늘을 교묘하게 이용했다. 백계로인들에게는 조선인과 일본인은 더 판별하기 어려운 존재였을 것이

---

18) 안수길, 「나자 머자니크」, 『안수길선집』, 159면.

다. '엽전이야, 왜 이래'라고 농담처럼 '진실'을 밝혔다가 이내 거두어들이며 일본인행세를 하는 '목단강 특파원'은 '나자'에게 연민과 동정을 보내던 기만적인 '나'의 모습이기도 한 것이다. 그리고 그 순간, '나자'에 대한 나의 동정과 연민은 그 근거를 잃어버리고 만다. 동시에, '나'와 '나자'는 같은 처지의 '만주'의 타자들에 지나지 않음을 깨닫게 된다.[19]

「효수」와 「나자 머자니크」가 보여주는 이 새로운 '만주' 인식의 '진경'은 안수길의 오랜 시행착오 끝에 도달한 지점이어서 그만큼 값지다. 「벼」의 세계가 '수난과 저항'이라는 이분법적 도식에 포획되지 않는 또 다른 '만주'의 삶을 보여주었듯이, 「효수」와 「나자 머자니크」의 세계 역시, 해방 이후 한국문학사가 '기억'하는 만주의 표상과는 다른 자리에 놓이는 것이다.

6. 맺음말

한국인에게 '만주'란 과거의 공간이나 역사의 공간이 아니라 여전히 현재진행형의 공간이다. 왜냐하면, '만주'는 끊임없이 새로운 이데올로

---

19) 이 작품에서 '나'가 '나자 머자니크'를 떠올리게 되는 계기를 생각하면 이 작품에서의 '타자'의 문제는 한결 중층적인 구조를 띠고 있음을 알 수 있다. '나'가 '나자 머자니크'를 회상하게 되는 것은 동료와 함께 간 술집에서 여급으로 일하고 있는 전쟁혼혈아 '미스 문'을 만나기 때문이며, 백인혼혈아 미스문에 대한 '동정과 연민'이 곧 '나자 머자니크'에 대한 회상으로 이어졌던 것이다. '나'의 '미스 문'과 '나자 머자니크'에 대한 동정과 연민은 동질의 것은 아니지만, 그 최초의 근거는 '정주자'의 '이주자'에 대한 '주체 / 타자' 관계에 기반해 있다는 점에서는 같다고 할 수 있다. 그러나 그 현상과정과 내용은 같지 않다. '나'와 '나자 머자니크' 사이에서 발생하는 것이 만주극에서의 '주체 / 타자'의 허구성이라면, '나'와 '미스 문' 사이에서 발생하는 것은 '분단체제'에서의 그것이라고 할 수 있다. 그리고 이 '타자로서의 자각'은 그의 후기의 걸작인 「이라크에서 온 불온편지」와 이어져 있는 인식이기도 하다.

기의 수원지 역할을 하고 있으며, 그 '공간'의 '기억'을 통해 하나의 집단으로의 귀속의식이 생산되기도 하고, 또 다른 집단과의 갈등을 낳기도 하기 때문이다. 그 점에, '만주는 어떻게 기억되어 왔는가'라는 질문의 중요성이 놓여 있다. 그리고 이 질문에서 안수길의 존재가 소중한 것은, 누구보다도 그가 '체험'하고 '기억'한 만주의 모습이 복잡한 스펙트럼 가운데 위치해 있기 때문이다. 이것은 문학사적으로 위대한 업적을 쌓았다거나 걸작을 생산했다는 것과는 다른 차원의 이야기이다. 그가 소중한 것은 '만주'에 대한 그의 '체험'과 '기억'이 여러 갈래의 균열의 흔적을 남기고 있으며, 시간의 변화에 따라 다양한 궤적을 보여주고 있기 때문이다. '기억'의 순정함으로만 따진다면, 오히려 만주에 한번도 가본적이 없이 '만주'를 훌륭하게 재현한 박경리의 『토지』쪽이 윗길을 차지하지 않을까 싶다. 혹은 답사를 통해 '만주'의 개척사를 재구한 조정래의 『아리랑』도 그러할 것이다. 안수길은 '이주자—내부의 시선'으로 출발해 극심한 '만주 노스텔지어'에 빠졌다가 '민족주의'의 강한 외압을 받고, 마침내 역사적 반성의 자리에 도달한다. 그 과정에서 그는 '만주'를 문학의 모태로 삼았던 어떤 작가보다도 솔직하고 적나라한 모습으로 '만주'의 삶을 보여주었다. 솔직하고 적나라한 모습이 반드시 역사적으로 옳은 모습과 동일한 것은 아니다. 그 점에서, 안수길의 소설은 오히려 많은 한계를 지니고 있다. 그러나 최소한, 안수길의 '만주' 배경 소설은, 그 '공간'에서 이루어진 삶을 한두 개의 단일한 '코드'로 환원하는 '기억'의 폭력을 방지하는 데에는 일종의 완충역할을 해준다. 그리고 그는 자신의 '체험'과 '기억' 사이에 벌어진 '균열'을 서둘러 봉합하려고 애쓰지 않음으로써, 오히려 '만주'시절의 허위와 자기 기만을 좀더 정직하게 반성하는 데 성공했다. 그리고 그 점에서, 그는 오히려 누구보다도 문학사적인 작가였다.

3부

식민주의와 식민지 주체의 균열

고대사 복원의 이데올로기와 친일문학 인식의 지평
: 김동인의 『백마강』을 중심으로

순수문학론에서의 미적 자율성과 반근대의 논리
: 김동리의 경우

하바꾼에서 황금광까지
: 식민지사회의 투기 열풍과 채만식의 소설

한설야 장편소설 『청춘기』의 개작과정에 대하여

고대사 복원의 이데올로기와 친일문학 인식의 지평

김동인의 『백마강』을 중심으로

1. 사실(史實)과 해석의 이데올로기

2001년 12월 23일, 아키히토 일왕이 68세 생일을 기념하여 마련한 기자회견 자리에서 일본 왕실이 고대 한반도와 혈연 관계에 있었다는 발언을 해, 한·일 양국에 적지 않은 파장을 불러일으킨 일이 있었다. 더구나 기자회견이 있었던 당시는 일본의 역사 교과서 파동의 여진이 채 가라앉기 전인 데다가, 한·일 양국이 공동 개최하는 2002년 월드컵 대회를 얼마 앞두지 않은 시점이어서, 양국 정부는 물론 일본 국내에서도 별다른 사전 조율과정 없이 터져 나왔던 일왕의 발언은 한층 더 미묘한 충격을 던져 주었다. 당시 신문에 보도된 기사를 토대로 혈연 관계에 대해 밝힌 일왕의 발언 내용을 요약하면 다음과 같다.

일본과 한국 사람들 사이에 옛날부터 깊은 교류가 있었다는 것은 '일본서기'

등에 상세히 기록돼 있다. 한국에서 이주해 온 사람들, 초빙돼온 사람들에 의해 다양한 문화와 기술이 전해져 왔다. 궁내청 악부(樂府)의 악사(樂士)들 중에는 당시 이주자의 자손들이 대대로 악사를 지냈고, 지금도 때때로 아악을 연주하는 사람이 있다. 이런 문화와 기술이 일본 사람들의 열의와 한국 사람들의 우호적 태도에 의해 일본에 전래됐다는 것은 다행스러운 일이며, 그 후 일본의 발전에 크게 기여했다고 생각한다.

나 자신 간무(桓武) 일왕의 생모가 백제 무령왕의 자손이라고 '속(續)일본기'에 기록돼 있는 사실에, 한국과의 연(緣)을 느낀다. 무령왕은 일본과 관계가 깊어 이 때부터 오경박사가 대대로 일본에 초빙됐다. 또 무령왕의 아들 성명왕(聖明王)은 일본에 불교를 전달해 준 것으로 알려져 있다.[1]

아키히토 일왕은 이런 내용에 덧붙여, 월드컵을 앞두고 한·일 양 국민이 각자 나라가 걸어왔던 길을 사실에 입각해 정확히 알고 서로 이해하는 일이 성공적인 월드컵 진행에 도움이 되고, 양 국민 사이에 이해와 신뢰감을 깊게 만드는 길이라고 말했다. 이러한 발언이 파장을 불러일으킨 이유는 발언 내용 자체보다도, 그 배후에 놓여 있는 발언의 의도와 동기 때문이었을 것이다. 물론 표면적으로 드러난 것은 월드컵의 성공적 개최를 위한 우호 관계의 확인이지만, 받아들이는 관점에 따라 이러한 발언은 다양한 해석을 낳을 여지가 많았다.

우선 이 발언을 둘러싸고 한국과 일본 양국의 언론이 보여준 보도 태도와 반응이 흥미롭다. 한국 언론의 반응은 대체로 한·일 역사 인식의 진전을 위해 환영한다는 분위기였던 반면에, 일본에서는 '아사히신문'을 제외한 일체의 언론이 이 발언의 내용을 당일에 보도하지 않았다. 일본에서 이 발언이 널리 알려진 것은 발언이 있던 날로부터 사흘이 지난 26일 무렵이었는데, 뉴스의 가치에 비해 이러한 늦장보도는 관행상 대단히 이례적인 것이라고 한다.

아키히토 일왕의 발언 내용 자체는 크게 새로울 것도 놀랄 것도 없는

---

1) 『조선일보』, 2001년 12월 23일자.

고대 한·일 교류사의 상식에 해당하는 것이다. 그럼에도 이런 상반된 반응이 나타나는 까닭은, 발언 내용보다도 그 해석과정에 양국의 미묘한 '자존심'이 매개되기 때문이다. 예컨대, 한국에서는 고대에 한반도에서 일본 쪽으로 많은 문화와 문물이 건너간 사실이 근대 초기에 받았던 식민 통치의 역사적 상처에 대한 일종의 '보상기제'로 작용하는 경우가 많다. 초·중·고 역사 교과서의 고대사 부분에는 선진문물을 일본에 전파한 사실이 자랑스럽게 기술되어 있다. 그런 역사적 사실이 문화 수혜의 당사자인 일왕의 입을 통해 직접 확인되었으니, 이것은 '새로 만드는 교과서'의 역사 왜곡 문제로 불쾌하던 감정마저 어느 정도 눅여주는 역할을 했을지도 모른다. 더욱이, 한국의 일부 고대사 연구가 중에는 고대 한·일 관계가 빈번한 교류와 문화수수(文化授受) 정도에 그친 것이 아니라, 일본 왕실은 백제 유민에 의해 형성되었다거나, '일본 천황은 한국인'이라는 주장까지 내세우는 경우도 있어, 일왕의 이번 발언은 보기에 따라 그러한 주장에 상당히 힘을 실어 주는 계기로 작용할 수도 있는 것이다.

그 반면에, 일본 쪽에서는 이러한 발언이 일본인의 자존심을 상하게 만들 뿐 아니라, 특히 보수적이거나 우익적인 사관을 지닌 사람들에게는 '자존심' 차원을 넘어 일본의 '국체' 자체를 위협하는 반동적인 행위로 인식되었을 가능성도 없지 않다. 19세기 후반부터 형성된 일본의 '황도사관'에 의하면 일본 왕실은 2600여 년 동안 순수한 혈통을 유지해 온 '만세일계(萬世一系)'의 신성함을 자랑하기 때문이다. 더구나 그것이 다른 누구도 아닌 '국체'와 동일시되는 '천황'의 '옥음(玉音)'을 통해 직접 공표된 내용이니 그 곤혹스러움과 착잡함은 짐작하기 어렵지 않다.

일왕의 이번 발언이 아니더라도, 한국과 일본 나아가서는 중국까지 포함해서 동북아시아의 고대사에 관해서는 해당 국가 역사학자들 사이에 일치하지 않는 대목이 매우 많다. 한국과 일본의 경우, 대표적인 사례가 이른바 '임나일본부'와 '광개토왕비' 문제일 것이다. 한 재일 역사학자의 지적대로, 정작 중요한 것은 텍스트인 '사실(史實) 자체'보다도 그것을 해석하는 '콘텍스트'의 문제라고 할 수 있다. 고대사를 둘러싼 한국과 일본, 나아가서는 중국과 북한까지를 포함한 동북아시아의 이해 당사국들의 상반된 태도와 입장은, 모두 근대 국민국가 창출과정에서 만들어진 '동일성 신화'로부터 비롯되고 있다.[2] 이성시는 일본의 근대사학이 '근대 국민 국가'를 만드는 과정에서 상상된 공동체의 동일성 확보를 위해 주변 국가를 타자화할 수밖에 없었는데, 이러한 타자화과정은 다시 주변국가들에게 일본의 '국가 이야기'를 타자화함으로써 '자기 동일성'을 만들어내는 과정을 강제했다고 본다. 결국 일본을 제외한 동북아시아 국가의 근대 역사학은 '일본의 태내(胎內)'에서 배태된 것이 되는 셈이다.

이를테면 '임나일본부'의 존재는 고대 일본이 독자적인 문명국가를 이루었을 뿐 아니라, 동아시아에서 중국에 대응할 만한 유일한 강대국으로서의 지위를 확보케 해주는 '사실(史實)'로서 '국민 국가 창출의 이데올로기'라는 '콘텍스트' 안에 녹아든다. 고대사회에서의 그러한 비교 우위는 일본의 동아시아 정복과 지배를 정당화하는 데 동원됨은 물론이다. 그것은 원형으로의 복귀이자 '사필귀정(事必歸正)'의 역사적 논리인 까닭이다. 이번에는 한국이 다양한 '사실(史實)'을 동원해 '임나일본부'는 허구이며 한반도의 고대 국가야말로 상대적으로 낙후했던 일본 열도에 다양한 선진 문물과 문화를 전파하고 가르쳤던 '문명국'임을 내세움으로써, '자기 동일성'을 확보하는 도정에 들어선다. 동북아의 근대 사학은 이 악순환의 고리에 끊임없이 말려 들어가는 과정에서 탄생했다. 그리고 고대사는 아마도 이러한 '국민 국가 이야기'를 만들어내는 가장 풍부한 원천이 될 것이다.

아키히토 일왕의 발언을 듣고, 고대 일본에 대한 한반도 우위를 재삼 확인하면서 득의의 미소를 흘렸을 사람들의 한 켠에는 식은땀이 날 만

---

2) 이성시, 박경희 역, 『만들어진 고대』, 삼인, 2001 참조

큼 모골송연한 긴장을 맛본 사람도 분명히 있었을 터인데, 그들은 필시 일왕의 발언에서 일제시대 기승을 부렸던 '내선일체'와 '동조동근론'을 떠올린 사람들일 것이다. 가령 이광수의 다음과 같은 발언을 위의 아키히도 일왕의 발언과 나란히 놓고 비교해 보자.

> 그러나 내선(內鮮) 양민족은 피를 함께 한 민족이다. 이천년전에는 한 긴족이 었으며, 그 후에도 1천2백년 전경에 백제로부터 일본에 건너간 백제의 자손들 이 내지 기옥(埼玉)의 고려촌에서 일본인과 결혼하여 그 후손은 혼혈한 완전한 일본인이 되었으며, 8천백만이나 산(算)하게 된다. 그리고 더욱 황송한 말씀이 나 황실에도 2차나 조선의 피가 섞이셨던 것이다. 이 말은 총독부에서 해도 좋 다해서 나는 기쁜 마음으로 근기(謹記)하는 바인데 ……3)

표현은 다소 다를지언정, 아키히토 일왕과 이광수는 거의 같은 내용 의 이야기를 하고 있음을 알 수 있다. 고대사에 관한 이광수의 언급은 말할 것도 없이 내선일체와 동조동근 이데올로기 강화를 목적으로 한 것이다. 내선일체와 동원론(同源論)은 일본 제국주의가 지배하고 있던 여 러 식민지 중에서도 가장 강력하고 끈질기게 저항하는 조선을 겨냥해서 고안해 낸 것이었다. 그리고 고대사의 복원을 통해 그 근거를 확보하고 자 애썼다. 양국의 고대사는 이처럼 순식간에, 월드컵의 성공적인 개최 를 위한 계몽의 수단에서, 효율적인 식민통치의 이데올로기 도구로 둔갑 할 수 있다. 믿지 못할 것은 역사적 사실 자체가 아니라 그것을 특정한 목적과 이념을 위해 재구(再構)하는 사람들이다. 한 가지 궁금해지는 것 은, 똑같은 고대사의 사실(史實)에 대해 그것을 복원하거나 재구하는 의 도와 목적이 이토록 다르다면, 이광수를 비롯한 조선의 내선일체론자들 의 생각은 무엇이었을까 하는 점이다.

이 글은 김동인의 장편 역사소설 『백마강』을 통해, 앞에서 언급한 몇

---

3) 이광수, 「신체제하의 예술의 방향」, 『삼천리』, 1941.1.

가지의 논점들, 예컨대 고대사 복원을 둘러싼 이데올로기, 그에 관한 일
본과 조선의 차이점들, 아울러 이른바 '친일문학'이라는 범주에 대한 이
해의 지평 등을 살펴보기 위해 쓴다.

2. 소설 『백마강』과 고대사

　김동인의 『백마강』은 1941년 7월 24일부터 이듬해 1월 30일까지 『매
일신보』에 연재된 장편 역사소설이다. 소설은 나당 연합군에 의해 망하
기 직전인 의자왕 시절의 백제를 배경으로 하고 있다. 한때 '해동증자'
라는 별명을 얻을 정도로 총명하고 슬기로웠던 의자왕은 왕후를 잃은
충격으로 갑작스럽게 황음(荒淫)과 주독에 빠져 국사를 돌보지 않으며,
충신을 멀리하고 간신배의 농간에 놀아난다. 선왕 시절부터 충신이었던
성충은 직언을 간하다가 왕의 미움을 사 옥사(獄死)하고, 좌평 흥수는 유
배를 당한다. 풍전등화의 위기에 빠진 나라를 구하기 위해 고민하던 종
친(宗親) 복신은 장군 계백에게 사병(私兵) 오천을 육성할 것을 당부하고
자신은 계림(곧 신라)의 정세를 살피기 위해 평복으로 위장한 채 부여를
떠난다. 복신의 외아들 집기는 당년 스물로 누구보다도 충군과 애국의
정열에 불타는 열혈청년이다. 그는 사랑하는 아내를 왕의 황음의 제물로
빼앗기는 고통을 당하지만, 오로지 나라를 구하겠다는 일념으로, 변장하
고 왕의 침소로 뛰어들어가 그의 목에 칼을 들이대고 국사에 전념할 것
을 간한다. 심야의 습격을 계기로 제 정신을 차린 의자왕은 비로소 다시
정사에 관심을 돌리며 거꾸로 섰던 나라의 질서를 바로 잡는다. 그러나
이미 때는 늦어, 나당 연합군이 부여로 밀어닥치고, 비밀리에 계백이 육
성했던 사병 오천으로는 역부족이라 왕은 도성을 버리고 피신을 할 수

밖에 없게 된다. 피신해 있던 주류성마저 곧 함락될 지경에 놓였을 때, 야마도(곧 일본)에 건너가 있던 의자왕의 둘째 아들 왕자 풍(豊)이 종적을 감추었던 충신 복신과 더불어 야마도가 보낸 수천의 원정군을 이끌고 나타난다. 소설은 의자왕 일행이 원정군의 등장에 환호작약하는 대목에서 끝나고 있다.4)

  백제 멸망이 임박했을 때 왜(倭)가 원정군을 보냈다는 사실을 포함해, 소설의 큰 줄거리는 대부분 사서(史書)에 기록된 역사적 사실에 근거를 두고 있다. 물론 백제와 왜의 활발한 교류를 묘사하기 위해 여러 명의 왜인들이 등장하고, 의자왕의 난행(亂行)과 이로 인해 고통을 당하는 많은 백제 사람들, 정치 문제와 맞물려 돌아가는 애절한 연애담이 또 다른 서사의 줄기를 형성하고 있다. 같은 시기의 일을 사서는 어떻게 기록하고 있는가? 김부식이 지은 『삼국사기』를 통해 당시 백제와 왜의 연합군 결성 양상을 포함한 백제 말기의 정황을 살펴보기로 하자.

  『삼국사기』 권제28 「백제본기」 제6항의 내용은 소설보다 좀더 조밀하게 이 대목을 서술하고 있다. 소정방이 이끄는 당병 13만 명과 김유신이 이끄는 신라군 5만 도합 18만의 나당연합군이 부여성을 공략하니, 계백이 이끄는 5천으로는 중과부적이라 왕과 태자 효(孝) 등은 부여를 버리고 사비성으로 피신했다. 왕의 둘째 아들 태(泰)가 사비성을 지켰으나 결국 항복하고, 이에 왕과 태자 등이 모두 항복하였다. 의자왕과 태자 효, 그리고 왕자 태와 융(隆), 연(演) 및 대신, 장사 88명과 백성 1만 2,807명이 당나라의 장안으로 보내졌다. 의자왕은 장안에서 병사하니, 당고종은 의자왕에게 금자광녹대부위위경(金紫光祿大夫衛尉卿)을 추증하고 왕자 부여 융(扶餘隆, 부여는 성씨임)에게는 사가경(司稼卿)을 제수하였다. 무왕의 조카

---

4) 이 글에서 다루는 『백마강』의 판본은 1954년에 나온 창문사판(版)이다. 필자의 게으름으로 매일신보판과 판본 대조를 하지 못해, 개작 여부와 정도는 이 글에서 다루지 못한다. 그러나 창문사판만으로도 고대사 복원에 개재된 이데올로기의 실체를 이해하는 데에는 조금의 부족함도 없는 것으로 보인다. 앞으로 인용하는 소설의 다목은 해당 면수를 밝히는 것으로 각주를 대신한다.

복신(福信)이 일찍이 장수의 경력이 있는데, 승(僧) 도침(道琛)과 함께 주류성에서 저항하며, 왜국에 볼모로 가 있던 왕자 부여풍(扶餘豊)을 맞아 왕으로 삼았다. 이후 나당연합군이 수 차례 주류성을 공략했으나 번번이 실패하였다. 그러는 와중에 복신과 도침, 왕자풍 사이에도 다툼이 일어나 복신은 도침을 죽이고 왕자풍을 능멸하였으며, 왕자풍은 자신을 죽이려는 복신의 계획을 미리 알고 도리어 복신을 살해하였다. 왕자풍은 사신을 고구려와 왜국에 보내 군사를 청하여 당병을 막았다. 주류성에서 수성(守城)하고 있는 왕자풍을 치기 위해 대규모의 나당연합군이 다시 합친다. 이때의 나당연합군에는 왕자풍의 아우인 부여융도 지휘자의 한 사람으로 참가해 수군과 양선(糧船)을 이끌고 금강 입구로 진격했다. 나당 연합군은 왜군과 네 번 싸워 모두 이기고 왕자풍은 몸을 피해 달아나니 간 곳을 몰랐다. 마지막 저항을 하던 흑치상지(黑齒常之)마저 함락시키니 마침내 전쟁이 끝났다. 즐비하던 가옥은 황폐하고 시체는 초망(草莽)과 같았다. 당고종이 부여융을 웅진도독으로 삼아 귀국케 하여 신라의 옛 원한을 풀게 하고, 나머지 무리를 불러 돌아오게 하였다.5)

사서에는 김동인의 소설에 묘사되지 않은 몇 가지 흥미진진한 대목이 있으니, 우선 전쟁포로가 되어 당나라로 끌려갔던 의자왕의 셋째 아들 융이 이번에는 백제부흥군을 이끄는 자신의 형 부여풍을 토벌하기 위해 당나라 군사를 이끌고 귀국하는 장면이 그것이다(소설에는 융이 의자왕의 맏아들로 되어 있으나 『삼국사기』에는 셋째 아들로 기록되어 있다). 사서는 당시의 융의 심경을 자세히 기록하고 있지는 않으나, 이미 운명을 다한 나라를 끝까지 지키겠노라고 저항하는 형과 싸우기 위해 당병의 앞잡이가 되어 귀국하는 그의 심정이 어떠했을까는 짐작하고도 남음이 있다. 백제 진영의 권력다툼 또한, 사서의 기록을 전면 신뢰할 수 없다고 하더라도, 흥미로운 대목이 아닐 수 없다. 함께 백제를 사수하기 위해 결사했던 복신

---

5) 이상의 내용은 이병도 역주(譯註)의 『시디롬 삼국사기』(두리누리 제작)의 해당 부분을 요약한 것이다.

과 도침과 왕자풍이 서로 죽고 죽이는 관계로 바뀌게 되는 것은, 이러한 사분오열을 통해 몰락의 필연성을 정당화하려는 기록자의 의도를 감안 하더라도, 역사소설이 지닐 법한 가외의 재미를 위해서는 결코 놓칠 수 없는 소재라고 할 것이다.

『삼국사기』의 해당 기록을 읽었으리라 짐작되는 김동인은 과감하게 사서의 상세한 서술 내용을 재단하여, 백제와 왜의 선린 관계를 중심으 로 서사의 반경(半徑)을 좁혀 나간다. 모든 고대사 복원에는 당대의 이데 올로기가 투사되듯이, 김동인은 백제를 돕기 위해 바다를 건너 내달려온 야마도의 원정군 등장을 소설의 가장 빛나는 마지막 대목에 배치시키고, 그 앞의 모든 부분은 이러한 원정군 등장의 배경을 설명하는 데 할애하 고 있다.

3. 고대사 복원 이데올로기의 균열과 모순

『백마강』을 통한 동인의 고대사 복원은 물론 '내선일체'의 이데올로 기에서 비롯된 것이다. 그는 『백마강』 집필에 앞서 다음과 같이 집필 동 기와 포부를 밝히고 있다.

> 백제의 문화는 야마도(大和)에까지 미쳐 오늘의 대일본제국을 이룩하는 초석 이 되었다. 오늘날 같은 천황 아래 대동아 건설의 마치를 두르는 반도인의 조 선(祖先)의 한 갈래인 백제사람과 내지인의 조선(祖先)인 야마도 사람은 1천 3 백년 전에도 서로 가깝게 지내기를 같은 나라나 일반이었다. 앞으로 쓰러지려 는 국운을 붙들어 보려는 몇몇 백제 충혼과 친근히 사귀던 나라의 위국(危局) 을 동정하는 야마도 사람의 미담을 줄거리로 하고 비련에 우는 백제와 야마도 의 소녀를 배하여 집필하겠다.[6]

소설의 중심 무대인 '부여'는 당시 총독부가 내선일체를 상징하기 위해 다양한 가공(加工)을 시도했던 이른바 '내선일체의 성지'였다. 일제는 '내선일체' 이데올로기의 강화 수단으로 1941년 '부여신궁'을 짓고, 그 공사에 문인들을 동원했다. 부여를 내선일체의 성지로 다룬 문인들의 글도 부지기수다. 백철의 「내선유연(內鮮由緣)이 깊은 부소산성」(『문장』, 1941.1)을 비롯하여, 박영희의 「부여신궁어조영 근로봉사에 참열하야」(『춘추』, 1941. 4), 이광수의 「부여행」(『신시대』, 1941.7), 주요한의 「부여의 꿈」(『신시대』, 1941.7) 등이 대표적인 '부여찬가'에 해당한다.

백제와 왜의 우호선린 관계를 묘사하기 위해 김동인은 '소가(牛哥)'와 '오리메(澳理致)'라는 허구의 일본인을 등장시킨다. '소가'는 부여에 거주하는 일본인의 집단 거류지인 '야마도부(府)'의 부(副)책임자이자, 의자왕으로부터 벼슬을 제수받은 백제의 신하이기도 하다. '오리치'는 야마도 임금의 5촌 조카딸로, 공부를 하기 위해 백제로 유학 온 왜의 처녀다. 소가는 복신의 외아들 집기의 절친한 친구여서 두 사람은 틈만 나면 의자왕의 패덕으로 도탄에 빠진 백제의 앞날을 걱정한다. 소가의 가장 큰 고민은 백제나 신라가 당나라에 대해 당당한 자존을 지키지 못하고 늘 위축되어 눈치보기에 급급하다는 사실이다.

> 내 진정으로 말하자면 나는 이 '크다라(백제를 가리키는 일본어. 지금도 일본에서는 百濟를 〈だら라고 읽는다—인용자〉'라는 나라이 도대체 그다지 마음에 안들어. 내가 미까도의 분부를 받고 또 내 아버님의 분부도 받아 이 나라에 몸을 바친 이상에야 신명을 다해 섬기겠지만 '정'으로 말하자면 마음에 안드는 데가 많어. 첫째 웨 이나라 사람에겐 기백이 부족하냐 말일세. 같은 동명제(東明帝)를 조상으로 한 두 나라가 고구려와 백제의 기백이 웨 그다지도 다르냐 말일세. 고구려의 기백이야말로 야마도人사람인 내게는 심령에 푹 맞는단 말이지. 같은 조상의 피를 물려 받아 가지고 크다라는 웨 고구려 같은 자존심과 굳센 맛이 없는가. (…중략…) 여보게 집기 우리 야마도나 크다라나 신라나 모도

<hr>

6) 임종국, 『친일문학론』, 평화출판사, 1966, 197면.

영토에 호령하는 임금이야. 웨 구구히 한토(중국을 가리킴—인용자)의 천자에게 허리를 굽히느냐 말일세. 우리 야마도의 미까도로 말씀하더라도 야마도 천지에 군림하시어 당신의 백성을 호령하시지 신성하신 신분이 저 새로 선 수나라 천자 따위는 후배로 어린애로 보시거든. 고구려도 고구려의 천자, 백제 그렇고 신라 그러커늘 웨 백제 신라는 구차히 구는가 (303~305면. 강조는 인용자)

김동인은 왜인 소가의 입을 빌려 백제와 신라가 중국에 대해 주체적이지 못함을 비판하고 있다. 특히, 소설은 여러 등장인물을 통해 신라의 사대주의적이고 종속적인 태도를 힐난하고 있는데, 그것은 신라가 중국의 힘을 끌어 들어와 한반도와 그 주변 나라들의 주체적이고 평화로운 삶을 위협하기 때문이며, 신라의 그러한 오판이 독자적인 공존을 추구하던 동아시아의 질서를 중국 중심으로 재편하도록 만든다는 이유 때문이다. 이 과정에서 나당연합군에 의한 삼국통일은 '위업'이 아니라 '악업(惡業)'이 되며, 그 '악업'이 달성되기 이전의 시대는 하나의 '원형'이자 '이상적인 시·공간'으로 절대화되는 것이다. 소가의 목소리에는 중세의 전통적인 중국 중심의 '천하관'을 정면에서 부정하고, 각 나라가 고유한 독자성을 추구할 권리가 있다는 '근대 국민 국가의 이데올로기'가 삼투되어 있다.

'내선일체'가 고대의 복원을 통해 그 논리의 정당성을 구하기 위해서는 '원형으로서의 고대'를 훼손시킨 오염원(汚染源)을 찾아 응징하고 제거할 필요가 있었다. 그 원형을 훼손한 오염원으로 지목된 것이 바로 '중국'이다. 이른바 '내선일체'론을 가로지르는 '반(反)중국'의 논리에는 중국을 중심으로 형성되어 왔던 기존의 동아시아 문명 이해의 구도를 전면 해체하고 그것을 '일본' 중심으로 재편하고자 하는 욕망이 꿈틀대고 있으며, 타자를 격하시키고 멸시함으로써 자기 동일성을 확보해 나가는 '전도된 오리엔탈리즘'이 각인되어 있다. 곧 '반(反)중국'은 '반(反)봉건'이며 '반(反)유교', '반(反)야만'을 의미하는 것으로 확대된다. 조선과 일본이 하나임을 설득하기 위해서는, 한반도가 중국 중심으로 세계를 인식하기 이전의 시·공간을 복구해야만 했고, 소설은 비주체적인 신라가 당을 끌어들여 한반도의 다른 나라를 무너뜨린 시점을 그 결정적인 계기로 파악한다. 소설이 사서(史書)가 전하는 그 후의 결말을 더 잇지 않고, 의자왕을 구하러 야마도의 원군이 달려오는 장면에서 멈추는 이유가 바로 거기에서 비롯된다. 그 이후의 세계는 마치 아담과 이브가 선악과를 맛보고 에덴으로부터 쫓겨난 이후가 '타락의 세계'인 것과 똑같은 논리 구조 위에 서 있는 것이다.

소설의 논리처럼 고대가 과연 한반도와 왜와 중국의 관계가 일방적인 문화수수(授受)가 아니라 상호교류의 독자성 위에서 형성되고 있었는지 여부는 접어 두고라도, 당풍(唐風)이 국풍(國風)을 밀어내고 한반도가 중국의 제도와 문물, 풍속과 관습, 윤리와 도덕 체계의 지배적인 영향권에 놓이게 된 것을 하나의 '악'이자 '타락'으로 설정하는 순간, 이 '타락설'은 일제의 모든 동화정책을 정당화하는 가장 근본적인 원리의 차원으로 격상하게 된다. 예컨대, 일본어 문제를 비롯하여 창씨개명, 신사참배는 물론 근친혼의 풍속에 이르기까지, 동화정책의 모든 것은 고대사를 원형이자 이상적인 시대로 설정함으로써 간단히 정당화되어 버리고 만다는 것이다.

고대사 복원의 이러한 논리가 가장 강력하고 총체적인 형태로 드러나는 것은 이광수의 경우일 것이다. 그에게 있어 고대사의 복원은 훼손된 모든 것의 원형을 되찾는 과정에 다름 아니다. 일본어 상용은 물론이요, 창씨개명과 신사참배, 풍속과 관습까지도 일본에의 동화는 우리 것을 잃는 것이 아니라 되찾는 과정이 된다. 그는 지금 사용하고 있는 조선사람들의 성명은 중국식 성명이며, 원래 우리 조상들의 이름은 지금과 전혀 달랐다는 것을 근거로 창씨개명을 정당화시킨다. 유교의 영향이 본격적으로 한반도에 유입되기 이전의 신앙은 대체로 무속이나 불교였으며, 그것은 일본의 신도(神道)와 같은 뿌리에서 나온 것이다, 조선어 역시 고대에는 일본어와 거의 같은 형태였는데 중국어와 몽고어, 한문의 영향 때문에 오늘날과 같은 변형이 초래된 것이다, 그래서 마침내 이광수는 "만일 천 년 전 우리 조상이 금일의 내지를 보고, 조선을 본다면 내지야말로 그들의 고향이라고 할 것이다"7)라는 선언에 이르게 된다.

『백마강』은 근친혼의 풍습까지 복원한다. 왕자 태(泰)가 당숙인 북신의 딸 봉니수를 두 번째 아내로 맞아들이는 것이다. 이 혼인 사건은 작은 갈등을 일으키는데, 그 원인은 근친혼에 있는 것이 아니라, 봉니수가 정작 사모하는 사람은 왜인 '소가'인 까닭이며, 봉니수의 아버지와 오라비인 복신과 집기가 망나니인 '태'에게 봉니수를 시집보내기 싫어한 탓이다. 근친혼이 재래의 풍속으로 존재했는가의 여부와 상관없이 그것 역시 하나의 이데올로기의 도구가 될 수 있음을 다음의 사례가 보여준다. 일본의 '국민작가'로 알려진 시바 료타로(司馬遼太郎)는 근친혼(동성동본금혼을 포함하여)을 금기시하는 한국의 풍속을 이해할 수 없다는 전제를 단 후에, "이런 점은 일본에서는 당치 않는 이야기입니다. 『고사기』나 『일본서기』를 보아도 여동생과 연애하기도 하고 이복 여동생과는 정식으로 결혼할 수도 있으며, 메이지, 다이쇼 무렵에도 사촌간 부부가 흔히 존재했습니다. 한국이나 중국에서 본다면 야만이라 말하겠지요 아니 그 이상으로 동물 냄새가 난다고 할 것 같군요"8)라는 냉소적인 평가를 내린다. 그에게 근친혼 풍습은 일본과 다른 동아시아 국가들을 구별지어주는 중요한 근거가 되며, 근친혼의 허용 범위가 넓은 일본이 그렇지 않은 국가에 비해 좀더 진보적이라는 편견이 자리잡고 있다. 시바 료타로의 이러한 평가는 물론 한국·중국을 일본과 차별화함으로써, 일본의 자기 동일성 확보를 꾀하기 위한 것이다.

---

7) 이광수, 「병제의 감격과 용의 2」, 『매일신보』, 1943.7.29. 이경훈, 『이광수의 친일문학』, 태학사, 1998, 62면.

8) 시바 료타로, 「문명과 문화에 대하여」, 『新鐘』, 39호, 64면. 여기서는 이성시, 앞의 책, 235면에서 재인용함.

소가와 집기에게는 백제가 점차 당풍의 영향으로 말미암아 젊은이들이 문약(文弱)해지는 것도 심각한 고민거리의 하나가 된다. 신라의 첩자임이 분명한 '술비'라는 자가 의자왕의 측근이 되어 국정을 농단하는 것을 지켜보면서, 소가는 함부로 인명살상하는 것을 금지하는 백제의 법에 대해 불만을 토로한다.

> "아아 우리 야마도같이 자유로 칼을 부릴 수 있는 나라라면 그런 흉물은 일도로써 처치하겠구먼"
> "우리 나라서도 주먹은 쓸 자유가 있다네."
> "그게나마 비법적으로 해야지 정정당당히 주먹으로나마 사람을 쳐죽이면 아무리 죄인을 쳐죽인다 해도 율법이 가만 있지 않지."
> "그야 그렇지"
> "저런 자들을 쳐죽이는 편이 나라를 위해서든 의인들을 위해서든 좋은 일인데 국법이 금하니 어찌 하나."(364면)

백제는 중국의 율령체계를 받아 들여 비록 죄인이라 하더라도 정당한 절차를 밟지 않고 사람을 상할 수 없도록 한 반면, 일본은 율령체계의 영향권 바깥에 놓여 있음이 위의 대화에서 대비되고 있다. 내선일체를 향한 반(反)중국의 이데올로기는 인명의 존엄성을 올라타고, 율령의 인권 보호 장치마저 고답하고 문약한 제도로 둔갑시키는 것이다.

일제가 고대사 복원 작업에 박차를 가했던 것은 두 가지로 이유로 압축된다. 그 하나는 일본의 고사서인 『일본서기』나 『고사기』에 근거한 이른바 '임나일본부'설이나 '남선경영설'에 기대어 고대 동북아에서 일본은 일방적으로 중국의 영향권에 놓였던 것이 아니라 독자적인 문화와 제도를 가지고 대등한 입장에서 동북아 질서의 한 축으로 당당히 존재했었음을 재구해 내는 것이다. 당연히 이것은 근대 국민 국가의 창출과정에 필요한 '자기 동일성' 확보의 논리가 삼투되어 있다. '자기 동일성'이란 끊임없이 타자를 걸러내고 차별하는 과정을 통해 형성되는 것이다.

이 '자기 동일화' 과정에서 타자로 설정된 것이 중국이었으며, 그 뒤를 잇는 것이 조선을 비롯한 동아시아의 여러 나라들이었다. 요시다 쇼인(吉田松陰)으로 표상되는 '황도사관'이 '일군만민'론을 기축으로 하여, 황실의 '만세일계'를 신앙의 차원으로 끌어올리고, 일본이 자기 중심적으로 기술한 사서의 고대사 부분을 맹신하는 한, 이 '자기 동일성'의 신화는 자연스럽게 '타자의 지배'를 향한 욕망으로 옮겨가게 된다.[9] 고대사 복원 사업의 두 번째 목적은 바로 여기에서 비롯된다.

> 쇼인에게 대외적인 주권 국가인 '황국'의 이념이 천황 신화의 이데올로기 대계에 의해 규정되는 한, 그 '자기'상의 정립도 천황 신화에 결부되는 부정적 '타자'의 상정과 표리일체를 이룰 수밖에 없게 된다. 말하자면 그것은 새로운 '자기'형성의 내실이 천황 신화에 편입된 조선과 그 외의 '타자'에 대한 멸시관·침략관과 불가분의 관계에 있다는 것을 의미한다. 삼한을 정벌한 신공황후(神功皇后) 전설이나 임나일본부의 존재설은 그 대표적 예로서, 근본적으로 지고무비한 '황국' 이념은 류큐·조선·중국에의 침략을 '합리화'하는 논리와 깊숙이 결부되어 있다.[10]

그러나 '자기'상의 정립과 '침략'의 정당화를 위해 복원된 고대사는 항상 순조롭게 목적에 부합하지는 않았다. 고대사 복원 작업은 식민지 지배의 용이함을 위해 고안된 '내선일체'와 '일선동조론'을 둘러싸고 내부균열에 직면하게 된다. 내부균열의 원인은 2,600년 간 순수 단일 혈통을 유지해 온 황실을 중심으로 하나의 '거대한 가족'형태를 구상하고 있던 '국체론자' 및 '황도론자'들에게는 열등한 민족인 조선과의 피섞임이 수용할 수 없는 '국체훼손'으로 인식되었기 때문이다. 식민학(植民學)의 일부로 자리잡았던 민족학이나 우생학자들에게서도 '일선동조론'은 환

---

9) 요시다 쇼인에 관해서는 윤건차, 「내셔널 아이덴티티의 탐구―요시다 쇼인[吉田松陰]론」(하종문·이애숙 역, 『일본, 그 국가·민족·국민』, 일월서각, 1997에 수록)을 볼 것.
10) 윤건차, 위의 글, 41면.

영받지 못했다. 그들 역시 식민지 지배의 정당화 기제를 일본 민족의 우월성에서 구하고 있던 차에, 우생학적인 일본 민족이 열등한 조선과 동조동원의 관계에 있었다는 논리는 수용하기 어려운 것이었다. 독립적인 조선사의 발전 단위를 인정하지 않으려는 일부의 동양사학자들에게도 '일선동조론'은 비판의 도마 위에 올랐다. 그들은 조선인의 혈통의 상당 부분이 일본과는 다른 북부중국계이며, 그런 까닭에 조선사를 독립적으로 편성하기보다 만선사(滿鮮史)로 묶어 대륙 역사의 일부로 편입시키는 방법이 옳다고 믿었다.11) 그러나 이런 대립과 갈등에도 불구하고, 국체론자든 우생학론자든 동양사학자든 조선을 비롯한 식민지 지배의 정당성에는 하나 같이 동의하고 있었다. 원래 동조동원의 관계였으므로 합병은 침략이 아니라 고토의 회복인 동시에 원형으로 복귀하는 것이란 논리를 펴든, 비록 피를 나누지는 않았지만 열등한 민족과 국가를 우월한 민족이 정복해서 계몽하고 발전을 도모하는 것은 필연이라는 논리를 펴든, 식민 지배의 정당화라는 하나의 귀결점에 이르는 것은 매한가지이기 때문이다.

비록 내부 균열의 과정은 드러냈다고 하더라도, 일본의 고대사 복원 논리는 이처럼 분명하고 뚜렷한 목적 아래에서 이루어지고 있었다. 그렇다면 일본인 아닌 조선인이 '일선동조론'을 자기 신념으로 만들면서 얻게 되는 것은 무엇일까. 『백마강』의 충신 복신이 의자왕 앞에서 진언하는 다음과 같은 언설에 '일선동조론'에 보내는 조선인의 욕망의 일단이 숨어 있다.

> 첫째로 혈통으로 보아서 우리 부여씨(백제 왕실)의 혈통에 저 나라 피가 얼마나 많이 섞이었습니까. 또 우리 부여씨의 피가 저 나라 황실에는 얼마나 섞이었습니까. 우에가 우에로서 이같이 피가 얽힌만치, 아래 백성으로도 우리 나라

---

11) '일선동조론'을 둘러싼 일본 내부의 갈등 양상에 대해서는 최석영, 『일제의 동화이데올로기의 창출』(서경문화사, 1997)을 볼 것.

백성이 얼마나 많이 저 나라에 건너 가서 잡거해 살며 저 나라 백성은 또 얼마나 우리 나라에 건너와 잡거해 삽니까. 잡거해 살면서 혼인하고 자손이 생기고 ―이렇듯 서로 피가 교류되기 7,8백년에 먼저 생긴 자손들은 각각 사는 나라의 백성으로 화하고 지금에 와서 내 백성을 서로 가릴 수가 도저히 없게 되지 않았습니까. 우에와 아래가 한결같이 어느 족속인지 구별치 못할 종족들이 다만 나라를 각각 달리하기 때문에 내 나라 네 나라 구별하는 뿐, 본시로 말하자면 형아 아우야 하고 지낼 새올시다. (224~25면)

『백마강』에서의 고대사 복원은 일본인에게 있어서처럼 '근대 국민국가의 이야기'로서의 기능도, '침략의 정당성'을 강화하는 기능도 될 수가 없다. 조선인에게는 중국을 타자화함으로써 확보할 자기 동일성으로서의 '국민 국가'가 없기 때문이다. 마찬가지로, 열등 민족에 대한 지배의 정당화를 기도할 아무런 대상도 가지지 못했기 때문이다. 그러므로 마지막으로 귀착하는 지점은, '일선동조론'을 주창하는 식민지배자들의 진정성에 한 가닥 희망을 걸면서, 진짜 현실 속에서 '내선일체'의 이데올로기가 제도와 정책을 통해 양 국민의 평등한 '권리와 의무'를 보장하는 '금과옥조'가 되기를 소망하는 것뿐이다. 그리고 그 '금과옥조'가 현실화되는 과정에서 조선인에게 요구된 것은 '권리와 의무' 중에서 당연히 '의무' 쪽이었다. '일선동조'의 정책적 배려로 조선의 젊은이들은 전쟁터로, 광산으로, 공장으로 끌려나가야만 했다. '내선일체'를 신념으로 간직하고 있던 사람들은, 먼저 부과된 이 '의무'를 '권리'라고 주장하는 논리의 곡예를 다시 펼쳐야 했다. '황군으로 당당히 죽을 수 있는 권리', 그것이 '천황'이 '내선일체'에 입각해 '반도인'들에게 부과한 '황송한 권리'였던 것이다.

『백마강』 전편에 산재해 있는 '중국'에 대한 타자화 문제 역시 논리적 파탄을 면하기 어렵다. 19세기 말부터 시도되었던 '탈중국'의 논리가 지닌 최선의 지향점은 '반봉건·자주'의 이념이었다. 중국으로부터의 자주선언은 중세적 조공체제의 탈피를 의미하는 동시에, 근대적 국민 국가의 이념적 기틀을 다지는 것이었고, 나아가서는 봉건적 구습으로부터 벗어나 근대적 제도와 시스템으로의 편입을 기획하는 것이기도 했다. 그러나 '내선일체'의 논리와 접속되는 순간 '탈중국'의 기획은 논리의 전도(顚倒)와 착종에 봉착한다.

'당풍(唐風)'을 비판하고 신라의 사대주의를 힐난하는『백마강』주인공들은, 고대사 복원의 이데올로기 배후에 놓인 '반중국'의 논리와는 딴판으로 유교의 폐해로 지적되는 가부장제와 문벌주의의 피해자로 등장한다. 왜인 소가는 오리메의 열렬한 구애에도 불구하고 그녀가 자신의 집안과는 원수가 되는 '호소(呼素)' 가문 출신이라는 이유로 청혼을 거절하며, 성충은 스스로 옥에 갇히어 자결로써 '백제'에 대한 충성심을 드러낸다. 무엇보다도 곤혹스러운 것은 이 소설을 배후에서 조종하고 있는 '선／악'의 이분법적 구도, 즉 '백제'가 '선'이 되고 '신라'가 악이 되어야 하는 이유가 뚜렷하지 않다는 것이다. 왜『백마강』의 작자와 독자는 '백제'를 '우리'로 인식해야 하며, '신라'를 '타자'로 인식해야 하는가. 소설 전편을 통해 확인할 수 있는 유일한 이유는 백제가 '왜'와 가깝다는 것과 신라가 '당'과 가깝다는 이유 단 하나뿐이다. 그 이유 하나에 의지해 이 장편소설의 모든 인물 배치와 행위의 '선／악'이 구분되는 것이다. 독자로서는 설득당할 준비를 잔뜩한 채로 읽어도, 왜 '백제와 왜'가 '우리'가 되고 '당과 신라'가 '그들, 즉 타자'가 되어야 하는지, 왜 야마도 사람 '소가'는 '백제'를 위해 신라인 '술비'를 죽이고 스스로 목숨을 끊으려 하는지 납득하기가 어려운 것이다.

4. 반복되는 고대사 복원의 기도와 친일 논의의 질곡

『백마강』이 문제적인 이유는, 단지 그 소설에 일본에 대한 찬양이 나오고, '일선동조론'에 부합하는 목적이 선명하다는 데 있지 않다. 그러한 논리로 변별해 나가자면, 우리는 중세의 헤아릴 수 없이 많은 '친중문학(親中文學)'을 솎아내야 하고, 그에 버금가는 '친미문학'을 근현대문학 내부에서 갈라내어야만 할 것이다. 따라서 이 글은 주로 『백마강』의 고대사 복원 이데올로기와 그것의 논리적 양상을 중심으로, 작품의 한계를 따지려고 노력했다. 그리고 소설이 애초 스스로 설정한 이념에도 미달할 뿐 아니라, 이념과 서사의 전개가 서로 모순되는 지경에까지 이르고 마는 논리적 파탄을 문제삼았다. 『백마강』의 고대사 복원 이데올로기가 안고 있는 가장 근본적인 모순은 '식민지 지배'에 대한 정치·경제적 인식의 무지함에 있다. 한쪽에서는 저항을 무마시키고 식민지 경영을 통한 초과이윤의 안정적인 확보를 위해 '한핏줄'임을 내세우는데, 그 반대편 쪽에서는 '한핏줄'이 되었을 때 얻게 되는 '동등한 지분과 권리'를 꿈꾸며 그 이데올로기에 기꺼이 동화되기를 작정하는 것이다. 『백마강』의 고대사 복원의 시도는 '고대사'라는 한 침대에서 서로 다른 꿈을 꾼 씁쓸한 이야기의 한 부분이다.

그러나 『백마강』에서 보았듯이, 그리고 메이지시대 황도주의자들이 그러했듯이, 또한 불과 며칠 전에 일왕 아키히토가 그러했듯이, 고대사는 지금도 필요와 목적에 의해 끊임없이 재구되고 복원의 시도 가운데에 놓여 있다. 우리 사회로만 한정하더라도 최근의 단군성조운동이 그러하고, 효종 이후 끊이지 않고 이어져 내려오는 '만주는 우리 땅'이라는 대중적 슬로건이 그러하다. 황도주의자들의 이른바 '단일민족·만세일계'의 이념 못지 않게, 우리도 '5천 년 단일민족'의 신화에 깊이 침윤되어 있는 것이 사실이다. 앞서 살폈듯이 동일한 내용을 담은 두 개의 언

표, 즉 일왕의 발언에 고무되고 이광수의 발언에 분노하는 이중성에서
자유로워지지 못하는 한, 고대사 복원의 시도는 언제나 '국민 국가 이데
올로기'를 창출하기 위한 '이야기 만들기'의 유혹에서 벗어나기 어렵다.

해방 이후 우리 사회에서 끊임없이 반복 제기되는 친일 문제가 한 번
도 제대로 정리되지 못하고 곤혹스럽게 되풀이되는 중요한 이유의 한
부분도 여기에 있다. 친일 문제가 명쾌한 결론에 도달하지 못하는 이유
는 여러 가지가 있겠지만, 이 '친일' 논의가 '국민 국가의 자기 동일성'
확보에 동원되는 순간 그것은 애초의 문제제기가 지닌 의도가 무엇이었
든 상관없이, 논리의 단순함과 배타적인 자기 중심적 논의 구조를 형성
해 냄으로써 문제의 해결은커녕 더욱 꼬이고 얽힌 자기 모순에 빠져들
게 되고 마는 것이다.

좀 과장해서 말하자면, '친일' 문제는 정작 정치적으로든 역사적으로
든 명쾌히 정리하고 넘어가서는 안 되는 문제였다. 왜냐하면, 그것은 한
번 정리되고 나면 다시는 써먹을 수 없는 카드가 되고 말기 때문이다.
그러므로가 문제는 명쾌하게 단번에 해결하고 정리해서 일단락 짓기보
다는 필요하면 언제든지 손쉽게 꺼내 쓸 수 있는 것으로 '갈무리' 해 두
지 않으면 안 되는 것이다. 공동체의 동원 논리가 필요할 때나 국민으로
서의 정체성 확보가 긴요해졌을 때, 배타적인 독점이나 자기 방어의 논
리적 기제가 필요해졌을 때, 이 카드는 다른 어떤 것보다도 '나와 남'
'우리와 그들', '좋은 편과 나쁜 편', '신성한 것과 더러운 것'을 구분해
줄 수 있는 요술방망이인 까닭이다. 결국 친일 문제는 논의의 지평 자체
가 하나가 아닌 셈이다. 그것은 문제의 해결보다도 누가 어떤 목적에서
이 문제를 제기하고 어떤 관점에서 접근하는가가 더 중요한 사안일 수
도 있다. '친일문학'에 관한 논의 역시 그 연장선상에 놓여 있다. 고대사
복원의 시도가 언제 어느 때 다시 등장할지 모르는 잠재적 가능태이듯,
친일 문제는 기억의 되살림도 과거의 단죄도 아닌 '지금·이곳'의 문제
다. 친일 문제는 '청산의 대상인 과거사'라고 설정하는 데서부터 문제

해결이 어려워진다. 그것은 우리 내부에 이미 깊숙이 침윤되어 우리의 일상을 지배하는 이데올로기로 작동하고 있는 중이다. '친일' 문제를, 그리고 '친일문학' 문제를 민족적 순결성이라는 관념의 방패 뒤에 숨어, 윤리적 정당성을 확보하는 도구로 이용하는 한, 해결은커녕 정당한 문제의 인식조차 어려워진다. 어쩌면, 지금 우리에게 필요한 것은, 기존의 고답한 '친일' 범주를 전면적으로 해체하고, 새로운 범주로 이 문제에 접근하는 것일지도 모른다.

순수문학론에서의 미적 자율성과 반근대의 논리

김동리의 경우

1. 미적 자율성과 근대성

이 글은 한국 근대문학사에서 '미적 자율성(aesthetic autonomy)'을 문학이념의 최대강령으로 내세웠던 김동리의 '순수문학론'을 검토하기 위해 쓴다. 논의는 주로 김동리가 전면에 내세웠던 '미적 자율성'에 대한 이해 방식, 그리고 그에 근거한 김동리의 '근대 인식'에 대한 문제를 중심으로 진행될 것이다. '미적 자율성'과 '예술의 자율성'은 엄밀한 의미에서 같은 범주는 아니다. 논자에 따라 차이는 있으나, 대체로 '예술의 자율성'은 '미적 자율성'에 관한 논의로부터 비롯된다는 점, 그리고 '예술'은 '미적 경험' 내지는 '미적 실천'의 한 부분이라는 점에서 '미적 자율성'이 더 큰 개념이라고 할 수 있다. 또한 김동리의 '순수문학론'은 시종일관 '예술의 자율성', 정확하게 말하면 '문학의 자율성'에 대해 논하고 있어서 '미적 자율성'으로 접근하는 것은 약간의 문제가 있다. 그러나,

이 글에서는 '예술' 일반 및 '문학' 일반의 '자율성'에 대한 논의도 '미적 자율성'에 포섭하여 논의하기로 하고, 다만 특별히 두 개의 범주를 구분할 필요가 있을 때는 따로 구분지어 논하기로 한다.[1]

김동리의 '순수문학론'을 통해 '미적 자율성'에 관한 문제를 살펴보려 할 때 다음과 같은 두 개의 질문이 제기될 수 있다. 첫째는 한국 근대문학에서의 '미적 자율성'에 관한 논의에서 김동리의 '순수문학론'이 대표성을 지니는가 하는 물음이며, 둘째로는 '순수문학' 일반이 아니라 '김동리의 순수문학론'이라고 한정지을 만한 타당한 근거가 있는가 하는 물음이다.

두 번째 질문부터 먼저 검토하기로 하자. 사실 '순수문학'은 한국문학사의 독특한 조건과 환경에 의해 하나의 보통명사처럼 사용되고 있다. 특히, 이런 양상은 학문 분야 바깥, 예컨대 대중매체나 제도교육 현장 등지에서 흔하게 발견된다. '순수문학'은 그 대타개념인 '참여문학'과 구별되어, 정치적 입장이나 이념적 지향 및 구체적인 현실 문제에 대한 개입이 배제된 일체의 문학을 가리키는 개념으로 쓰인다. 특히, 제도교육의 문학관련 교과서나 보조교재에는 특정 작품이나 작가가 '순수문학' '참여문학' 또는 '순수계열' '참여계열'로 분류되는 것이 다반사처럼 흔하다. 거기에 덧보태, 이른바 '상업주의문학'이나 '대중문학'에 맞서는 개념으로서, 일체의 상업적 목적이나 자본의 이해 관계로부터 자유로운 문학의 총칭이기도 하다. '반참여문학' 또는 '반대중문학' '반상업주의문학'으로서의 '순수문학'의 기원은 19세기 유럽으로 거슬러 올라가야 한다.[2] 그러나 정작 중요한 것은 개념의 발생이나 기원 또는 개념의 상동

---

1) '미' 또는 '예술'의 개념사에 대해서는 블라디슬로프 타타르키비츠, 『여섯 가지 개념의 역사—미학에세이』(이용대 역, 이론과실천사, 1990)를 참조

2) 상식에 속하는 것이지만, '순수문학'은 개념의 외연으로만 따지자면, 19세기 유럽에서 일어난 '예술지상주의(l'art pour l'art)'나 '유미주의(aestheticism)' 등의 예술사조와 연결된다. 그러나 김동리는 '순수문학론'에서 자신의 '순수문학'은 19세기 유럽의 이러한 사조들과 하등 관련이 없다는 것을 누차 역설한다.

성(相同性)을 따지는 일보다도, 이른바 '순수문학'이라는 기호의 위치 혹은 구조, 또는 그 기호가 움직이는 행동반경인 '한국문학사'라는 특수한 '콘텍스트'에 있다.3)

한국문학사에서의 '순수문학'은 그 문학이념이 표방하는 바의 '반계몽주의'와 '반정치성'에도 불구하고, 역설적으로 어떤 문학이념보다도 계몽적이며 정치적이라는 데에 사안의 특수성이 존재한다. '반계몽주의'를 표방하는 치열한 '계몽주의', '정치로부터의 탈피'를 주장하는 '정치과잉의 논리'는, '순수문학'의 논리가 애초부터 '위선'이거나 '거짓이념'이기 때문에 생겨난 것이 아니다. 그것은, '순수문학론'이라는 문학 이념 혹은 논리의 구조 내부의 문제로부터 나타난 필연적인 결과이다. 이 글이 검토하고자 하는 바 역시 그 점에 있거니와, 어째서 '미적 자율성'의 기획이 가장 강력한 '타율의 미학'으로 전락하고 마는가의 이유를, '순수문학론'의 논리 내부에서 찾고자 하는 것이 이 논문의 의도이다. 김동리의 '순수문학론'은 해방 이후부터 지금까지 계속 이어져 오고 있는 '순수문학론' 계보의 시조(始祖)에 해당한다고 할 수 있다. 조금 과장하여 말한다면, 김동리 이후의 '순수문학론'은 김동리 이론의 주석(註釋)에 불과하다.

첫 번째의 질문으로 되돌아가자. 한국 근대문학사에서 문학론 또는 문학이념을 통해 '미적 자율성'에 관한 논의가 제기된 것은 여러 차례 있었다. 그 점에서 김동리의 '순수문학론'은 최초도 최고도 아니라고 할 수 있다. 이광수의 계몽주의에 맞서 도저한 '반계몽으로서의 문학'을 기치로 내걸었던 김동인을 비롯하여, 가까이는 프랑크푸르트학파의 미학 이론을 차용한 이른바 '4·19세대'의 문학론에 이르기까지, '미적 자율성'에 관한 논의는 한국 근대문학의 성숙 정도와 발전 정도에 따라 다양

---

3) 그러나 아쉽게도 '순수문학'이라는 기호와 한국문학사라는 '콘텍스트'의 관계에 대해서 이 글은 충분히 검토하지 못한다. 이 문제는 완전히 글의 성격과 방향을 달리해서 독립적으로 검토되어야 하는 까닭이다.

한 모습으로 제기되었었다. 그러나 우리가 '미적 자율성'의 논의와 관련해서 김동리에 주목하는 가장 큰 이유는, 한국 근대문학사에서 제기된 이러저러한 '미적 자율성'의 기획이 대부분 한국문학의 '근대성'에 관한 긍정의 계기로부터 비롯된 데 비해, 김동리는 '미적 자율성'의 문제를 '근대 부정'의 계기로 전면에 포진시켰다는 점 때문이다. 다시 말하면, 한국문학사에서의 '미적 자율성'에 관한 논의는 대부분 한국문학의 '근대성'을 어떻게 숙성시키며, 어떻게 앞당길 것인가와 관련되어 있었던 반면, 김동리는 그러한 '근대성'을 전면 부정하고 '반근대의 기획'을 추진하기 위해 '미적 자율성'을 제기했던 것이다. 이러한 전도(顚倒)는 어떻게 가능했던 것일까. 그리고 그것은 어떤 논리적 정합으로 이루어진 것일까. 이것이 우리가 김동리의 '순수문학론'에 주목하는 또 다른 이유다.

김동리에 관한 비평사적 해석의 일단을 살펴보려는 다음 절에서 곧 확인되겠거니와, '미적 자율성'에 관한 논의는 '근대성'에 관한 논의와 상당 부분 겹친다. 따라서 이 글은 김동리의 '순수문학론'을 '미적 자율성'을 중심으로 논의하되, 그의 문학론에 나타난 '근대 인식'의 문제와 연결지어 논의하게 됨을 미리 밝혀 둔다.

2. 김동리의 순수문학론에 대한 몇 가지 해석의 관점

김동리의 '순수문학론'에 대한 비평사적 해석에서 주목할 만한 것으로는 대체로 세 가지 정도를 꼽을 수 있다.

첫째로는, '순수문학론'이 표방하는 바의 문학이념 및 논리에 반대하는 진영이 내세우는 비판의 논리다. 미학사상(美學史上)의 보수적이고 전통적인 입장은 대체로 특정한 예술 작품, 또는 그에 수반되는 미적 가치

및 평가의 문제에 있어서 특정한 시대나 특정 이데올로기, 또는 특정한 역사·사회적 조건 및 환경에 예술 작품의 내용이나 미적 가치를 연결 짓는 것을 극도로 기피하는 경향이 있다. 일반론적인 차원에서 '순수문학론'도 이러한 보수주의적 미학관에 기초하고 있다. 그 반면에, 이러한 보수적 미학관을 비판하고, 미적 범주 또는 미적 가치, 그리고 예술 작품의 발생 등에 수반되는 '역사적 자의성'4)을 인정하고, 해석과 평가가 해당 텍스트를 둘러싸고 있는 역사적 조건이나 환경과 불가분의 관계에 놓임을 강조하는 입장이 있다. 넓은 의미에서 보자면, 1960년대 내내 비평계의 중요한 쟁점이었던 이른바 '순수·참여문학 논쟁'은 이러한 미학사상의 전통적인 대립의 재현이라고 할 수 있다. 같은 맥락에서, 1960년대의 '순수문학론자'들은 김동리가 주창한 '순수문학론'의 이론적 에피고넨들이라고 할 수 있으며, 이른바 '참여문학론'은 해방 직후 김동리가 제기한 '순수문학론'에 대해 보수적 미학주의에 반대하는 사람들이 제기한 비판적 해석에 해당한다. 물론 여기서 편의상 '순수·참여문학논쟁'이라고 범박하게 통칭했지만, 이 논쟁도 개별 논쟁들의 구체적인 계기와 맥락을 살피면 제기된 쟁점이나 제출된 논리가 다 똑같은 것은 아니다. 다만, 일반론의 차원에서 보수적·전통적 미학관에 대한 역사주의적 또는 사회학적 미학관의 비판이라는 것으로 정리될 수는 있다.5)

---

4) 예컨대 이때의 '역사적 자의성'이란 어떤 '행위'나 '대상'이 '예술'로 인정받거나 받지 못하는 것은 미리 정해진 '본질'에 기원하는 것이 아니라는 의미로 쓴다. 예술에 있어서의 '역사적 자의성'의 가장 흔한 예로 '예술 제도'를 들 수 있다. 무언가 '미적인 것'을 만드는 사람이 스스로를 '예술가'로 자처하는가, '장인'으로 자처하는가의 문제도 넓은 의미에서 보자면 '자의성'에 해당한다. 석굴암 본존불을 오늘날에는 일말의 의심없이 '훌륭한 고대의 미술품'으로 인정하지만, 그것을 만든 석공에게 '예술가로서의 자의식'이 있었는가, 혹은 당시에 '석공'을 오늘날의 개념에서의 '예술가'로 인정하고 있었는가는 전혀 다른 문제이다.

5) 이러한 관점에서 이른바 '순수·참여문학 논쟁'을 비평사적으로 검토한 연구 성과들로는 신형기, 「해방 직후의 문학운동 연구」(연세대 박사논문, 1987); 한강희, 「1960년대 한국문학 비평연구」(성균관대 박사논문, 1997); 이상갑, 「문화주의와 역사주의의 상승작용」(민족문학사연구소 현대문학분과 편, 『1960년대 문학연구』, 깊은샘, 1998); 임영

이러한 일반론적 해석에서 좀더 나아가, 김동리의 '순수문학론'을 비평사에서 새롭게 자리매김하려는 작업은 김윤식에 의해 이루어졌다. 김윤식은 김동리의 '순수문학론'을 한국 근대문학사상 초유의 '반근대적 기획'으로 평가한다. 김윤식은 김동리의 '순수문학론'에 내장된 '반근대적 기획'을 김동리·조연현·서정주로 이어지는 이른바 '문협 정통파'의 문학이론으로 범주화하면서, 그 중심에 김동리를 놓았다. 그가 파악하는 김동리의 '순수문학론'은 '구경적 삶의 형식'이라는 명제로 압축되는 바, 이 '구경적 삶의 형식'으로서의 '문학'(즉 순수문학)만이 파탄에 이른 '근대 세계'와 그것의 예술적 반영인 '근대문학'을 넘어 서서, 새로운 지평으로 나아갈 수 있다는 것으로 요약된다.6)

작가가 묻고 있는 것이 여기라면, 그것은 근대적 삶을 송두리째 비판, 부정하는 것으로 파악될 것이다. 침략전쟁이라든가 식민지통치라든가 민족주의적 과제란 근대성(근대주의)으로 요약되는 것이기에 이러한 것이 하찮은 것에 속한다 함은, 근대성 부정으로 볼 수밖에 없는 것이다. 인간에게 근대주의보다 더 장대하고도 본질적인 것이 있다는 사상 위에 설 때, 근대의 산물인 소설 대신 〈서사시적 세계〉만이 의미있는 요소로 되는 것이다.7)

김윤식이 김동리의 '순수문학론'을 '반근대의 기획'으로 해석한 것과는 달리, '근대성의 극단' 혹은 '초근대(超近代)', '울트라모더니티(ultra-modernity)'로 해석하는 관점이 있다. 김철은 김동리의 '순수문학론'을 근대성의 극단

봉, 「1960년대 한국문학 비평연구」(중앙대 박사논문, 1999); 김영민, 『한국현대문학비평사』(소명출판, 2000) 등을 꼽을 수 있다. 이영미는 「'역마'의 정치성 연구」(국제어문학회 편, 『국제어문』 27집, 2003)에서 해방 직후의 김동리의 대표작인 「역마」의 정치성을 분석하면서, 김동리의 탈정치성의 표방에도 불구하고 그의 소설에 내장된 정치적 구도와 배치를 읽어내고 있어, '순수문학론'이 지닌 '정치성'의 해석에서 새로운 시각을 보여준다.
6) 김윤식, 『한국근대문학사상사연구 2—문협정통파의 사상 구조』(아세아문화사, 1994) 및 김동리에 관한 단독연구서인 『김동리와 그의 시대』(민음사, 1995)를 참조.
7) 김윤식, 위의 책, 96면.

적 확장인 '파시즘'에 기반한 예술론으로 파악한다. 그는 김동리의 소설(또는 문학론)을 설화적 세계를 배경으로 한 퇴행적 복고주의나 전근대주의로 해석하는 방식, 또는 그 서사전략의 표면적 의미에 함몰해 '탈근대' 내지는 '반근대'로 해석하는 방식 둘 다를 모두 부정하면서, 김동리야말로 근대성의 극단적 자기 확장의 욕망을 드러내는 '파시즘'적 산물이라고 본다. 이러한 해석이 근거하고 있는 것은 '파시즘'이 근대성의 폭력적 현상 형식이나 병리적 현상 형식, 즉 일종의 변종(變種)이 아니라, 근대 자체에 내장된 근대성의 가장 순연하고 본질적인 현상 형식이라는 논리이다. 김철은 김동리에게 사상적으로 큰 영향을 미친 그의 형 범보 김정설의 논리를 '원형 파시즘'으로 분류하고, 이 원형 파시즘이 김동리의 소설(나아가서는 문학론)에 어떻게 스며들게 되는가를 소설 「황토기」를 통해 분석한다.

> 김동리의 소설이 보이는 상호 이질적인 것들, 모순적인 것들의 동시적 공존은 전근대적 복고주의나 포스트모더니즘의 일면적 개념으로는 설명될 수 없다. 모더니티에 대한 강렬한 매혹과 그것에 대한 강렬한 부정을 동시에 야기하는 것이야말로 모더니티의 근본적 역설이 아니겠는가. 이 역설을 극단적으로 밀어붙임으로써 그것으로부터 도피하거나 초월하려고 했던 것, 그러나 실제로는 그것을 더욱 공고히 하고 마는 데에 그쳤던 것, 파시즘의 정치와 모더니즘의 문화가 공유했던 것은 바로 그것이었다.[8]

김동리에 대한 김윤식과 김철의 해석 및 비판은, 일단 김동리의 문학론을 역사적으로 범주화한다는 점에서 앞서의 일반론적 해석 및 비판과는 구별된다. 즉, 김동리의 문학론을 초역사적인 미학상의 '전통적 견해'라는 차원이 아니라, 그의 입론(立論)이 형성되고 전개되는 지성사적 맥락과 이데올로기적 환경 안에서 형성된 역사적·정치적 미학이라는 차원에서 파악하고 있다. 동시에, 두 사람 모두 김동리의 문학론 및 문학

---

8) 김철, 「김동리와 파시즘―'황토기'를 중심으로」, 『국문학을 넘어서』(국학자료원), 2000, 58~59면.

을 '근대성'과 연관지어 이해함으로써, 김동리 문학론의 미학적인 부분과 정치·역사적인 연관 관계를 한결 구체적이고 체계적으로 이해할 수 있는 단초를 열었다. 그럼에도 불구하고, '반근대'와 '초근대'의 해석은, 김동리 문학론이 지닌 논리적 배리(背理)와 결락보다는, 논리적 일관성을 전제로 하고 있다는 점에서 해석 및 비판에 일정한 한계를 보이고 있다.

동일한 대상을 두고 한편에서는 '근대 부정의 논리'로, 다른 한편에서는 '극단적인 근대의 논리'로 파악할 수 있는 까닭은 '순수문학론'의 복잡함에서 연유한다. 그만큼 김동리의 '순수문학론'은 자기 완결적인 논리 구조를 띠면서도, 그 내부에 단층과 결락이 곳곳에 편재해 있다. 그리고 논란의 출발은 이 논리적 단층과 결락에서 비롯되고 있다. 이율배반처럼 보이지만, 나는 김동리의 문학을 '반근대의 기획'으로 읽는 것과 '초근대의 기획'으로 읽는 방식이 모두 가능하다고 생각한다. 김동리는 근대를 부정하고 싶어했지만, 그 기획은 실패한 것으로 보이기 때문이다. 같은 맥락에서 김동리가 추구했던 '미적 자율성'(혹은 문학의 자율성) 역시 확보되지 못했다. 이 글은 그러한 '순수문학론'의 이론적 회절(回折), 즉 애초의 '반근대의 기획'이 어떻게 '근대'의 자장(磁場)'을 넘어서지 못하고 다시 그 내부로 회귀할 수밖에 없었던가를 살펴보려는 것이다.

3. 순수문학론의 논리 구조

김동리가 그의 '순수문학론'을 처음으로 한국문학사에 제출했던 것은 해방 전인 1939년 무렵부터였다. 물론 이 무렵의 그의 문학론은 분명한 체계와 논리를 갖춘 것은 아니었고, 훗날인 해방 직후에 자기 완결적 구조를 지니게 되는 문학론의 초기 형태로서였다. 비록 논리적으로 완결된 형태는 아니지만, 이 무렵부터 이미 '인간성 옹호'라든지 앞 세대 문학에 대한 강한 환멸의식 같은 것을 숨김없이 드러내고 있는 것은 분명하다. 김동리의 '순수문학'이 이론적 체계를 갖추고 전면에 등장하는 것은 해방 직후였다. 그는 해방 직후인 1946년부터 「순수문학의 진의」, 「본격문학과 제3세계관의 전망」, 「문학과 자유를 옹호함」 등의 문학론과 「자연주의의 구경—김동인론」, 「산문과 반산문—이효석론」, 「청산과의 거리—김소월론」 등의 작가론을 잇달아 발표하면서, 해방 전에 시론(試論) 형태로 제출했던 '순수문학론'에 체계와 구조를 구비한다.9) 해방 전이나 해방 직후나 모두 김동리의 문학론은 동시대의 문학 논쟁을 통해서 체계를 갖추어 나갔다. 해방 전에는 유진오나 임화를 비롯한 앞 세대 문학가들과 논쟁을 벌였었고, 해방 직후에는 주로 '문학가동맹'을 중심으로 한 좌파 문학론을 강하게 의식하면서 논리적 틀을 형성했으며, 김동석이나 김병규 등과는 실제 논쟁을 하기도 했다. 그런 까닭에 김동리 문학론의 온전한 재구성을 위해서는 비평사적 맥락으로서의 논쟁과정을 살펴야 마땅하지만, 논쟁의 추이를 검토하는 것이 중심 과제가 아니므로, 그러한 비평사적 맥락이 배후에 작동한다는 것을 염두에 두면서, 김동리 문학론의 자기 완결적인 구조를 중심으로 재구성하고자 한다.

김동리의 순수문학론은 그가 내세우는 다음과 같은 명제, "순수문학이란 한마디로 말하면 문학정신의 본령정계의 문학이다. 문학정신의 본령이란 무론(無論) 인간성옹호에 있으며 인간성옹호가 요청되는 것은 개성향유를 전제한 인간성의 창조의식이 신장되는 때이니만치 순수문학의 본질은 언제나 휴맨이즘이 기조(基調)되는 것이다"10)에 압축되어 있다. 이 문장으로부터 유추하건대 '순수문학론'의 합리적 핵심은 사실상 '인간성옹호'로서의 '휴머니즘'에 집약되어 있다고 해도 과언이 아니다. 김

---

9) 김동리가 해방 직후 발표한 '순수문학론'은 『문학과 인간』(백민문화사, 1948)에 망라되어 있다. 이후의 김동리 문학론은 주로 이 텍스트에 의하여 정리한다.
10) 김동리, 「순수문학의 진의—민족문학의 당면과제로서」, 앞의 책, 106면.

동리 역시, 자신의 문학론을 보완 설명하면서 이 '휴머니즘'에 관해 가장 상세한 설명을 덧붙인다.

이미 널리 알려져 있지만, 논의의 전개를 위하여 그가 말하는 '휴머니즘'에 대해 간단히 정리하기로 하자. 김동리는 '순수문학'이 지향하는 '휴머니즘'은 이른바 '제3기의 휴머니즘'으로서, 이것은 '제1기의 휴머니즘' 및 '제2기의 휴머니즘'과는 근본적으로 다른 새로운 휴머니즘이라고 주장한다. '제1기의 휴머니즘'은 헬레니즘으로 상징되는 고대 그리스의 인본정신과 헤브라이즘으로 대표되는 기독교적 인간관을 합친 개념이며, '제2기의 휴머니즘'은 이른바 '르네상스적 휴머니즘'으로서, 이것은 중세적 신본주의(神本主義)에 저항하면서 헬레니즘적 인본주의의 부흥을 꾀했다는 역사적 의의를 지닌 것으로 본다. 그리고 오늘날 인류가 구가하는 '근대'는 바로 이 '르네상스 휴머니즘'에 기반하여 발전해 온 것으로, 그것은 '과학주의(적) 기계관'에 의해 움직여 나가는 세계로서, 이른바 '유물사관'은 이 '과학주의 세계관'의 결정체에 해당한다는 것이다.

대체로 좌파의 비평가들이 마르크스주의를 '르네상스 휴머니즘'에 기반하여 발달해 온 '자본주의체제'를 극복할 대안적 세계관으로 파악하는 방식과는 달리, 김동리는 '마르크스주의'를 철저히 근대적 세계관으로 파악한다는 점에서 흥미롭다. 그는 '마르크스주의'의 요체인 '유물사관'은 비록 '자본주의'를 극복하는 대안적 사상으로 등장한 것인지는 모르지만, '근대 세계'를 극복하는 대안적 세계관일 수는 없다는 것이다.

> 그 정치제도와 경제기구와 '생활자료 산출방법'에 있어서의 갖은 모순과 죄악과 불합리 불공평들을 과학적으로 구체적으로 통렬히 해부비판한 맑시즘 체계의 세계관은 그 체계구성의 조직과 방법에 있어, 또 그 유물론적 인식론적 태도에 있어 완전히 과학주의 물질주의 기계주의를 취하게 되었던 것이므로 그 사회관에 있어서는 근대주의(자본주의사회)에 강경히 항거하였음에도 불구하고 그 유물론적 인식론적 본질에 있어서는 당연히 양기되어야 할 근대주의의 연장과 그 여식(餘息)의 응결에 불과하게 되었던 것이니 (…후략…)[11]

김동리에게 중요한 것은 '자본주의체제'를 극복할 대안 체제가 아니라 '자본주의'와 '사회주의'가 모두 그 안에 포함된 '근대 체제'를 극복할 대안 체제의 모색이었다. 그렇다면, 그가 이러한 대안 체제의 세계관적 기반이 된다고 주장하는 이른바 '제3기의 휴머니즘'이란 대체 무엇일까.

> ① 이 제3기 휴맨이즘의 본격적 출발은 동양정신의 '창조적 지양'에서의 새로운 정신적 원천의 양성으로서만 가능할 것이다. 이제 역사적으로 신장하려는 민족정신에 입각하여 동양적 대예지(大叡智)의 문학을 수립하고 제3기 휴맨이즘의 세계사적 성격을 규명함으로써 민족문학이면서 곧 세계문학의 지위를 확립하는데 이 땅 순수문학정신의 전면적 지표가 있다고 생각한다.[12]

> ② 근대주의의 말로에서 도달된 과학만능주의와 물질지상주의와 기계문명주의 등은 고대에 있어서의 신화적 미신적 제신(諸神)의 우상처럼, 중세에 있어서의 계율화한 전제신(專制神)의 압제처럼, 또 다시 한 개 새로운 근대적 우상이 되어 인간에게서 꿈과 신비와 낭만과 그리고 구경적인 욕구를 박탈하게 되었다. 여기서 인간은 이 과학주의 물질주의 기계주의를 비판하고 이를 극복하고저 하는 새로운 의욕에 도달하게 된 것이며 이것이 곧 제3휴맨이즘이란 표어로서 대표되는 제3세계관의 지향이라 일컫는 것이다.[13]

①과 ②의 논리를 종합해 보건대, '환멸의 근대'를 넘어서고자 하는 김동리의 '근대 부정'의 기획이 도달한 이론적 귀결은 '민족정신에 입각한 동양정신의 대예지'라는 장소이다. 그리고 여기에는 도저히 매끄럽게 봉합되기 어려운 몇 개의 개념과 범주들이 거의 '강제적이자 폭력적으로' 얽혀 있다. 우선 '민족정신'이라는 개념이 그러하고, '동양적 대예지'나 '동양정신'이라는 언술이 그러하다. 이 문제는 잠시 뒤에 살펴보기로 하자.

---

11) 김동리, 「본격문학과 제3세계관의 전망」, 위의 책, 127~128면.
12) 김동리, 「순수문학의 진의」, 위의 책, 108~109면.
13) 김동리, 「본격문학과 제3세계관의 전망」, 위의 책, 127면.

김동리의 '순수문학론'은 최소한 세 개의 구체적인 '역사로서의 적(敵)'을 상정하고 있는 다목적 무기였다. 그 구체적인 '역사로서의 적'은 이제 막 끝난, 근대 세계의 종말의 예후로 받아들여졌던 '세계 제2차대전', 그리고 이제 막 숨을 거둔 일제의 '천황제 파시즘', 그리고 이제 막 조선과 세계에서 본격화하기 시작하는 새로운 적으로서의 '사회주의'였다. 김동리에게 이 세 가지 '역사로서의 적'의 공통점은 인간성의 압살과 개성의 무시, 획일주의와 동원체제, 자연의 방기(放棄)와 생명력의 고갈과 같은 것으로 요약될 수 있다.

결국, 김동리 문학론에서의 '인간성 옹호'란 '인간 해방의 의지'를 가리키며 '인간의 자유에 대한 향상의 욕구'로 표현된다. 요컨대 그의 논리 구조 안에서의 '문학의 자율성'이란 이 지점에서 발생하게 되는데, 문학은 모름지기 인간의 해방과 자유를 위해 복무해야 하는 유일한 목적을 지니는 바, 이 목적 외에 문학은 다른 어떤 것에도 예속되거나 구속되어서는 안 된다는 강령이 바로 그것이다.

> 문학정신의 본의가 문학의 자율성을 보장하는 데 있다고 볼 때의, 이 '문학의 자율성'이란 대체 무엇을 의미하는 것인가? 문학이 정치나 도덕이나 경제나 교육이나 일체의 문학 이외의 것에 예속되거나 그것의 목적 달성을 위한 한 개 도구 혹은 무기로서 사용되어서는 안된다고 할 때, 이 '예속'이란 말과 '목적달성을 위한 도구'란 말과, '안된다'는 말들은 대체 무엇을 의미하는 것인가? (…중략…) 제1의적인 문학(순수문학을 가리킴-인용자)은 문학 자체의 '목적 달성'을 제1의로 삼아야 하기 때문이다. 이 문학 자체의 목적(사명)과 정치 자체의 목적(사명)은 그 질에 있어서 동일한 것이 아니며, 문학이 '정치적 목적 달성을 위한 한 개 도구'로서 동원될 때 문학적 목적은 그 '질에 있어' 정치적 목적의 속성으로밖에 존재할 수 없게 되는 것이다.[14]

인간을 대상으로 하는 것이 문학일진대, 문학에 만약 특정한 관점이

---

14) 김동리, 위의 글, 118~119면.

나 목적이 게재될 경우는, 그때 묘사되는 인간은 온전한 인간이 아니라, 일정한 관점과 시각에 의해 제한되고 한정된 인간이 될 수밖에 없다는 것이 김동리의 논리였다. 정치적 관점으로 보면 '정치적 인간'만이, 경제적 논리로 보면 '경제적 인간'만이 그려질 뿐이라는 것이다. 그러므로 온전한 인간성 그 자체를 추구하기 위해서는 어떤 선입관이나 시각에 구애받아서는 안 되며, 그럴 때라야만 비로소 문학을 통한 '인간성 추구'가 실현될 수 있다는 것이다.

4. 근대와 반근대—순수문학론의 논리적 딜레마

수사적 표현을 빌려 말한다면, 김동리 '순수문학론'이 안고 있는 논리적 딜레마는 '근대'를 부정하고 뛰어넘으려 애쓰면서 정작 '근대'라는 사다리를 애용한다는 점에서 비롯된다. 다시 말하면, 근대를 부정하고 대안의 모색을 강하게 부르짖으면서도, 부정과 초월을 위해 그가 동원하는 것은 전형적인 '근대적 사유 기제'들이다.

우선, 그의 장르 인식을 통해 이 점을 확인해 보기로 하자. 김동리는 「산문과 반산문」이라는 '이효석론'을 통해 이효석이 소설을 쓰면서도 '산문정신'을 포기하고 '시'의 세계로 후퇴해버림으로써, 정확히 말하면 그의 '소설'은 '소설'이 아니라고 강력하게 비판한다. "이효석은 소설을 배반한 소설가다"라는 한 문장에 그의 비판이 집약되어 있다. 김동리가 이효석 소설을 '소설'이라고 인정하지 않는 결정적인 이유는, 이효석의 소설에 '플롯'이 빈곤하며 '성격 창조'가 결여되어 있기 때문이다. 그는 '플롯'과 '성격'이야말로 소설문학의 본질이며, 소설 양식의 '강대한 종합성'과 '보편성'을 유지시켜 주는 절대적인 본질이라고 본다. 그리고

이것이 이른바 '산문정신'의 요체라는 것이다. '플롯'과 '성격 창조'가
빠진 이효석의 소설은 한낱 '분위기'와 '센스'에만 집착하는 감상의 집
적물에 불과하며, '산문정신'을 위배하는 것이다.

> 소설이 근대문학의 중추적 지위를 점령하게 된 것은 소설양식의 강대한 종합
> 성과 보편성이 복잡다단한 근대생활을 담기에 적당하였기 때문이다. 문학은 생
> 활의 반영이란 말이 이미 있거니와 근대인의 물심 양면으로 복잡하고 심각한
> 생활은 그것이 전적으로 반영될 수 있는 그만치 종합적인 문학양식을 요구하
> 게 된 것이며 여기서 근대의 저 찬연한 소설문학의 전당은 건설될 수 있었던
> 것이니, 그러므로 소설문학의 기능은 어디까지나 복잡다단하고 심각한 인간 생
> 활의 종합적인 반영에 있는 것이며 그 본령은 어디까지나 산문정신에 있어야
> 하는 것이다.15)

'플롯'과 '성격 창조'를 강조하면서 이효석의 소설을 '소설을 버반한
소설'이라고 강하게 비판하는 김동리의 문학관은 전형적인 '근대주의자'
의 목소리다. 제2기의 '르네상스 휴머니즘'에 의해 건설된 '근대'가 기계
주의와 물질주의, 과학주의에 함몰되어 인간에게서 꿈과 낭만과 신비를
박탈해 갔으므로, 그 대안의 가치를 추구해야 한다고 소리 높여 주장하
던 '반근대주의자'의 목소리와 이것이 도저히 같은 사람의 논리라고 보
기는 어렵다. 더구나, 김동리는 김동인의 소설을 비판하면서, 그의 소설
이 도달한 지점이 '근대주의의 종말'을 보여주었기 때문이라는 논리를
펴고 있어서 혼란은 가중된다.

> 김동인씨가 신을 야유와 조롱의 대상으로 삼은 것은 그도 한 사람의 근대정
> 신(과학적 실증적)의 희생자로서 그가 신과 우상을 구별하지 못한 데 기인했던
> 것이다. (…중략…) 김동인씨가 비과학적인 우상과 미신을 타파하고 야유한 것
> 은 지극히 당연하고 또 통쾌한 일이었으나 그러나 천체의 무궁성이 그의 생활

---

15) 김동리, 「산문과 반산문」, 위의 책, 28면.

에 구심적 의의를 상실하게 되었다는 것은 다른 모든 근대인과 함께 그의 지극한 불행 이외의 아무것도 아니었다.[16]

김동인 소설이 파탄에 이르게 된 것은 그가 전형적인 '근대적 미학'[17]에 충실했기 때문이며, "모든 작중인물들은 작자가 계획한 '플롯'에 복종하기 위하여 독자에겐 아무런 심장의 고동도 생명의 비밀도 속삭여 주지 않는"[18] 창작과정상의 한계로 드러난다. 김동인의 소설에 대해서는 '플롯'으로부터의 '이탈'을 주문하던 김동리는, 이효석의 소설에 대해서는 '플롯'에의 복귀, 혹은 '플롯'의 강화를 주문한다. '소설'이라는 장르를 중심에 놓고 보자면, 그는 가장 근대적 장르인 '소설'의 '산문정신'을 강조하는 '근대주의자'이기도 하다가, 얼굴을 돌리면 그 '산문정신'을 버리고자 하는 '반근대주의자'로 모습을 바꾼다. 이런 착종된 논리를 가장 선명하게 보여주는 다음의 인용문을 보자.

우리가 만약 과학과 산문을 포기할 수 있다면 그리고 시에의 퇴각과 자연에의 복귀로 이 세기적 매듭을 해결할 수 있다면 이효석의 「산」과 「들」이 우리에게 자연에 대한 새로운 내용을 플러스해 주지 않아도 된다. (…중략…) 그러나 이것은 불가능한 일이다. 우리가 과학과 산문을 방기(放棄)할 수 있다고 생각하는 것은 우리가 영원히 새로운 성격의 신을 가질 수 없으리라고 생각하는 것만치나(본문에는 '것만 지나'로 되어 있어 바로 잡음—인용자) 저능한 생각이다.

---

16) 김동리, 「자연주의의 구경」, 위의 책, 13면.
17) 김동리는 글에서 '자연주의'와 '직선적 세계관'이라는 것으로 김동인의 '근대적 미학관'을 묘사한다. '직선적 세계관'이란 다소 수사적인 느낌이 강하지만, '근대주의'를 강하게 비판했던 흄(T. E. Hulme)의 '연속성 / 비연속성' 개념과 내용상 유사하다. 흄은 '수리·물리학의 무기적 세계', '생물학·심리학 및 역사 등에서 취급하는 유기적 세계' 그리고 '윤리적·종교적 세계' 사이에 존재하는 '불연속성'을 인정하지 않고 그것을 '연속성'에 의해 파악하는 것이 '근대 철학'의 특징이며, 이것을 극복하기 위해서는 이 세 범주들 사이에 놓인 '절대적 비연속성'을 인식하는 것이라고 보았다. 김동리의 '직선적 세계관'과 흄의 '연속성'은 의미상 상통하는 부분이 있다. 흄, 『휴머니즘과 예술철학』(박상규 역, 삼성문화재단 출판부, 1984) 참조
18) 김동리, 앞의 글, 23~24면.

오늘날의 과학과 산문이 비록 인간생활의 구경적 의의를 보장하지 못한 데서 자래된 세기적 불신임장을 접수하여 있음이 사실이라 하더라도 그것은 어디까지나 과학과 산문을 계승할 새로운 성격의 신의 출현에서만 수리될 문제이지 소박한 자연찬미를 근거로 한 시(詩)에의 퇴각으로 해결될 것은 아니다.[19]

이 대목에 이르면, 우리는 김동리의 '순수문학론'이 지향하는 바가 정확히 무엇인지 알 수 없어 일종의 논리적 미로에 빠지게 된다. 그는 '르네상스' 이후에 전개된 근대 세계에 대해 분명히 환멸과 저주의 비난을 퍼붓는다. 그런데, 그 세계를 넘어 서기 위해서 '과학'과 '산문(곧 '소설'을 말한다)'을 버리고서는 그러한 기획이 결코 성공할 수 없다고 한다. 김동리는 '과학'과 '산문(소설)'이 자신이 부정하는 '근대'의 적자(嫡子)임을 모르고 있었든지, 아니면, 그것들이 근대의 '적자'임을 알면서도, 그 '적자'들을 통해 얼마든지 '근대'를 부정하고 넘어설 수 있다고 믿었든지, 두 가지 중의 하나에 해당하는 오류를 빚고 있는 것이다.

십분 양보해서, 김동리의 '근대 부정'의 기획을, '근대'에 대한 전면적인 부정이 아니라, 근대의 병리 현상(즉 근대의 현상 형식 중의 일부)을 거부하면서, 근대의 긍정적 계기들을 계속 유지·발전시켜 나가야 한다는 것으로 이해할 여지도 아주 없는 것은 아니다. 다시 말하면, 주체 중심의 '이성'이 빚은 근대의 병리 현상을 부정하면서, 그러한 '도구적 이성'에 대한 비판을 통해, '이성'에 내재해 있는 또 다른 '반성적 사유'와 '통합'을 가능하게 하는 '이성의 회복'에 대한 의지를 표명하고 있는 것이라고 해석할 수도 있다는 말이다.

그러나 근대 부정에 대한 김동리의 논리가 안고 있는 구조적 딜레마는 스스로 대안이라고 제안하는 그것 자체가 '근대 내부의 발생론적 근원'에 해당하는 자기 모순에 빠져 있다는 사실로부터 비롯된다. 그 대표적인 문제가 바로 '문학의 자율성'에 관한 김동리의 인식이다.

---

19) 김동리, 「산문과 반산문」, 위의 책, 44~45면.

　　종교는 이미 발현되고 체현된 신에 대하여 복종하고 신앙하고 귀의하지만 문학에 있어서는 각자가 자기자신 속에 혹은 자기자신을 통하여 영원히 새로운 신을 찾고 구하는 것이다. (…중략…) 문학의 자율성을 옹호한다는 말은 인간성의 본질과 그 이상을 찾고 구한다는 것과 별개의 것이 아닐 때, 위에서 말한 '각자가 자기자신 속에 혹은 자기자신을 통하여 영원히 새로운 신의 모습을 찾고 구한다는 사실'은 문학의 자율성을 침해하지 않는다는 말을 이해하기 힘들지 않을 줄 믿는다.[20]

　　주지하다시피, '예술의 자율성'이란 테제는 모든 분야에서의 '분화'를 그 특징으로 하는 '근대 세계'와 더불어 등장한 것이다. 주체적 이성에 의해, 과학과 기술이 발전하고, 종교의 세속화가 진행되었으며, 이로부터 도덕과 윤리, 예술이 종교로부터 자율화되었다. 서양 철학사에서 이러한 분화를 이성에 매개하여 가장 먼저 체계화한 것은 칸트였다. 이른바 칸트의 '비판철학 3부작'으로 알려진 '순수이성비판', '실천이성비판', '판단력비판'은 '진리'와 '도덕'과 '취미'의 영역이 주체성의 원리에 의해 각기 독립된 영역을 확보하였음을 인정하는 근대철학의 성명서와 같은 것이었다. 그리고 비로소 '미(美)'에 관한 물음, 즉 심미적 가치평가의 가능성과 그 타당성이 당당히 철학의 한 체계로 자리잡는 계기가 되었다. 이를 하버마스는 다음과 같이 정리한다.

　　객관적 인식의 가능성, 도덕적 통찰의 가능성과 심미적 가치평가의 가능성을 정당화함으로써 비판이성은 자신의 고유한 주관적 능력을 확신할 뿐만 아니라 문화 전체에 대한 최고의 재판관의 역할을 수행한다. 철학은 문화적 가치영역들을 배타적인 형식적 관점 하에서, 훗날 에밀 라스크가 말하듯이, 과학과 기술, 법과 도덕, 예술과 예술비판으로서 각각 경계를 짓고 이 경계 안에서 그들을 정당화한다. 18세기 말까지 과학, 도덕, 예술은 활동영역으로서 제도적으로도 분화되었다. 이 영역들 내에서 진리의 문제, 정의의 문제, 취미의 문제들은

---

20) 김동리, 「문학하는 것에 대한 사고(私考)」, 위의 책, 101~102면.

자율적으로, 즉 각기 특수한 타당성의 지배를 받으며 작업되었다.[21]

하버마스는, 칸트 철학의 의미란, 주체성의 원리에 의한 이러한 '분화'
가 바로 근대 세계의 본질적 특성이란 것을 마치 거울에 비추듯이 자신
의 철학 체계에 반영하고 있다는 것이라고 규정한다. 다시 말하면, 칸트
는 이러한 형식적 분화, 분열을 아직 근대성의 '이중화'로 파악하지는
않는다는 것이다. 근대성의 '이중화'란 무엇인가. 하버마스에 의하면, 칸
트는 주체성의 원리에 의해 강요된 분리들과 함께 등장하는 욕구를 부
정했다. 그러나 근대가 스스로를 하나의 역사적 시대로서 파악하고, 표
본적 과거로부터의 분리와 모든 규범적인 것을 스스로 창조해야 한다는
필연성이 역사적 문제로 의식되면, 이 욕구는 곧바로 철학을 압박한다.
그렇게 되면 과연 주체성의 원리와 이에 내재하고 있는 자기 의식의 구
조가 규범적 방향설정의 원천으로서 충분한가 하는 물음이 제기된다. 또
과학, 도덕, 예술을 "근거지우기" 위해서 뿐만 아니라 우리를 구속하는
모든 역사적 규범들로부터 분리된 역사적 구성체를 안정시키기에도 과
연 그것들이 충분한가 하는 문제가 제기된다. 근대 세계로부터 얻었으면
서도 동시에 근대세계 내에서의 방향설정에 기여할 수 있는 척도들을
과연 주체성과 자기 의식으로부터 획득할 수 있는가 하는 것이 중요한
물음으로 제기되는 것이다.[22]

요컨대, 진정으로 '근대의 본질적 특성'에 대한 회의(懷疑)는 '예술의
자율성'에 대한 요구가 아니라, 그 '자율'과 '분화'로 빚어진 근대사회의
분열, 또는 그것의 원인인 주체 중심의 이성(어떤 절대적 진리로부터도 벗어
나 스스로가 입법자이고자 하는)에 대한 의심과 우려이어야 옳다는 것이다.
주체 중심의 이성에 의해 시작된 근대 세계의 구현은, 그러므로 그 내부

---

21) 위르겐 하버마스, 이진우 역, 『현대성의 철학적 담론』, 문예출판사, 1994, 39~40면.
22) 하버마스는 이러한 근대성의 이중화에 대한 자각은 헤겔에 이르러서야 본격화된다
   고 본다. 위르겐 하버마스, 이진우 역, 위의 책 참조

에 '해방'과 동시에 '자기 소외'의 가능성을 함께 지니게 된 것이다. 그리고 바로 이러한 모순성, 즉 '자율로서의 해방'과 '분화 및 분열로 인한 자기 소외'의 가능성을 동시에 반성적·비판적으로 성찰하는 것이야말로 '근대'를 객관적이고 대상화하는 성찰의 기능일 것이다. 그러나 김동리는 근대 부정의 논리를 펼치면서, 예술이 자율성을 획득하는 것이 그 대안적 첩경임을 강조하고, 더구나 예술의 자율성이 획득되는 과정은 "각자가 자기자신 속에 또는 자기자신을 통하여 영원히 새로운 신의 모습을 찾고 구한다"(이것이야말로 주체 중심의 이성에 대한 전폭적인 신뢰와 지지가 아니고 무엇이겠는가!)는 강령을 내세우고 있는 것이다. '근대의 발생론적 기원'으로 '근대 부정'을 꿈꾸는 자가당착이 김동리의 '순수문학론'을 구성하고 있는 구조적 원리임이 이로써 분명해진다.

그러나 그의 논리가 딜레마에 봉착하게 되는 데에는 이러한 '근대와 반근대' 사이에 놓인 자기 모순적 논리 전개말고도 또 다른 계기가 작동하고 있다. 예컨대, 그것은 김동리가 설정한 '역사적인 것'과 '초역사적인 것' 사이에 놓인 이율배반적 사고이다.

> 참다운 문학적 사상의 주체는 시대와 사회를 초월하여 인간이 영원히 가지지 않을 수 없는 인간의 보편적이요 근본적(구경적)인 문제 ─ 다시 말하면 자연과 인생의 일반적 운명 ─ 에 대한 독자적 해석이나 비평에서만 가능한 것이며, '시대적 사회적 의의'니 공리성이니 하는 것들은 이 '주체적인 것'의 환경으로서 제2의적 부수적 의의를 가지는 데서 지나지 못하기 때문이다.[23]

김동리는 '순수문학'이란 특정한 시대나 사회적 환경이라는 '맥락'에 한정되는 문학을 지양하고, 그러한 특정한 시대와 사회를 초월하여 '초시간적'이며 '초공간적인' 문학을 지향하는 것임을 주장하고 있다. 이러한 문학의 구체적인 사례로, 그는 톨스토이의 『안나 카레리나』나 괴테

---

23) 김동리, 「문학적 사상의 주체와 그 환경」, 앞의 책, 94면.

의 『파우스트』, 셰익스피어의 『햄릿』 같은 작품들을 예거하고 있다. 이를테면, 톨스토이의 『안나 카레리나』는 표면적인 주제는 분명히 '인간의 애욕'에 관한 얘기지만, 그것이 불후의 고전이 되는 것은 '인간의 애욕'을 다루기 때문이 아니라, 그것을 통해서 인간 생활의 '구경'을 그리고 있다는 점 때문이라는 것이다. 우선 불후의 고전이라고 그가 예거하는 작품들이 '순수문학'에 해당한다는 것은 다분히 '아전인수'격의 주관적 논리에 불과하다. 『파우스트』나 『햄릿』을 명작이나 고전으로 간주한다고 하더라도, 그 이유가 김동리의 견해와는 전혀 다를 가능성이 있기 때문이다. 다시 말하면, 이 작품들을 철저히 해당 작품이 씌어지고, 해당 작가가 살았던 당대의 삶과 환경에 대입해 읽더라도 충분히 명작에 해당하는 근거들을 얼마든지 확보할 수 있기 때문이다. 더구나, 이런 작품들을 통해 '구경적 삶의 형식'을 읽어내는 것은 오로지 '독자'의 몫에 해당하므로, 그러한 주관적 기준은 어떤 작품이 '순수문학'인지 아닌지를 판별할 수 있는 객관적 기준이 될 수가 없다.

김동리가 '문학의 자율성'을 강조하고, 특정한 시대나 사회의 규정력을 무시하려고 애쓰는 현실적인 이유는, '순수문학론'이 제출되던 당시에 가장 강력한 타자(他者)였던 '문학가동맹'을 의식한 결과였다. 이들의 논리에 포섭되지 않고, 가능한 한 작가나 독자들을 좌파의 문학논리 및 현실 인식이 지닌 영향력으로부터 벗어나도록 만들려고 애쓰다보니, 저절로 상대 논리의 대척점에서 자기 논리를 구축할 도리밖에 없었을 것이다. 김동리는 '문맹' 쪽의 문학을 '당의 문학'이라고 못박고 있었고, 이것은 철저히 문학이 경제 및 정치 논리에 포섭되어 도구화되고 공리적 가치에 지배되는 것이라고 생각했다. 따라서 '문학의 자율성' 또는 '초역사적 문학'은 공리적 문학을 공박할 수 있는 가장 유효한 개념이자 범주로 이해되었다.

그러나 '초역사적'이며 '초시·공간적'인 그래서 어떤 특정한 시대와 환경에도 속박되지 않는 자유무애한 문학을 추구하는 '순수문학'의 논리적 귀결은 가장 '근대적'인 동시에 전형적인 역사적 규정이라 할 수 있는 '민족문학'이라는 이념이다.

> 민족문학이란 원칙적으로 민족정신이 기본되어야 하는 것이며 민족정신이란 본질적으로 민족단위의 휴맨이즘 이외의 아무 것도 아니기 때문이다. (…중략…) 이와 같이 민족정신을 민족단위의 휴맨이즘으로 볼 때 휴맨이즘을 그 기본내용으로 하는 순수문학과 민족정신이 기본되는 민족문학과의 관계란 벌써 본질적으로 별개의 것일 수 없다는 것을 알 수 있다. 우리가 목적하는 민족문학이 세계문학의 일환으로서의 민족문학인 것처럼 우리의 민족정신이란 것도 세계사적인 휴맨이즘의 일환인 민족단위의 휴맨이즘으로서 규정될 것이며 이러한 민족단위의 휴맨이즘을 세계사적 각도에서 내포하고 있는 것이 오늘날 순수문학의 문학정신인 것이다.[24]

김동리는 기본적으로 2차 세계대전의 의미를 '반휴머니즘'에 대한 '휴머니즘'의 승리라는 것으로 해석한다. 그리고 이 휴머니즘의 승리로 인해, 전쟁 이후에 각 민족단위로 새로운 독립국가를 세우는 작업이 가능해졌으며, 이 또한 '민족단위의 휴머니즘'에 의한 것이므로, 민족국가 형성을 추동하는 '민족단위의 휴머니즘'은 곧 '세계사적 휴머니즘'과 같은 성질의 것이라는 논리다. 그러나 '민족단위의 휴머니즘'이란, '민족'단위로 형성된 역사·문화·정치의 경계를 벗어나면 이내 억압의 기제로 작동한다는 점에서 '구경적 생'과는 거리가 멀다. '민족단위의 휴머니즘'이 곧 '민족정신'이며 이를 바탕으로 '순수문학'으로서의 '민족문학을 수립하고자'하는 김동리의 구상은, 역사적으로 결코 '순수할 수도' 없으며, '성공할 수도' 없는 기획임을, 김동리가 이러한 문학론을 제출하기 불과 몇 해 전에 있었던 역사적 사례를 통해서 충분히 확인할 수 있다.

김동리는 의식하고 있었는지 아닌지 지금으로서는 확인하기 어렵지만, 순수문학의 존재 근거를 민족문학과 연결짓는 그의 발상법은, 그 자

---

24) 김동리, 「순수문학의 진의」, 위의 책, 107~108면.

신 혐오해 마지않았던 천황제 파시즘하의 일본의 '근대초극론'들[25]과 많은 지점에서 놀라울 정도로 닮아 있다.

① 그러므로 확실히 말씀드리면, 근대인은 순진한 무신앙자가 아닙니다. 신앙을 잃은 비극인인 것입니다. 그래서 잃어버린 신을 자의식을 통해 다시 한번 발견하지 않으면 안됩니다. 그렇게 하기 전에는 구원할 수 없는, 불안을 본질로 하는 비극인 것입니다. (…중략…) 르네상스적 문화 의지나 자율적 지성 탐구는 고대적 문화의 로고스(logos)성입니다. 그것은 새로운 중세적 영성의 질서에 있어 건전하고 새롭게 계속 살려나갈 수 있고, 발전시켜야 할 것입니다. 그러나 우선 영혼의 구원이 없는 곳에서 일체의 문화는 허물어지는 바벨탑이 되는 것입니다. 건전한 인간 문화의 재건을 위해서는 근대의 르네상스 정신을 비판, 초극하지 않으면 안됩니다. 자연적 인간은 종교적 인간과 실존적으로 하나입니다. 자연으로 돌아가는 것, 인간 본성으로 돌아가는 것이 곧 신으로 돌아가는 것이 아니면 안 된다는 것이 저의 주장입니다.[26]

② 역사 속에는 변화하는 것과 변화하지 않는 것 두 가지가 있다는 식의 생각은 오늘날까지도 계속되는 현상입니다. (…중략…) 역사에는 변하지 않는 형상과 동시에, 그런 것을 통해 자기를 표현하고 있는 불변의 정신도 움직이고 있습니다. 그것은 현재에 계승되어 우리 자신의 정신이 되지 않으면 안됩니다. 그런 의미에서 불변인 채 움직여가는 것이어야 합니다. 역사가의 입장에선 변화할 뿐인 역사와, 그 속에 있는 불변하는 것을 자기 앞에 두고 바라보는 것이

---

25) '근대초극론들'이라고 복수로 지칭한 것은 이 무렵의 '근대초극'에 관한 담론들이 단수로 존재했던 것이 아니기 때문이다. 「근대의 초극」 좌담회를 주도한 『문학계』그룹을 포함하여, 이른바 '일본 낭만파', 그리고 니시다 기타로오를 태두로 하는 이른바 '교토학파' 등의 담론이 이 '복수'로서의 '근대초극론'을 구성한다. 이에 대해서는 히로마쓰 와타루의 『근대초극론』(김항 역, 민음사, 2003)과 다케우치 요시미의 『일본과 아시아』(서광덕·백지운 역, 소명출판, 2004)를 참조

26) 좌담회 「근대의 초극」에서 요시미치 요시히코[吉滿義彦]의 발언. 「근대의 초극」(한국문학연구회 편, 이경훈 역, 『다시읽는 역사문학』, 1995에 수록), 226면. 「근대의 초극」이란 잡지 『문학계』 1942년 9월호와 10월호에 연재(좌담회 날짜는 7월 23일과 24일)되어, 태평양전쟁 중 '일본 지식인들을 사로잡은 유행어'였던 동시에, '대동아전쟁과 연결되어 상징의 역할을 수행'하게 된 심포지움을 가리킨다.

당연하지만, 문학가 혹은 사상가나 종교가 등은 그런 것으로는 충분치 않을 것입니다. 자기가 현재 걸어가면서 자기 나름대로 살아갈 수 있는 길을 발견하지 않으면 안되므로, 거기에서부터 역시 변하지 않는 것 속에 시종 변해가는 것이 나와야 합니다.[27]

이른바 '12월 8일'(일본의 진주만 공격일)로 상징되는 태평양전쟁 개시 이후, 일본 지식인 사회를 주도했던 '근대초극론'의 내용은 김동리의 '순수문학론'을 구성하고 있는 논리와 여러 면에서 비슷하다. '근대초극론'의 논리를 범박하게 요약하자면, 서양의 근대 발전사관의 부정, 르네상스 휴머니즘의 부정, 기계주의의 부정과 신에의 귀의 등의 계기를 거쳐 종국에 동양적 예지로의 복귀를 통한 새로운 문명의 창출에 도달해야 한다는 것이며, 그 작업은 가장 '동양적 정체성'을 확보하고 있는 '신국일본(神國日本)'에 의해 가능하다는 것이다. 그리고, 이러한 논리 구조는 우리가 앞에서 확인했듯이 김동리 '순수문학론'의 논리 구조 거의 대부분에 해당한다. 김동리 '순수문학론'의 '반근대'의 기획과 '근대초극론'의 그것이 다른 대목은 '신국일본'과 '민족' 정도일 것이다. '근대초극론'자들이 '근대초극'의 기획이 '신국일본'에 의해 이루어져야 옳다고 믿었다면, 김동리는 세계대전 이후 새롭게 탄생한 '민족국가'에 의해 그것이 수행되어야 옳다고 믿은 정도의 차이밖에 없다. 논리적 의장(意匠)의 대부분이 비슷하고, 다만 그 정점에 놓여 있는 '신국일본'과 '민족 혹은 민족국가'라는 표상만이 차이난다고 할 때, 이러한 상동성과 차이를 어떻게 해석해야 옳은 것일까. '신국일본'과 '민족국가'라는 표상의 차이가 나머지 논리 구조의 상동성을 무화시키는 논리적 근거가 될 수 있을까.

근대 인식에 있어, '근대초극론'과 '순수문학론'의 발상법과 논리 전개가 비슷함을 강조하는 가장 중요한 이유는, '근대초극론'이 천황제 파

---

27) 같은 좌담회에서 니시타니 케이지[西谷啓治]의 발언. 한국문학연구회 편, 이경훈 역, 위의 책 참조

시즘의 역사적 산화(散華)와 더불어 파탄의 도정을 걸어갔듯이, '순수문학론' 또한, 스스로 표방한 탈정치와 탈역사의 문학, '구경적 생'의 문학이라는 자기 목표에는 결코 도달하기 어려운 논리적 전제로부터 출발하고 있다는 것을 말하기 위해서이다.[28] 김동리의 '혈통적 민족관'은 좌파의 '계급적 민족관'과 접속하자마자, 무서운 속도로 '예술의 자율성' 및 '초역사적 지향'이라는 본유의 이념을 버리고, 역사와 정치가 구성하는 현실 깊숙이 침잠한다.

5. 그 후의 미적 자율성 논의

　김동리의 '순수문학론'은 1930년대 후반에 그 이론적 기저가 형성된 뒤, 해방 직후에 본격적인 문학론이자 뚜렷한 미학관(美學觀)의 형태로 등장했다. 그 이후 순수문학론은 문학계는 물론이고, 학교에서의 문학교육, 그리고 매체 및 독서 대중에게 미치는 영향력에서 단연 압도적인 권력담론으로 존재해 왔다. 해방 이후의 지난했던 우리 문학사를 되돌아보면, 모든 담론의 사회적 기능이 그러하지만, 특히 '순수문학론'은 '이론'

---

28) 김동리와 동일한 논리 구조를 띠면서 '동양주의'로 기울었던 미당 서정주의 '근대' 인식 및 '동양주의'와 '근대초극론'과의 상관성을 논한 선행연구로는 박수연, 「절대적 긍정과 절대적 부정」(『포에지』, 2004년 겨울), 김재용, 「서정주―전도된 오리엔탈리즘」(『협력과 저항』, 소명출판, 2004), 최현식,『서정주 시의 근대와 반근대』(소명출판, 2003) 등을 들 수 있다. 특히 최현식은 서정주와 '일본 낭만파'의 주요 멤버 중의 하나였던 미요시 다츠지[三好達治]의 논리 구조의 상동성을 통해 서정주의 '동양론'이 '근대초극론'(특히 '일본낭만파'의 그것)에 어떻게 연결되어 있는가를 분석했다. 서정주에 비해 김동리의 '동양회귀'나 '근대' 인식을 '근대초극론'이 놓여 있는 역사적 맥락과 연결지어 논한 연구는 매우 드문데, 그것은 아마도 전쟁 시기에 활발히 창작을 한 서정주에 비해 김동리가 절필함으로써 최소한 '친일' 문제에서만큼은 누구보다도 '깨끗하다'는 인식이 작용하고 있기 때문이 아닌가 생각한다.

이나 '문학이념'으로서 뿐만이 아니라, 실체적인 '정치적 힘'으로도 존재했었다. 논리 구조에서나, 문단의 역학 관계에서나 가장 '정치적'이면서도, 문학에 '역사'와 '정치'를 반영하려는 일체의 시도에 대해서는 '예술의 순수성'과 '자율성'을 내세워 공격함으로써, 기실 스스로 '역사적인 문학'이자 '정치적인 문학'이고자 하는 쪽이 비판하는 대상을 강력히 보호하고 옹호하는 역할을 떠맡았던 것이 '순수문학'이었다. 이러한 논리의 자기 모순과 이율배반에 대해, 그 이론의 맨 첫머리로 돌아가, '순수문학론'의 논리 구조 내부로부터 연원을 찾아보고자 한 것이 이 논문의 의도이다. 요약하건대, 김동리의 미학적 프로젝트는 철저히 '반근대'를 지향하면서도, 전형적인 근대적 범주와 사유를 도구삼아 그러한 기획을 수행하고자 한 데에 문제의 근원이 놓여 있었던 것이다. 그가 '순수문학론'의 이론적 지주(支柱)로 삼았던 '미적 자율성'은 기실 전형적인 근대적 미학의 발명품이었으며, 예술을 통한 '구경적 생의 형식'을 발견하려는 미적 기획은, '스스로가 입법자이자 신(神)'이고자 했던 '주체중심의 이성'의 다른 얼굴이었다.

'순수문학론'이 독점하고 있던 '미적 자율성' 혹은 '예술의 자율성'에 관한 논의는, 1960년대를 넘어서면서 1970년대와 1980년대에 전혀 다른 지형에서 새롭게 제기되었다. 1960년대를 거치면서 이른바 '순수·참여 문학' 논쟁이라는 구도 아래에서 제기된 '미적 자율성'과는 다른 층위에서 이 문제가 새롭게 제기되는 두 개의 계기가 있었다. 하나는, 김현을 비롯한 이른바 한국문학사에서의 '4·19세대'들에 의해 제기된 것으로, 미적 자율성에 관한 이들의 문제의식은 아도르노를 위시한 프랑크푸르트학파의 미학이론에서 많은 부분을 시사받은 것이었다. 이들은 예술이 현실의 반영이라는 사실은 전면적으로 인정하지만, 그것이 현실의 '직접적 반영'이 아니라는 점, 예술은 '현실의 변형이자 부정'으로서의 고유한 '미적 자율성'을 가진다는 점을 강조함으로써, 예술과 현실의 예술적 긴장을 확보하고자 했다. 또 다른 계기는, 구체제제로부터 부르주아지의 독립과 해방의 무기가 될 수 있었던 근대 초기의 '미적 자율성'이라는 이데올로기가, 이번에는 부르주아지가 지배하는 사회로부터 해방되고자 하는 계급의 '예술적 무기'이자 '해방의 도구'도 될 수 있다는 가능성에 주목하는 논리였다.『창작과비평』그룹을 위시한, 1970~80년대의 수많은 문학론 및 리얼리즘 논쟁은 기본적으로 변혁운동과 연관된 문학 및 예술의 이러한 '해방적 기능'과 연결된 것이었다. 글의 성격상 이 논의는 다른 자리 혹은 다른 주제를 통해 고찰하는 것이 옳을 것이다.

하바꾼에서 황금광까지

식민지사회의 투기 열풍과 채만식의 소설

1. 채만식, 혹은 소설의 사회사(社會史)

일찍이 엥겔스는 발자크의 소설을 두고, '혁명 이후의 프랑스 사회의 변화에 대해 그 어떤 역사학자나 경제학자, 통계학자의 글에서보다 그의 소설에서 훨씬 더 많은 것을 배웠다'는 요지의 글을 쓴 적이 있다.[1] 발자크 소설의 리얼리즘적 성취에 관한 엥겔스의 뜨거운 애정은 널리 알려져 있거니와, 위대한 소설이 얼마나 많은 것을 일깨우고 보여줄 수 있는가를 더할 나위 없이 적실하게 표현한 말이다. 이 말이 리얼리즘의 고전적 기율과 어떤 지점에서 접점을 이루는가를 따지는 것은 그 나름으로 중요한 문제지만, 무엇보다도 발자크 소설에는 혁명 이후의 프랑스 사람들의 욕망, 사회 심리적 추이, 계급의 부침(浮沈) 따위들이 공허한 관

---

[1] 정확하게는 영국의 소설가 마가렛 하크니스에게 보낸 엥겔스의 편지의 한 구절이다. 김영기 역, 『마르크스 · 엥겔스 문학예술론』, 논장, 1989, 89~90면.

넘이 아니라, 구체적인 물질연관을 통해, 특히 풍속과 같은 일상 생활의 범주 안에서 적절히 형상화되고 있다는 점을 높이 평가하는 발언임은 분명하다. 이런 맥락에서 발자크의 성가(聲價)에 견줄 만한 한국 근대작가로 채만식을 떠올릴 수 있다.

채만식은 어떤 근대작가보다도, 인간의 사회적 삶에서 '물질연관'을 중요하게 생각한 작가였다. 조금 과장된 표현이 허용된다면, 그이게 사회적 삶의 '물질연관'은 거의 최종(最終)·최고(最高)의 심급(審級) 차원에 해당하는 것이었다. 이러한 작가적 개성은, 원래 그런 미학적 전제 위에서 작업하리라 짐작되는 사회주의 계열의 작가보다도 한결 치밀하고 주도면밀한 부분이 있다. 다소 역설적인 이야기지만, 이러저러한 논쟁이나 비평을 통해 채만식은 당대 프로작가들에 대해 애증(愛憎)이 교차하는 복잡한 심리적 거리를 형성하고 있었고, 그런 까닭에 그들보다 훨씬더 삶의 '물질연관'을 제대로 형상화해야 한다는 의무감 같은 것을 지니고 있었다.2)

예컨대, 채만식은 인물을 독자에게 제시할 때, 그의 생김새를 대강 파악한 뒤에는 곧장 그의 수입과 지출에 대한 시시콜콜한 정보로 넘어 간다. 경우에 따라서는, 외모나 성격보다 인물의 수입과 지출, 혹은 주된 수입원(收入源)과 지출처(支出處)에 대한 묘사가 훨씬 더 큰 비중을 차지하는 때도 종종 있다.3) '물질연관', 특히 '돈의 흐름'과 관계된 그의 관

---

2) 프로문학운동에 대한 채만식의 '애증(愛憎)'과 '거리두기'를 잘 보여주는 사례의 하나로 이른바 '동반자작가 논쟁'을 들 수 있다. 1931~34년에 걸쳐 그는 여러 편의 글을 통해 프로문학측과 논쟁을 벌이는 한편, 자신이 생각하는 진정한 '프로문학'에 관해 언급한다.

3) 가령, 『탁류』의 남승재에 관한 인물묘사에서 그의 청빈(淸貧)과 헌신을 묘사하는 대목을 보자. "월급 사십원을 받아서 그중 십원은 그렇게(빈민을 위한 의료봉사―인용자) 쓰고, 이십 원은 책값으로 쓰고, 나머지 십 원을 가지고 방세 사 원과 한 달 동안 제 용돈으로 쓴다. 용돈이라야, 쓴 막걸리 한잔 사먹는 법 없고 담배도 피울 줄 모르고, 내의도 제 손으로 주물러 입으니까, 목간값이나 이발값이 고작이요, 그래서 처지는 놈은 책값으로 넘어가지 않으면, 요새 몇 달 째는 초봉이네 집에 방세를 미리 들여보내느라고 새어버린다." 『탁류』(『채만식 전집』 2), 창작과비평사, 1987, 64~65면. 수입과

심은 개인의 영역에 머무르지 않고 '사회'로 확장된다. 그는 늘 '사회'라는 큰 지도를 놓고 돈의 행방을 추적하기를 게을리 하지 않는다. 종국에는 그 '돈'의 흐름이 개인에서 사회로, 다시 사회에서 개인으로 어떻게 경계를 넘나들고 영향을 주고받는가를 탁월하게 분석해 낸다. 그러니 그는 늘 물건값 하나에도 소홀함이 없다. 단언하건대, 해방 전 물가의 변동 추이나 현재의 물가대비 지수를 구하고자 할 때, 그의 소설만큼 긴요한 자료는 달리 없을 것이다. 물질연관이 반드시 '돈'으로 수렴되는 것은 아니지만, 그의 소설은 '자본'이나 '화폐'라고 말할 때의 추상성을 가뜬히 뛰어넘어, 구체적 일상을 '돈'을 매개로 해서 우리 눈앞에 그려 보인다.

식민지시대의 일상을 탁월하게 형상화한 채만식의 수많은 작품들은 당대에도 많은 독자들에게 사랑을 받았지만, 당시의 사회상을 좀더 조밀하게 이해하려는 우리에게도 소설을 넘어서서 하나의 훌륭한 자료적 가치로 다가선다. 그가 생전에 작가로서 예민한 촉수를 곤두세우고 소설로 형상화했던 많은 분야 중에서, 이 글이 좀더 집중해서 주목하고자 하는 것은, 당대의 조선사회를 휩쓸었던 일종의 '투기 열풍'에 관한 것이다.

'투기(投機, speculation)'는 경제학적으로 명쾌하게 개념지어지지 않는, 그러면서도 분명히 '경제학적'인 개념이다. 범박하게 정의하자면, '투기'는 '시장가격이 급변하는 틈을 이용해 이익을 얻으려는 행위'라고 할 수 있다. 그러므로 비정상적인 자본이득을 위해 정상적인 수익을 포기하는 것은 '투기'이다. 그리고 '투기'와 '투자(投資, investment)'는, 양자의 차이를

지출에 관한 세부내역은 채만식이 인물을 묘사할 때 즐겨 사용하는 방법이다. 즉, 그의 인물 성격 묘사에서 '어떻게 벌어 어디에 쓰는가'는 가장 핵심적인 준거의 하나가 된다. 그의 소설에 나타나는 이러한 사례는 일일이 예거할 수 없을 만큼 많지만, 이러한 특징이 리얼리즘과 관련된 미학적 성과와 어떻게 관련되는가는 이 글의 직접적인 관심사항이 아니므로 여기서는 다루지 않는다. 다만, 문학사에서 그의 소설을 둘러싼 '세태소설 논쟁'과 리얼리즘 미학의 상관성에 대해서는 한수영, 「리얼리즘과 일상성 — 1930년대 후반 채만식의 소설과 '디테일'의 문제」(『소설과 일상성』, 소명출판, 2000)에서 부분적으로 다룬 바 있다.

애써 구분하려는 사람들의 노력에도 불구하고, '투기는 실패한 투자이며, 투자는 성공한 투기' 정도로밖에 구분되지 않는다. 경계의 외연을 좀더 넓히면, '투기'와 '투자'의 구분이 모호하듯이, '투기'와 '도박'의 구분도 흐릿하기는 마찬가지다. 예컨대 '나쁜 투자는 투기이며, 나쁜 투기는 도박'이라는 역설적인 정의도 있다. 또한 '투기'의 역사는 대단히 길다. 그것은 인류가 '교환'을 발명한 역사와 거의 비슷한 연륜을 가지고 있다고 한다.4)

그러나 '투자'와 확연히 구별되는 '투기'의 특징이 존재하는데, 그것은 시대와 상황을 넘어서서 '투기'에는 분명히 '대중들의 비정상적인 환상과 집단적인 광기', 즉 합리적으로 설명할 수 없는 비이성적이고 맹목적인 사회적 심리학적 동인(動因)이 작동하고 있다는 점이다. 식민지시대에 우리 사회를 휩쓸었던 일단의 '투기 열풍'도 이 점에서 예외가 아니다. 물론 '투기'가 '비정상적인 환상과 집단적인 광기'로 전부 설명될 수 있는 것은 아니다. 거기에는 자본주의체제의 성숙도(成熟度)나 그 체제 아래에서 살고 있는 사람들의 학습 내지는 체화(體化)의 정도도 중요한 변수로 작용한다.

채만식의 소설에서 그려지고 있는 1920~30년대의 투기 열풍은 곧 '미두'와 '금광'으로 압축해서 말할 수 있다. '미두'는 1920년대부터, 그리고 '금광 열풍'은 1930년대 초두부터 시작하여 줄곧 우리 사회를 모종의 '흥분'과 '집단적 광기'로 이끌었던 일종의 사회사적 '사건'이었다. 그리고 이를 집중적으로 다루었던 것이 그의 대표작이었던 『탁류』와, 그에 버금가는 문제작인 장편 『금의 정열』이다. 식민지시대의 사회와 경제를 다룬 연구들은 헤아릴 수 없이 많지만, 정작 이런 문제를 본격적으로 다룬 것은 많지 않다. 소설에 기대어 이 부분을 재구해 보려는 시도도 그래서 가능해졌다.

---

4) 에드워드 챈슬러, 강남규 역, 『금융투기의 역사』, 국일증권경제소, 2001, 7~9면.

역사가들에게는 '과거'를 어떻게 재구(再構)할 것인가가 항상 중요한 관심사항이다. 그것이 곧 사관(史觀)의 문제로 연결되며, 해석이나 평가와 직결되기 때문이다. 그래서 '왕조사', '사회경제사', 혹은 '미시사'나 '일상생활사'의 재구 방법과 양상이 서로 다르고 때로는 논쟁을 일으킨다. 그런 맥락에서 볼 때, '투기 열풍'이란 채만식 소설에 있어서 '1930년대 식민지 조선사회'를 재구하는 대단히 중요한 프리즘이다. 그는 이것을 단순히 풍속사적인 관점에서 객관적으로 묘사하는 데 그치지 않고, 한 사회를 가로지르는 여러 가지 병폐와 모순, 때로는 그와 상치되는 열정과 흥분, 혹은 절망과 환멸을 경제학에서부터 심리학의 영역에 이르기까지, 다채로운 관점에서 섬세하게 그려낸다. 그래서, 가능하면 이 글에서는 채만식이 애써 그려내고자 했던 당대의 여러 가지 제도나 용어를 둘러싼 콘텍스트를 당대의 정황에 부합하도록 되살려 내는 데 역점을 두면서, 채만식 소설에 그려진 '투기 열풍'을 통해, 식민지였던 1930년대 조선사회의 일상의 몇몇 단면을 재구해 보려고 한다.5)

---

5) '사회경제사'의 경계를 허물고, 역사 연구의 새로운 방법론으로 거론되는 이른바 '미시사(微視史)'나 '일상생활사' 혹은 '문화사' 등에서는 문학텍스트도 사료(史料)로 과감히 취택하는 것을 볼 수 있는데, 그런 관점에서 보자면, 채만식의 텍스트야말로 식민지시대의 일상을 재현하는 사료로서의 잠재적 가치는 대단히 높다고 할 수 있다. 이 글은 본격적인 '미시사'적 방법에 의해 씌어지는 글은 아니지만, 채만식 문학의 진가를 그런 측면에서도 논의할 수 있으리라는 가능성을 염두에 두고 씌어졌다. 이른바 '문화사'의 방법론적 접근을 통해, 1930년대 후반에 조선을 휩쓴 '금광 개발 열풍'과 문학 작품과의 관계를 검토한 논문으로 전봉관의 「황금광시대 지식인의 초상─채만식의 금광행을 중심으로」(2002년 5월 18일에 있었던 '채만식 탄생 100주년 기념문학제'의 발표 논문)와, 「1930년대 금광풍경과 '황금광시대'의 문학」(『한국현대문학연구』 7집, 1999.12)을 들 수 있다. 이 연구성과들이 좀더 대중적인 형태의 단행본으로 출간된 것이 『황금광 시대』(살림, 2005)이다.

2. 미두와 식민지 자본주의

1) 청산거래 제도와 투기 열풍

채만식의 『탁류』는 그의 대표작이자 우리 근대소설사를 대표할 만한 문제작이다. 무엇보다도, 이 작품의 전반부를 구성하고 있는 군산 미두장(米豆場)에 관한 세밀한 묘사와 그 공간을 둘러싼 다양한 인간 군상 및 그들의 욕망에 관한 형상화는 동시대의 어떤 소설보다도 생동감 있게 사회의 저류(底流)를 묘파한다. 『탁류』의 '미두장'을 단순한 소설의 배경 공간이 아니라 채만식 특유의 '크로노토프'라는 차원으로 끌어올려 이해한 것은 역사학자 홍이섭이었는데, 그는 채만식의 문학사적 가치가 아직 제대로 조명을 받지 못하고 있던 1970년대 초반에 이미 "『탁류』의 미두장은 조선 농민의 몰락을 상징하는 공간"이라는 논지의 분석을 시도한 바 있었고,6) 이후 '미두장'은 곧 『탁류』 해석의 중요한 '그물코' 역할을 하게 되었다. 그러나 '미두장'에 관한 우리의 이해는 여전히 충분치 못하고, 따라서 채만식이 그 '공간'을 소설의 핵심적인 무대로 설정한 의도와 그 결과에 대해서도 충분한 해석에 이르지 못하고 있다. '미두장'은 비록 소설 『탁류』의 전반부에만 집중적으로 설정된 공간이지만, 사실상 이 공간은 등장인물 다수의 운명을 규정하고, 그 운명의 사회적 맥락을 드러낸다는 점에서 소설 전체를 통어(通御)하는 공간이기도 하다.

무엇보다도, '미두장'을 제대로 이해하기 위해선, 당대에 이 공간이 어떤 위상과 의미로 자리잡고 있었는가에 대해 좀더 알아볼 필요가 있다. 『동아일보』 1922년의 어느 날 지면에는 "미두(米豆) 실패로 정사(情死)—모루히네를 먹고 부부가 같이 죽어"라는 제목 아래 다음과 같은 기사

---

6) 홍이섭, 「채만식의 '탁류'」, 『창작과비평』, 1973년 봄 참조

가 실려 있다.

> 수원군 수원면 북수리 최영순은 삼년 전에 수원 기생 손류색(孫柳色)을 첩으로 끼어들인 후, 자기의 본처와 이혼까지 하고 백 년을 동거코자 하던 바, 지난 십 삼일 오전 십일 시에 자기 첩되는 손류색과 같이 〈모루히네〉를 마시고 부부가 동시에 죽었다는데 원인은 자세히 알 수 없으나 최영순은 **인천 미두에 실패한 후 세상을 비관한 연고인가** 한다더라.[7] (강조는 인용자)

미두 실패로 패가망신하는 것은 백만장자도 예외가 아니어서, 다음에 소개하는 기사는 그야말로 부호의 일패도지의 과정이 기록되어 있다.

> 〈동순태사건 작일 검사국송치—궁하게 된 근일의 동순태호(號), 미두(米豆)의 여독이 이렇게 큰가〉
>
> 백만장자 동순태의 아편밀매, 홍삼 밀수출, 사기사건 등으로 많은 사람들의 흥미를 끄을던 사건은 작지에 보도한 바와같이 경찰부에서는 대강 그 죄상의 최조를 마치고 작일 아침 열한시 경에 일건 서류와 함께 정곤, 정림 두 아들과 동순태에서 경영하는 '미까도' 자동차부 사무원 류만규 등 삼인을 일제히 경성지방법원 검사국으로 넘겨 보내고 말았는데, 이 사건은 매우 중대하여 끝까지 비밀에 부침으로 정확한 내용을 알 수가 없으나 대강 듣는 바에 의하면 죄상은 기보한 바와 다름이 없는 듯 하다하며, 이번 범죄 사실을 동기로 오백만원 부자라고 굉장히 떠들던 동순태의 불쌍한 내막이 여실히 폭로되었다는데, **인천 미두의 실패 등으로 어떻게 많은 실패가 있었던지**, 몇 달 전부터는 돈 백원을 맘대로 쓰지 못하여 중매점원의 월급도 몇 달씩 밀리었으며, 수백원씩 벌어들이는 자동차 운전수에게도 월급을 못주어 각급 점원들이 중얼거림을 들었다 하며 이뿐더러 아들 낳아준 공으로 정곤이가 자기 몸 다음으로 사랑하는 애첩 김옥련에게도 집 한 채만 겨우 사주었을뿐더러 공돈이라고는 한 푼도 쓰지 못함으로 드디어 김옥련 친정에서 맘이 상하여 요사이에 이르러서는 헤어지느니 마느니 하고 귀치않은 소리가 가끔 새어나온다고 한다더라.[8] (강조는 인용자)

---

7) 『동아일보』, 1922.6.15. 표기법은 현대어에 맞게 고치고 오탈자는 바로 잡았으며, 쉼표는 인용자가 적절히 붙였음. 이후 인용하는 신문 및 잡지 기사는 위와 같이 함.

수원의 필부(匹夫) 최순영과 서울의 백만장자 동순태가 다같이 몰락의 길로 접어든 것은 이른바 '미두'라는 것 때문이다. 미두로 인해 패가망신한 것은 비단 이들뿐만이 아니다. 영국 유학을 준비하던 학생이 유학 자금을 미두에서 날리고 가짜의사 노릇을 하다가 덜미를 잡히는가 하면, 미두로 돈을 날린 시골 지주가 유서 한 장만을 남긴 채 삶을 마감하기도 한다. 머슴에서부터 중매점 점원, 경찰, 사장, 객주부상, 지주, 지식인, 교육자에 이르기까지, 눈 가지고 귀 뚫린 조선사람의 대다수는 한번쯤 '미두'판에서의 일확천금의 꿈을 꾸지 않은 이가 없을 정도로 '미두'는 열풍(熱風) 그 자체였다. 대관절 '미두'가 무엇이길래 경향각지의 필부에서 백만장자에 이르기까지 일패도지의 위험을 무릅쓰고 달려들게 만들었던 것인가?

'미두'란 '미두장(米豆場)'의 준말이며, 일제 강점기 인천, 군산, 부산 등 굴지의 쌀 이출항(移出港)에 개설되었던 곡물거래시장을 두루 아우른 말인 동시에, 좁게는 '미두취인소(米豆取引所)'를 중심으로 이루어지는 '현물 및 선물 거래소'를 일컫는 것이기도 하다. 오늘날 주식시장이 자본주의체제를 상징하는 일종의 '표상 공간'이듯이, 당시의 '미두장'은 식민지 조선의 산업 근간인 농업의 핵심 생산물이라고 할 '쌀'의 집하(集荷)와 거래에 있어, 자본주의적 시장 경제를 상징하는 일종의 '표상 공간'이라고 할 수 있다.9) 그러나 엄밀하게 말해, 『탁류』의 '미두'나 투기

---

8) 『동아일보』, 1924.8.19.
9) 물론 '미두취인소'가 있던 당시에도 오늘날의 증권거래소에 해당하는 '주식취인소'가 있었다. 최초의 증권거래소는 1920년 8월에 개장한 '경성주식현물취인시장'이다. 그러나 한국경제의 규모와 수준이 열악하여 일정규모 이상의 자본금을 가진 주식회사의 숫자가 많지 않았고, 일제의 자금조달정책이 '증권거래소'를 통한 직접금융보다는 '은행'을 통한 간접금융 위주로 전개되었던 까닭에, 당시 '투자' 내지는 '투기'와 관련된 사회사적 상징성은 여전히 '미두' 쪽에 놓인다고 생각한다. 일제하 '증권거래소'에 관한 금융사적 접근은 홍성찬, 「1920년대의 경성주식현물취인시장(주)연구」(『경제사학회, 경제사학』 22집, 1997.6)와 「1920년대 '경취'의 경영변동과 관련기관들의 동향」(연세대 경제연구소, 『연세경제연구』 제8권 2호, 2001년 가을)을 참조할 것.

열풍으로서의 '미두'는 쌀의 현물거래와는 직접적인 관련 없이, 청산거래 방식을 통한 '결제의 권리'만을 사고파는 시장을 의미한다.

이른바 '미두장' 곧 '미두취인소'가 처음 모습을 드러낸 것은 인천에서였다. 1896년, 일단의 재인천 일본 거류민 상인들의 발의에 의해 '주식회사 인천 미두 취인소'가 자본금 5만 원을 2천 주의 주식으로 나누어 발행함으로써 최초로 설립되었다.[10] 설립 이후 인천 주재 일본영사관에 의한 해산명령,[11] 1910년 이후에는 '경성 주식현물 취인소'와의 합병 파동 등 여러 차례의 우여곡절을 겪게 되지만, 인천의 미두장은 대표적인 조선의 미곡 거래시장으로서, 특히 투기에 얽힌 애환과 흥망성쇠를 상징하는 곳으로 떠오르게 된다.

　미상불 미두장이가 울기들은 잘한다.
　옛날에 축현역(시방은 上仁川驛) 앞에 있던 연못은 미두장이의 눈물로 물이 괴었다고 이르는 말이 있다.
　망건 쓰고 귀 안 뺀 촌샌님들이 도무지 어쩐 영문인 줄도 모르게 살림이 요모로 조모로 오그라들라치면 초조한 끝에 허욕이 난다. 허욕 끝에는 요새로 친다면 백백교(白白敎), 들이켜서는 보천교(普天敎) 같은 협잡패에 귀의해서 마지막 남은 전장을 올려 바치든지, 좀 똑똑하다는 축이 일확천금의 큰 뜻을 품고 인천으로 쫓아온다. 와서는 개개 밑천을 홀라당 불어버리고 맨손으로 돌아선다.
　그들이야 항우 같은 장사가 아닌지라, 강동(江東) 아닌 고향으로 돌아갈 면목은 있지만 오강(烏江) 아닌 축현역에 당도하면 그래도 비회가 솟아난다. 그래

---

10) 인천부(仁川府) 편, 「仁川に於ける米豆取引所」, 『인천부사(仁川府史)』, 1933, 1049
　　~1050면.
11) '인천미두취인소' 설립과정의 자세한 전후 사정은 김도형, 「갑오 이후 인천에서의 미곡유통구조—'인천미두취인소'의 설립을 중심으로」('택와 허선도선생 정년기념'『한국사논총』, 1992, 일조각)을 참조할 것. 이 논문에 의하면, 1차 '인천미두취인소'의 해산은, 설립 취지와는 달리 일본 상인들이 투기를 목적으로 미곡을 매점함으로써 결과적으로는 쌀값의 대규모 폭락을 야기시킨 책임을 묻는 성격이 강했다고 한다. 이것은 일본인 상인들에 의한 '인취' 설립 당시부터 투기 자본의 유입 가능성이 예고되고 있음을 보여 준다.

찻시간도 기다릴 겸 연못가로 나와 앉아 눈물을 흘린다. 한 사람이 그래, 두 사람이 그래, 열 사람 백 사람 천 사람이 몇해를 두고 그렇게 눈물을 뿌리니까, 연못의 물은 벙벙하게 찼다는 김삿갓 같은 이야기다.[12]

미두취인소가 오로지 투기만 횡행하는 장소이거나 수탈을 위한 교두보였던 것만은 아니다. 취인소 설립 당시의 목적은 미곡 품질과 가격의 표준화를 꾀하고, 미곡 품질의 개량화를 촉진하며, 조선 각지에 흩어져 활동하는 미곡 수집상(곧 행상)들에게 미곡 가격의 동향을 정확히 알려주어, 구매과정에서의 손실을 최소화하고, 나아가서는 한국과 일본의 무역에 도움이 되고자 하는 것이었다. 조선을 식민지로 만든 이후, 일제 당국으로서는 미두취인소가 지니는 이러한 '순기능'적 측면의 필요성은 더욱 절실해지게 되었는데, 그것은 일제 강점기 조선에서 생산된 미곡은 일부만 국내에서 소비되고 거의 대부분이 일본으로 이출되는 중요한 '상품'이 되었기 때문이다. 생산과 집하(集荷), 그리고 정미(精米), 보관(창고업) 등, 미곡 생산과 소비에 따르는 전체 과정을 합리적이며 경제적으로 운용할 수 있는 기관이 절대적으로 필요해진 가운데, '미두취인소'는 그러한 역할을 매개하는 핵심적인 '경제기관'으로 자리매김되었다. 총독부로부터 '취인소'라는 공식적인 이름을 얻어내지는 못했지만, 이미 1910년대에는 인천을 비롯해, 부산·군산·목포·진남포·강경·대구 등 도합 9군데에 이르는 '미곡거래소'들이 활발하게 곡물거래시장의 역할을 하고 있었다.

그런데, '미두장'은 현물거래가 아니라, 거래의 성립과 물품의 인도 시기(즉 결제시기)가 다른 '청산거래'가 주종을 이루었다. '청산거래'란 오늘날의 '선물거래'에 해당한다고 보면 된다. 곡물이란 기본적으로 수급 조절이 용이한 상품이 아니다. 가뭄이나 홍수와 같은 자연재해, 전쟁 같

---

12) 채만식, 『탁류』, 1987, 73~74면. 이하, 이 글에서 인용하는 채만식의 글은 창작과비평사판 『전집』에 의거함.

은 인위적인 사태, 공업화에 따른 임금정책, 생산 시기의 집중성과 소비 시기의 상시성 등에 의해 언제든지 가격의 변동이 생길 가능성이 있으며, 이로 인해 발생할 수 있는 손실을 최소화하고 미곡 거래의 안정성을 확보하기 위해, 곡물 거래는 거래 주체들의 위험 부담 경감 욕구에 의해 주로 선물(先物)거래 형태를 띠게 된다. '선물'이란 매매 계약의 시점과 계약의 이행 시점이 다르다는 점에서 '현물 거래'와 다르고, 매매 당사자가 직접 거래하지 않아도 된다는 점에서 '선도 거래'와 구분된다. 예를 들면, '갑'이란 사람이 오늘부터 약 3개월 뒤에 쌀 1석에 30원씩 100석을 사기로 하고 '을'과 계약을 맺었다면, 이는 '선도 거래'에 해당한다. 만약 3개월 뒤에 쌀 1석의 시세가 40원이 된다면, '갑'은 '을'로부터 쌀을 사서 이를 다시 시장에 되팔 경우, 1석에 10원씩 모두 100석의 이익을 보게 되지만, 반대로 '을'은 100원을 손해보게 된다. 그런데 이럴 경우, '을'이 계약을 이행하지 않을 위험도 존재한다. 따라서 거래 당사자들은 이런 위험부담을 최소화하고, 거래 당사자를 적기(適期)에 확보할 수 없는 어려움을 해소하기 위해, 일종의 '중개 역할'을 하는 '결제소'를 필요로 하게 되며, 이를 통해 이루어지는 거래를 '선물 거래'라고 한다. 이를테면, '취인소'는 선물거래에 있어서의 '결제소'의 기능을 하는 곳이다. '선물 거래'의 경우 결제소는 일일정산을 통해 매일의 선물 가격 변동에 따른 선물 거래자들의 이득과 손실을 정산하여, 그 결과를 손해를 본 거래자의 계좌로부터 이익을 본 거래자의 계좌로 입금하는 과정을 되풀이하게 된다. 이러한 일일 정산을 뒷받침하기 위해 결제소는 '증거금제도(margin requirement)'를 도입하는데, 증거금이란 선물 계약을 원하는 거래자들이 결제소에 의무적으로 예치하는 일정 금액을 말한다.13) 결국, 선물 거래란, 현물 없이 일정한 액수를 투자하여, 현물 수도(受渡)의 '권리'를 확보함으로써, 현물의 시세 변동에 따른 이익을 확보하고자 하는

---

13) '선물 거래' 일반 원리에 관해서는 정운찬, 『화폐와 금융시장』, 율곡출판사, 2002, 285~289면을 참조했음.

것이다. 당시 미두장은 투자액의 10%를 '증거금'(미두 용어로는 '증금')으로 내면, 이러한 '권리'를 얼마든지 사고 팔 수 있었다. 그리고 투기를 조장하는 비밀의 열쇠는 바로 여기에 있었다. 즉, 결제일에 이르러 현물이 오갈 때까지는 무제한으로 '권리'를 사고 파는 일이 되풀이될 수 있으며, 많은 사람들이 쌀과는 아무 상관없이 오로지 가격변동으로 인한 시세차익을 노리고 이 투기판에 뛰어들었던 것이다.

이와 같은 미곡취인소의 '순기능', 즉 미곡 가격의 결정 및 예시, 거래상의 위험 회피, 재고(在庫)분배 기능, 금융시장 기능 등을 심각하게 위협하는 '역기능', 즉 '취인소'의 '부정적 기능'은, 이러한 '선물 거래'에 반드시 동전의 양면처럼 따라붙는 '투기 조장의 요인'이다. 앞에서 얘기한 바 있듯이, 실제 자본주의 시장 경제에서는 '투자'와 '투기'는 엄밀하게 구분되지 않는다고 보는 것이 옳다. 그러나 수익 발생에 대한 합리적 계산과 전망 없이, 무분별하게 투자가 이루어지고, 그로 말미암은 손실이 걷잡을 수 없이 커지게 되면, 이러한 손실은 단순히 손해 당사자의 '개인' 문제를 넘어서서 '자본'의 효율적인 유통과 관리의 측면에서 심각한 '사회적' 문제를 양산하게 된다. 바로, 이 '취인소'의 부정적 기능인 '투기적 요인'이 미두장을 일약 '복마전'의 소굴로 만들게 되었던 것이다.14)

세계 제1차대전이 끝난 후, 국제시장의 축소에 따른 공황의 내습과 이에 따른 일본의 국내적 위기와 모순은 식량, 원료 공급지 및 자본투자시장으로서 한국에 대한 경제적 지배 강화로 전가되었다. 일제는 일본자본주의의 안정적 발전을 위해 저임금 유지가 불가피하다는 전제 아래, 미가정책, 식량대책이자 국제수지대책인 '조선산미증식계획'을 수립하여, 조선을 대(對)일본식량공급지로 만들어 더욱 많은 미곡생산과 미곡수출

---

14) 취인소의 고유한 이익 발생은 거래 수수료를 받는 데서 이루어진다. 그러나 실제 이 당시의 취인소 중매인들은 직간접으로 미곡의 선물 거래에 뛰어들어 많은 돈을 벌었고, 심지어 선물 거래에는 거래 당사자가 전혀 드러나지 않는다는 점을 악용하여 거래 방법에 어두운 투자자들을 교묘히 속여 중매인 자신의 부담을 떠넘기는 일들을 자행하여 물의를 빚었다.

을 꾀하게 되었다. 이로부터 조선의 미곡시장은 활황 국면으로 접어들고, 이와 연관된 미곡업자들의 투기열과 한국인 부호 및 지주의 사행심이 '미곡거래시장'에서의 시세 차익을 목적으로 하는 매매를 부추기는 결과를 가져왔다.

'미두'를 둘러싼 일본 투기자본의 유입 배경을 좀더 자세히 살펴보면 다음과 같다. 먼저, 1930년대 접어들면서 한국미의 매매고가 증가함에 따라 대량유통의 필요성이 더욱 절실해지고, 이에 따라 거래상 거래소를 이용하는 경우가 증가하였으며, 또한 저장의 장려, 미곡의 계절적 통제 출하 등 이전보다 일제의 미곡통제정책이 강화됨에 따라 가격의 하락으로 인한 손실을 방지하고자 거래소를 통한 매약정(賣約定), 매약정(買約定)의 필요가 증가했다. 둘째, 일본 본국에 비하여 쌀값 통제의 정도가 상대적으로 가벼움에 따라 쌀값의 변동도 커서 거래상 보험연계 등이 필요했고, 이러한 쌀값의 격심한 변동은 청산거래를 통한 투기적 이윤에 대한 기대심리를 한층 자극시켜 일본으로부터 한국 거래소로 투기적 자본의 유입을 증가시켰다. 셋째, 소위 '조선경기'의 흐름을 타고 적당한 투자 대상을 구하거나 투기 대상을 찾고 있었지만, 한국 산업의 낙후성으로 인해 미두만큼 투자이윤을 보장할 만한 다른 대상이 없었다는 것 등이다.15) 투기에 뛰어든 한국인 자본가나 부호, 지주의 경우에도 이러한 이유와 큰 차이가 없다.

그러나 문제는 '미두' 및 '주식'을 포함한 이런 투기 열풍이 이른바 '큰손'들의 자본 놀음으로 그치는 것이 아니라, 수많은 조선의 장삼이사들을 충동질하여 이 투기판으로 이끌어 들인다는 데 있었다. 평범한 사람들까지 '미두'에 몰두하게 된 이유는 무엇일까? 주식취인소에는 조선 사람이 드문 반면 미두취인소에 조선 사람이 들끓는 이유를, 조선사람에

---

15) 이형진, 「일제강점기 미두증권 시장정책과 조선취인소」, 연세대 석사논문, 1992, 118면. 미두와 증권에 관한 이형진의 또 다른 글, 「일제하 투기와 수탈의 현장─미두·증권시장」(『역사비평』, 1992년 가을)을 참조할 것.

게 '주식'보다 '쌀'이 한결 친숙하고, 예부터 농사를 지어온 조선사람들이 쌀의 경제학, 즉 쌀값의 변동이나 수급 상황 등을 '주식'에 비해서는 훨씬 더 잘 알 수 있었기 때문이라는 분석도 있다.[16] 그러나 이때의 '친숙함'이란 단지 '쌀'이라는 물건에 대한 친숙함일 뿐, 실제 '미두장'을 움직이는 청산거래의 방법이라든지, 지표의 변화에 따른 시세의 변동을 예측하는 일 따위는 조선의 '미두꾼'들에게 결코 친숙한 것이 아니었다. 결국, 자본주의의 첨단 파생금융인 '선물거래'가 어떤 메커니즘에 의해 운용되는 지도 잘 모른 채로, 적극적으로 거기에 투신하는 기묘한 역설이 만들어지게 된 것이다.

앞서 살펴보았던 『동아일보』 기사들을 통해서도 확인되듯이, 이 무렵에는 일확천금을 꿈꾸는 사람들이 미두장에 넘쳐 나기 시작했으며, 투기성이 강한 '선물 거래'의 방법과 절차 등에 전문적 지식과 정보가 없던 수많은 조선인 투자자들은 대부분 재산을 탕진하고 하루아침에 알거지 신세로 전락하는 일이 비일비재하였던 것이다.[17]

'미두장'을 배경으로 한 채만식의 희곡 「당랑의 전설」은 당시 미두취인소를 출입하며 한탕의 꿈에 빠진 조선사람들의 면면을 엿보게 하는 우스꽝스러운 일화를 삽입해 놓았는데, 투기 열풍에 빠진 사람들이 정작 미두 거래의 관행이나 절차에 얼마나 어두웠는가를 이보다 더 희화적으로 보여주기는 어렵다고 보인다. 전라도 광주 인근에서 인천 미두장에 올라온 이 시골 사람은 이천 원을 졸경에 잃게 되어 미두 중매인들의 동정을 사고 있는 판국인데 정작 당사자는 자신이 거래에서 대단한 이

---

16) 이건혁, 「조성모멸(朝盛暮滅)의 취인광사태(取引狂沙汰)―일확천금은 가능하냐?」, 『조광』, 1936.1.

17) 당시 한국인들은 점을 치거나 괘(卦)를 보고 시세를 예상하는 등 대단히 비과학적이고 주술적인 방법에 의지해 미두를 하고 있었다. 이런 분위기에 편승해 『羽黑式柱式大罫線法講義』나 『柱式期米必勝足取攫千金秘法』 같은 책이 베스트셀러가 되었다. 그리고 당시의 월간 잡지나 일간 신문에는 '미두'나 '주식'과 같은 전형적인 자본주의 금융제도의 운용원리와 투자방법을 소개·계몽하는 기사들이 자주 실렸다.

득을 취한 줄 알고 득의만면의 미소를 띠고 중매소로 입장한다. 중매인
들은 그가 얼굴 가득 웃음을 띠고 들어오자 돈을 잃고 실성한 줄로 착
각한다.

　　미두 손님을 : 어서들, 점심 요구나 허러 나가게라우! 아 미두를 히여서 당장
의 돈을 근 이천 원이나 땄넌디, 즘심 한턱 안 내서사 쓰겄어라우? 건 참, 인사
불성이지!

　　사무원을 : (뻐언히) 이천 원을 따다뇨?

　　미두 손님을 : (희떱게) 그럼 안 땄어라우? 이천 원 징금 내고서나 쌀 삼백 석
을 팔었넌디, 오원 사십전이 올랐으닝께로, 삼오십오 일천오백원 허고

　　사무원을 : 팔었으니깐 손을 했지, 어떻게 땁니까?

　　미두 손님을 : (비로소 일말의 불안한 빛이 드러나면서도, 자신있이) 팔었응께
로 땄지라우.

　　사무원을 : 하, 이런 답답한!

　　바다지 : 오오! (고개를 끄덕끄덕) 인제야 알았어! (미두 손님 을더러) 여보, 이
노형!

　　미두 손님을 : 얘애?

　　바다지 : 노형네 고장에선, 돈 가지구 싸전에 가서 쌀 사오는 걸, 쌀 팔어온다
구, 그리지요?

　　미두 손님을 : 그러먼이라우! 그게 왜, 돈 각고 싸전으로 가서 쌀 사오닝 것이
간디라우? 쌀 팔어오닝 것이지!

　　바다지 : 그래, 그 셈만 대구설랑 여기 와서두, 돈, 이천 원 내놓면서 쌀 삼백
석 팔아주시오, 했겠다요?

　　미두 손님을 : 그러먼이라우! 그랬을게로 내가 시방 쌀 삼백 석을 각고 있는
심이지라우!

　　바다지 (버럭) 각고 있긴 쥐뿔을 각고 있어?

　　미두 손님을 : 왜라우?

　　바다지 : 팔어달랬으니깐 방할밖에!

　　미두 손님을 : 방허다니라우?

　　바다지 : 팔었어! 정말 팔었어! 팔맺자(賣字)루 팔었어! 논 팔구 밭 팔구, 집 팔

구, 기집 팔구 선영 뻑다구까지 팔구 하듯기, 팔았어! 팔아!18)

　표면적으로 보자면 이러한 소동은 표준어와 방언의 차이에서 오는 '말(언어)'의 문제로 읽히지만, 정작 그 이면에는 '쌀'에 대한 관념의 차이가 내재되어 있다. 이 전라도에서 온 미두 손님의 '쌀'에 관한 관념은 '농사'에 매개된 전통적인 것이며, 사실상 '선물 거래'라는 자본주의의 최신 파생금융 상품에 익숙해지기에는 요원한 것처럼 보인다. 그래서, 그에게 '팔다(買)'와 '팔다(賣)'의 묘리를 일깨워준 그 바다지는 안타깝다 못해 역정을 내며, 시골 사람에게 "얼른 봇짐 싸요! 싸가지구 내려가서 타구난 팔자대루 농사나 지여먹구 살어요! 꽤니 어름어름하다간 바가지 하나 뿐새있게 차구 나설테니"라고 소리를 지르는 것이다.
　맹목에 가깝도록 투기에 뛰어드는 사람들이 늘어나는 좀더 심각한 이유는 조선사회의 식민지적 특수성에 기인하는 것이었다.

　　나는 감히 말하기를 이러한 경향이 생기게 된 근본동기는 조선 인텔리들이 지금까지 가졌던 정신적 고민과 그 물질적 생활의 빈약에 있었다고 한다. 이것을 좀 구체적으로 말하자면 매년 매년 사회로 나오는 지식군(知識群)은 날로 증가되는 데 불구하고 그 사회적 수요는 근소하였기 때문에 그들은 직업을 가지지 못하게 되고 따라 그 생활을 의거할 기점을 잃고 우왕좌왕하게 됨에 (…중략…) 따라서 금융적 성공 없이는 그 종(種)의 성공은 기대난(期待難)이라고 보아 점차 황금만능주의에 기울게 된 것이요, 이 금융적 성공의 길에 들어서도 적당한 업을 위한 자본은 구득할 수 없으매 어떤 이는 모험적으로 어떤 이는 자포자기적으로, 이러한 길을 취택케 된 것이었다고 볼 수 있다.19)

　위 인용문의 필자는 투기 열풍의 부작용 중에서도 특히 지식인 및 청년 학생층의 투기를 걱정하면서, 안정된 삶이 불가능한 사회적 조건이

---

18) 채만식, 「당랑의 전설」, 『채만식 전집』 9, 창작과비평사, 1987, 159~60면.
19) 김한용, 「일확천금의 활무대─주식·기미로 돈을 모을 수 있을까」, 『조광』, 1938.2.

곧 '이판사판'의 투기로 사람들을 몰아내는 현상과 인과 관계에 놓여 있음을 설명하고 있다. 만성적인 청년 지식인의 실업 사태는 이미 채만식의 「레디메이드 인생」(1934)에서 대단히 냉소적인 어조로 그려진 바 있으니, 결국 '투기 열풍'을 야기시킨 것은 식민지사회의 특수성이 복합적으로 작용한 결과였다.

2) 미두장의 풍경

> 후장삼절(後場三節) ……
> 아래층의 '홀'로 된 '바다지석(場立席)'에는 각기 중매점으로부터 온 두 사람씩의 '바다지(場立 : 仲買店의 市場代理人)'들과 '조오쓰게(場附)'라고 역시 중매점에서 한 사람씩 온 서두리꾼들까지, 한 사십 명이나 마침 대기하듯 모여섰다.
> 같은 아래층을 목책으로 바다지석과 사이를 막은 '갸꾸다마리'에는 손님들이 한 백 명 가량이나 되게 기다리고 있다. (…중략…)
> 후장삼절을 알리느라고 '갤러리'로 된 이층의 '다까바(高場)'에서 따악 따악 따악 딱다기 소리가 나더니 '당한(當限)'이라고 쓴 패가 나와 붙는다. (…중략…)
> 세 번째 딱다기가 울고 '선한(先限)'패로 갈려 붙는다. 그러자 마침 기다리고 있던 듯이 갸꾸다마리에서 손님 하나가 바다지 한 사람을 끼웃끼웃 찾아 불러내다가는 목책 너머로 소곤소곤 귓속말을 한다.
> 바다지는 연신 고개를 까닥까닥하면서 말을 듣는 한편, 손에 들고 있는 금절표(金切表)를 활활 넘기고 들여다 본다.
> 이윽고 바다지는 돌아서면서, 엄지손가락 식지 중지 세 손가락을 펴서 손바닥을 밖으로 쳐들고
> "고햐꾸 야로"
> 소리를 친다. 이것은 팔 전(八錢 : 貳拾九圓 九拾八錢)에 오백 석을 팔겠다는 뜻인데, 그 소리가 떨어지자 장내는 더럭 흥분이 된다.
> 일초를 지체하지 않고 저편으로부터 다른 바다지가 팔을 쳐들어 안으로 두르고

"돗다"

소리를 지른다. 그놈을 사겠다는 말이다.

이어서 여기저기서 '얏다' '돗다' 소리와 동시에 팔이 쑥쑥 올라오고, 소리는 한데 엉켜 왕왕거리는 아우성 소리로 변한다. 치켜올린 바다지들의 손과 손들은 공중에서 서로 잡혀진다. 커다란 혼잡이다.

바다지석은 횐화 속에서 뒤끓는다. 다까바들은 눈을 매눈같이 휘두르면서 손을 재게 놀려 기록을 한다.

바다지와 다까바는 매매를 하느라고 흥분이 되고, 이편 갸꾸다마리는 시세 때문에 흥분이다.[20]

거래가 이루어지고 있는 미두취인소의 내부를 생생하게 묘사한 『탁류』의 한 대목이다. '후장'이니 '삼절'이니, 또 '당한'이니 '선한'이니 하는 말들이 무슨 암호처럼 어지러이 울려 퍼진다. 미두와 관련된 소설 속의 용어들, 그리고 미두장의 운용과정을 살펴보기 위해, 일간신문의 '상황난'을 잠시 검토하기로 하자. 다음은 어느 날의 일간신문에 실린 '기미시장(期米市場)'의 시세 상황이다. 오늘날 주식 시황이 날마다 신문에 보도되듯이, 이때에도 그러한 경제 동향의 지표가 날마다 '상황난(常況欄)'에 실렸다.

〈仁川 期米 24일 後場 (小許低落)〉

前場은 大阪 騰高를 따라 當地亦堅强하게 始價 23원 35전을 低價로 高價 57전이 有하고 37전에 場을 止한 後 大阪止價는 低價인 12전이오 後場亦又 低價라 하야 軟軍이 다소 우세로 입회하니

▲제1절 當中不成에 先限은 止價보다 七丁低한 20원 30전으로 初付되었더라

▲제2절 當不成에 中은 30전이오 先限은 大阪低價도 不拘하고 硬軍측 善買로 始價 22전을 低價로 3전까지 反騰으로 30전에 止하다.

▲제3절 當은 19전 80전이오 中不成에 先限은 오히려 硬軍이 우세되어 37전에 始하여 低價 23전이오 高價 29전에 止.

---

20) 채만식, 『탁류』, 1987, 75~77면.

▲제4절 當中不成에 先限은 軟軍이 우세로 始價 38전이 高價되어 2전까지 低落으로 26전에 止하다.

▲제5절 當不成에 中은 30전이오 先限은 始價 24전을 高價로 低價 20전으로 止하니 高價의 差가 19전이라.[21]

미두장은 대개 하루에 두 번 열린다. 오전 9시 30분에 열리는 것을 '전장(前場)'이라 하고, 오후 2시쯤 다시 열리는 것을 '후장(後場)'이라 한다. 각 장은 다시 여섯절(節)(에서 많게는 10절)로 나누어 거래가 이루어지는데, 여섯으로 나뉜 각각의 거래를 '1절' '2절' …… '6절'이라 한다. 한 '절'은 대개 10분에서 15분 정도이고, 각 절마다 다시 세 가지의 거래 방식이 있는데, 이 세 가지의 거래를 '당한(當限)' '중한(中限)' '선한(先限)'이라고 하며, 각각 현물 인도 시기에 따른 구분법으로 '당한'이 당월(當月) 결제로 가장 짧으며, '선한'이 2개월로 가장 길다. 예컨대, 3월 중에 거래가 성립되었으면, '당한'은 3월말에 결제가 이루어지며, '중한'은 4월 말에, 그리고 '선한'은 5월말에 결제가 이루어지는 것이다. 그러나 앞서 언급했듯이, 미두는 '청산거래'로서 실제 현물이 오가지는 않는다. 따라서 결제일이 되기 전까지 자신이 확보해 둔 '수도(受渡)의 권리'를 '반대 매매'를 통해 처분하면 그것으로 거래는 끝난다. 그리고 그 전까지는 이른바 '일보(日步)'에 의해 그날 그날의 종가에 의한 차익을 증거금에서 빼거나 보태어 손익에 관한 최종 결과만을 주고받게 되는 것이다. 물론 중간에 증거금(약칭 증금)이 부족하면, 중개인은 매매당사자에게 '증거금'을 더 충당하거나, 그럴 능력이 없으면 입금한 증거금의 한도 안에서 거래를 중지시킨다는 것을 통보하게 된다. 기사에서 '당중불성' 혹은 '당불성'이라는 말은 '당한'이나 '중한'으로는 거래가 이루어지지 않았다는 뜻으로, 시세변동이 심하지 않아 단기 시세 차익을 노리기 어려울 때는 '당한'이나 '중한'의 거래가 뜸해진다. 위 시세표에 의해 유추하자면, 비

---

21) 『동아일보』, 1921.3.26.

교적 미곡 가격이 안정세를 유지하고 있던 무렵의 지표라고 할 수 있다. 조선 미곡 시장의 시세는 대개 오오사카의 시세에 준하여 결정도 었다. 위의 기사에서 보듯이 대판(大阪) 취인소의 시세 등락이 조선의 기미시장의 시세에 영향을 끼치므로, 통신 설비상(전화나 전보 등) 조금이라도 일본과 빠른 교신을 할 수 있는 처지에 있으면, 그만큼 시황의 흐름을 예측하기가 수월하기 마련이었다. 기미의 매매단위는 100석이 기본이며, 그 이하로는 거래가 성립되지 않는다. 호가는 1석에 대한 가격이다. 경군(硬軍, 또는 경파)이란 시세가 오르리라고 예상하는 측, 연군(軟軍, 또는 연파)는 시세가 내릴 것이라 예상하는 측을 말한다.[22]

3) 『탁류』의 미두꾼들[23]

『탁류』에서 미두장과 직접 연관을 맺고 있는 인물은 모두 세 사람으로, 주인공 '초봉'의 아비인 '정주사'와 그의 사위인 '고태수', 그리고 중매점 '마루강(丸江)'의 '바다지'이자 '고태수'의 대리인 노릇을 하는 곱추 '장형보'다. 정주사는 '마바라(백 석, 이백 석 정도를 거래하는 잔챙이 미두꾼)'는커녕 '하바꾼' 중에서도 겨우 1원짜리나 50전을 '증금'이랍시고 태우고 한 절이 끝날 때마다 종가(終價)에 따라 몇 전씩 떨어지는 재미로 미두장에 나오는, '취인소'의 분비물 같은 존재다. 그나마도 태울 돈이 없어 '구두(口頭)'로 주문을 내고 나중에 돈을 지불하지 않는 이른바 '총놓기'를 하다가, 아들 뻘도 안 되는 젊은 축들한테 봉변을 당하는 체신 없

---

22) 이건혁, 「상식적으로 알아야 할 신문경제면 읽는 법」, 『조광』, 1936.9.
23) 당시에는 '미두' 투자자들이나 '주식' 투자자들을 통털어 '미두꾼'이라고 불렀다. '미두꾼'이라는 명칭에는 다분히 '투기를 일삼는 자'라는 비하의 의미가 들어 있는데, 조선에서는 '미두취인소'가 '주식취인소'보다 훨씬 먼저 생겨났던 까닭에 '미두꾼'은 '투기꾼'의 대명사격이 되었던 것이다. '미두꾼'보다 다소 공식적인 명칭으로는 '상장사(上場師)'가 있었는데, 제한된 경우를 빼고는 거의 쓰이지 않았다.

는 늙은이다. 그러나 하루라도 미두장에 나가지 않으면 궁금해서 견디지를 못하는 '미두중독증'에 걸려 있다. 하바꾼들로서는 일확천금의 꿈을 꾸려고 해도 밑천이 없기 때문에, 잔돈푼을 이리저리 굴리며 한 '절'이 끝날 때마다 일희일비(一喜一悲)하는 재미로 미두장에 나오는 것이지만, 이들의 삶을 지탱해 주는 것은 늘 '미두장'을 싸고도는 팽팽한 긴장과 꿈틀거리는 욕망이란 점에서, 큰손들과 다르지 않다.

엄밀하게 말하면 '하바꾼'은 불법거래자들이다.[24]

미두꾼들 또한 투기자본으로 한탕 건질 꿈에 부푼 사람들인 점에서는 '절치기꾼(이른바 하바꾼)'과 다를 바가 없지만, 이들은 엄연히 미두취인중매점을 거치고, 일정한 거래보증금을 납부하며, 수수료를 물고, 이익에 대한 징세를 감당한다는 점에서 장내(場內) 세력인 동시에, 합법적인 거래 주체라고 할 수 있다. 그러나 '절치기꾼'들은 일종의 장외 세력으로서, 같은 투기자본이라고 하더라도 그 이동경로가 전혀 재정당국이나 세정당국에 포착되지 않는다는 점에서 불법화된 거래시장을 형성하는 것이다. 쉽게 얘기하자면, 경마장에 가서 제대로 줄서서 마권을 구입하고 스탠드에 앉아서 경마를 즐기는 것은 괜찮지만, 임의로 마권을 발행해서 자기들끼리 배당을 나누는 이른바 '맞떼기'는 불법 행위로 단속 대상인 것과 같은 논리라고 할 수 있다. 그러나 '미두꾼'이나 '하바꾼'이나 규모와 합법성 여부의 차이는 있다고 해도, 투기 행위로서의 속성을 지닌 것은 똑같다고 볼 수 있다.

---

24) 다음의 기사를 참조할 것.
　　"〈인천 기미시장(期米市場)에 '절(節)치기' 도박성행―인천서에서는 검거에 착수〉
　　인천 미두취인소 기미시장에서는 근래에 소위 '가스도리(數取り)' 일명 '절치기'라 하는 일종 도박 행위가 공공연히 유행되는 동시 각지 도박상습자가 몰려들어 실상 미두꾼 수효보다도 많고 이해도 상당하게 됨을 따라 날로 성행한다 함은 본지에 보도한 바이어니와 그동안 인천 경찰서에서는 그들을 다소 검거하여 처벌하였으나 오히려 성행하는 모양이므로 동서에서는 지난 9일부터 매일 삼사명, 오륙명씩 검거하여 엄중이 취조중인데 동서에서 금번에는 철저히 취체하여 일망타진할 계획인 듯한 태도를 가지는 모양이더라."(『동아일보』, 1925.9.15)

고태수는 은행원으로, 한때 전도유망한 청년이었으나, 자신의 고정수입을 훨씬 넘는 액수를 주색잡기에 탕진하느라, 마침내 고객의 당좌에서 가짜 수표를 발행하는 데까지 이른다. 그는 횡령액이 3,000여 원에 육박하자, 그것을 일시에 만회해 보려고 횡령액의 일부를 가지고 미두장에 뛰어들지만, 열흘만에 그 돈을 고스란히 날리고 만다. 태수는 육십 원 증금에 육백 원을 투자하여, 30원 45전에 쌀 천 석을 매수했는데, 그것이 잠깐 반짝하다가 내리 열흘을 떨어져, 마침내 '증금'을 다 까먹고, 이른바 깡통계좌에 해당하는 '아시[あし]'에 이르게 된다. 그는 늘 입버릇처럼 "걱정하면 소용 있나? 약차하거든 죽어버리면 고만이지!"를 내뱉다가, 마침내 불륜을 저지르던 현장에서 몽둥이에 머리가 깨져 처참히 죽고 만다.[25]

장형보는 채만식의 소설과 희곡에 자주 등장하는 '미두장 주변의 인물들' 중에서 거의 유일하게 그곳을 거쳐 치부(致富)에 성공하는 인물이다.[26] 그러나 형보의 치부과정은 흐릿한 윤곽만 그려져 있을 뿐, 아쉽게도 자세히 묘사되어 있지는 않다. 형보는 태수가 투자한 뒤, 회수를 포기해 버린 끄트머리 50~60원을 솜씨 있게 굴려 수백 원을 만든 뒤, 그것으로 서울에 올라와 '수형 할인 장사'를 해서 한 밑천을 단단히 잡은

---

25) 고태수는 '미두'와 관련해서 『탁류』의 등장인물 가운데 가장 문제적인 인물이다. '고태수'를 매개로 하여, 채만식은 인간의 심리적 콤플렉스와 그것에 대한 '방어기제'가 어떻게 '투기'로 이어지는지를 매우 조밀하게 추적한다. 고태수의 불운한 성장과정, 학력콤플렉스, 계층상승의 욕망, 매저키즘에의 탐닉으로 나타나는 성적 일탈, 사기결혼 등이 전부 '투기' 행위의 배경이나 심리적 기저(基底)를 형성하고 있다. 이런 맥락에서, 장형보의 육체적 장애(곱추)와 흉측한 외모 또한 '투기'와 일정한 연관을 지닌다. 고태수와 장형보를 합쳐 놓은 듯한 성격이 『금의 정열』에서 '금밀매꾼'으로 등장하는 '박윤식'이다. 그러나 '투기'와 연관된 상세한 인물분석은 글을 달리하여 고찰해야 할 것이다.

26) 당시에도, 미두장에서 많은 돈을 벌어 세간의 주목을 끈 사람이 아주 없는 것은 아니었다. 당시 미두 거래를 통해 큰 돈을 번 사람 중에 '조준호'가 가장 유명하다. 그는 '조선취인소'의 조선인 거래원으로, 일본 중앙대학교 전문부 법과를 졸업하고 다시 영국 유학을 한 상층 인테리로서, 증권거래와 미두거래로 엄청난 부를 축적한 인물이다. 이형진, 앞의 글, 121~22면.

것으로 되어 있지만, 자세한 과정은 나와 있지 않다.[27]

미두장을 중심으로 하고 그 주변에 배치된 이 세 인물은 각각 당시 시대의 대표적인 유형적 성격들을 표상하고 있다. 정주사는, 많은 논자들이 지적한 바 있듯이, 소농 출신으로 군서기를 거쳐, 은행과 미두 중매점과 회사 등속의 하급 사원으로 전전하다가, 마침내 '영영 월급 세민층에서나마 굴러 떨어진' 뒤 미두꾼으로 다시 하바꾼으로 갈데 없는 몰락의 도정을 걷는 인물로, 당시의 조선사람의 경제적 몰락에 대응한다. 고태수는 상대적으로 인텔리에 가까운 인물로, 지식인 계급의 시대적 고뇌라고까지 하기는 어렵지만, 그 역시 삶에 대한 전망과 의지를 상실하고 그야말로 '되는 대로' 살아가는 '자포자기형'의 인물이다. 장형보는 꼽추에 추물(醜物)로, 자신의 육체적 장애로 인한 열등의식을 '투기' 행위를 통한 이재(理財)로 보상받으려는 인물이다. '투기'는 사회적 요인뿐 아니라, 형보의 경우처럼 개인적인 욕망의 대리배설을 위한 창구이기도 했던 것이다.

식민지시대의 조선 미곡 시장의 투기 열풍은 1930년대 후반까지도 계속되다가, 1937년을 고비로 서서히 가라앉으며, 마침내 1939년 일제 당국이 미곡을 자유시장경제 원리에 입각한 '매매 상품'이 아니라, 전쟁 수행을 위한 '통제물자'로 규정하여 자유판매를 금지시키면서 완전히 걷히게 된다. 투기를 조장하던 장소인 '취인소'도 1939년 '조선미곡배급조정령'의 발동으로 미곡거래소와 정미시장이 폐쇄됨에 따라, 미두 거래는 정지되고 오직 주식 거래만 가능한 쪽으로 바뀌게 된다.

---

27) '수형 할인'을 통한 치부(致富)과정은 『태평천하』의 윤직원을 통해 자세히 알 수 있다.

3. 황금광(黃金狂) 시대의 빛과 그늘

1) 금광 열풍의 사회경제적 배경요인

1930년대에 접어들어, '미두' 못지 않게 한국인을 집단적인 투기 열풍에 휩싸이게 만든 것은 이른바 '황금광시대'로 불리는 '금광 개발 열풍'이었다.

① 금값이 올라간다고 세상은 떠든다. 누런 금덩어리를 찾는 사람의 안광(眼光)은 전조선의 산야를 녹일 듯이 번쩍거리고 있다. 따라서 산야에는 광맥을 찾는 일확천금을 꿈꾸는 광객(鑛客)의 발길이 안이른 곳이 거의 없게 된 터이다. 이것은 산야에서만 보는 현상이 아니라 도시에서도 황금덩어리를 사고팔며 한편으로는 금광출원을 하는 등 과연 황금의 광상곡이 충천의 세(勢)로 높아간다. 언제라 황금의 만능이 아니었던 바가 아니나 요새처럼 일층의 황금광시대를 나타내는 것은 처음으로 보는 것이다.[28]

② 근년 '약진'이라는 경이적 용어가 조선산업계에 유행되고 있는데 그를 통계에 나타난 숫자로 따진다면 특히 금광이 그 적용을 받을 특권을 가졌다고 하여도 과언이 아닐 것이다. (…중략…) 조선의 산금업은 최근대식 기술과 대자본의 위력하에 약진을 보아 금후로 일층 비약을 시(示)할 것은 명료한 일이다. 십수년 전만 해도 금광업이라고 하면 투기의 최후적으로 여기고 또 패가군(敗家群)의 말로인 것 같이 여기었으나 금일의 근대과학 밑에서는 가장 유리한 건실한 기업으로 등장되어 경기의 모태인 것 같이 일컫게 되었다. 그리하여 근년 급속도로 발전약진하고 있는 조선의 금광업은 돌연 황금광시대를 현출하여 산에서는 석광, 들에서는 사금광으로 만산편야지하착굴(滿山遍野地下鑿掘)의 진군은 규모가 날로 커갈 뿐이다.[29]

---

28) 신태익, 「황금광(黃金狂)시대의 광상곡(狂想曲)」, 『신동아』, 1932.10.
29) 장원준, 「금매상가 인상과 조선산금업」, 『조광』, 1937.7.

인용문을 통해서도 짐작할 수 있듯이, 1930년대 내내 조선사회는 '금'을 둘러싼 거대한 '투기 열풍'으로 심각한 몸살을 앓아야 했다. 이 투기 열풍의 감염력은 미두보다도 한층 강력해서, 그 침투의 범위가 남녀노소, 지위고하, 지식의 유무와 직업의 귀천을 따지지 않는 광범위한 것이었다.

누구보다도 시세의 풍속에 민감한 채만식이 조선사회를 뒤흔드는 이러한 일련의 '사태'를 그냥 보아 넘길 리가 없었다.

'금' '금' '금' 금값이 한 돈쭝 5원에서 11원 13원 이렇게 오른 때문에 '금'은 잔치집같이 조선을 발끈 뒤집어 놓았다.

그것은 확실히 한 획기적 사실이다.

물론 금광으로 해서 망한 사람이 수두룩하니 많다. 그러나 그것보다도 천만 원짜리 몇백만 원짜리 몇십만원 짜리 하다못해 몇천 원짜리의 부자가 수두룩하게 쏟아져나온 것이 더 잘 눈에 띈다.

또 그것으로 해서 소위 '경기'라는 것도 무척 좋아졌다.

"지금 한 괴물이 조선 천지를 횡행한다 '금'이라는 놈이다."

이 '금'이란 놈은 그 자체가 발산하는 싯누런 광채와 한가지로 일종의 초현실적인 그리고 아주 '우상'의 작용인 것같이 인심을 지배하고 있다 — 금 나오느라 또드락 딱, 은 나오느라 또드락 딱 해서 금이 나오고 은이 나오는 '부적 방망이'처럼. —30)

본격적인 '금광소설'31)이라 할 『금의 정열』을 연재하기 수년 전부터 그는 이 금 투기 열풍에 대해 깊은 관심을 지니고 있었고, 급기야는 그 자신

---

30) 채만식, 「문학인의 촉감」, 『조선일보』, 1936.6.5~7, 9~13. 여기서는 『채만식 전집』 10, 1989, 310~311면에서 인용함.

31) '금광소설'은 당시의 용어이다. 채만식은 『금의 정열』이 조선에서는 금광을 다룬 최초의 소설이라는 데 대해 약간의 자부심을 느끼고 있었다. "아직 남이 안 쓰는 금광소설을 썼으니 (…중략…) 아닌게아니라 작품이 잘 되고 못 되고 한 것은 차치하고, 최근 어쨌거나 금광세계를 중심 내용으로 한 장편(『금의 정열』) 하나를 쓰기는 썼고 (…중략…) 이 고장에서는 아무렇든 처음가는 시험인 것만은 사실인 성싶다."(채만식, 「금과 문학」, 『인문평론』, 1940.2)

가형(家兄)들과 더불어 금광채굴사업에 직접 뛰어들기까지 한다.32)

금은 동서고금을 막론하고 오랜 세월 동안 인류에게 가장 귀한 '금속'으로 대우받아 왔다. '금'은 다른 금속에 비해 우선 지하매장량이 적어 원래의 희소가치가 높은 데다, 전연성(展延性)이 크고, 전도성(電導性)이 높으며, 상온이나 고온에서도 쉽게 녹슬지 않아 장식용에서 산업용에 이르기까지 그 쓰임새가 매우 넓은 귀금속이다. 그러므로 금에 대한 인간의 집착과 욕망은 새삼스러운 것이 아니다. 사람의 손으로 금을 만들고자 했던 중세의 '연금술', '황금'을 찾아 떠났던 마르코폴로의 모험이나 콜롬부스의 항해, 그리고 16세기 라틴아메리카에 상륙한 스페인 정복자들이 혈안이 되어 찾아 헤맸다는 전설의 황금도시 엘도라도와 파이치치 이야기는 모두 황금을 향한 인간의 욕망을 보여주는 대표사례들이다. 특히 19세기 후반 북아메리카의 서부 연안을 뜨겁게 달구었던 이른바 '캘리포니아 골드러쉬'는, 미국과 유럽 전체를 눈멀게 만들었던 가까운 시기의 역사적 사건으로 선명하게 남아 있다. 금이 특히 중요해진 것은, 18세기 이후 여러 나라에서 '금'을 섞은 주화를 만들어 이로써 화폐의 '명목가치'가 아닌 '실질가치'를 재는 '척도'를 삼았기 때문이다.

그러나 1930년대 식민지 조선사회를 뒤흔들었던 '금 투기 열풍'은 이러한 일반론적인 인간의 욕망 이외에 좀더 복잡하고 미묘한 사회경제사적 맥락이 작용하고 있었다.

조선사회가 본격적으로 '금 투기 열풍'33)에 휩싸인 것은 대략 1932년

---

32) 장편 『금의 정열』은 『매일신보』에 1939년 6월 19일부터 같은 해 11월 19일까지 연재되었다가 대폭적인 수정을 거쳐 1941년 6월 10일 영창서관에서 단행본으로 출간되었다. 그가 가형들(세째, 넷째형)들, 그리고 소오(小梧) 설의식 등과 금광에 뛰어든 것은 1938년이었다. 금광에 투신하게 된 전후 사정은 그의 글 「금과 문학」에 비교적 소상히 밝혀져 있다. 채만식을 포함한 당시 문인·지식인들의 '금광행'에 대해서는 전봉관, 「황금광 시대 지식인의 초상─채만식의 금광행을 중심으로」에서 자세히 다루고 있다.

33) 이 글에서는 당시의 투기 열풍에 대해 '금광 개발 열풍' '금 투기 열풍' 등의 용어를 섞어 쓰기로 한다. 당시의 투기 열풍은 '금광 개발'과 관련된 것이 지배적인 것은 틀림없으나, 일반 시민들의 심리적 기저(基底)를 '투기'로 이끈 것은 '금광'을 매개로 한 산

부터라고 할 수 있으며, 직접적인 계기가 된 것은 1931년 12월에 단행한 '금 수출 재금지' 조치였다. 이 '금 수출 재금지' 조치 이전에 약 2년 간 '금 수출 금지 해금'의 시기가 있었고, 그 이전에는 역시 '금 수출 금지' 의 시기였다. '금'을 둘러싼 이 일련의 정책 변화과정에는 약간의 설명 이 필요하다.

세계 제1차 세계대전이 일어나면서 유래 없던 전쟁 특수(特需)로 호황 을 누리던 일본 경제는 1919년을 정점으로 1920년대에 접어들어 여러 차 례의 심각한 반동공황에 부딪치게 된다.[34] 1920년대의 반동공황은 1920 년 4월에서 7월에 걸쳐 일어난 1차 금융공황에 이어, 1922년에 일어난 중 국의 '일화(日貨)배척운동'에 의한 수출타격, 그리고 1923년에 일어난 '관 동대진재'와 이로 인해 발생한 '진재어음'의 처리 때문에 1927년 이른바 '소화(昭和)금융공황'이 발생하여, 3주간의 모라토리엄(moratorium)을 선언할 수밖에 없는 상황에까지 이르게 된다. 이러한 만성적 불황의 타개를 기치 로 내건 민정당의 하마구치 오사치(濱口雄幸)내각은 마침내 1930년 1월 11 일에 오랜 논쟁에 종지부를 찍고 '금 수출 금지 해금' 조치(이른바 '金解禁') 를 발표하여, 1917년부터 13년 간 유지해오던 '금본위제정지'정책을 철회 하고 다시 '금본위제'로 복귀하게 된다. '금 해금'정책의 중요목적은 일본 경제를 국제경제와 직접 결부시킴으로써 일본의 물가를 국제 수준으로 인하하여 기업 합리화를 촉진하고 국제경쟁력을 강화하여 수출을 늘리 고, 이로써 당면한 불황을 넘어서고자 하는 것이었다.

여하히 정부는 금해금을 단행하였으며 금융자본가는 차(此)를 선전하였는가.

업적 측면만이 아니라 '금' 일반을 매개로 한 것이었으며, '금광'과 관계없이 금의 밀 매매를 둘러싼 투기 열풍도 만만치 않았기 때문이다.

34) 이하 1920~30년대 일본 및 조선 경제의 전개 양상은 이석륜, 『우리나라 금융사(1910 ~1945)』(박영사, 1990) 중의 제5장 '식민지정책과 조선경제(1920~30)' 부분과 미야모토 마타오[宮本又郎] 외 4인 공저인 『일본경영사』(정진성 역, 한울아카데미, 2001) 중의 제3장 '근대경영의 전개'와 제4장 '전전(戰前)에서 전후(戰後)로'에 의거하여 정리한 것임.

그 이유를 논하면 이러하다. 금해금을 단행하면 위체(爲替)의 평가복귀―통화의 위축―물가저락―생산비저하―무역호전―국제대차의 개선이란 코스를 취하여 경제계는 자동적으로 정리되리라는 예상에서 기인한 것이다. 그러면 일본경제계는 해금 2년간 여사(如斯)한 기대적 예상에 부합되었는가? (…중략…) 과시(果是) 경기는 전환되었는가 하면 불연(不然)하였다. 물가와 상품생산비는 저하되었다 하나 소비는 증가되지 아니하였다. 즉 구매력은 전혀 탄력성을 실(失)하고 말았다. 저락된 물가에 시장의 상품을 소화할 능력이 부족하였다. 특히 일본과 조선을 통하여 그 소위 풍작공황(豊作恐慌)으로 농촌구매력은 의외로 감퇴되었다. 이리하여 사업계는 조업단축이라든지 가격통제로써 기업이윤을 취득하려 하였으나 그 반면에는 자연적으로 거대한 실업군(失業軍)을 조출하고 말았다.[35]

특히 '금 해금' 조치의 효과를 반감시켰던 것은 미국의 대공황이었다. 1929년 10월 뉴욕의 증권폭락을 시작으로 돌발한 20세기 최대의 미국 공황은 곧 유럽과 다른 여러 나라로 파급되어 1930년대의 세계적 대공황으로 이어졌고, 공황의 여파는 마침내 일본에도 밀어닥쳤다. '금 해금' 조치로 인한 디플레이션 현상과 세계공황으로 인한 물가폭락 현상이 맞물리면서, 일본 경제 역시 급속한 '공황' 상태로 빠졌으니, 이것이 이른바 '소화공황(昭和恐慌)'이다. 이 공황의 특징은 물가, 주가, 상품시세의 급격한 하락과 도산, 공장폐쇄 등을 수반하는 공황의 일반적인 현상과 더불어, 농업공황을 수반한 것이 특징이었다. 농촌은 쌀, 누에고치 등 주요농산물 가격의 폭락으로 풍작과 흉작을 가리지 않는 기근(饑饉)사태에 놓이게 되었다. 특히, '금 해금' 조치는 수입 초과의 결제, 환 투기 자금의 일본으로의 회수, 외화채 매입에 의한 자본 도피 등으로 일본이 예상했던 것보다 훨씬 더 많은 양의 금 유출 현상을 낳았다. 일본의 '금 유출'에 기름을 부었던 것은 1931년 영국이 단행한 '금본위제정지' 조치였다. 영국의 '금본위제 정지'가 시행되면 일본의 '금본위제' 유지도 곤란

---

35) 김우평, 「금수출재금지와 일본 급(及) 조선의 재계」, 『신동아』, 1932.3.

할 것이라는 전망 때문에 격렬한 달러 매입 현상이 일어났다. 1931년 12월 13일에 성립한 이누가이 쓰요시(犬養毅) 내각은 마침내, '금 수출 재금지' 조치를 단행하고 '금본위제 정지'와 관리통화체제로 돌입한다.

　'금본위제도'란 기본적으로 '자유주조(鑄造)', '자유태환(兌換)', '자유수출입'이 보장되어야 유지되는 화폐제도다. 일본은 1897년(명치 30년)에 금 함량 2분(分)을 1원(圓)으로 기준 삼아 금본위제의 화폐개혁을 단행했다. 이에 따라 5원(금 1돈쭝의 함량36)), 10원(금 2돈쭝), 20원(금 3돈쭝) 등 세 종류의 금화를 주조했다. '자유주조'란 누구든지 '금 1돈쭝'을 지정은행에 들고 가면 '금화 5원'을 만들어주어야 한다는 약속이며, '자유태환'이란 반대로 '5원'을 들고 은행에 가면 언제든지 '금 1돈쭝'으로 교환해 주어야 하는 약속이다.37) '태환권'을 '정화(正貨)'라고 하며, 금본위제하에서는 이 '정화' 또는 '금'의 자유로운 수출입이 허용된다. 이 세 가지 조건 중에서 하나라도 지켜지지 않으면, 그것은 곧 '금본위제'로부터의 이탈, 즉 '금본위제 정지'로 해석된다. '금본위제'하에서는, 국내에 보유하고 있는 금의 총량에 대응하는 일정비율 이상의 화폐를 발행할 수 없다. 화폐를 발행한 만큼의 태환에 대해 준비를 해두어야 하기 때문이다. 이를 '정화준비'하고 한다.38) 어떤 국가의 자국 내 금 보유고가 높아진다면, 그 국가의 '정화'는 국제시장에서 당연히 가치가 높아진다. 왜냐하면, 태환권의 안정성이 그만큼 높아지기 때문이다. 반대로, 금 유출이 일어나 금 보유고가 낮아진다면, 환율상의 자국 화폐의 시세는 떨어지게 된다. 당연히 국내인이든 외국인이든 평가절하되는 화폐를 처분하려 할 것이고,

---

36) 우리의 금 1돈쭝에 해당하는 일본의 단위는 匁(もんめ)이다. 이것은 1관의 1/1000에 해당하는 것으로 약 3.75g이다. 5엔 주화에는 정확히 1匁1分5毛의 금이 포함되어 있으며, 이를 24금이라 한다.

37) 조선은행이 발행한 태환권에는 "此券引換으로金貨又는日本銀行兌換券○圓相渡可申候也"라는 문구가 씌어 있다. 이는 일본 은행권도 마찬가지였다. 뜻은 '이 화폐로 금화 또는 일본은행 태환권 몇 원에 해당하는 돈을 바꾸어준다'는 것이다.

38) 이건혁, 「금 사용 금지―금에 대한 관념을 고치자」, 『조광』, 1938.10.

그러한 투매 현상은 화폐의 가치를 점점 더 떨어뜨리게 만든다.

1931년, 일본의 '금 수출 재금지' 조치는 이러한 '엔화'의 평가절하를 감수하고라도, '금본위제'의 이탈에서 오는 반사이익을 통해 국내경제의 회복 및 수출 증진을 꾀하기 위한 것이었다. '금본위제'를 정지하면 우선, 정화 준비 즉 태환권에 대응하는 금 보유량과 관계없이 명목가치를 지니는 '불태환권'을 어느 정도 자유롭게 발행할 수 있다. 즉 통화수축으로 인해 발생한 불황을 인위적인 통화팽창을 통해 경기를 일시적으로 진작시킬 수 있게 되는 셈이다. 이른바 '인플레이션정책'이다. 또한, 엔화의 평가절하는 국제시장에서 일본 상품의 가격경쟁력을 높여준다. 같은 품질의 물건이라면 싼 쪽을 사게 될 것이기 때문이다. 그러나 반대로 외국으로부터 물건을 수입해 올 때는 이전보다 더 많은 돈을 지불해야 하므로 막대한 손실을 입게 된다. 공산품의 원료 대부분을 외국에서 사들여 와야 하는 일본으로서는 '금본위제 정지'와 상관없이 국제무역의 결제에는 '금'이 절대적으로 필요하므로, '금 보유고'를 높여야만 하는 과제는 여전히 사활이 걸린 문제였던 것이다.[39]

영국의 '금본위제 정지'선언에 이어, 미국도 '금본위제'로부터 이탈하면서, 자국의 금 보유고를 높이기 위한 국제간의 경쟁은 점점 더 치열해져 갔다. 금 보유고를 높이는 방법은 자국내의 금이 바깥으로 유출되지 않도록 '수출 금지' 조치를 내리는 것과, 국민 개개인이 보유하고 있는 금을 국가로 집중시키는 방법, 그리고 땅속에 묻혀 있는 '금'을 캐내는 '금광 개발' 등이 있다. 일본은 1932년 이후부터, 금 보유고를 높이기 위해 이 세 가지 방법을 모두 동원하여 필사적인 노력을 기울인다. 당시

---

39) 국제통화에서의 '금본위제'는 사실상 1930년대 이후 사라졌다고 보는 것이 통설이다. 1944년 '브레튼우즈체제'의 출범으로 '금' 이외에 미국의 '달러'와 영국의 '파운드'가 국제무역 결제수단인 '국제통화'의 지위를 부여받고, 영국 경제의 사양화로 이후에는 '달러'만이 그 기능을 떠맡게 된다. 그러나 여전히 국제통화에서의 '금'의 중요성은 살아 있다. 지난 1997년 한국의 외환위기가 터졌을 때, 전국적으로 일어난 '금 모으기 열풍'을 떠올려 보라.

일본 경제에 직접 종속되어 있던 조선의 사정은 일본과 똑같이 맞물려 돌아갈 수밖에 없었다. 마침내 금을 확보하기 위한 일본의 정책인 금 수출 금지과 밀매매 단속, 산금장려, 그리고 정부의 금사들이기는 순식간에 조선사회를 '금 투기 열풍'으로 빠지게 만들었다.

2) 금 관련 정책의 여파와 금 밀매매의 성행

금을 확보하기 위한 일본의 정책들이 왜 '금 투기 열풍'을 낳게 되었던가에 대해서는 다시 약간의 정황 설명이 필요하다.

우선, 일본 정부가 각국의 중앙은행인 일본은행, 조선은행, 그리고 만주중앙은행 등을 통해 국민들로부터 사들였던 금 매입가는 국제시세에 비해 상당히 낮았다. 1934년 3월 상순의 기준으로 금 시세를 비교해 보면, 금 1돈쭝에 미국이 14원, 영국이 14원 62전, 그리고 만주중앙은행조차 11원 52전에 매입하는 데 비해, 일본은행과 조선은행은 겨우 9원 94전에 머물고 있다.[40] 은행이 구입할 때는 금으로 귀금속을 만들 때 드는 수고비, 즉 '공전'에 대한 배려가 따로 없이 오로지 금의 함량과 무게로만 값을 매기니, 일반 시장에서보다 항상 1원 이상의 차이가 날 뿐만 아니라, 강 하나만 건너 만주에 가서 팔면 조선은행이나 조선 내의 시장에서보다 적어도 2~3원의 시세 차익을 볼 수 있으니, 밀수출이 성행하지 않을 도리가 없다.

일본 정부는 1932년 3월부터 적극적으로 금을 사들이기 시작했는데, 일반 시장가격에 근접하기 위해 이때로부터 1937년 5월까지 약 5년 동안 금 매상가는 무려 23차례나 인상되었다. 1937년 5월 15일 현재로 조선은행의 금 매입가는 14원 13전, 시중가는 이보다 1원 이상이 비싼 15

---

40) 김정실, 「조선광업과 재벌」, 『신동아』, 1934.9.

원 13전 이상에 거래되었다.[41] 채만식의 『금의 정열』이 연재되던 1939
년 하반기의 조선은행 매입가는 1돈쭝에 14원 50전, 시중가는 15원 50전
을 상회했다. 태환권 5원의 실질가치가 3배인 15원이 된 것이다. 이 때
문에, 금 밀수출 및 밀주조는 8년 이상의 중형에 처해지는 범죄였지만,
좀체 사라지지 않았다. 중일전쟁이 터진 뒤, 군수물자의 수입에 막대한
비용이 들어가게 되고, 따라서 금수요가 절실해지자 마침내 일본은 민간
인의 금 사용에 대해 규제를 하기 시작했고, 이에 발맞추어 조선총독부
는 1938년 1월 4일 '조선총독부령 제2호'를 공포하여, '9금 이상을 사용
한 금제품의 제조와 금, 또는 금실, 금박, 금가루, 금액 등의 제조를 금
한다'는 조치를 취했다. 통제경제의 일환이라고 할 수 있는 조치였다.
그러나 통제경제란 인위적으로 가격을 묶어 두는 것이므로, 시장에서는
더욱더 은밀한 '암시장'이 형성되어 통제 이전의 가격보다 더 높은 가격
으로 거래되는 것이 일반적인 경제 현상이다. 1938년 8월 20일에는 부분
제한이 아니라 '금 성분이 조금이라도 들어가 있는 것은 전면적으로 사
용을 금지'하는 '금 사용 전면 금지' 조치를 내린다. 이제는 금이 조금이
라도 섞인 물건은, 의료기구 등의 예외를 빼고는, 일체 만들 수가 없게
된다. 마침내 다음과 같은 국책 홍보용 경제기사가 신문과 잡지에 등장
하기에 이른다.

　　이번에 금 사용 금지가 기제품(旣製品)의 판매금지가 아니요, 국민 개인의
금제품 소지를 압수하는 것이 아니니 다시 살 수도 없는 귀한 금붙이를 더 자
랑삼아 내걸고 다니자고 생각할 사람이 있을지 모르나 그것은 잘못된 생각이
다. 모든 가정에서 가지고 있는 금붙이 금돈은 나라에 헌납하는 것이 좋고, 나라
에 그냥 바칠 형편이 못되는 사람은 조선은행에 갖다가 파는 것도 좋다. 이것이
무슨 어림없는 소리냐고 할지 모르나 때는 전시(戰時)이다. 금붙이 자랑하던 세
상은 지나갔다. 몸에 금붙이 없는 사람을 훌륭한 사람으로 알게 되었다. 이런

소리도 귀에 들어가지 않는다면 한 가지 더 말하기로 하자.

금 사용 금지로 전국에서 절약되는 것이 연액(年額) 2천만원에 불과하다. 그러므로 이런 소액의 절약으로는 금이 부족할 터이니까 장래는 3억 내지 5억에 달하리라고 추정되는 민간의 퇴장금(退藏金)을 강제로 매상하는 것이 좋다는 설이 유력히 제창되는 중이다. 이것이 설에 그치지 않고 그렇게 실현될지도 모르는 일이다. 그때에 강제로 매상당하는 것보다 지금 선선히 파는 것이 어떠할까? 금에 대한 관념을 고칠 때는 왔다.42) (강조는 인용자)

신문과 잡지에 이런 협박성 경고가 노골적으로 실릴 지경이니, 일반 시민의 '금'에 대한 감각은 한층 더 민감해질 수밖에 없다. 특히, '강제 매입'의 가능성이 시민들에게는 '강제 무상공출'로 와전되어, 밀거래를 더욱 부추기게 만들었다.

채만식은 『금의 정열』에서 강화아씨, 해주댁, 박윤식, 현씨 일가 등을 등장시켜 '금밀매 커넥션'을 펼쳐 보인다. 강화아씨나 해주댁은 방물장사들로서, 집집마다 돌아다니면서 부녀자들로부터 금붙이들을 사들인다. 시세보다 1원 가량 비싼 값에 구입하는 것이어서, 부녀자들의 구미를 동하게 만들기도 하지만, 곧 '강제 공출'이 실시되면 팔고 싶어도 팔 수 없게 되는 때가 온다는 공갈을 곁들이는 것도 빠트리지 않는다. 이들이 가가호호 방문해서 수집한 금붙이나 패물 등속은 중간 매집상인 '박윤식'에게로 넘어 가고, 박윤식이 수집한 금은 다시 대접주인 '현씨 일가'에게 넘어 간다. 현씨 일가는 여러 중간상들로부터 모은 금을 만주로 건너가 조선 시세보다 훨씬 비싼 값에 되판다. 방물장사 강화아씨 등이 일반인에게서 매입할 때의 금 시세가 1돈쭝에 15원 50전. 이들이 중간상에게 넘길 때 1돈쭝 18원을 받는다. 1돈쭝에 2원 50전이 떨어진다. 중간상은 대접주에게 매돈쭝 20원을 받고 넘기니, 고스란히 2원이 떨어진다. 압록강을 넘어 만주에서는 이것이 얼마에 팔리는가가 나와 있지 않아 자세

---

42) 이건혁, 「금 사용 금지―금에 대한 관념을 고치자」, 『조광』, 1938.10.

히는 알 수 없으나, 암거래 시세가 20원을 훌쩍 넘어서리란 것은 짐작할
수 있다. 금 밀매과정에서 생기는 이익은, 다른 일의 대가와는 비교할
수 없는, 그야말로 '땅 짚고 헤엄치는 노릇'이어서, 한번 이 일을 시작한
사람은 다른 일은 도무지 할 마음이 없게 된다. 그리고 '투기'의 폐해가
발생하는 지점도 바로 이곳인바, 투기를 통해 이익을 보든 손실을 입든
그것이 정당한 노동의 대가가 아니라는 점에서, 투기 관련자는 물론이고
사회 전체적으로도 노동 의욕을 상실케 하고, 심각한 '상대적 박탈감'을
조장하기 때문이다.

평생을 보통학교 교사로 늙어 가는 아버지의 애지중지하는 재산 일부
를 털어 이발소를 차린 박윤식은, 금 밀매매에 한번 맛을 들인 후 생업
을 포기하고 아비의 남은 재산을 훔쳐 본격적으로 이 사업에 뛰어든다.

> 해서 1백 96원어치인데(들어간 밑천을 가리킴―인용자), 그놈을 현가한테는 2
> 백 40원을 받을 터이니까 44원은 또한 이문인 것이다. 그리하여, 이놈 저놈을
> 죄다 따지면, 도통 1백 39원하고 40전이니까, 60전이 모자라는 1백 40원이다.
> 사흘이나 나흘 잡고서 1백 40원…… 그러니 한 달이면 천 원이 넘어라…… 흥!
> 그 다라운 이발소를 해먹고 앉았어! 고등관 부럽잖지! 이런 생각을 되풀이하느
> 라고 윤식은 가뜩이나 높은 어깨가 으쓱으쓱하여, (…중략…) 혼자 좋아 야단이
> 다. (…중략…) 가령 기지개를 쓰고 주어서 매돈쭝 16원이라고 하더라도, 20원
> 에 되넘기니 온통 4원이 이문이요, 한 냥쭝이면 40원이라 열 냥쭝이면 4백 원!
> 참으로 하늘이 내려다보실까 무서울 노릇이다. 그러나마 큰 힘이나 드는 일일
> 세 말이지, 살금살금 놀러다니는 셈 잡고 하면 넉넉할 일이 아니냔 말이다. 항
> 차 언제 꼬리가 밟혀 아닐말로 유치장 신세를 지지 말란 법이 없는 것을, 그야
> 말로 칼을 물고 뛰엄을 뛰는 시방 이 살판에, 그러니 이왕 해먹을 테거든 한꺼
> 번에 와짝 해먹고서 원 전중이를 살더라도 살고, 멀리 지나(支那) 방면으로 들
> 고 뛰더라도 뛰고 할 일이 아니냔 말이다.[43]

---

43) 채만식, 『금의 정열』, 1987, 273~274면.

3) 엘도라도의 주민들—산금정책과 금광 경기(景氣)

그러나 '금 투기 열풍'을 조장한 주범은 일본의 '산금정책'이었다. 조선에 대한 일본의 광업법의 근간이 되는 것은 대한제국 시기, 즉 통감부 정치가 시작된 이듬해인 1906년 7월에 발포한 광업법이었다. 이 광업법은 조선 광업권을 외국인에게 무제한 개방하는 것이 주요골자이며 특히 일본인의 광업진출을 독점적으로 보장하고 있었다. 식민지 시기에도 이 광업법의 골간은 그대로 유지되었다.[44]

1차 세계대전의 호황에 힘입어 일본의 광업도 1910년대에는 규모와 생산량에서 대단히 높은 수준으로 발전해 있었다. 그러나 1920년대에 들어서면서 광업은 사양산업이 되었다. 폐광이 속출하고 생산량도 눈에 띄게 줄었다. 광업이 다시 일본과 조선 산업의 총아로 떠오르게 된 것은 앞서 말한 1931년의 '금재금' 조치 이후의 일이다. 금 확보를 위해 일본 정부는 우선 두 가지의 금 생산 장려정책을 실시했다. 그 하나는 '금탐광장려금(金探鑛獎勵金)'이며, 다른 하나는 '저품위금광석매광장려금(低品位金鑛石賣鑛獎勵金)' 제도였다. '금탐광장려금'제도란 금광 개발에 드는 초기비용, 예컨대 수익성 여부를 판단하기 위해 드는 조사비를 포함한 기초 작업비의 일부를 정부가 보조하겠다는 것이다. '저품위금광석매광장려금'이란, 금 함량이 낮은 금광석의 경우에도 광업권자가 생산한 금광석을 조선의 제련업자에게 팔 경우에 광업권자와 제련업자 양쪽에 모두 일정한 장려금을 지원한다는 제도다.[45] '금재금 조치' 이후에는 실제로 일본의 대표적인 재벌 기업인 미쯔비시·미쓰이·노구치 등을 위시한 대자본들이 조선의 금광 개발에 뛰어들고, 이를 계기로 금광 경기가

---

44) 고승제,『한국경영사연구』, 한국능률협회, 1975, 353면.
45) 최형종,「조선산금정책의 종횡관」,『신동아』, 1934.9. 그러나 이 글에서 최형종은 '금탐광장려금」 제도는 연간 생산액 1만원 미만의 소규모광산을 제외한 점, 그리고 비용의 절반만 지원한다는 점에서 소기의 목적을 달성하기에는 미흡하다고 비판한다.

활성화되었던 것은 분명하다. 그러나 정작 조선의 일반 서민들까지 충동질시켰던 것은 산업 차원의 금광 개발이 아니라, 그 제도에 편승한 투기 심리였다.

『금의 정열』의 등장인물 중의 하나인 변호사 민 아무개의 경우를 살펴보자. 어느 날, 민변호사의 먼 친척되는 촌로 하나가 금돌(즉 광석) 한 덩이를 가지고 그를 찾아왔다. 자기 동네 근처 산에서 캐온 것이라며, 자신은 금광에 대해 전혀 모르나 민변호사에게는 쓸모가 있을지 몰라 가져온 것이라고 했다. 민변호사는 그 자리에서 촌로에게 발현비(금광을 발견한 댓가)조로 백오십 원을 집어주고 돌려보낸다.

> 그리고는 곧장 서울의 단골 광무소로 기별을 하여 열람을 해본 후, 역시 아직도 임자가 없어서 바로 출원을 했고 …… 하고서는, 미처 겨를도 나지 않았었지만, 몸소 산을 한 바퀴 둘러보기는커녕 새로 돌이라도 한 덩이 따오라고 해서 감정이나 분석 같은 것도 시켜보질 않고, 그대로 내던져 두었었다 그러자 한 달 남짓해서 남원 본바닥에 산다는 누가 사람을 넣고 오백원에 튿란 말을 들여보냈었다. 뒤에야 한 소식이지만, 그 산판의 소유자더라고 …… 민변은, 단 이백 원이라도 이가 남았으니 선뜻 팔아도 상관은 없을 것이었다. (…중략…) 그래, 말하자면 이래도 그만 저래도 그만일 셈속이라 그대로 붙잡고 있는 참인데, 그 다음에는 일천 원짜리 작자가 나섰었다. (…중략…) 그 다음이 오천 원, 허더니 오천 원이 다시 만 원 (…중략…) 아니나 다를까, 그 뒤로 연방 값은 올라, 이만 원, 이만 원에서 삼만 원 …… 하더니 또다시 사만 원 …… 하릴없이 거리의 염매장에서 경쟁 붙은 물건 값이 오르듯 올라가는 것이었었다. 언제까지고 두어둘 요량이었었다.[46]

민변호사는 삼백 원의 밑천을 들여 확보한 이 광산의 광업권을 밑천의 116배에 달하는 삼만 오천 원에 판다. 당시에는 누구든지 광맥을 발견한 사람이면 출원비 100원과 등록세 200원만 내면 광업권을 취득할

---

46) 채만식, 『금의 정열』, 1987, 330~331면.

수 있었고, 이 광업권은 광산의 소유 여부와는 아무 관계가 없는 것이었
다. 그리고 이 광업권은 언제나 사고 팔 수 있도록 허용되었다. 금광 열
풍에 휩싸인 대부분의 투기꾼들은 실제로 금광을 개발하려는 사람들이
아니라, 이처럼 광업권을 손에 넣은 후 최대한 값을 올린 뒤, 그 권리를
되팔기 위해 광분하는 사람들이었다. 그 광업권을 사는 사람 또한 다시
누군가에게 권리를 양도할 목적으로 사는 것이니, 요즘으로 치면 아파트
분양권(분양받은 아파트 자체가 아니라 아파트를 분양 받을 수 있는 권리)이 여러
사람의 손을 거쳐 팔고 사기를 되풀이하는 동안, 천정부지로 프리미엄이
붙는 이치와 똑같다고 할 것이다. 시중의 유동자금은 죄다 이리로 쏠리
게 되고, 그 과정에서 광업권 매매를 부추기는 각종 브로커들이 설쳐,
실제로 금함량이나 채산성 여부와 상관없이 단지 브로커의 혀끝에 놀아
난 거래 또한 부지기수였으니, 금광업자뿐 아니라 이들도 '황금광시대'
를 연출하는 데 빼놓을 수 없는 조역들이었다.

> 근년 금광으로 대성공한 사람이 한두 사람이 아니요, 세상에 소문난 부자가
> 된 사람이 없는 거시 아니나 시내 수십처 광무소에 출입하는 친구들이 모두 풍
> 성풍성한 것이 아니요, 작년의 소위 금광경기─요리점에 나타난 경기라는 것은
> 금광뿌로카 경기라 할 수 있고 실제의 금광경기는 흰옷 입은 사람들의 차지가
> 아니었다고 할 수 있다. 뿌로카경기란 무엇이냐 (…중략…) 누가 출원을 하였다.
> 아무개광(鑛)이 얼마에 교섭된다, 오늘은 십만원의 시세가 올랐다, 어름거리다
> 가는 놓친다, 십오만원쯤 더 주어야 한다고 실제 상담도 없는 날조(捏造)의 헛
> 시세를 떠돌게 하여 가지고는 어수룩하게 덤벼든 친구를 골탕먹인 일이 한둘
> 이 아니었다.[47]

그러나 '황금광시대'의 신화(神話)의 주역들은 단연코 금광 개발로 수
십만 원, 수백만 원을 단숨에 벌어들인 '금광갑부'들이었다. 당시 조선사

---

47) 이건혁, 「조성모멸(朝盛暮滅)의 취인광사태(取引狂沙汰)─일확천금은 가능하냐」, 『조
  광』, 1936.1.

람들의 입에 가장 많이 오르내리던 금광갑부 신화의 주인공은 '최창학'이었다.[48] 『조선일보』 사주(社主)로 더 널리 알려진 방응모(평북 교동광산), 박용운(평북 신연 광산) 등이 그 뒤를 잇는 신화의 주연들이었다.[49] 『금의 정열』에는 금광 개발로 단 몇 년만에 백만장자의 반열에 올라 경향에 이름이 자자한 청년재벌 '주상문'이 등장하여, 금광갑부의 생활상을 여러모로 재현해 준다. 그러나 하루에도 수십만 원을 주무르는 이 행운아의 '부(富)'를 위해선 일당 70전으로 연명해야 하는 광산 노동자의 피땀 어린 노동이 숨어 있다. 광주(鑛主) 밑에 지배인, 지배인 밑에 덕대, 덕대 밑에 기술자, 기술자 밑에 다시 하급 기술자, 그 밑에 채금 노동자에 이르기까지, 광산은 일종의 착취 피라미드로 형성되어 있었다.

금광 열풍의 부정성은 비단 '투기'와 '착취'에만 그치지 않았다. 의식 있는 사람은 대번에 짐작할 일이지만, 무분별한 산금정책으로 조선의 산하(山河)가 벌집 쑤셔놓은 듯 파헤쳐져서 심각한 환경파괴를 가져왔던 것이다. 채만식은 『금의 정열』의 주인공 주상문의 입을 통해 이 금광 개발의 폐해를 적시하고 있다.

> "저놈이(채금선이라 불리던 '트렌처'를 가리킴 ─ 인용자) 그런데 ……"
> 이윽고 몸을 돌리고 바로 앉기를 기다려 상문이 이야기를 내던 것이다.
> "…… 천하 몹쓸 망나니요 괴물이란 말야!"
> 순범과 봉아는 어떻게 하는 말인지 알아듣지 못해 상문의 얼굴만 돌려다본다.
> "…… 나두 허기야, 인제 오래잖어서 저런 놈을 대놓구 청주(淸州)치를 파먹을 테면서, 거러니 큰소린 못할 처지지만 …… 아, 저놈이 한번 지나가구 난다

---

48) '최창학' 신화의 대중성에 대해서는 전봉관, 「1930년대 금광풍경과 '황금광시대'의 문학」, 『한국현대문학연구』 7집, 1999.12에서 자세히 다루고 있다.

49) 그러나 조선인들이 운영하던 굴지의 광산들은 속속 일본 재벌 기업에 그 운영권을 넘기게 된다. 특히 三井재벌은 최창학의 삼성광산을 1928년에, 그리고 1930년대에 들어서서 박용운의 신연광산과 방응모의 교동광산을 차례로 매입하고, 박영효의 의주광산의 독점적 대지주가 된다. 고승제, 앞의 책, 356면. 1930년대 중반, 조선의 광산 소유주와 생산고는 김정실, 「조선광업과 재벌」을 참조할 것.

치면 땅이 말이 아니어든! (…중략…) 아 저놈은 글쎄 거얼구 좋은 겉흙은 갖다
가 밑바닥에다 집어넣굴랑 수언 못된 자갈 섞인 밑바닥치를 겉에다가 덮어놓
네 그려 …… 그러느라구 제아무리 좋다는 논두 여지없이 망쳐놓으니!"
　"흥! 한 ××이 '구라파 천지를……'이 아니라, 조선 천지를 횡행하는 셈인
가?"
　"시방 산금정책이 그렇게 긴급하지만 않으면, 정부 당국에서두 도저히 저놈
의 걸 장려할 일이 아니냐? …… 국가적으로 큰 손실이니깐 …… (…후략…)"50)

당시 변호사이면서 광업 문제 전문가였던 신태악(辛泰嶽)은 「광업령과
광해(鑛害) 문제」(『조광』, 1935.11), 「광해(鑛害)와 불법행위론」(『조광』, 1936.1)
등의 글을 통해, 무분별한 광산 개발이 얼마나 심각한 환경파괴를 불러오
는지에 대해 날카롭게 비판하고 있다.

　　광산이 있는 곳에 그 광산으로 말미암아 이익을 보는 사람도 많지마는 손해
　를 보게되는 사람도 많다는 말을 듣게 된다. 광산에서 광석 찧는 데 사용한 남
　은 물이 하천에 흘러서 천어(川魚)가 전멸되었다는 말, 그리고 부근 농작물에
　피해가 막대하다하여 농민이 소동하는 일, 오인(吾人)은 이러한 말을 흔히 듣게
　된다.51)

그는 광해의 사례로 굴착과정의 지표 함몰로 인한 경지 및 건물의 손
상, 지표수의 누설과 지하수의 수맥 절단, 갱수(坑水―채굴과정에서 나오는
유해한 물)로 인한 토양오염, 폐수 및 사석(捨石)으로 인한 토양오염, 제련
과정의 매연과 아황산가스로 인한 대기오염 등, 구체적인 사례들을 열거
하며 광산 개발의 폐해를 비판한다. 금 열풍은 인간의 심신을 황폐하게
만들 뿐 아니라, 무분별한 금광 개발로 인해 국토 전체를 멍들게 하고
오염으로 뒤덮이게 하는 부작용을 낳았던 것이다.

---

50) 채만식, 『금의 정열』, 1987, 375면.
51) 신태악, 「광업령과 광해 문제」, 『조광』, 1935.11.

4. 투기, 혹은 닫힌 사회의 막다른 출구

1920~30년대 식민지 조선사회를 휩쓸었던 '투기 열풍'은 경제학의 측면에서 뿐만 아니라, 사회적·심리학적·문화사적으로 다양한 측면에서의 검토를 필요로 하는 사회 현상이다. 궁극적으로 그것은 식민 종주국이었던 일본의 경제와 사회에 대해 종속적 위치에 머물 수밖에 없었던 조선의 경제적 특수성으로 말미암은 것이었지만, 좀더 넓은 시각으로 보자면 '자본주의'를 학습하고 그것을 익히는 과정에서 치러야만 할 혹독한 '통과제의'의 의미도 띠는 것이었다. 자본주의체제에 미숙하면 미숙할수록 '투기'의 유혹은 강렬한 것이었고, 그 결과는 엄혹했다.

또한 계급별로, 계층별로 그리고 성별과 연령별로 이 '투기'라는 프리즘을 통과함으로써 만들어내는 빛깔이 매우 다양하고 이질적이었다는 것도 주목할 부분이다. 예컨대, 본론에서 자세히 다루지는 못했지만, 『금의 정열』의 여주인공인 은봉아(殷鳳兒)는, 전문학교를 마친 여성 인텔리였지만, 학교에서 배운 지식과 사회를 향한 열정을 미처 해소할 만한 마땅한 공간을 당시의 조선사회에서 찾을 수가 없었던 까닭에, 그의 패트론이었던 금광갑부 주상문도 놀랄 만큼 갑작스럽게 금광 개발의 의욕을 내비치게 된다. 이를테면, 그녀에게 금광 개발에의 투신 의지는 출구 없는 여성의 자기 실현 의지가 왜곡되는 한 과정이었던 것이다. 과거의 사회주의자, 당대의 인텔리들인 의사와 변호사가 다 저마다의 사연과 이유들로 인해 '투기'의 대열에 동참한다. 요컨대, '미두'나 '주식', 그리고 '금광'으로 상징되는 '투기 열풍'은 식민지 조선사회의 모순과 병폐, 그리고 그 속에서 환멸과 전망 상실을 경험한 사람들을 강하게 빨아들이는 '블랙홀'의 역할을 했던 셈이다.

이 글은, '투기 열풍'의 사회사적 배경을 검토하는 데 치중했고, 채만식의 텍스트들을 당시의 사회 상황을 재구성하는 밑그림의 역할에 국한

시킨 까닭에 정작 채만식 텍스트 내부의 이러한 문제들을 충분히 검토
하지 못한 아쉬움이 있다. 그리고 이는 다른 기회를 통해 다시 한번 조
명해야 할 문제로 남겨 둔다.

한설야 장편소설 『청춘기』의 개작과정에 대하여

1. 『청춘기』의 세 가지 판본

『청춘기』는 한설야가 습작기에 썼다가 없앴다는 『선구자』[1]와 실질적인 처녀장편 『황혼』에 이어 발표한 해방 전 그의 대표적인 장편소설이다. 처음에 이 소설은 『동아일보』에 1937년 7월 20일부터 같은 해 11월 29일까지 연재되었고, 2년 뒤인 1939년 6월 28일에 '중앙인서관(中央印書館)'에서 단행본으로 발행되었다. 그리고 나서 1957년 대대적인 개작을 거쳐 '조선작가동맹출판사'에서 새로 발행되었다. 따라서 장편소설 『청춘기』의 판본은 『동아일보』 연재본, 1939년 단행본, 1957년 개작본 이렇

---

1) 한설야, 「내 문학의 요람」, 『조광』, 1939년 12월. 이 글에서 한설야는 습작기에 이광수의 『무정』을 능가하는 장편을 쓰겠다는 각오로 단숨에 장편 『선구자』를 썼지만, 2년 뒤에 작품의 수준이 형편없음을 새롭게 깨닫고 스스로 불질러버렸다고 밝혔다. 그러나 장편소설의 차례를 밝힐 일이 있는 경우에는 미간행된 『선구자』를 차례에 집어 넣어 말하곤 한다.

게 세 개의 판본이 있는 셈이다.

그런데 1980년대 후반, 프로문학에 대한 연구 분위기의 고조와 북한 현대문학 작품의 소개 열풍에 힘입어 남한에서 『청춘기』가 한 출판사에 의해 발행되었는데, 이때 저본으로 삼은 것이 1957년 조선작가동맹출판사에서 발행한 개작본이었다.[2] 이후, 남한에서는 여러 출판사들이 『청춘기』를 다시 간행했지만, 모두 1957년 판본을 저본으로 한 풀빛출판사의 판본과 같은 것이었다. 그리고 남한 연구자들이 『청춘기』를 언급할 때는 대부분 이 판본을 대상으로 한 것이었다.

그러나 엄밀히 대조해서 읽어본 결과, 1937년 『동아일보』 연재본(이하 '연재본'이라 부름)과 1939년 단행본으로 출간된 '중앙인서관'본(이하 '단행본'이라 부름), 그리고 1957년 '조선작가동맹출판사'(이하 '개작본'이라 부름) 사이에는 매우 커다란 내용상의 차이가 있음을 알게 되었다. 무엇보다도 1957년도의 개작본은 해방 전의 연재본이나 단행본에 없는 내용이 대거 첨가되어, 우선 『청춘기』를 대상으로 논의하기 위해서는 각 판본의 내용들이 어떤 차이점을 지니고 있는가를 파악하는 것이 빼놓을 수 없는 1차적인 작업이라고 생각된다. 따라서 이 글은 우선 각 판본 사이의 내용 차이를 밝히고, 개작과정에 나타난 작가의 의도와 개작의 동기나 배경, 그리고 개작의 영향과 결과가 무엇인가를 살펴보도록 하겠다.

2. 개작의 양상과 효과

연재본과 단행본은 그다지 큰 차이를 발견하기는 어렵다. 부분적으로

---

2) 한설야, 『청춘기』, 풀빛, 1989.

단행본을 내면서 자구(字句)의 수정과 첨삭이나 체제의 변화를 꾀한 대목이 없지는 않지만, 전체 내용상 비중이 미미하다고 하는 편이 옳다. 예컨대, 연재본은 전체 12장으로 분장(分章)되어 있는데, 단행본은 아홉째 장인 '갈등'과 열째 장인 '삼곡선' 사이에 '은원(恩怨)'이라는 장을 넣어 전체 13장으로 나누었다. 그러나 '은원'장은 없던 내용이 추가된 것이 아니라, '갈등'장의 후반부를 따로 떼 내어 새로 이름만 붙인 것이다. 연재본과 개작본의 차이에 비하면 연재본과 단행본은 내용이 거의 같다고 보아도 무방할 것이다.

문제는 연재본과 개작본 사이에 나타나는 차이이다. 우선, 개작본은 분장을 훨씬 촘촘하게 나누어 전체 21장으로 늘려 놓았다. 참고로 분장의 제목과 차례를 밝히면, 연재본은 〈전람회〉〈회상〉〈구직〉〈그 두 사람〉〈심방〉〈병〉〈소생(甦生)〉〈달밤〉〈갈등〉〈삼곡선〉〈퇴직〉〈극광〉의 순서로 되어 있는데, 개작본은 연재본에 없던 〈태양의 계절〉〈꿈과 현실〉〈꿈에 찾는 사람〉〈취직〉〈승패〉〈숨겨진 진실〉〈흥정〉〈사랑과 미움〉〈그 뒤에 온 것〉 등이 추가되어 있다.

분장이 늘어난 가장 큰 이유는 없던 내용을 새롭게 집어넣으면서 기존의 한 개 장으로 분류하기에는 적절하지 않다고 판단했기 때문일 것이다. 연재본과 개작본을 비교할 때 우선 눈에 띄는 것은 분장체제이지만, 실제로 개작 작업은 단어 하나에서부터 내용에 이르기까지 아주 섬세하고 치밀하게 이루어졌음을 짐작하기 어렵지 않다. 해방 전에 일상적으로 통용되던 일본어를 우리말로 고친 것은 물론이고(예컨대, 연재본에는 '수루메'로 되어 있지만, 개작본에는 '편포'로 고친 것), 어려운 한자말도 일일이 쉬운 말로 고쳐 놓았다(예컨대, '고육의 책(苦肉의 策)'은 '무서운 모략'으로, '일임하고'는 '맡기고'로).

　　그러나 명순의 말을 들으면 이 집은 옛날 동경의 유명한 정객들이 출입하던 역사를 가젓을 뿐 아니라 지금도 그 고아한 정원에는 옛날의 풍운을 요리하는

정객들의 자취가 남아 있는 것 같다는 것이다. (연재본, 10.1)[3]

그러나 명순의 말을 들으면 이 집은 파란 중첩하던 한말 당시 조선을 팔고사고 하는 일에 광분하던 내외의 정객들이 출입하던 역사를 가졌을 뿐 아니라 지금도 그 정원에는 옛날의 풍운을 말하는 가지가지의 자취가 남아 있다는 것이다. (개작본, 215면)[4]

고쳐 쓰는 일이 아주 사소한 대목에까지 미치고 있음을 보여주는 한 예가 위의 인용문을 통해 드러난다. 이렇게 단어나 일부 구절을 고쳐 쓴 사례는 너무 많아서 일일이 열거하기 어려울 정도다. 그러나 정작 중요한 것은, 자구의 수정이나 첨삭 정도가 아니라 분장 한 회에 해당할 정도로 많은 양을 고쳐 쓴 경우일 것이다.

1) 〈태양의 계절〉의 경우

개작본의 여섯째 장인 〈태양의 계절〉은 연재본과 단행본에는 없는 장이 완전히 독립된 장으로 추가된 경우이다. 다른 경우는 기존의 내용이 전개되는 어름에 내용을 늘려 붙이는 방식으로 고쳐 쓰기가 이루어지는데, 이 장만큼은 독립된 장으로 덧보태 놓았다. 아마도 고쳐 쓰기의 전 과정에서 〈태양의 계절〉에 가장 큰 비중을 두었으리라 짐작되는데, 그것은 이 장에 작가가 말하고자 하는 소설의 주제가 압축되어 있기 때문이다. 이백자 원고지로 쳐서 대략 110매 정도인 〈태양의 계절〉은 이미 이 판본을 통해 『청춘기』를 읽은 독자들에게는 친숙한 내용이겠지만,

---

3) 여기서 인용하는 연재본 원문은 권영민·이주형·정호웅 편, 『한국 근대 장편소설 대계』 24(태학사, 1988)의 영인자료임을 밝힌다. 영인과정에서 명백한 실수로 판단되는 부분은 따로 지적하고 되살리거나 바로 잡도록 한다.
4) 여기서 인용하는 개작본의 면수는 풀빛출판사 판 『청춘기』의 해당 면수임을 밝힌다.

연재본과의 비교를 위해 다시 한번 그 내용의 대강을 살펴보기로 한다.
연재본에 없는 이 내용을 위해 작가는 신간서적을 구경하러 시내로 외
출한 태호와, 영화 구경을 다녀오는 은희와 명순이 시내에서 우연히 만
나는 장면을 설정했다. 특별한 사건의 진행은 없고, 우연히 만나 다방에
들어간 세 사람의 남녀가 대화를 나누는 것이 주된 내용을 이루고 있는
데, 바로 이 대화의 내용이 작가가 『청춘기』 전편을 통해 전달하려고 하
는 일종의 메시지를 함축하고 있다.

은희와 명순은 방금 보고 나온 외국의 영화 줄거리를 태호에게 들려
준다. 식민지를 조국으로 둔 두 사람의 음악가 남녀가 있다. 남자는 민
족해방을 위해 투쟁하는 유격대 지도자를 숨겨 주었다가 체포된다. 남자
는 지도자의 거처를 알려주면 목숨을 살려 주겠다는 회유를 단호히 거
절하는데, 애인의 고통을 보다 못한 여자가 애인의 목숨을 구하기 위해
지도자가 숨은 곳으로 침략자들의 군대를 이끌고 간다. 그러나 이미 지
도자는 도망가고 없다. 침략자의 군대는 화가 나서 음악가를 사형시켜
버린다. 여자는 애인의 죽음을 뒤따라 자살한다. 죽음을 초월한 이 두
음악가 남녀의 사랑에 명순과 은희는 감동을 받아 다소 흥분된 목소리
로 번갈아 태호에게 그 줄거리를 들려주며, 자신들의 감동에 태호도 동
참하기를 희망한다. 그러나 태호의 반응은 전혀 다르다.

"물론 목숨을 바친 건 어려운 일임에 틀림없는데 조금 값이 없이 되었습니다.
결국 그 여자가 지도자를 밀고한 것은 자기 애인과 지도자의 관계를 확증해주
는 결과로 되었고 그래서 결국 그 애인이 그 확증 아래서 사형을 받게 되었거
든요 그러니까 그 여자는 첫째 애인의 뜻을 저버렸지요 둘재 밀고자가 되었지
요 그리고 마침내 제 목숨까지 버리지 않을 수 없게 되었지요 얼마나 값없이
되었습니까. (…후략…)"
"그렇지만 죽음을 초월할만치 사랑했다는 것은 알 수 있고 또 이를 위해서
만든 영화니까요 (…후략…)"
"어느 나라 영환가요?"

"불란서 영환데 모르면 몰라도 어느 약소국가나 식민지에 있었던 사실을 따다가 만든 것 같아요"

"요새는 불란서고 미국이고 이태리고 영국이고 방향은 모다 대동소이하니까요 아메리카도 갱그 영화만이 아니고 대체로 연애지상주의가 그들의 공통한 방향 같아요 말하자면 지상적인 연애, 푸라토닉적 연애라는 것으로 모든 사람의 정신을 마비시키고 잠자게 하자는 것이지요 잠자는 것은 글쎄 좋다고 할세 그 사이에 모든 것이 다 망하고 없어지면 탈이거든요 나라도, 민족도, 문화도 말이에요 한 것은 저들 지배자나 침략자는 사이에 제 할일을 다 하니까요 밤잠도 안 자고 세계 어디에 잘라먹을 데가 없나, 어디서 더 불장난할 데는 없나, 초기의 아메리카 인디안같이 충실한 노예는 더 없을까…… 이렇게 피눈이 돼 있으니까요 한데 이런 때 사람들이 자고 있으면 그들에게 좀 좋아요 방해될 것이 없거든요"

"그럼 연애도 말아야게요"

"아니지요 물론 해야지요 그러나 점점 눈을 감기 위해서가 아니고 점점 더 밝게, 참답게, 용감하게 눈을 뜨기 위해서 말입니다. 글쎄 나도 모릅니다만 그래야 할 것 같습니다. 그렇지 않아요" (개작본, 107~8면)

태호의 이런 반응에 은희와 명순이 선뜻 동의하지 않자 세 남녀는 영화의 여자 주인공의 행동을 둘러싼 일련의 공방을 주고받는다. 그 끝에 태호는 바로 자신의 몇 대조 할아버지가 임진왜란 때 실제 겪었던 일이라며 새로운 애정무용담을 들려준다. 그 내용은 이렇다. 당시 왜병들은 태호의 선대 할아버지를 체포하자 그를 혈안이 되어 찾고 있던 의병 지도자 문대장으로 오인하는데, 태호의 선대 할아버지는 자신이 문대장을 대신해서 죽을 경우 문대장이 진영을 수습해 왜병에게 반격을 가할 수 있으리라 믿고 스스로 문대장임을 내세우고, 자기 아내에게도 그렇게 하라고 일렀다. 그 아내 역시 지혜로운 여자라 남편의 계략을 그대로 따른다. 마침내 왜병은 가짜 문대장을 의병대장인 줄 알고 죽이고, 그 아내는 노예로 끌려가지만, 그 사이 진짜 문대장이 의병을 이끌고 재반격을 시도해 왜병을 격파하여 승리했다는 것이다. 태호는 자신이 노예의 자식이지만, 자랑스러운 핏줄을 이어받았노라고 떳떳이 말한다.

　연재본과 단행본에 없던 이러한 내용을 삽입한 의도는 명백하다. 우선 『청춘기』는 다른 어떤 이야기도 아닌 바로 남녀의 애정을 주조로 한 소설이라는 사실을 재확인하는 것이며, 두 번째로는 남녀의 애정은 어떤 형태로 이루어져야 하는가에 대한 분명한 지향점을 밝히려 했다는 점이다.

　『청춘기』를 쓰게 된 동기에 대해 개작본의 후기는 비교적 직정적으로 그 전후 사정을 밝혀 놓고 있다. 후기에 의거하면 한설야가 『청춘기』를 창작하게 된 동기는 크게 두 가지로 나누어진다. 그 첫째가 카프 해체 이후, 1930년대 후반에 접어들어 과거 카프 시절의 프로문학에 대한 반성이 전면적인 노동자계급의 당파성에 대한 해체와 프로문학 자체의 청산 논리로 빠져들면서, 범속한 '인간학' 일반으로 떨어지고 있던 당대 비평의 흐름에 대해 정면으로 반박하기 위함이었다. 한설야가 정면으로 받아치고 싶어했던 것은 김남천의 '고발문학론'과 백철의 '인간론'이었다.

　고발문학이란 다른 것이 아니다. 인간은 간음, 탐욕 등 동물적 본성을 가진 생물이며, 현재에 있어서 구체적으로는 매개인이 모두 맘속 깊은 곳에는 권력을 추구하며 일제 요구에 복종함이 생활의 안정 내지 향락 또는 영달에의 길이라는 것을 번연히 알면서도 겉으로는 애국자인 체, 사상가인 체 허장성세를 비다듬어 빼고 있으나 이것은 인간의 본심이 아니니 이런 짓을 그만두고 맘속에 있는 대로 털어내놓고 솔직하게 살자 하는 것이 바로 이른바 고발의 정신이며 이 정신에 입각한 '거짓없는 문학'이 바로 '고발문학'이라고 김남천은 주장하였다.

　그래서 그들의 작품은 난륜, 간음, 수욕 등을 인간의 진실로서 그리었으며 일제권력 아래서 그들에게 복종하는 것이 숨겨진 진정의 표현이니 그대로 사는 것이 자연이요 진실이라는 것을 그리려 하였다. 이것은 물론 김남천 등이 연구했다는 것보다 일제와 그에 추종하는 변절자들의 사상에서 출발한 것이다.

　그, 다음 백철은 '인간으로 돌아가라'는 구호로 공산주의자들을 비인간으로 질욕하면서 강자에 대한 노예의 미덕을 추구하고 남에게 요구함으로써 지배자, 강점자들―일제의 사상전향 강요에 장구를 치고 나팔을 불어댔다. (…중략…)

　그러나 이 반면에서 이데올로기 분야와 인텔리층에서도 진정 계급의 줄기찬 흐름에 따라가려는 노력의 장성이 또한 특징적으로 나타났다. 그들은 모든 탄압과 유혹을 거부하고 역사의 길로, 맑스—레닌이 가르친 길로 나가려고 애썼고 또 나갔다.

붓을 든 사람이라고 반드시 함마를 잡은 노동자보다 약하다는 법이 없는 것을 보여주는 많은 사실들이 실지로 나타나고 있었다.

『청춘기』는 바로 이런 사실들을 그리려 한 것이요 이것으로써 모든 이데올로기 전선의 일꾼들에게 요구하는 양심의 목소리로 되게 하려는 것이 작자의 의도였다. (개작본, 396면)

전향선언이 잇따르고, 전향논리의 정당성이 지면들을 도배하는 풍조 가운데서, 작가는 역사의 올바른 발전 방향을 낙관하고 악조건 속에서도 그 방향으로 매진하는 인간상을 그려 보이기 위해 이 소설을 썼던 것이다. 그것이 왜 하필 연애담의 형식을 띨 수밖에 없었는가는 또 다른 설명을 필요로 한다.

그 당시 속학자들뿐 아니라 일부 프롤레타리아작가들까지도 프롤레타리아작품에는 연애가 금제품으로 되어 있는 것같이 생각하는 경향이 있었다. 그러나 결코 그럴 리가 없다.

프롤레타리아는 인간 중에서 가장 아름다운 심리의 소유자다. 그러한 사람에게 남녀의 사랑이 없다는 것은 거짓말이다. 프롤레타리아는 가장 자기의 가족과 배우자를 사랑하며 나아가서는 모든 선량한 사람들을 사랑하며 서로 붙들고 함께 잘살 것을 바라는 아름다운 사람들이다.

그러므로 이것을 그리며 이것을 사람들에게 보이는 것이 필요한 것이다. (개작본, 399면)

결국 소설 『청춘기』는 전향하면서 진보적인 운동에서 떨어져 나간 1930년대 후반의 마르크스주의 지식인과, 기존의 프로문학의 노선을 부정하거나 비판하면서 새로운 '인간학'을 타개책으로 내놓은 과거의 프로문학자들과, 프로문학은 절대로 연애와 같은 개인적이고 정서적인 영역을 다루어서는 안 된다고 생각하는 교조적인 프로문학자를 동시에 겨냥하고 쓰여진 다목적의 소설이었던 것이다. 따라서 연애담을 중심으로 하되, 육욕에 함몰되거나 애정 자체가 연애의 지상목표가 되는 그런 연애가 아닌, 궁극적으로 연애 역시 민족과 계급의 해방에 매개되는 그러한 연애를 보여 주고자 쓴 것이 『청춘기』라고 할 수 있다.

개작본 『청춘기』의 〈태양의 계절〉 장은 한설야의 그러한 의도를 집약해서 재확인해 주는 내용을 부가시켜 놓았다.

그러나 연재본과 비교해 보면 〈태양의 계절〉을 덧붙인 효과는 주제의 집약적 부각에만 머무르지는 않는다. 주인공인 태호와 은희의 성격 형상화에 이 장은 매우 중요한 구실을 하고 있음을 확인할 수 있다. 우선 주인공인 김태호에 대해 독자들이 가지고 있는 정보는 그가 동경 유학을 했고 한 때는 사상운동에 관심이 있었다는 정도에 불과하다. 그리고 지금은 어떻게 하든 취직을 해서 생계도 해결하고 고향에 있는 부모에게 낯을 세우기 위해 전전긍긍하는 인물이다. 따라서 은희나 명순과 같은 여성들이 태호에게 연정을 품을 만한 구체적인 계기가 달리 없다.

그러나 〈태양의 계절〉장을 통해, 태호의 연애관을 은희와 명순, 두 여성에게 제시함으로써 그가 어떤 가치관과 세계관을 지니고 있는지 좀더 분명한 근거를 확보할 수 있게 되었으며, 태호의 선명한 이념적 지향과 가치관이 오랜 연원에서 비롯된 것임을 유추할 수 있게 되었다.

그와 동시에, 은희의 성격이 태호와의 만남을 통해 점차 변모해 가는 과정을 설득력 있게 그릴 수 있는 하나의 계기를 만들었다. 영화 감상에서 드러나는 은희의 사고방식은 명순의 그것과 커다란 차이가 없다. 애인을 위해 목숨을 버릴 수 있는 순정에 감동을 느끼며, 그 정사(情死)가 조국을 위기에 빠트릴 수도 있었던 것임에 대해서는 큰 주목을 하지 못하는 형편이다. 처음부터 은희에 대한 태호의 호감은 막무가내에 가까웠다. 태호가 은희에게 관심을 갖게 된 계기란 그녀가 태호 자신이 흠모하는 동창생 철수와 분위기가 비슷하다는 이유 하나뿐이었고, 스스로 그녀

가 철수의 누이라고 턱없는 믿음을 가지면서부터였다. 미약하기 짝이 없
는 태호의 사랑의 근거를 위해 작가는 명순으로 하여금 은희가 얼마나
매력적인 여성인지를 길게 설명하도록 만들었다.

명순은 태호에게 은희를 거울에 비유하기도 하고, 칼에 비유하기도
하고, 비둘기에 비유하기도 하고, 사진기에 비유하기도 하고, 그물에 비
유하기도 하면서 은희가 지닌 성격의 장점을 다양하게 태호에게 제시한
다. 즉, 명순이 본 은희는 솔직하면서도 단호하고, 온화하면서도 사람을
끌어당기는 친화력이 강하다는 것이다. 은희를 칭찬하는 명순의 속셈은
물론 자신의 오빠 명학과 은희를 맺어 주려는 데 있는 것이지만, 명순이
묘사하는 은희의 성격은 태호에게 강한 인상을 남기면서 더욱 은희에게
로 마음을 기울게 만드는 중요한 요인이 된다.

결국 〈태양의 계절〉은 주제를 집약적으로 부각시키는 효과뿐 아니라,
태호와 은희의 관계와 둘의 성격 묘사에서 매우 중요한 비중을 차지하
는 '디테일의 충실성'에 기여하는 결과를 가져 왔다.

2) 〈승패〉, 〈삼곡선〉, 〈사랑과 미움〉의 경우

1957년도의 개작본은 작품 전체에 걸쳐 고쳐 썼지만, 분량상 많은 첨
가가 이루어진 것은 〈태양의 계절〉 외에 〈승패〉와 〈삼곡선〉, 그리고 〈사
랑과 미움〉 장이다. 이 중에 〈삼곡선〉은 연재본과 단행본에 원래 있던
장에 상당 부분을 덧보탰고, 〈사랑과 미움〉은 단행본의 〈은원(恩怨)〉 장
을 쉬운 우리말로 고쳐 쓰면서 내용을 고쳤고, 〈승패〉는 개작본에서 새
로 만든 장이다.

우선 〈승패〉부터 살펴보자. 개작본의 〈승패〉는 연재본과 단행본의 〈갈
등〉 7회부터 9회에 걸친 내용에 새로운 내용을 추가해서 독립시킨 장이
다. 연재본과 단행본의 〈갈등〉 7회부터 9회분은 주로 홍명학의 아내인

정경의 히스테리컬한 성격을 집중적으로 묘사하고 있다. 이 내용에 덧보태진 부분은 이백 자 원고지로 50여 장 정도의 분량인데, 그 내용은 명순이 태호에 집착하는 이유를 자세히 서술하는 것에 집중되어 있으며, 그 다음으로는 은희를 오빠인 명학에게 좀더 분명히 연결시키기 위해 은희의 속마음을 떠보는 것으로 되어 있다.

연재본에는 명순이 태호에게 집착하는 분명한 이유가 제시되어 있지 않다. 그러므로 작품의 후반부에 은희와 태호가 서로 사랑하는 사이임을 알게 된 명순이 태호를 모함해서 신문사로부터 쫓겨나도록 만드는 까닭이 태호를 차지하기 위한 은희와의 경쟁에서 지고 난 후, 그것으로 인한 시기와 질투 때문이었다는 것, 그 이상으로 해석되지 않는다. 다시 말하면 태호를 사랑하기 때문이라는 본질적인 이유보다도, 은희에게 태호를 빼앗겼다는 사실이 그녀를 더 악착같이 만드는 것처럼 읽히는 것이 연재본에서의 명순의 행위였다. 그러나 개작본의 〈승패〉에서는 명순이 태호의 어떤 점 때문에 그를 사모하게 되었는지 구체적인 이유가 제시된다.

명순은 그동안 사귀었던 인텔리 청년들의 약빠른 처세와 나약함이 싫던 차에, 태호를 만나면서 그의 털털함과 소박함, 그리고 남자다운 야성미에 강하게 이끌렸다. 다음과 같은 일화의 삽입은 그녀의 인텔리 청년에 대한 혐오감을 설득력 있는 것으로 만들어준다.

명순이의 기억에 선참으로 떠오는 몇 사람의 남자, 상당한 가정의 인테리 청년들은 명순이가 보기에는 모두 너무 약고 조심성이 많다. 말하자면 우산 둘을 함께 들고 다니는 사람 같았다. 하나는 비올까봐 들고 하나는 해날까봐 들고다니는 그런 괴상한 눈치꾼들 같았다. 용기와 진취성이 없고 그 대신 나약하고 고리다.

명순은 어느해 첫가을에 그런 청년들 패에 끼어서 양주로 밤 주으러 간 일이 있다. 한즉 그들 청년 중 몇 사람은 밤나무를 쳐다보다가 동네 아이들에게 밤을 따오면 삯을 준다고 하고 멀찍이 비켜앉아서 아이들이 밤 자오는 것을 기다리고 있었다. 그때 명순은 그들에게 보란드키 팔을 부르걷고 나서서 제 손으로 돌팔매질을 해서 밤을 땄다. 그날 놀이는 다만 그것뿐이었는데 명순은 그뒤 다시 그 남자들과 놀러가자는 말을 하지 않았다.

　지금 생각하니 그따위는 제가 사랑하는 사람을 남이 차간대도 그저 멀거니 보고만 있을 것이다. 그러나 명순의 머리는 언제나 그따위 남자를 생각한 것이 아니고 그런 경우에 용감히 팔을 부르걷고 나서서 상대편 남자와 결투하는 그런 남자를 상상하는 것이었다. 그런 사람이라야 가히 남자요, 사랑할 가치 있는 사람이라고 명순은 생각하고 있었다. (개작본 251~52면)

요컨대 명순은 태호의 남자다움, 씩씩함, 그리고 꾸미지 않는 소박함에 강하게 이끌렸던 것이다. 은희가 태호의 이념의 세계에 이끌리고 그것에 동화되어 가는 것과 비교하면, 명순이 발견한 태호의 장점은 다분히 '형식'에 관련되어 있다. 은희가 태호의 '내용'을 읽었다면, 명순은 그의 '형식'을 읽은 것이었다. 명순은 태호의 '내용'을 이해하는 데까지 나아갈 수는 없었으므로, 그를 잃을 것이 확실하게 되자 그 '내용'을 시빗거리로 등장시키는 것이다.

〈사랑과 미움〉은 태호에 대한 명순의 그러한 애증(愛憎)이 극적인 변전을 보여주는 대목이다. 홍명학의 학위 취득 축하 연회에 초대된 신문사의 변사장을 상대로 명순은 태호의 험담을 늘어놓기에 여념이 없다. 이제 전략은 태호를 차지하는 일로부터 태호를 은희에게서 떨궈놓아 오빠 명학과 은희를 맺어주는 쪽으로 바뀌었다. 그러기 위해서 태호를 신문사에서 쫓겨나게 만들어야 했고, 그러기 위해서는 인사권을 쥔 사장을 설득시켜야만 한다.

연재본에 약 30여 매를 덧보태 고쳐 쓴 이 부분은, 태호의 험담을 늘어놓아도 사장이 별 반응을 보이지 않자 더욱 집요하게 태호에 관한 나쁜 이야기를 만들어내는 대목이다. 정작 독자들이 얻게 되는 서사적 정보는 신문사 사주 변사장의 엽색 행각과 무분별한 사치 놀음이다. 태호가 떠벌리고 다니면서 모함한다는 사장에 관한 얘기가 사장 자신이 듣기에는 모두 사실을 말하고 있기 때문에 그는 적잖이 곤혹스러워 한다.

<승패>와 <사랑과 미움>은 모두 명순의 성격 묘사를 위해 고쳐 쓴 것이라고 보아도 무방하다. 부분적으로 변사장의 인간됨을 이해하는 데도 기여하는 바가 없지 않지만, 이 두 부분의 고쳐 쓰기는 명순의 형상화와 성격 묘사가 한결 풍부해지고 현실연관이 더 적실해지도록 만드는 데 일조하고 있다.

<승패>와 <사랑과 미움> 장이 명순을 위해 할애된 것이라면, <삼곡선>의 추가된 부분은 전적으로 은희의 성격 묘사와 형상화를 위해 덧보탠 부분이다. 무엇보다도, <삼곡선>의 추가 부분은 은희가 명학을 버리고 태호를 선택하게 되는 결정적인 계기들이 풍부하게 설정되어 있다. 연재본의 <삼곡선> 7회 분과 8회 분 사이에 2백 자 원고지 약 30여 대의 분량으로 삽입된 이 추가 부분은 크게 두 개의 내용으로 구성되어 있다. 은희의 친부모에 관한 회상 및 이복오라비인 박용의 생모에 대한 회상이 한 부분을 이루고 있으며, 나머지 한 부분은 그녀가 왜 명학을 선택할 수 없는지를 보여주는 과거의 두 가지 사건을 제시하고 있다.

은희는 피를 나눈 형제이면서도 자신과 너무도 여러 면에서 가치관이 다른 오라비를 안타까워한다. 무슨 수를 쓰든지 자신을 부자이며 당대의 명망가인 홍명학의 재취로 들어 앉히려는 박용의 시커먼 속을 못마땅하게 여기는 은희는 박용과 자신이 판이한 까닭을 어머니가 다른 데서 찾는다.

은희의 아버지는 임진란 때 평양성을 지켜 군사와 함께 싸우다가 전사한 박민천의 후예로 글재주가 비상해서 칭송이 자자했그 그 덕으로 부자집에 장가들 수 있었다. 그러나 처가 덕으로 살다보니 아내의 구박이 막심했다. 아내가 죽고 재취를 했는데 그가 바로 은희의 생모이다.

은희의 어머니는 아주 근면하고 독립성이 강하며 말이 적고 유순한 사람이었다. 그러니만치 남편을 받드는 품이 전처와는 비할 바가 아니었다. 남편이 글을 좋아한다고 해서 자기가 남편 몫까지 두 사람 일을 할 각오로 친정 부근의 박토를 얻고 집까지 아주 그리로 옮겨 앉아 농사를 지어서 살림을 꾸려 갔다. 그래서 그전보다 사는 일이 오히려 나았고 남편은 마음이 피어서 좋아하는 글읽기, 글짓기도 할 수 있었다. 그리고 그는 이 농촌에서 가장 식견있고 결바른 사람으로서 동네 일을 지도하게 되었다. (…중략…) 은희도 그 어머니가 근농한 덕으로 여학교를 다녔고 그때 상급생인 명순이와 잘 알게 되어 그 발연으로 동경 유학까지 가게 되었다. 그래서 남들은 은희가 그 어머니 손에서 길러난 그 눈물겨운 사정은 잊어버리고 홍명학이네 덕으로 공부했으니 홍씨네 사람인 것 같이, 또는 홍씨네 말이면 무엇이든지 복종해야 할 것으로 알았으나 돈과 덕과 모든 것을 초월해서 은희의 핏속에는 역시 그 아버지 어머니의 피가 흐르고 있었던 것이다. (개작본 317~318면)

은희는 자립심 강하고 근면한 어머니의 피와 사리분별이 정확하고 정의로웠던 아버지의 피를 이어받았으나, 박용은 원래 부잣집 딸이어서 호사를 즐기는 데다가 돈의 힘으로 세상을 살아가는 데 이력이 난 생모의 영향을 받은 것으로 묘사하고 있다. 무엇보다 중요한 점은 은희가 진정으로 부끄러워하는 것이 이런 핏줄의 내력이 아니라, 자신이 제 부모처럼 스스로의 힘으로 살아가지 않고 남의 도움과 힘으로 살아간다는 사실이다. 이것이 은희가 홍명학으로부터 벗어나고 싶어하는 중요한 심리적 계기를 이룬다.

〈삼곡선〉 개작 부분은 은희의 결단이 어떤 과정을 거쳐 도달한 것인가를 매우 실감나게 제시해준다. 연재본에서 은희의 결단이 충분히 설득력을 지니지 못했던 것은, 그녀가 굳이 홍명학을 버리고 태호를 선택할 필연적인 이유를 갖지 못했던 탓이었다. 더구나 연재본에서의 홍명학은 딱히 결점을 집어낼 수 없는 호인이자 합리적인 인텔리로 그려져 있지 않은가. 한 가지 흠을 잡는다면 변사장 앞에서 태호의 험담을 늘어놓는 누이동생의 악의에 찬 행동을 적극적으로 말리지 않고 은근히 그 결과를 기대하는 '미필적 고의' 정도라고나 할까.

그러나 〈삼곡선〉 개작본에는 왜 은희가 명학을 버리고 태호를 취하는

가 분명한 이유가 몇 개의 사건으로 제시된다. 은희가 명학을 다시 보게 되는 두 번의 계기가 있었다. 둘 다 병원에서 환자를 치료하는 과정에서 일어난 일로, 하나는 말기에 이른 위암 환자를 '다께다'라는 일본인 의사가 수술을 집도하려고 배를 열었다가 도로 봉합한 사건이었으며, 다른 하나는 조선인 부인이 무료 환자로 병원에 입원했는데 수술한 자궁 부위를 날마다 소독하고 세척해야 함에도 담당 일본 의사가 조선 여자라고 무시하면서 제대로 치료를 해주지 않은 사건이었다. 앞의 경우는 인간 존엄성을 해친 경우로 아무리 말기 환자라고 하더라도 의사는 한 시간이라도 환자의 생명을 연장시킬 의무가 있음을 저버린 행위이고, 뒤의 경우는 명백한 민족 차별적 행위라고 병원 안에서 이의가 분분했다. 은희는 두 사건 모두 분명한 자기 태도를 나타내면서 병원 측에 엄중 항의했다.

이때 은희는 명학에게서 이런 이야기를 할까 하다가 그만두었다. 또 "은희한 일도 옳소" "일본 의사도 그럴만한 사정이 있었겠지요." "시비하는 사람들 말도 일리가 있소" …… 이렇게 또 뭉개어버릴 것인데 말해서 무엇하랴 하고 말하지 않았던 것이다.

이 때부터 은희의 명학을 보는 눈에 약간의 변화가 생겼다. 그러나 이것은 비단 눈 문제가 아니고 사상 문제였다. 그러므로 은희의 이 변천은 결코 작은 것이 아니었다.

그러나 은희가 본 태호는 명학이처럼 검던 것이 희게 보이고 희던 것이 검게 보이는 그런 사람이 아니었다. 태호는 분명히 자기의 보는 관점이 선 사람이었다. 태호는 무슨 일이고 하기 시작하면 성심성의로 달라붙는 사람이며 조그만 일에도 아주 세심한 주의를 돌리는 사람인 것을 은희는 보았다. 그리고 양심이 있는 사람이기 때문에 무슨 일을 하든지 반드시 인생을 위해서 그만한 보람을 낼 수 있을 것이라고 믿어졌다. (개작본 320~321면)

은희의 결단은 갑작스러운 것도 아니고 원래부터 확고부동한 것도 아니었다. 그것은 태호와의 만남이 거듭되고 시간이 흐르면서 처음에는 물렁물렁하던 것이 점차 단단하게 굳어져 가는 과정을 통해 형성된 것이다. 그런 점에서 은희의 변모과정처럼 이 소설 안에서 탁월한 현실적 구체성을 확보한 예도 드물다고 할 수 있다. 그리고 그러한 리얼리즘적 성취는 연재본이 아닌 개작본에 와서 비로소 가능해졌던 것이다.

3. 개작의 의도와 도식주의 비판의 상관 관계

이상에서 고쳐 쓰기가 이루어진 개작본의 몇 대목과 연재본의 차이를 중심으로 『청춘기』 개작과정을 살펴보았다. 사실상 개작이 이루어진 범위는 앞서 언급한 것보다 훨씬 넓고, 고쳐 쓰기의 양상도 아주 섬세한 부분부터 플롯 전개의 큰 줄기에 이르기까지 다양한 편차를 보여 준다.

해방 전부터 활동하던 구카프 작가가 북한에서 해방 전의 자기 작품을 개작하는 경우는 그렇게 드문 일이 아니다. 한설야만 하더라도 『청춘기』를 고쳐 쓰기 이전에 이미 장편 『황혼』을 개작한 바가 있으며,5) 역시 구카프 작가인 엄흥섭도 해방 전 자신의 작품을 고쳐 쓴 일이 있다. 문제는 북한에서의 개작 동기가 한결 같지 않기 때문에 개작과정을 살필 때는 개작을 전후한 북한 문학계의 상황과 결부지어 개작의 동기와 의도를 섬세하게 읽을 필요가 있다는 점일 것이다. 그런 의미에서 북한에서의 구카프 작가들의 개작에 대한 전체적인 실증적 접근과 그 동기 및 개작 양상을 고찰하는 일은 또 다른 연구과정을 통해 해결해야 할 북한문학 연구의 한 과제가 될 것이다.6)

---

5) 『황혼』 개작에 대해서는 김병길 편, 『황혼—1950년대 개작본』(국학자료원, 1999)을 참조할 수 있다.

6) 부분적으로 이 문제에 관해 언급한 것으로 민족문학사가 공동작업으로 펴낸 『북한

그렇다면 한설야는 어떤 이유와 동기로 『청춘기』를 개작했던 것일까? 현재로서는 이에 대한 명확한 증거를 제시하기는 힘들다. 『청춘기』 개작본의 후기에 다시 고쳐 쓰는 일단의 감회가 드러나 있지 않은 것은 아니지만, 그것은 주로 해방 전에 『청춘기』를 집필하던 당시의 감회를 좀더 곡진하게 재진술하는 것이고, 고쳐 쓰기를 하는 이유는 분명히 제시하지 않고 있기 때문이다. 따라서 우리는 몇 개의 정황을 근거로 해서 부족하나마 현재로선 미루어 짐작하는 방법을 선택할 수밖에 없다.

우선, 개작본과 연재본을 비교해서 읽어보면 확연하게 나타나는 차이의 하나는 이른바 '디테일의 충실성'이 개작본에 와서 훨씬 강화된다는 점이다. 앞에서 주로 분량에 기준을 두어 개작본의 서너 대목을 연재본과 비교해 보았는데, 우리가 얻을 수 있었던 분석 결과의 하나는 인물 형상화, 특히 성격 묘사에서 인물의 심리 변화의 과정이 연재본이나 단행본에 비해 개작본에서 훨씬 풍요롭게 묘사되고 있다는 사실이었다. 예컨대 태호와 은희가 서로를 사랑하게 되는 계기의 내적 필연성이라든지, 은희가 명학을 버리고 태호를 선택하게 되는 운명적 결단의 필연성, 그리고 태호에 대한 명순의 집착과 애증(愛憎)의 연원이 어디서 비롯되는가 하는 대목, 그리고 이 글에서 구체적으로 분석하지는 않았지만, 명학과 박용 등의 성격 묘사에 이르기까지, 실로 개작은 이들에게 내적 계기의 필연성을 부여하기 위해 이루어졌다고 보아도 과언이 아닐 만큼 연재본 내지 단행본과 차이가 난다.

리얼리즘에 기반을 둔 이러한 현실충실성의 강화 욕구를 『청춘기』 개작의 중요한 동기로 파악하려는 근거는 바로 『청춘기』 개작이 진행되던 여름에 한설야가 발표한 중요한 한 개의 글이 제공하고 있다. 개작본

의 우리 문학사 인식』(창작과비평사, 1991) 중의 「소설작품의 개작 문제」(338~342면)를 들 수 있다. 이 글에서는 1950년대 이후 북한에서 주로 1935년 이후의 작품들이 부분적으로 개작된 몇 가지 증거를 밝히고, 판본에 신중한 접근을 기할 필요가 있음을 명시하고 있다.

『청춘기』의 후기에는 쓴 날짜가 1957년 4월 24일이라고 부기되어 있는데, 실제 개작이 그 무렵에 이루어졌는지 그보다 훨씬 전인지 현재로서는 판단할 근거가 없지만, 일단 후기를 쓴 시기 전후에 개작이 이루어졌다고 보는 것이 좀더 타당하지 않을까 한다. 그렇게 보았을 때, 개작을 전후해서 가장 중요한 한설야의 글은 바로 6개월 전인 1956년 10월에 있었던 제2차 조선작가대회에서 위원장의 자격으로 했던 보고문 형식의 글 「전후 조선문학의 현 상태와 전망」일 것이다. 이 글은 제목 그대로 한국전쟁 이후의 북한문학의 전체적인 진행과정을 개괄하고, 각 장르의 문제점을 지적하면서 앞으로 문학 사업을 어떻게 꾸려나갈 것인가에 대한 정책적 전망과 창작 과제를 제시하고 있는 글이다. 워낙 여러 부분에 걸쳐 논의를 펼치고 있기 때문에 그것을 다 살펴보기는 어렵다. 그러나 한설야의 이 글에서 가장 중요한 문제제기는 바로 전후 북한문학을 질곡에 빠뜨리고 있던 이른바 '도식주의 경향'에 대한 강한 질타와 비판이라고 할 수 있다.

> 그런데 우리 작품의 적지 않은 부분들이 독자에게 무르익은 감흥을 주지 못하거나 덜 주는 원인도 결국은 작가들이 생활의 진실을 예술화하지 못한데 기인되는 것입니다. 그리고 또 일부 우리 작품이 생경하거나 비개성적이거나 천편일률적이라는 비난도 주로 여기서 오는 것입니다. 현실 생활의 화폭은 그처럼 다양하고 굴곡이 많으며 인간들의 성격은 그처럼 개성적인데 왜 우리 작품에 나타난 생활의 폭은 그처럼 협소하며 주인공들의 내면 세계는 그처럼 단순하고 무미 건조합니까![7]

한설야는 이러한 문제제기에 이어서 현금 북한문학을 질곡에 빠뜨리는 중요한 이유로 사회주의 사실주의를 교조적으로 이해하는 작가들의

---

7) 한설야, 「전후 조선 문학의 현 상태와 전망」, 『제2차 조선작가대회 문헌집』(조선작가동맹출판사, 1956). 여기서는 이선영·김병민·김재용 편, 『현대문학비평자료집』 4(태학사, 1993), 55면에서 인용함.

문제를 지적하고, 그 결과로 나타난 전형적 인물의 형상화에 대한 실패, 창작의 기록주의적 경향, 긍정적 주인공을 의식적으로 과장함으로써 오는 개인우상화의 폐해 등을 대단히 신랄한 어조로 비판하고 있다. 이 무렵에 이르러 도식주의에 대한 북한 문학계 내부의 문제제기는 비단 한설야뿐 아니라 평론가 안함광·한효·엄호석 등을 비롯하여 많은 작가와 비평가들이 다양한 각도에서 제기하는 문제이기도 했다.[8] 이러한 도식주의 비판이 다양하게 제기되는 것은 그만큼 당시 북한문학이 도식주의 경향에 깊게 침윤되어 작가와 비평가는 물론이고 일반 독자들도 외면하는 상황에 이르러, 작품 자체로서의 미적 완결성은 말할 것도 없고, 인민 대중에 대한 교화와 계몽의 기능마저도 더 이상 기대할 수 없는 형편에 다다랐기 때문이다. 교화와 계몽은 무엇보다도 예술적 감동에 기반할 때 큰 힘을 발휘하는 것인데, 작품 자체가 무미건조한 당 정책의 일방적 전달 통로 이상의 의미를 갖지 못하므로 안팎으로 곤란한 지경에 처하게 된 것이다.

한설야는 도식주의를 극복하기 위한 여러 방편을 들면서도 무엇보다 인물의 전형적 형상화에 각별한 주의를 당부한다. 그는 "전형적인 것은 현실의 특질을 보다 광범하게 보급하되, 그것은 시종 선명한 개성, 개별적인 운명, 뚜렷한 화폭의 본질을 해부하여 놓아야 한다"[9]고 강조하면서, 인물들의 심오한 내면세계를 드러낼 수 있을 때라야만이 전형적 성격의 창조로 나아갈 수 있다는 점을 역설한다.

앞에서 우리가 살펴 본 바 있듯이, 고쳐 쓴 『청춘기』는 확실히 인물 형상에 매우 큰 비중을 두면서 개작 작업이 이루어졌다. 특히, 은희의 방황 및 갈등과 명순의 태호에 대한 애증의 교차가 연재본에 비하면 매우 풍부하고 개성적인 묘사의 성과를 얻고 있는 것이다. 뿐만 아니라,

---

8) 1950년대 후반 북한문학에서의 '도식주의 비판'에 대한 개괄적인 내용은 김재용, 「전후 북한문학의 도식주의 비판」(『분단구조와 북한문학』, 소명출판, 2000)을 참조할 것.
9) 한설야, 앞의 글, 59면.

태호의 성격의 일단을 드러내는 대목이나, 인물에 관한 정보를 미리 암시함으로써 나중에 이러한 성격이 어떤 행위로 연결될 것인가에 대해, 개작본은 연재본보다 훨씬 섬세하고 조밀하게 이야기를 풀어나가고 있는 것이다.

물론 이러한 개작 동기의 유추는 제2차 조선작가 대회에서의 한설야의 보고문과 장편 『청춘기』의 개작본 발행이 거의 비슷한 시기(곧 1956년 10월과 1957년 4월)라는 점을 근거로 해서 가능한 것이다. 그와 더불어 보고문에서 제기한 도식주의 비판을 『청춘기』 개작과정을 통해 극복해 보이려는 듯, 인물 형상과 사건 전개의 리얼리즘적 계기에 고쳐 쓰기의 초점을 맞춘 점도 우연한 것이라고 보기는 어렵다.

그것과 동시에 또 하나 생각해 볼 점은, 정확한 시기는 추정할 수 없지만 분명히 『청춘기』보다 일찍 개작한 것으로 짐작되는 한설야의 또 다른 장편 『황혼』의 개작 양상과의 미묘한 차이점이다. 개작된 『황혼』에는 해방 전 원작에는 없는 박승호라는 인물이 나온다. 박승호에 관한 서술 비중이 그다지 크지는 않지만, 준식이 혁명적인 노동자 전위로 성장하는 데 매우 중요한 매개의 역할을 하는 인물이 '올그 박승호'이다. '올그 박승호'의 의미는, 1930년대 초반 식민지 조선의 노동운동이 자생적인 것이 아니라 해외 혁명운동의 영향 아래에 이루어진 것이며, 국내 노동운동의 전위들은 해외의 혁명가들의 지도에 의해 본격적인 마르크스—레닌주의로 무장한 노동자로 성장할 수 있다는 사실을 환기시키는 것이다.[10] 박승호의 존재가 없었더라도 『황혼』에서 준식을 노동자계급을 대표하는 전위적 인물로 읽어내는 데 큰 무리가 없음을 생각하면, 박승호의 삽입은 소설 내적 논리에 의해서라기보다는 정치적 논리에 의해 이루어진 것이 분명해 보인다. 그 정치적 논리란 식민지시대 해외에서 이루어진 혁명운동의 위상에 대한 제고와 관련된다.

---

10) 김병길, 「『황혼』 개작본을 소개하며」, 앞의 책, 14면.

그러나 같은 맥락에서 『청춘기』의 임철수(연재본에는 철수의 성씨가 안 나오는데 개작본에는 임철수라고 단 한번 그 이름이 모두 나온다)를 생각해 보자. 이 '철수'야말로 어떤 이유에서든 『청춘기』 전체에 걸쳐 그림자 같은 인물이다. 만약 식민지의 억압적 상황 때문에 철수의 형상을 본격적으로 소설에 등장시켜 그의 활동과 사상을 그릴 수 없었다면, 개작과정에서는 얼마든지 철수를 다시 그릴 수 있는 일이다. 『황혼』에서는 원작에 전혀 없던 '올그 박승호'도 새로 등장시키는데, 이미 그 존재가 암시되어 있는 '철수'를 살아 움직이는 인물로 그리는 것쯤은 문제가 아니지 않을까. 그럼에도 『청춘기』의 개작과정에서 '철수' 부분은 단 한 글자도 고쳐 쓰지 않고 원작 그대로 두었다. 결국 『청춘기』를 고쳐 쓰는 과정에 개입한 것은 정치 논리보다도, 작품 자체의 리얼리즘적 기율이 더 큰 비중을 차지하고 있음을 짐작할 수 있다.

4. 관념과 현실의 거리

지금까지 주로 연재본과 개작본을 중심으로 하여 『청춘기』의 개작 양상과 그 동기 등에 대해 살펴보았다. 그리고 대체로 『청춘기』는 개작을 통해 해방 전의 판본들보다 리얼리즘적으로 좀더 탄탄한 작품으로 바뀌게 되었음을 지켜 보았다. 그러나 한 가지 남는 의문은 은희와 명순을 중심으로 한 다른 인물들의 성격 묘사에는 그토록 섬세한 고쳐 쓰기를 시도하면서도, 정작 가장 중요한 인물인 태호에 관해서는 별반 손을 댄 흔적이 없다는 사실이다. 『청춘기』의 리얼리즘적 성과를 어떻게 이해할 것인가는 이미 해방 전부터 논란이 되었던 문제이다. 임화는 『황혼』이 실패작인 데 반해 『청춘기』는 성공작이라고 평가하면서, '『황혼』이 인물과 환경의 괴리를 보여주었다면, 『청춘기』는 인물과 환경의 모순이 조화될 새로운 맹아를 발견하기 때문'이라고 했다.11) 그러나 『청춘기』에서 여전히 문제가 되는 것은 태호가 견지하고 있는 이념과 사상, 그리고 그것의 실천이 지니는 현실적인 구체적 계기의 부족함이다. 특히, 소설 말미에 등장하는 신문사 퇴직 이후의 느닷없는 피체(被逮)는 그 전까지 유지해 오던 태호의 인물 형상화의 아슬아슬한 균형을 일거에 무너뜨리는 비리얼리즘적 대목이라고 생각한다. 사실상 태호는 소설 전체에서 가장 중요한 비중을 띠는 '긍정적 주인공'인데, 역설적으로 '태호'는 생생한 인물로 살아 움직이지 못하고 있다. 그 가장 큰 이유는 그의 이념과 행위를 근거 짓는 것이 현실 속의 구체적인 계기가 아니라, 관념 속에서 울려 나오는 '철수'라는 존재 때문이다. 은희에 대한 연모도, 은희로부터 받은 배신의 상처를 치유하는 것도, 신문사 퇴직 이후에 갑작스러운 피체(被逮)도 태호가 살고 있는 현실에서 설명되지 않고, 태호의 관념에서 작동하는 '철수'에 의해 설명된다. 이것이 소설 『청춘기』가 지닌 가장 치명적인 리얼리즘적 결함이다.

그런 의미에서, 안함광이 『청춘기』를 다음과 같이 분석한 것은 흥미롭다.

> 이렇게 역사를 신뢰하는 자가 가지는 고민이란 대체 어떤 성질의 것이냐? 그는 두말할 것도 없이 선량한 의지의 중하(重荷)로부터 오는 고민이다. 잘못을 뉘우치는 죄악(罪惡)의 중하에서 허덕이는 고민이 아니라, 해야 할 만한 일 가운데서 근소한 변두리밖에는 다쳐보지 못한 데로부터 오는 선량한 의지의 중하이다. 말하자면 적극적인 고민이다. 이 적극적 고민이 현실적인 생산성을 가지기 위하여는 하나의 인스피레이션의 계기를 필요로 하게 된다. 왜냐하면 '영감'이란 종전의 체계에 대한 가치전도의 계기자(契機者)이기 때문이다. 작자는 '태호'로 하여금 '철수'와 그 누이에게 대한 동경의 세계를 창조함에 의하여 이런 인스피레이션의 계제(階梯)를 부여했다. '철수'는 '태호'에게 있어 그의 정열

11) 임화, 「작가 한설야론—「과도기」에서 『청춘기』까지」, 『동아일보』, 1938.2.24.

과 의욕을 말하는 하나의 '꿈'이다. 아니 세기(世紀)가 품는 '꿈'이기도 하다. 이런 '꿈'을 현실적으로 대신한 것이 '은희'다.12)

안함광은 '철수'라는 존재의 곤혹스러움을 적극적 행위로 나아가기 위한 하나의 '영감적 계기'로 처리하고 있다. 그러나 고난 가운데에서도 역사의 합법칙성을 신뢰하고 미래를 낙관하는 인물이 존재한다는 것과, 그 인물이 '영감적 계기'에 의해 적극적 행위로 나아간다는 것은 별개의 문제이다. 전자의 인물이 현실 가운데에서 어떻게 행동하고 사고하는가는 곧 인물과 환경의 상호작용을 통해 리얼리즘으로 승화하는가 아닌가를 판별하는 전제가 되지만, 후자의 '영감적 계기'는 리얼리즘의 현실연관성을 벗어나 관념 편향으로 나아가는 쪽과 한결 가까워진다. 물론 인간은 오로지 눈앞의 현실에 즉자적으로 속박되기만 하는 존재가 아니라, 이상과 꿈을 다른 한 켠에 머금고 산다. 그러나 '태호'처럼 자신의 삶의 '존재 근거'를 '철수'라는 '관념의 표상'에만 의지하는 경우는 '꿈'이 단지 인간을 유지하는 한 부분으로서의 의미를 넘어 선다. 여기에 『청춘기』의 딜레마가 있다.

『청춘기』의 개작은 '태호'를 제외한 주변 인물들의 형상화에는 커다란 진전을 보여주면서도, 정작 주인공인 '태호'에 관해서는 별다른 영향을 끼치지 않았다. 아마도 보완해야 할 형상화의 리얼리즘적 조밀성이 '태호'에 한해서는 그다지 필요하지 않다고 판단했기 때문일 것이다. 개작을 전후한 시기에 누구보다도 인물의 개성적 형상화와 현실연관에 바탕을 둔 생활적 진실을 강조했던 그가, 정작 '태호'의 결함을 발견하지 못했다는 것은 계속 궁금한 일이 아닐 수 없다.

---

12) 안함광, 「한설야 저 『청춘기』 평」(김재용·이현식 편, 『안함광평론선집』 1, 박이정, 1998), 276~277면. 본래 글에는 '제목'이 없음.